中 国 儿 童 文 学

博 士 文 库

北 京 师 范 大 学 ｜ 2 0 1 7

李　丽　著

儿童文学阅读
与儿童健康人格研究

作家出版社

图书在版编目（CIP）数据

儿童文学阅读与儿童健康人格研究 / 李丽著 . -- 北京：作家出版社，2023.12

（中国儿童文学博士文库）

ISBN 978-7-5212-1270-9

Ⅰ. ①儿… Ⅱ. ①李… Ⅲ. ①儿童文学理论 - 人格心理学 - 研究 Ⅳ. ①I058

中国版本图书馆CIP数据核字（2021）第003923号

儿童文学阅读与儿童健康人格研究

作　　者：李　丽

策　　划：左　眩

责任编辑：邢宝丹　桑　桑

特约编辑：苏悦君

装帧设计：康　健

出版发行：作家出版社有限公司

社　　址：北京农展馆南里10号　　　邮　　编：100125

电话传真：86-10-65067186（发行中心及邮购部）
　　　　　86-10-65004079（总编室）

E-mail:zuojia@zuojia.net.cn

http://www.zuojiachubanshe.com

印　　刷：中煤（北京）印务有限公司

成品尺寸：148×210

字　　数：345千

印　　张：11.625

版　　次：2023年12月第1版

印　　次：2023年12月第1次印刷

ISBN　978-7-5212-1270-9

定　　价：49.00元

我国儿童文学博士学位论文的
产出方式与学科发展研究

王泉根

金秋十月，橙黄橘绿。作家出版社计划高规格出版我国首套《儿童文学博士文库》，希望我为文库写一篇总序。作为长期执教儿童文学学科的高校教师，能不欣然应命？《儿童文学博士文库》的出版，既是儿童文学理论研究的一件幸事，也是儿童文学学科建设与高素质专业人才培养的一件大事。我的这篇序言，试就这两方面谈点浅见，并以2001年至2020年国内高校136篇博士学位论文为中心，分析探讨我国儿童文学博士学位论文的产出方式、学科分布以及对儿童文学学科建设的影响与发展空间，期以对新时代儿童文学学科建设与博士生培养做一点扎扎实实的事情。

一、儿童文学学位论文的历史脉络

我国现行高等学历教育分为专科生、本科生、研究生三个层次，研究生根据学位，又分为硕士研究生与博士研究生。因而博士研究生是高等教育中的最高学历、最高端。只有把最高端的事做好了，相关学科的人才培养，才有可能做大做强。博士研究生学习阶段的主要任务与目标是撰写博士学位论文，只有当博士学位论文通过答辩，才能获得培养学校的博士研究生毕业证书和博士学位证书，由此足见博士学位论文的重要。

根据教育史料，我国高等学校的本科生儿童文学教学在上世纪三十年代就已开始布局实施，如国立北平大学俄文法政学院文学系在1930年度的本科生课程安排中，就规定第一学年开设"俄文俄国神话及传说"，每周二课时。第二学年增至三门课程："儿童文学概论"，每周三课时；"中国寓言及童话"，每周二课时；"俄文俄国寓言及童话"，每周二课时。①对儿童文学这样重视的课程安排，即便在今天也是十分难得的。上世纪五十年代，我国高校的本科生儿童文学教学主要集中在北京师范大学、东北师范大学、华东师范大学、华中师范学院（今华中师范大学）、西南师范学院（今西南大学）等教育部直属的师范大学，以及浙江师范学院（今浙江师范大学）、厦门大学等高校。演进至今，国内不少师范院校以及部分综合性大学都开设有本科生儿童文学教学课程，有不少本科生的学士学位论文以儿童文学为论题，通过答辩及相关程序后，由所在高校授予学士学位证书。

根据教育史料，我国高等学校的儿童文学学科研究生培养，最早是在上世纪五十年代。东北师范大学蒋锡金教授（1915—2003）曾在五十年代招收过儿童文学研究生，因当时我国高校还未实行学位制，因而东北师范大学只是研究生培养而不存在学位。

1982年元月，浙江师范学院蒋风教授招收中国现当代文学专业儿童文学研究方向的硕士研究生，首批录取的研究生是本科毕业于北京师范大学的汤锐与西南师范大学的王泉根。虽然蒋风曾在1979年招收了第一位研究生吴其南，但据吴其南介绍，他是"阴差阳错"。由于当时浙江师

---

① 李景文等主编：《民国教育史料丛刊》（第923册），大象出版社，2015年，第186页。

院还没有资质独立授予硕士学位与招收研究生，因而是与杭州大学中文系联合招收的，吴其南报考的是杭州大学中文系现代文学研究专业，在被录取以后，经两校协商，由杭州大学调剂至浙江师院蒋风名下。所以蒋风教授公开招收儿童文学方向硕士研究生是在1982年。1984年11月，杭州大学中文系在对吴其南、王泉根、汤锐经过规定的研究生课程考试后，举行了我国首次儿童文学硕士研究生论文答辩，答辩委员会由杭州大学吕漠野、郑择魁、陈坚等五位教授组成，一致通过吴其南、王泉根、汤锐三人的硕士学位论文，并由杭州大学授予文学硕士学位。这三位研究生是我国高等学历教育中第一批以儿童文学作为明确培养方向的硕士研究生，三人的论文也是第一次专业意义上的儿童文学硕士学位论文。

自从杭州大学颁发国内首批以儿童文学为论题的硕士学位以来，我国儿童文学硕士研究生培养以及以儿童文学为论题的硕士学位论文逐年增加，进入新时代更可谓超规模增加，搜索"中国知网"这方面的硕士学位论文层出不穷，限于篇幅，此不展开。

2001年，北京师范大学决定面向全国和海外，招收我国第一届中国现当代文学专业儿童文学研究方向的博士研究生，博士生导师为王泉根教授。2001年9月，录取入学的首届博士生为王林、金莉莉、张嘉骅（来自中国台湾）。2004年5月，北京师范大学举行我国首次儿童文学博士研究生论文答辩，答辩委员会由刘勇、张美妮、曹文轩、邹红、樊发稼五位教授组成，一致通过王林、金莉莉、张嘉骅三人的博士学位论文答辩，授予文学博士学位。这是我国高等学历教育中培养的第一批儿童文学博士，王林等三人的博士学位论文也是第一批专业意义上的儿童文学博士学位论文。

自北京师范大学王泉根教授以后，上海师范大学梅子涵教授（2002年）、东北师范大学朱自强教授（2005年）也开始招收儿童文学博士研究生。进入新世纪第二个十年，兰州大学李利芳教授、东北师范大学侯颖教授、浙江师范大学方卫平与吴翔宇教授、北京师范大学陈晖与张国龙教授等，相继招收儿童文学博士研究生。

二、儿童文学维度的博士学位论文

根据国家图书馆、北京师范大学图书馆以及网络资源中的博士学位论文资料，抽检2001年至2020年间的136篇与儿童文学相关的博士学位论文，发现有87篇博士论学位文属于中国现当代文学专业，出自20所高校与中国社会科学院研究生院。其中北京师范大学35篇，上海师范大学14篇，东北师范大学8篇，山东师范大学6篇，吉林大学4篇，中国社会科学院研究生院、华东师范大学、华中师范大学、浙江师范大学各2篇，北京大学、复旦大学、南京大学、山东大学、四川大学、中山大学、兰州大学、苏州大学、南京师范大学、湖南师范大学、扬州大学、上海大学各1篇。

再加辨析，我们发现：北京师范大学、上海师范大学均是明确以"中国现当代文学专业儿童文学研究方向"招收录取博士研究生，东北师范大学情况有点特殊，既有明确的儿童文学研究方向，也有现代文学方向；而山东师范大学、吉林大学、北京大学、中国社会科学院等则是以"中国现当代文学专业现代文学研究方向"或"当代文学研究方向"等招收录取博士研究生的。因而可以看出，北京师范大学、上海师范大学的中国现当代文学专业有明确的培养儿童文学博士研究生的愿景，东北师范大学也重视儿童文学。当然这三所高校的中国现当代文学专业还有其他研究方向与培养任务，但能从中特别分出招生名额留给儿童文学，这是十分难得与宝贵的。

正因如此，这三所高校的中国现当代文学专业儿童文学研究方向，从"招生简章要求—博士生新生考试、面试、录取—博士生课程教学—

博士学位论文选题设定—博士学位论文预答辩—博士学位论文答辩—博士学位授予、毕业"的全过程，均以儿童文学为目标，导师本人也均是当代儿童文学界活跃的理论批评家或作家。这些高校的博士研究生，从被录取进校起，就有明确的儿童文学博士研究生身份认同与攻博目标。难能可贵的是，他们毕业后从事的职业，绝大部分都与儿童文学有关，或在高校执教儿童文学，或在出版机构从事儿童文学图书编辑，或专注儿童文学创作等，他们之中已有部分成长为新时代儿童文学界的知名理论批评家、作家、出版人与阅读教学专家。因而从北京师范大学、上海师范大学、东北师范大学等高校毕业的儿童文学博士生，是我国儿童文学理论研究人才培养的最高端与重镇，这批博士研究生所撰写的博士学位论文，构建了我国儿童文学博士学位论文的主体。这是儿童文学博士学位论文产出的第一种方式，也是最重要的方式。为方便研究，我们把这部分儿童文学博士学位论文称为"第一方阵"。

统计2001年至2020年136篇儿童文学博士学位论文，"第一方阵"共有59篇，占了136篇论文的五分之二。在这59篇论文中，北京师范大学有35篇，占比二分之一以上；上海师范大学有14篇，东北师范大学为8篇。值得提出的是，最先招收儿童文学硕士研究生的浙江师范大学经过长期努力，终于在2020年有了2篇儿童文学博士学位论文。

这59篇博士学位论文按内容分析，涉及儿童文学基础理论研究与作家作品研究，儿童文学发展历史研究，儿童文学文体研究（含童话、儿童小说、儿童诗歌、儿童戏剧、儿童电影、图画书等），儿童文学中外关系与比较研究，儿童文学跨界研究等。以下是对此59篇博士学位论文内容的具体分类（以论文题目、学校、博士生姓名、答辩时间、导师姓名为序）。

1. 儿童文学基础理论研究与作家作品研究 18 篇

《儿童文学叙事研究》，北京师范大学金莉莉，2004，导师王泉根。《儿童文学的童年想象》，北京师范大学张嘉骅，2004，导师王泉根。《都市里的青春写作：论"70后"作家群的小说创作》，北京师范大学李虹，2005，导师王泉根。《幻想世界与儿童主体的生成》，北京师范大学王玉，2005，导师王泉根。《植物与儿童文学研究》，上海师范大学谢芳群，2005，导师梅子涵。《轻逸之美——对儿童文学艺术品质的一种思考》，上海师范大学陈恩黎，2006，导师梅子涵。《童年之美》，上海师范大学唐灿辉，2006，导师梅子涵。《雅努势的面孔：魔幻与儿童文学》，上海师范大学钱淑英，2007，导师梅子涵。《老头子做事总不会错——论儿童文学中的老人角色》，上海师范大学孙亚敏，2007，导师梅子涵。《论现代中国儿童文学经典的生成——以〈百年百部中国儿童文学经典书系〉为例》，北京师范大学许军娥，2008，导师王泉根。《论儿童文学的教育性》，东北师范大学侯颖，2008，导师朱自强。《儿童文学理论的基本问题与方法》，东北师范大学赵大军，2008，导师逄增玉。《儿童文学的游戏精神》，上海师范大学李学斌，2010，导师梅子涵。《从文学经典到数码影像——跨媒介视域中的〈宝葫芦的秘密〉》，上海师范大学王晶，2010，导师梅子涵。《叶圣陶与中国现代儿童文学》，北京师范大学周博文，2016，导师陈晖。《张天翼与中国现代儿童文学》，北京师范大学黄贵珍，2017，导师陈晖。《神话与儿童文学》，东北师范大学董国超，2013，导师朱自强。《中国儿童文学的身体书写研究》，东北师范大学韩雄飞，2017，导师侯颖。

2. 儿童文学发展历史研究 9 篇

《论现代文学与晚清民国语文教育的互动关系》，北京师范大学王林，2004，导师王泉根。《从冰心到秦文君——中国儿童文学中的女性主体意识》，北京师范大学陈莉，2007，导师王泉根。《三维视野中的香港儿童文学》，北京师范大学苏洁玉，2007，导师王泉根。《生态批评视野下的中国当代儿童文学》，北京师范大学郝婧坤，2008，导师王泉根。《论中国儿童文学初创时期（1917年至1927年）的外来影响——以安徒生童话为例》，北京师范大学王蕾，2008，导师刘勇。《中国新疆维吾尔族儿童文学研究》，北京师范大学阿依吐拉·艾比不力，2011，导师王泉根。《天籁的变奏——中国童谣发展史论》，北京师范大学涂明求，2012，导师王泉根。《新疆多民族儿童文学主题研究》，北京师范大学王欢，2016，导师王泉根。《东北沦陷区儿童文学史论（1931—1945）》，东北师范大学丁明秀，2020，导师钱万成。

3. 儿童文学文体研究（含儿童小说、成长小说、动物小说、童话、儿童诗歌、儿童戏剧、儿童电影、图画书等）19篇

《成长与性——中国当代成长主题小说的文化阐释》，北京师范大学张国龙，2005，导师王泉根。《论以儿童文学为根基的儿童戏剧教育》，上海师范大学赵婧夏，2006，导师梅子涵。《论中国当代儿童电影的基本精神》，北京师范大学郑欢欢，2007，导师王泉根。《动物小说——人类的绿色凝思》，上海师范大学孙悦，2008，导师梅子涵。《多维视野中的动物小说研究》，北京师范大学李蓉梅，2009，导师王泉根。《类型视野中的儿童幻想电影研究》，北京师范大学左昡，2009，导师王泉根。《童话论》，上海师范大学李慧，2010，导师梅子涵。《现代中国儿童小说主题研究》，北京师范大学王家勇，2011，导师王泉根。《论图画书语言》，北京师范大学赵萍，2011，导师王泉根。《论中国动画电影》，上海师范大学林清，2012，导师梅子涵。《少年小说中的成长书写——以台湾"九歌现代儿童文学奖"获奖作品为研究对象》，北京师范大学谢纯静，2013，导师王泉根。《中国当代比较儿童戏剧研究》，北京师范大学马亚

琼，2016，导师王泉根。《童话空间研究》，北京师范大学严晓驰，2016，导师王泉根。《儿童幻想小说叙事研究》，东北师范大学聂爱萍，2017，导师侯颖。《后现代儿童图画书研究》，北京师范大学程诺，2018，导师陈晖。《中国当代儿童诗歌的审美流变》，东北师范大学钱万成，2019，导师王确。《论视觉文化视域中的中国幼儿文学》，浙江师范大学洪妍娜，2020，导师方卫平。《新世纪儿童小说中的童年书写研究》，东北师范大学山丹，2020，导师侯颖。《中国现代幻想儿童文学中"漫游奇境"类故事的研究》，浙江师范大学王洁，2020，导师张法。

4. 儿童文学中外关系与比较研究 8 篇

《中西童话的主体比较研究》，北京师范大学舒伟，2005，导师王泉根。《清空的器皿——成长仪式与欧美文学中的成长主题》，上海师范大学徐丹，2006，导师梅子涵。《中日现代儿童文学发生期平行比较研究》，北京师范大学浅野法子，2008，导师王泉根。《中韩现代儿童文学形成过程比较研究》，北京师范大学张美红，2008，导师王泉根。《格林童话的产生及其版本演变研究》，上海师范大学彭懿，2008，导师梅子涵。《安徒生对孩童世界的开启及其现代意义》，北京师范大学李红叶，2011，导师王泉根。《日本儿童文学中的传统妖怪》，上海师范大学周英，2011，导师梅子涵。《图画书中文翻译问题研究——以英日文中译为例》，北京师范大学岩崎文纪子，2017，导师陈晖。

5. 儿童文学的跨界研究 5 篇

《出版文化视野下的中国当代儿童文学》，北京师范大学陈苗苗，2007。《儿童文学与新马华文教育研究》，北京师范大学陈如意，2008。《改革开放以来中国儿童书籍出版史论》，北京师范大学崔昕平，2012。《儿童文学与香港小学语文教育的对策研究》，北京师范大学谢玮珞，

2012。《儿童文学阅读与儿童健全人格研究》，北京师范大学李丽，2016。以上5篇博士学位论文的导师均为王泉根。

三、中国现当代文学维度的博士学位论文

如上所述，2001年至2020年间的136篇与儿童文学相关的博士学位论文中，有87篇博士学位论文属于中国现当代文学专业，除了北京师范大学、上海师范大学、东北师范大学的59篇博士论文是以"中国现当代文学专业儿童文学研究方向"以外，还有28篇博士论文是以中国现当代文学专业"现代文学"或"当代文学"作为研究方向的，以下是按答辩通过的时间顺序整理的这28篇博士论学位文的论题、学校、博士生姓名、答辩时间、导师名单：

《蝶与蛹——关于中国当代小说成长主题考察与思考》，北京大学李学武，2001，导师曹文轩。

《"主体"之生存——当代成长主题小说研究》，南京大学樊国宾，2002，导师丁帆。

《从"训诫"到"交谈"——中国新时期童话创作发展论》，华中师范大学冯海，2003，导师张永健。

《儿童的发现与中国现代文学》，复旦大学王黎君，2004，导师吴立昌。

《近二十年来中国小说的儿童视野》，四川大学何卫青，2004，导师赵毅衡、曹顺庆。

《中国现代文学中的儿童叙事》，中国社会科学院研究生院朱勤，2005，导师杨义、李存光。

《精神探索、苦难展示与被动化存在——论1980年代以来小

说中的儿童叙事》，吉林大学王文玲，2006，导师张福贵。

《重塑民族想象的翅膀：20世纪中国科幻小说研究》，兰州大学王卫英，2006，导师常文昌。

《荆棘路上的光荣——中国现代儿童文学史论》，山东师范大学杜传坤，2006，导师姜振昌。

《新时期小说中的未成年人世界》，华东师范大学齐亚敏，2007，导师马以鑫。

《呼唤和谐的儿童本位观——儿童文学与小学语文教育》，吉林大学赵准胜，2007，导师张福贵。

《“人”与“自我”的诗性追寻——中国现代文学中的回忆性童年书写研究》，南京师范大学谈凤霞，2007，导师朱晓进。

《20世纪中国成长小说研究》，上海大学徐秀明，2007，导师葛红兵。

《行进中的“小说”中国——当代成长小说研究》，苏州大学钱春芸，2007，导师曹惠民。

《当代儿童文学的文化大革命十年：1966—1976文革儿童文学史研究》，吉林大学杜晓沫，2009，导师黄也平。

《中国现代成长小说研究》，山东师范大学顾广梅，2009，导师朱德发。

《中国现当代幻想文学研究》，中国社会科学院研究生院金南玧，2010，导师张中良。

《另一种现代性诉求——1875—1937儿童文学中的图像叙事》，山东师范大学张梅，2011，导师魏建。

《尘埃下的似锦繁花：中国现代儿童诗史论》，湖南师范大学，刘汝兰，2011，导师谭桂林。

《大众传媒语境下的儿童文学传播障碍归因研究》，山东师范大学王倩，2012，导师王万森。

《自娱与承担：中日儿童文学比较研究——以创始期为中心》，中山大学刘先飞，2012，导师林岗。

《新时期儿童文学中的生态伦理意识研究》，山东师范大学田媛，2013，导师吕周聚。

《中国新时期童话批评研究》，扬州大学王雅琴，2014，导师古风。

《儿童文学：讲述主体与对象主体——1980—2010年代儿童文学童年叙事研究》，吉林大学何家欢，2016，导师孟繁华。

《新时期儿童小说的创作新变研究》，华中师范大学王艳文，2016，导师李遇春。

《1990年代以来儿童小说中的顽童叙事研究》，山东大学赵淑华，2017，导师张学军。

《伪满洲国童话研究》，华东师范大学陈实，2017，导师刘晓丽。

《新媒体时代中国儿童文学多维特征研究》，山东师范大学潘颖，2020，导师吕周聚。

以上28篇博士学位论文的分布情况是：山东师范大学6篇，吉林大学4篇，中国社会科学院研究生院、华东师范大学、华中师范大学各2篇，北京大学、复旦大学、南京大学、南京师范大学等12所高校各1篇。

这28篇博士学位论文的选题内容有一显著特点，即均是立足于现代文学或当代文学，在中国现当代文学历史范围内探讨儿童文学，以及与儿童文学密切相关联的成长小说、幻想文学、科幻文学等，论题都集中于"中国""现当代时期""作家作品"这几个关键词，基本上不涉及儿童文学基础理论，更不涉及古代。这28篇博士论文有力地丰富并扩大了儿童文学的研究视角、研究内涵，是二十一世纪初叶儿童文学理论研究的重要收获之一。

例如，华东师范大学陈实的博士学位论文《伪满洲国童话研究》（导师刘晓丽）第一次发掘探讨中国现代文学范畴中的东北地区"伪满洲国童话"，论文认为："伪满洲国长达14年的殖民统治期间，殖民者将童话作为意识形态宣传和文化侵略的一种工具，指派或倡导作家创作一种将'五族协和''王道乐土'等殖民宣传植入其中的童话，意在教育和影响青少年。同时，一些爱好童话创作的作家和文学爱好者，以'附逆''迎合''解殖'等姿态，发表了数量不可忽视的童话作品，并在伪满洲国后期成为一种特殊的文学现象。对伪满洲国童话的研究，将再现这一时空的童话写作现象，弥补这一时期童话史料的缺失，衔接童话研究的断层，为中国文学史提供多样性的参考，与其他殖民地文学研究互为烛照、补充与参考，暴露日本殖民者培养'未来国民'的文化殖民计划，从儿童文学参与文化殖民的角度提出新思考，同时也将为这一时期的民族文学、外国文学、翻译文学等研究提供宝贵的资料。"

必须提及，从中国现代文学、当代文学维度切入或联通儿童文学的以上28篇博士学位论文的导师，多为国内现当代文学研究领域的知名专家，因而这批博士学位论文大多视野开阔，立论谨严，分量也较为厚重。为方便研究，我们把这28篇论文称为儿童文学博士学位论文产出方式的"第二方阵"。

四、跨学科维度的博士学位论文

根据博士学位论文来源，我国儿童文学博士学位论文的产出还有另一种方式，即不是出于中国现当代文学专业，而是分布在其他更多的学科专业之中，这有文艺学、外国文学、教育学、民俗学、传播学等。博士生导师既不专门研究儿童文学，也不从事现当代文学，而是文艺学、外国文学以及教育学、民俗学、传播学等相关学科的教授、专家。为方便研究，我们把这部分儿童文学博士学位论文的产出方式称为"第三方阵"。

经考察，2001年至2020年的136篇与儿童文学相关的博士学位论文，属于"第三方阵"的论文计有49篇，分述如下：

中国古代文学1篇：《汉魏晋南北朝寓言研究》，复旦大学权娥麟，2010，导师郑利华。

文艺学6篇：《西方寓言理论及其现代转型》，南京大学良清，2006，导师赵宪章。《中国发生期儿童文学理论本土化进程研究》，南开大学李利芳，2006，导师刘俐俐。《女性创作与童话模式——英国十九世纪女性小说创作研究》，华东师范大学戴岚，2007，导师陈勤建。《论安徒生童话里的"东方形象"》，暨南大学彭应翃，2011，导师饶芃子。《以两则童话的演变看地理环境对于文学的影响》，武汉大学周巍，2017，导师杜青钢。《1949年以来外国儿童文学理论在中国的译介与影响》，新疆大学陈莉，2020，导师高波。

文艺民俗学2篇：《林兰民间童话的结构形式与文化意义研究》，华东师范大学黎亮，2013，导师陈勤建。《越南灰姑娘型童话碎米细糠故事研究》，华东师范大学黄氏草绵，2017，导师陈勤建。

中国少数民族语言文学2篇：《伪满时期的蒙古族儿童文学研究——以伪满洲国蒙古文机关报为中心》，中央民族大学永花，2009，导师萨仁格日勒。《内蒙古当代儿童小说主题研究》，内蒙古大学乌云毕力格，2013，导师全福。

比较文学与世界文学13篇：《马克·吐温青少年题材小说的

多主题透视》，上海师范大学易乐湘，2007，导师郑克鲁。《晚清儿童文学翻译与中国儿童文学之诞生——译介学视野下的晚清儿童文学研究》，复旦大学张建青，2008，导师谢天振。《从歌德到索尔·贝娄的成长小说研究》，吉林大学买琳燕，2008，导师傅景川。《格林童话在中国》，四川大学付品晶，2008，导师杨武能。《儿童成长与伦理选择——安徒生童话研究》，华中师范大学柏灵，2013，导师聂珍钊。《帝国的男孩与女孩：帝国主义和"黄金时代"儿童小说中的性别模范》，上海外国语大学裴斐，2013，导师史志康。《权正生儿童文学中的苦难叙事研究》，中央民族大学韩天炜，2017，导师吴相顺。《以绘为本　抵心问道——日本现代儿童绘本叙事结构的研究》，中央美术学院杨忠，2017，导师周至禹。《生态中心主义型生态批评视阈下的〈格林童话〉研究》，上海外国语大学孟小果，2017，导师谢建文。《从憧憬到现实——小川未明初期童话研究》，上海外国语大学杨亚然，2019，导师高洁。《在"漂浮的世界"中成长——辛西娅·角畑儿童小说主题研究》，中央民族大学陈蓼，2020，导师郭英剑。《〈哈利·波特〉在中国的译介研究》，上海外国语大学王伟，2020，导师宋炳辉。《杰克·齐普斯的童话理论研究》，华中师范大学雷娜，2020，导师孙正国。

英语语言文学6篇：《无尽的求索和虚妄的梦——美国成长小说艺术和文化表达研究》，上海外国语大学孙胜忠，2004，导师虞建华。《幻想与现实：二十世纪科幻小说在中国的译介》，复旦大学姜倩，2006，导师何刚强。《童话的青春良药："白雪公主"与"睡美人"的青春改写》，上海外国语大学阙蕊鑫，2009，导师张定铨。《英国童话的伦理教诲功能研究》，华中师范大学李纲，2015，导师聂珍钊。《维多利亚时期英国儿童幻想文学研究》，山东师范大学任爱红，2015，导师王化学。《英国儿童小说的伦理价值研究》，华中师范大学王晓兰，2016，导师聂珍钊。

德语语言文学3篇：《德国浪漫主义时期童话研究》，北京外国语大学刘文杰，2006，导师韩瑞祥。《"童话"中的童话——论童话〈渔夫和他的妻子〉在君特·格拉斯小说〈比目鱼〉中的改写和作用》，上海外国语大学丰卫平，2006，导师卫茂平。《埃里希·凯斯特纳早期少年小说情结和原型透视》，上海外国语大学侯素琴，2009，导师卫茂平。

戏剧戏曲学2篇：《中国儿童剧导演艺术研究》，中央戏剧学院徐薇，2006，导师白梹本。《中国儿童戏剧发展史（1919—2010）》，上海大学宋敏，2018，导师朱恒夫。

广播电视艺术学3篇：《中国儿童电视剧的审美文化研究》，中国传媒大学朱群，2009，导师蒲震元。《中国儿童电视剧55年》，中国传媒大学王利剑，2013，导师刘晔原。《国产儿童电视剧的产业化研究》，海南师范大学王素芳，2018，导师周泉根、单正平。

学前教育学6篇：《幼儿喜爱之幽默图画书的特质》，北京师范大学周逸芬，2001，导师陈帼眉。《幼儿图画故事书阅读与发展研究》，北京师范大学康长运，2002，导师庞丽娟。《童话精神与儿童审美教育》，南京师范大学闫春梅，2007，导师滕守尧。《教师引导对大班幼儿故事听读理解影响研究——以"同伴交往"主题作品为例》，北京师范大学高丽芳，2008，导师刘焱。《小、中、大班幼儿对故事的阅读理解与听读理解的比较研究》，北京师范大学张玉梅，2009，导师刘焱。《学前儿童图画故事书阅读理解发展研究——多元模式意义建构的视野》，华东师范大学李林慧，2011，导师周兢。

教育学原理（课程与教学论）3篇：《儿童文学，一种重要的课程资源》，北京师范大学赵静，2002，导师裴娣娜。《清末民国小学儿童文学教育发展研究》，北京师范大学张心科，2010，导师郑国民。《清末民国时期儿童文学教育学术史研究——基于〈教育杂志〉的文献考据》，陕西师范大学赵燕，2016，导师栗洪武。

新闻学2篇：《中国近代儿童报刊的历史考察》，中国人民大学傅宁，2005，导师方汉奇。《中国童书出版编辑力研究》，武汉大学张炯，2017，导师吴平。

"第三方阵"儿童文学博士学位论文的产出的特点是：博士生导师属于相关学科的教授、专家，他们指导的博士研究生的博士学位论文选题，无疑是立足于自身学科专业范围，并不是为了儿童文学，但论文选题内容所提出与需要解决的问题则与儿童文学密切相关，因而明显地具有跨领域、跨学科的交叉研究性质。例如：《林兰民间童话的结构形式与文化意义研究》（华东师范大学黎亮，2013），是民俗学中的文艺民俗学与儿童文学的交叉研究。《童话精神与儿童审美教育》（南京师范大学闫春梅，2007），是学前教育学与儿童文学的交叉研究。《清末民国小学儿童文学教育发展研究》（北京师范大学张心科，2010），是教育学中的课程教学论与儿童文学的交叉研究。《"童话"中的童话——论童话〈渔夫和他的妻子〉在君特·格拉斯小说〈比目鱼〉中的改写和作用》（上海外国语大学丰卫平，2006），是德语语言文学与儿童文学的交叉研究。《中国儿童电视剧55年》（中国传媒大学王利剑，2013），是广播电视艺术学与儿童文学的交叉研究。

如上所示，"第三方阵"儿童文学博士学位论文的撰写主体是其相关学科专业，如文艺民俗学、学前教育学、教育学（课程教育论）、德语语言文学、广播电视艺术学等。这些学科都有自己的研究领域、理论体系、研究方法和专门的术语系统，这些与儿童文学相关联的博士学位论文，显然需要立足于自身学科的理论体系、研究方法和专门术语，在此基础上，运用跨学科的研究方法，拓宽新的理论话语。因而这类儿童文学博士学位论文，对于自身的学科专业而言，是一种新问题的提出，新资料的发现，新领域的开拓。但对于儿童文学而言，则是拓宽了儿童文学的研究领域与理论视野，提供并丰富了儿童文学新的研究成果与理论启示。这就是跨学科、跨领域研究带来的好处。

　　跨学科研究根据视角不同，可分为方法交叉、理论借鉴、问题拉动、文化交融四个层次。试以北京师范大学教育学专业博士学位论文《清末民国小学儿童文学教育发展研究》（张心科，2010）为例，该论文属于教育学中的课程教学论研究，"试图对清末民国小学儿童文学教育发展历程做深入的研究，来探索当下儿童文学和语文教育中的文学教学问题，并力图预示儿童文学教育的走向"①。论文"采用文学、教育、历史跨学科交叉研究的方法，以教育宗旨、儿童观及文学功能为视角，以课程（课程思想、文件及教材）和教学（教学内容、过程及方法）为切入点，对清末民国的小学儿童文学教育进行了较为系统、深入的分析，梳理出其发展的脉络"。儿童文学教育是语文教育的重要内容，儿童文学直接联系着语文教材、课程资源与未成年人的文学阅读能力培养，因而这篇博士学位论文提出和研究的问题，对于当前儿童文学与小学课程资源、语文教育研究、阅读传播、校园文化建设等，都有实质性的意义与启示。

---

① 郑国民：《〈清末民国儿童文学教育发展史论〉序》，见张心科：《清末民国儿童文学教育发展史论》，北京师范大学出版社，2011年。

五、我国儿童文学学科建设经历的机遇与挑战

综上所述，我国儿童文学博士学位论文的产出主要来自以上三种方式：一是明确以儿童文学作为博士研究生培养目标的儿童文学主体性研究产出方式，即上文所述的"第一方阵"；二是立足于中国现当代文学历史范围内探讨儿童文学的衍生性研究产出方式，即上文所述的"第二方阵"；三是以原学科研究为中心，涉及儿童文学的跨领域、跨学科交叉研究产出方式，即上文所述的"第三方阵"。以上三种出于不同研究目的的博士学位论文汇聚在一起，共同促进了二十一世纪初以来我国儿童文学理论研究的发展与高层次专业人才的培养。如果我们将这三种方式及各自的特色、优势加以比较与综合分析，我们或许能从中找到当代儿童文学学科建设与学术研究的一些基本规律，并从中探析制约儿童文学学科建设的瓶颈，拓宽儿童文学学术研究的发展空间。应当说，由此引发的启示与思考是多方面的。

1. 儿童文学是一门综合性学科

现行的学科分类与学科级别是由国务院学位委员会办公室、教育部学位管理与研究生教育司（一套班子两块牌子）制定的，名谓《授予博士、硕士学位和培养研究生的学科、专业目录》，于1997年公布实施。按此文件，现行所有学科分成学科门类、一级学科、二级学科（三级学科实际上是二级学科下属的研究方向）。其中，中国语言文学为一级学科，下设8个二级学科，即：文艺学，语言学与应用语言学，汉语言文字学，中国古典文献学，中国古代文学，中国现当代文学，中国少数民族语言文学，比较文学与世界文学。儿童文学被归整到中国现当代文学二级学科里面。

　　但在中国语言文学范畴之中，儿童文学与其他文学专业，如文艺学、中国古代文学、少数民族语言文学、比较文学与世界文学等相比较，儿童文学具有明显的交叉性与跨学科性。其根本原因在于，儿童文学是以读者对象（儿童）命名的文学类型，因而如何理解与把握儿童的特点以及儿童接受文学的特殊性，就成了这门学科的前义。这样儿童文学自然而然地与教育学、心理学、艺术学、传播学等相关联。更重要的是，从系统论的观点看待儿童文学学科，儿童文学研究实际上包含了文学内部研究与文学外部研究这样两个系统。具体而言，儿童文学的内部研究包括儿童文学的基础理论，儿童文学发展史论（古代、近现代、当代），儿童文学文体论，儿童文学作家作品论，儿童文学创作方法论，儿童文学中外交流互鉴论等；而儿童文学的外部研究，则涉及儿童文学与教育学（特别是学前教育、课程教育论中的语文教育），儿童文学与传播学（特别是其中的出版学），儿童文学与艺术学（如儿童文学与戏剧学，儿童文学与电影学、电视学，儿童文学与美术学），儿童文学与民俗学（特别是民间文艺、民间文学），儿童文学与语言学（特别是外国语言文学、中国少数民族语言文学）等。

　　2. 儿童文学不能被束缚在"中国现当代文学"二级学科里面

　　由上分析观之，按照《授予博士、硕士学位和培养研究生的学科、专业目录》所规定的现行学科、专业分类，将儿童文学仅仅放在中国现当代文学二级学科专业里面，作为其中的一个研究方向，显然既不合理，更不科学。借用唐代诗人韩愈《山石》诗中的一句，那真是"岂必局促为人靰"，严重制约了儿童文学的学科建设与学术研究。

　　因为，如果我们只是将儿童文学视为中国现当代文学专业下面的一个研究方向，那么，儿童文学只能在中国现当代文学范围里面兜圈子、找题目，有关儿童文学基础理论、儿童文学文体论、古代儿童文学、外国儿童文学、少数民族儿童文学，尤其是儿童文学与教育学、艺术学、传播学、民俗学等跨学科跨领域的研究课题，都将是师出无门，不属于现当代文学本专业研究范围。本文所论述的以上136篇儿童文学博士学位论文，出于中国现当代文学专业的论文，之所以有多篇突破现当代文学的束缚，而涉及儿童文学基础理论、文体类、外国儿童文学以及教育学、传播学、艺术学等，这主要是出自北京师范大学、上海师范大学、东北师范大学这三所高校的儿童文学博士研究生，是这三所高校的博士生导师有意识地突破学科专业束缚，开疆拓土，将博士学位论文的选题引向并渗透到更广阔的领域之中。

但据笔者所知，这些具有跨专业意图的博士学位论文，实际上在送外校专家评审以及预答辩等环节中，多少会遭到现当代文学"同行专家"的质疑，甚至提出不符合专业范围的评审意见。为了求得儿童文学的发展，相关导师自然必须与现当代文学"搞好关系"。笔者从2001年起在北京师范大学文学院担任"中国现当代文学专业儿童文学研究方向"的博士生导师，先后指导并顺利毕业29位博士生，其中6位来自日本、新加坡及我国台湾、香港地区。当时为使博士生的论文选题突破中国现当代文学范围的束缚并顺利通过评审、答辩，实在是煞费苦心。幸蒙北京师范大学现当代文学学科带头人王富仁、刘勇教授等对儿童文学的全力支持与呵护，方使儿童文学博士生培养在北京师范大学得到从容发展的平台，营造出一方天地。特别难得的是，在北京师范大学研究生院的支持并报经学校评审决定下，从2006年起，儿童文学作为与中国现当代文学并列的二级学科，单独招收儿童文学硕士研究生（博士研究生招生仍在现当代文学专业）。

儿童文学要突破现当代文学二级学科的束缚，实在亟须"自立门户"。实际上，我们从以上136篇博士学位论文的学科分布可知，那些跨学科跨领域的交叉研究，也即儿童文学外部研究的论文，更多地来自于教育学、艺术学、民俗学以及中国语言文学一级学科下面的文艺学、少数民族语言文学等，这也从另一个方面印证了儿童文学不能被束缚在"中国现当代文学"二级学科里面的必然性。

3. 儿童文学学科新的生长与契机

综上所述，无论是儿童文学研究自身的学科特点，还是本文所论述的这136篇儿童文学博士学位论文的现实产出状况，都在明确地揭示一个观念：儿童文学应当而且必须独立成类，自立门户，成为一门中国语言文学一级学科下面的，并列于文艺学、中国古典文献学、中国古代文学、中国现当代文学、中国少数民族语言文学、比较文学与世界文学的独立的二级学科。非如此，儿童文学学科无法得到应有的发展，那种"局促为人靰"的不合理不科学的状况，也无法得到根本的改变。正因如此，国内多所高校的教授尤其是儿童文学学科先辈专家、浙江师范大学蒋风教授，曾多次撰文吁请相关职能部门能给儿童文学二级学科的地位[①]，但情况却长期地"依然照旧"。

转机出现在2009年，教育部印发了《学位授予和人才培养学科目录设置与管理办法》，对二级学科设置办法进行了改革：学位授予单位可在获得授权的一级学科下，自主设置与调整二级学科和按二级学科管理的交叉学科。同时又规定，1997年颁布的《授予博士、硕士学位和培养研究生的学科、专业目录》中的二级学科，仍是学位授予单位招生、培养人才的重要依据。

根据这一文件精神，凡是国内高校已经获得授权的一级学科，可以：(1)自主设置与调整二级学科；(2)自主设置按二级学科管理的交叉学科。前提是这个学科必须已经获得教育部授权的一级学科资质。按此文

---

① 蒋风：《儿童文学在中国：作为一门学科处境尴尬》，《文艺报》2003年9月2日。

件，我们已经欣喜地看到，在新世纪进入第二个十年后，在教育部逐年公布的《学位授予单位（不含军队单位）自主设置二级学科和交叉学科名单》中，北京师范大学已经在授权的一级学科"中国语言文学"下，自主设置了"儿童文学"为二级学科；浙江师范大学则将"儿童文学"设置为交叉学科（儿童文学—教育学、中国语言文学、外国语言文学）。这是新时代儿童文学学科的新发展、新作为，相信儿童文学博士研究生的培养与儿童文学博士学位论文的产出自将步入一个新的台阶。

六、期待新时代儿童文学学科建设与博士生培养的突破与发展

但是，我们必须看到问题的另一面：虽然儿童文学学科建设出现了转机，然而这一转机对高校而言是有条件与门槛的，即必须是获得授权的一级学科。那么问题就来了，那些没有获得授权的一级学科的高校，即使儿童文学教学科研实力最强、社会对这方面的高层次人才最急需，也只能徒呼奈何，因为作为"学位授予单位招生、培养人才的重要依据"的教育部那份1997年颁布的《授予博士、硕士学位和培养研究生的学科、专业目录》中，是不存在儿童文学的，国内将近100多所师范类院校想要发展儿童文学学科，由于在这份教育部《专业目录》中找不到二级学科儿童文学，自然"师出无名"。然而儿童文学学科发展与高层次人才培养又是如此急需，在这里我想提出下面的数字与事实：

1949年新中国成立至今的儿童文学是中国儿童文学史上发展最快、成就最为显著的时期。尤其是"十八大"以来，儿童文学的新作为、新发展更为显著。今天中国已成为完全意义上的世界儿童文学大国，并正在向强国迈进。据统计，近年中国出版的少儿图书品种每年多达4万余种，年总印数7亿册以上，约占全国全部出书品种的10%。而其中，最具

影响力的正是儿童文学，如"国际安徒生奖"得主曹文轩的《草房子》销量已超过1000万册，现在全国出版的文学类图书，儿童文学占了一半。近年来，中国原创儿童文学走出国门的步伐越来越强劲，中国儿童文学已成为世界儿童文学之林中的东方劲旅。因而儿童文学学科建设与专业人才培养已成为新时代高校文科建设的一个具有重要现实意义的课题，而处于高等教育中的最高学历的博士研究生培养与儿童文学博士学位论文的产出就尤其显出价值与意义。更何况，在当前每年大规模招收博士研究生的背景下，为什么不能对儿童文学"高抬贵手"呢？例如2021年全国博士研究生招生人数达12.6万人，较2020年增加了0.98万人，同比增长8.40%[①]，而儿童文学博士研究生招生不到区区五六人而已。新时代的博士生培养自应有新作为新举措，我们期待儿童文学博士研究生培养与儿童文学博士学位论文的产出将有更新更大的发展与成就。

正是在新时代新作为的惠风吹拂下，作家出版社决定推出我国教育史、出版史上的第一套《儿童文学博士文库》，第一辑21种，其中包括5位导师的著作与16位博士的博士学位论文。这16部儿童文学博士学位论文，主要来自北京师范大学、上海师范大学、东北师范大学，很明显，这是明确以儿童文学作为博士研究生培养目标的儿童文学主体性研究方式（即上文所述的"第一方阵"）产出的博士学位论文。

《儿童文学博士文库》的出版，既是对儿童文学专业高层次人才培养与学科建设的有力支持，同时也是促进新时代儿童文学理论发展的有力举措。我们欣喜地看到，新世纪以来我国自主培养的这一大批儿童文学博士生，正在成长为新一代儿童文学理论工作者，他们中的拔尖人才，已成为当今知名的理论批评家、作家、出版家与阅读教学专家，是中国儿童文学新一代的理论批评、学术研究、学科建设的接力者、领跑者。

---

① 智研咨询《2021年中国研究生培养单位、招生人数、在学人数及毕业人数分析》，发布时间：2022-03-11，10:23，北京智研科信咨询有限公司官方账号。

长江后浪推前浪，相信中国儿童文学理论建设与学术研究在一棒接一棒的接力中，必将日日新，又日新，为建设具有中国特色、东方智慧的儿童文学理论体系做出更大的成绩。

2020年10月15日初稿于北京师范大学

2022年4月30日改定于海南三亚

目录

Contents

绪

论

第一节　立论依据

一、选题的缘由

文学和人充满意义的关系，在古老的文明中早有记载。古埃及底比斯城图书馆正门上方镌刻着"医治灵魂的良药"[①]，清代张潮提出"书本草"，中国古人专门发明用来治疗心理疾病的文体"箴"，刘勰《文心雕龙·铭箴》对此解释为"箴者，针也，所以攻疾防患，喻针石也。斯文之兴，盛于三代"[②]。对于热爱读书的人来说，文学确实曾以各种方式"修补或创造过我们的生活"，并力图唤醒我们自身的精神免疫，"如果世界上到处都有神，'那么他也一定在你之内'，你必须窥视自己，'看到其中的世界'，然后你就能得到你要找的力量了"[③]。

书籍对心灵具有巨大的影响，对于成长中的儿童尤为如此。然而，坎

[①]　［美］杰西.H.谢拉:《图书馆学引论》,张沙丽译,兰州大学出版社,1986年,第2页。

[②]　祖保泉:《文心雕龙解说》,安徽教育出版社,1993年,第195页。

[③]　［美］麦地娜·萨丽芭:《故事语言:一种神圣的治疗空间》,叶舒宪、黄悦译,《广西民族学院学报》(哲学社会科学版),2003年第5期。

贝尔在很早之前，就发现另外一种趋势，"当今社会的问题之一是，人们对心灵的内涵并不熟悉，反而只对每天、每小时发生的事情感兴趣"①。现实的调查数据也并不能让人减少一些担忧。如果说文学是心灵的书写，是心灵对心灵的呼唤与回应，那么，冷落文学、拒绝文学，尤其是冷落与拒绝"作为一种寄寓着成人社会（创作主体是成年人）对未来一代（接受主体是未成年人）文化期待与殷殷希望的专门性文学"②——儿童文学，我们会不会陷入一种短视、粗糙以及对浮华的沉溺和对永恒意义的抛弃？答案显然是肯定的。如同树离开土壤，人离开那些足以让我们扎根并生生不息的美好品质，是否还可以"人"的意义繁衍、生存？这是人类陷入的困境。基于此，寻找儿童自身渴望阅读的原因，并因此让图书发挥出对儿童精神生命的影响力，成为本研究展开的缘由之一。

张必隐在《阅读心理学》中提出的"阅读动机论"提供了一些解决线索。"动机因素对阅读过程的影响十分明显，如果没有一定的阅读动机，也就不可能有一定的阅读行为。"③阅读动机又分为"内在动机"（Intrinsic motivation）和"外加动机"（Extrinsic motivation）。实验已经证明，"内在动机推动下的阅读比在外加动机推动下的效果要好"④。汤普森（Thomson, 1959）对此解释为内在动机意味着"着手思考并解决某个问题，可以给人带来一种确定的、极为愉快的情感状态。这种愉快的体验，本身就是一种目的，正是这种目的推动人们去思考"⑤。康德赖（Condry, 1977）则从反面进行了论证，他认为那些外部动机主导的学生，"倾向于选择相对容易的任务，活动浮于表面，且创造性较低"⑥。因此寻找儿童阅读活动发生的内在动机，以此促成儿童阅读行为的发生和阅读效果的提升，存

---

① ［美］约瑟夫·坎贝尔、比尔·莫耶斯：《神话的力量》，朱侃如译，浙江人民出版社，2013年，第13页。
② 王泉根：《论儿童文学的基本美学特征》，《北京师范大学学报》（社会科学版），2006年第2期。
③ 张必隐：《阅读心理学》（修订版），北京师范大学出版社，2004年，第246页。
④ 张必隐：《阅读心理学》（修订版），北京师范大学出版社，2004年，第247页。
⑤ 同上。
⑥ 张必隐：《阅读心理学》（修订版），北京师范大学出版社，2004年，第248页。

在着研究合理性。

　　所谓儿童阅读的内在动机，指的是儿童阅读行为的展开是一种发自内在的需求，这种需求主导下的阅读行为，不会因为外在原因而消失。在遍寻的过程中，埃里克森"人格发展八阶段"理论成为解锁的一把钥匙。该理论是埃里克森沿着安娜·弗洛伊德、H.哈特曼强调自我适应性功能路线创立的"强调自我的适应和发展"的理论。在埃里克森看来，人的生命周期分为八个阶段，每个阶段都面临着主要的冲突，冲突的解决决定着我们人格发展的方向。冲突依次为：信任对不信任；自主对羞怯和怀疑；主动对内疚；勤奋对自卑；同一性对角色混乱；亲密对孤独；繁衍对停滞；自我完整对失望。[①]

　　如果我们仔细分析，会发现这些关乎人格的形容词，都是一种对心灵感觉的描述。那么，我们是否可以设想，冲突是一种心理感受，作用于心灵的文学正好可以起到重要的干预作用，也因此，我们找到了儿童阅读行为发生的内在动机，即在不同的人格发展阶段，儿童内心不可诉说的矛盾对疏解与引导的需求，与儿童文学作为承载着人类智慧经验和善美特质的文学形式所具备的功能刚好具有契合性。

　　关于本研究的另一个缘由，也由此而衍生。埃里克森人格发展理论中关乎儿童的是前五个阶段，顺利解决这五个阶段冲突的根本在于生命个体趋向"自我同一性"，所谓"自我同一性"指的是"自我在内外因素的共同影响和作用下，通过区分、校正、组织和监控个体与环境的关系，调整和平衡自身内外的矛盾，使自身达到完整、一致、和谐状态的一种自我特性"[②]。生命周期是同一性的各种必不可少的坐标之一，所以，在儿童人格发展的不同阶段，经由冲突的正面解决而呈现的人格特质——信任、自主、主动、勤奋，就成为自我同一性的组成部分。而这与"儿童健康人格"的含义有趋同性。或者说，埃里克森人格发展理论本身就是探讨通过

---

① ［美］伯格：《人格心理学》（第八版），陈会昌译，中国轻工业出版社，2014年，第111页。
② 刘慧莹：《埃里克森自我同一性理论的文化解析》，《社会科学辑刊》，2002年第5期。

对每一个阶段危机的解决，使人格渐趋健康、健全。所以，既然儿童文学阅读行为发生是为了对冲突的内心进行干预，那么儿童文学自然就起到了对儿童健康人格形成的引导作用。因此，本文以"儿童文学阅读与儿童健康人格研究"为题，进行细致的、系统的研究，以便在不同的冲突阶段，能最大效果地发挥儿童文学阅读引导的作用。

关于本研究的第三个缘由则是我国"儿童文学阅读与儿童健康人格研究"不容乐观的研究现状。在中国，儿童健康人格研究最早可追溯到五四时期，蔡元培提出"教育者，养成人格之事业也"，其最终的目的是培养儿童健康的人格。

心理学学者黄希庭、葛明贵、高玉祥等人从心理健康的角度提出了"健全人格"概念，并认为提出培养健康人格，有利于根据儿童的心理健康特征和潜能特质，提供相应的刺激条件，提高儿童发展水平。

社会学家提出，社会秩序的稳定在很大程度上依赖于该社会成员有健康的思想观念和心理行为。儿童作为国家与社会、民族的未来，家庭的希望，更需要从小就培养健康的人格品质，以增强社会适应性。

改造儿童的方式中，郭沫若认为，应当重视文学艺术，尤其是儿童文学。"文学于人性之熏陶，本有宏伟的效力，而儿童文学尤能于不识不知间，导引儿童向上，启发其良知良能。"[1]茅盾进一步指出儿童文学具有"助长儿童本性上的美质""构成了他将来做一个怎样的人的观念"之功用。王泉根则敏锐地意识到"儿童文学作为一种独立的艺术门类"的特殊性，总结出儿童文学担负的特殊的美学任务和使命，认为儿童文学是"现世社会对未来一代进行文化设计（也即人化设计）与文化规范的艺术整合"[2]。儿童文学对儿童健康人格培养的重要性可见一斑。

---

[1] 郭沫若：《儿童文学之管见》，《民铎杂志》，1922年第3期，见《郭沫若文集》第十卷，人民文学出版社，1957年。
[2] 王泉根：《论儿童文学的基本美学特征》，《北京师范大学学报》（社会科学版），2006年第2期。

　　儿童的大部分时间与学习相伴，儿童文学阅读是他们生命教养的日常方式，通过儿童文学对儿童进行健康人格建设是儿童精神生命成长必不可少的方式。因此，关于二者之影响、生成的研究是非常重要且充满价值的，但是目前我国大陆对此的相关研究还处于薄弱期甚至空白期。

　　最早与汉语体系发生联系的、关涉到"儿童文学阅读与儿童健康人格"的研究出现在中国台湾，是"儿童文学阅读治疗"的一种。

　　1997年林世浩发表《以读书治疗进行归因再训练对儿童同侪关系之影响》①、王雅君发表《读书治疗团体对儿童同理心辅导效果之研究》②，开启了儿童文学对儿童成长的影响研究之路。

　　1997年至2004年间，中国台湾共出现了主要相关文章19篇，研究者利用童话、绘本、少年小说等儿童读物对儿童的"亲子关系""友谊""攻击行为""利社会行为""自杀倾向"等成长困扰进行了干预、引导，并取得了显著效果。

　　1999年中国台湾学者王万清出版《读书治疗》③一书，该书的理论篇幅小，其主要内容是探索怎样把儿童文学应用于少年儿童的心理治疗，涉及怎样选择儿童读物、每一类读物的特点、各年级儿童的特点、治疗技巧、治疗方案的设计和执行、治疗效果的评估，比较好地展现了中国台湾学者在阅读疗法研究方面的思路、方法，体现了中国台湾学者讲实证、重细节的治学风格。但是该书并没有把儿童文学与儿童健康人格研究联系在一起，并且在儿童年龄的涵盖上，并未涉及学龄前，而学龄前人格养成对人一生人格的形成具有奠基作用。

　　在中国大陆，最早关于"文学阅读治疗"的文章是1991年陈信春在《图书馆杂志》第1期上发表的《文献治疗——读者服务工作的内容之一》；

---

① 林世浩：《以读书治疗进行归因再训练对儿童同侪关系之影响》，硕士学位论文，台湾东华大学，1997年。
② 王雅君：《读书治疗团体对儿童同理心辅导效果之研究》，硕士学位论文，台南师范学院，1997年。
③ 王万清：《读书治疗》，台北心理出版社，1999年，第227页。

而最具影响力的文章是1998年叶舒宪接连推出的《文学与治疗——关于文学功能的人类研究学》《文学治疗的原理及实践》，这两篇文章里首次出现"文学治疗功能"一词，对文学治疗进行了概念性界定，并由此拉开了文学治疗研究大幕。和儿童有关系的研究则首见于2000年1月李庆文发表的《大学生心理障碍与"读书疗法"》，对处于儿童与成人临界点的大学生群体进行了"读书治疗"。

2001—2006年，以宫梅玲、曾洪伟为代表的30位医院图书馆作者连续在图书馆学、医学和心理学刊物、《中国青年报》、《中国教育报》发表论文30多篇，针对阅读疗法对大学生心理障碍的实证性研究进行了论述，成果显著，为阅读治疗在我国高校大学生心理障碍干预方面的深入发展，起到了重要的导向作用，并掀起了第一个研究高潮。在此期间，还产生了针对中小学儿童文学阅读治疗的文章3篇，蒋润秋、唐绍琼对中小学图书馆在阅读治疗方面的方法及服务进行了相关讨论。

2005年睢密太发表了《关于大学生心理障碍干预模式的理论建构》[1]《我国十五年来心理障碍阅读干预研究述评》[2]，并成功申请到内蒙古自治区自然科学基金项目"大学生心理干预模式"。华南师范大学教育科学学院2006届硕士毕业生黎龙辉在导师刘良华的指导下，完成了毕业论文《关于中学生阅读治疗的试验研究》，标志着在中国大陆，教育学科和心理学科开始关注到阅读疗法。

2006年李辉发表《童话故事：一种有效的儿童艺术治疗空间》，是中国大陆较早的用儿童文学进行阅读治疗的研究论文。作者认为"童话故事是一张词语地图，孩子们在中间发现了自己"[3]。2010年毛炜炜发表《中国儿童文学的文学治疗功能——以〈流动的花朵〉为例》及2013年白晓容在《山花》发表《心灵的疗治与救赎——从文学治疗看〈追风筝的人〉》、

① 睢密太、张建新等：《关于大学生心理障碍干预模式的理论建构》，《心理科学》，2005年第6期。
② 卢胜利、睢密太：《我国十五年来心理障碍阅读干预研究述评》，《大学生图书馆报》，2007年第2期。
③ 李辉：《童话故事：一种有效的儿童艺术治疗空间》，《宿州教育学院学报》，2006年第4期。

2014年徐红军发表《创伤记忆书写与自我灵魂的救赎——解读〈血色黄昏〉创作与修改中文学与历史的复杂纠缠》等文章，从"治疗自己"和"治疗他人"两个角度解读了儿童文学的治疗功用。

有学位论文：郑雅君《论凯尔特文化的复魅与〈哈利·波特〉的当代意义》、李莹《"诊断"与"治疗"现代文明病——〈魔戒〉的文本阶段》、谷莹《建构"主动进取的自我"——谈文学叙事对心灵的建构作用》等。另有学术专著1部：季秀珍《儿童阅读治疗》[①]。前者针对儿童文学文本在现实社会中的功用进行论述，最后一部则站在心理咨询师的角度，力图从心理专业治疗入手对儿童进行阅读干预。该研究在儿童文学文本的选择上采取体裁类型划分法，目前还处于理论架构阶段。

通过对目前已有研究成果的梳理，我们发现"儿童文学阅读与儿童健康人格研究"已经开始起步，并且研究者也在努力尝试将经典文本运用到儿童成长心理干预中去，以便帮助他们缓解压力、疏导情绪、建立信心、培养品格。但是研究中也明显存在着问题。

（一）研究适用对象涵盖面不足，用力不均

目前，关于阅读治疗的研究集中在大学生心理健康教育方面，并已取得了显著成果。但针对中小学生及婴幼儿的相关研究明显力度不够。

魏彦平、王珊珊"采用问卷、晤谈、自我批评报告、网上调查等方式，发现30%的大学生存在心理障碍"，蔡莉娴研究发现"71%的大学生认为阅读对解决大学生的心理问题能起到某种作用"，这个观点也被宫梅玲研究证实。而范奉莲通过1211份有效问卷发现，阅读兴趣是受阅读心理支配的，并且不同的文学类型对儿童产生的效果不一样。"喜欢阅读名著的人最多，心理问题减少了47.8%。喜欢读传记的人较喜欢读人生类作品的人多2.5%，两种类型均对大学生心理产生影响。但是武侠及流行书刊对

---

① 季秀珍：《儿童阅读治疗》，江苏教育出版社，2011年。

大学生心理问题的影响较小。"[1]可见阅读治疗对大学生心理健康具有切实的积极作用。这个研究结果的价值在于：大学生已经接近成人，在认知上更理性，对文学有本能的距离感，但是阅读依然对其产生效果，说明阅读治疗具有实效性。

与此同时，我们关注到，婴幼儿及童年、少年期儿童在我国儿童文学阅读治疗研究中被忽视。涉及中小学生的研究性文章不足全部阅读治疗文章的2.2%，对于婴幼儿儿童文学阅读治疗的文章更是寥寥。而据联合国卫生组织调查，我国儿童心理障碍检出率并不低，新闻媒体报道的各类中小学生自杀、自闭等，也显示出对中小学生进行心理干预的必要性。"全国4—16岁的儿童心理问题发生率高达13.97%；社会适应问题的检出率为23.46%。"[2]有一则公开报道反映出的问题更令人担忧："近年来，我国的一些中小学生心理疾患的发生率呈直线上升的趋势，仅北京、上海学龄前独生子女心理问题的比率就超过50%。中小学调查研究表明，35%的中学生具有心理异常表现，接近30%的小学生心理素质处于不及格水平，而优秀和良好者仅占8.2%。"[3]"儿童主要表现对学习环境适应困难、学习困难、情绪障碍、行为问题。其中70%于5岁前已表现出异常。"[4]因此，研究者需要将目光投向这一群体。

（二）研究专业单一，儿童文学文本未尽其用

在欧美等国，阅读治疗作为精神卫生的研究受到普遍重视，多种学科参与其中，呈现出丰富性、生动性、交叉性，使该课题呈现出非凡的生命力。中国台湾地区的儿童文学阅读治疗研究也呈现出如上特点。首先，研究学者学科多样。涉及国民教育研究所，如纪惠《一个情绪困扰儿童在读书治疗中

---

[1] 范奉莲：《阅读疗法在大学生心理障碍中的应用探索》，《山东医学高等专科学校学报》，2006年第3期。
[2] 鲍秀兰：《培养婴幼儿健全人格》，《中国优生优育》（增刊），2012年第18期。
[3] 郑毅：《儿童更需要健康心理》，《心理与健康》，2003年第6期。
[4] 同上。

的改变历程研究》（1989年）、司佳珠《图画故事书中主角所面临的困扰及解决策略之分析研究》（1992年）等；特殊教育学系，如林月仙《以童书为媒介的小学预备方案对身心障碍儿童语言能力和学习适应之影响》（1992年）等。其次，用于治疗的儿童文学体裁种类多样。如利用儿童影片展开的阅读治疗，代表论文有黄丽瑾《以影片讨论增进国一学生自我了解之实验研究》；利用绘本干预小学儿童社交技巧培养，如谢素菡《绘本辅导之方案对"国小"学童社会化技巧之辅导效果研究》（1992年）；利用少年小说探讨少年问题，如张慧玲《少年小说中少年社会问题探究》（1991年）；或者利用童话展开儿童友谊认知，如黄美雯《不同年龄层次学生对童话绘本中友谊之研究》（1988年）；等。不同的儿童文学文本被充分利用，极大地扩展了儿童文学的阅读治疗范围。最后，在研究问题上也更细化，实用性增强。如郭碧兰、曾秋萍对高小丧亲儿童和地震灾区儿童进行了相关文学干预，用文本的方式帮助儿童疏解情绪，重建生命观，为他们从悲痛中走向正常的生活提供了帮助。另外，如关注到儿童文学对儿童性别影响作用的研究，如范敏慧《读书治疗对"国小"学童性别刻板印象影响历程之研究》；对儿童"自尊""低自尊"现象研究的论文，如王梅华《读书治疗对"国小"低自尊儿童之个案辅导研究》，该论文以四名小学六年级女生（家长离异或者接触时间短）组成的迷你小团体进行辅导。采用读书治疗理念，严格遵守图书治疗流程，研究者扮演指导者和参与讨论者，通过阅读分享《瓦砾中的小树》《金银岛》等作品，在具有互动性质的阅读过程中，帮助四名儿童调适心理，阅读治疗产生效果。

相对而言，中国大陆的阅读治疗研究团体集中在图书馆界，尤以高校图书馆界为主，医学图书馆、公共图书馆及中小学图书馆所占比例甚小。而儿童文学专业论文寥寥，比较文学、世界文学、汉语言文学专业各发表一篇。"作为一门新型交叉学科，我国存在图书馆界热，心理学、医学及其他相关各界冷。"①由于学科之间缺乏合作、研究结构配比不合理，导致

① 季秀珍：《儿童阅读治疗》，江苏教育出版社，2011年，第169页。

了儿童文学对儿童健康人格的影响作用不能完全发挥。

（三）儿童文学阅读与儿童健康人格研究之间缺乏有效联结性

儿童文学阅读研究与儿童健康人格研究分属于文学、阅读学与人格心理学三个领域。确然存在极大距离，但同时它们又统一于儿童，存在着关联的必然性。纵观目前的研究成果，很明显可以看出儿童文学阅读与儿童健康人格之间缺乏联结桥梁，致使阅读功用发挥不力。

因此，寻找联结桥梁是本论文拟研究解决的又一个问题。目前，已有的研究成果，诸如儿童发展量表、儿童发展特征分析、儿童阅读及分级阅读，都为本研究的展开奠定了一定的基础。本论文拟通过对儿童人格发展特征的细致剖析，寻找合适量表，筛选适合解决该人格发展阶段心理冲突的儿童文学读本，并依据"每一个孩子都有天赋，教育应该基于儿童的天赋"的教育理念进行引导。

但是，在研究过程中我们也发现，细致的、系统的，诸如周念丽所编制的《0—3岁儿童观察与评估》这样较权威的量表还是太少。直接可以与我们的研究项目如儿童信任人格、自主人格、主动人格、勤奋人格及同一性相关的、适合该年龄的测试量表极为欠缺。我们几乎可以说，目前已有的对儿童心理发展研究的成果，还不足以完全支撑起儿童文学阅读治疗与健康人格形成研究更深入的进行，因此，我们只能尽可能在已有的基础上，结合相关学科知识，做出探索性处理。

"文学不再是一个隐蔽的、自律的领地，文学研究的对象也不仅局限于文学本身。"[1]从自我封闭的纯理论式研究，到融汇更多学科知识，逐渐与实践相结合的研究，使得文学与人的关系在一个新的层面上被认知。当然，我们必须要了解的是，文学不是万能的，我们所能做的，是尽可能通过推介适合的文本，让儿童更好地理解健康人格，并在文学对人精神的影

---

[1] 谷莹:《建构"主动进取的自我"——谈文学叙事对读者心灵的建构作用》，硕士学位论文，河北大学，2009年。

响作用下，帮助儿童调节情绪、缓解压力、矫正思想、夯实人性基础，最终帮助儿童完成健康人格建设。

二、概念的界定

关于"儿童文学阅读"的概念，本论文从以下三个方面进行思辨、界定。

一是"儿童"。尼尔·波兹曼将"童年的概念"视为"文艺复兴的伟大发明之一，也许是最具人性的一个发明"①，产生于十六世纪，在不断修正和提炼中延续到现在。1762 年，卢梭的著作《爱弥儿》问世，该书在人类"发现儿童"的历史上具有标志性意义，它不仅肯定了儿童的独特性，并且认为"人类在现代化进程中发现了儿童，而儿童的发现反过来又促进了人类对自身认识的现代化进程"②。1962 年，阿里耶斯的《儿童的世纪》一书出版，再次思辨了成人与儿童的关系，并呼吁真正的儿童时代的到来。该呼吁在时隔27年后终于有了实质性突破。1989 年 11 月 20 日第44 届联合国大会通过了历时十年起草、修订并最终完成的《儿童权利公约》，以法律的形式颁布了保护儿童的标准，并确定了儿童的概念："儿童系指十八岁以下的任何人。"法律是现代文明的产物，从法律意义上定义儿童概念，并颁布其享有的各项权利和义务，儿童才真正站立在人类现代文明的沃土上。该条约颁布后，迄今为止，已有 190 多个国家批准履行，我国由于及时加入并颁布了《未成年人保护法》，被联合国儿童基金会称为"旗舰"。

关于儿童年龄的范围，研究者依据不同的研究目的提出了不同的界定方法。在西方，卢梭根据儿童身心发展和教育任务的不同，将儿童分为四个阶段：分别是0—2岁、2—12岁、12—15岁、15—20岁，涵盖了一个较为广泛的年龄区域。蒙台梭利根据儿童心智变化，划分出：0—6岁、6—12 岁、12—18 岁发展三阶段。埃里克森则根据人类自我意识的冲突和发

① ［美］尼尔·波兹曼：《童年的消逝》，吴燕莛译，广西师范大学出版社，2004 年，第2页。
② 朱自强：《中国儿童文学与现代化进程》，浙江少年儿童出版社，2000 年，第17页。

展，将人的一生分为八个阶段，其中关涉到儿童的有五个。我国学者在进行研究的时候，根据我国的用语习惯及理解习惯，有以下几种界定。陈会昌在译《人格心理学》①时，将其命名为婴儿期、学步期、儿童早期、小学期、青少年期，但并未给予清晰的年龄界定。王家军在相关研究中对学前幼儿进行了年龄划分：婴儿期（0—1岁）、儿童期（1—3岁）、学龄初期（3—6岁）。②俞国良、罗晓路则提出了：婴儿期（0—1岁）、童年早期（1—3岁）、游戏期（4—6岁）、学龄期（7—12岁）、青春期（13—18岁）五段论。③本文结合埃里克森在《同一性：青少年与危机》中的特征描述及华东师范大学周念丽团队对于儿童认知、情感、行为等能力发展的研究成果，采用如下界定：婴儿期（出生至1.5岁）、幼儿期（1.5—3岁）、学龄前期（3—6岁）、学龄期（6—12岁）、青少年期（12—18岁），依据该年龄段人格发展需求与儿童文学阅读的关系，展开论述。

二是"儿童阅读"。儿童阅读有其自身的特点。王泉根在进行课程讲述的时候，曾做过相关论述，本文结合现有研究，将其归纳为以下六个方面：1. 儿童阅读是被动的阅读，从被动阅读最终转化为主动阅读。当儿童的阅读行为趋向于稳定的主动化行为时，儿童就开始走向阅读的成熟状态。2. 儿童阅读源发之时，一切处于大人掌控之下，从阅读内容、阅读方法甚至在怎样的阅读状态下进行，都由成人控制。从成人对儿童阅读的重要影响到儿童开始以自己的方式选择阅读材料，调控阅读状态，进行积极阅读行为，需经历一个漫长的过程，因而成人正确的儿童观会对儿童良好阅读行为的形成产生重要影响。3. 不同年龄段的儿童，心理需求、阅读能力、主体经验存在差别，因此阅读呈现多样化特征。有效的阅读行为，应该是顾及具体儿童特征的阅读。4. 儿童的阅读是一种打底的阅读，是一

① ［美］伯格：《人格心理学》（第八版），陈会昌译，中国轻工业出版社，2014年，第111页。
② 王家军：《埃里克森人格发展理论与儿童健康人格的培养》，《学前教育》，2011年第6期。
③ 俞国良、罗晓路：《埃里克森：自我认同与心理社会性发展理论》，《中小学心理健康教育》，2016年第7期。

种知识的打底，精神的打底，价值观的打底。儿童阅读其终极目标就是建立儿童健康、健全的人格。5. 儿童阅读是循序渐进、从浅到深、由低到高的阅读。具体来说，在文本难度上经历着"图图图—图图文—文文图—文文文"的转变；在阅读主题上，经历着从人类宏观的、恒久的价值理念到具体细微人性的追问和思辨。是从群体到个体，再由每个生命体的自我完善达到人类整体文明进步的阅读。6. 儿童文学阅读是儿童阅读的主体。在儿童多样化的阅读形式中，儿童文学阅读以幻想性、故事性和形象性吸引着儿童，成为儿童阅读最主要的方式，哪怕是其他艺术样式，也离不开儿童文学对它的支持和架构。儿童阅读的特点，决定了其在本研究中的适用性。

　　三是"儿童文学阅读"。该概念又包含了三层意思，具体来说：1. 儿童进行的是文学的阅读。文学阅读与一般读物之间存在着区别。一般读物包含着人文、自然、科学等多种精神文化产品，而文学阅读的对象只指向于具有文学性的作品本身。2. 儿童文学本身具有丰富性。王泉根主编《儿童文学教程》中，将儿童文学分为6大门类（包含韵文体、散文体、幻想体、叙事体、多媒体、科幻文学）22种小类。因此，儿童文学阅读有别于其他阅读，儿童可选择范围广。儿童文学的丰富性决定了儿童阅读的丰富性。3. 儿童阅读文学又有其自身的多样性。儿童阅读具有不可控性，因此，不仅儿童本位的文学，儿童会阅读，非儿童本位的文学，也会由于人物年龄、精神气质、生活经历等的契合性，格外受到儿童的青睐。《西游记》《追风筝的人》《呼啸山庄》等都属于非儿童本位却被儿童喜爱并阅读的文本。另外尤其要注意的是，张悦然、文珍等一批作家的书写，致力于表现当代社会潮流裹挟涌动下的儿童形象，虽然不符合主流儿童文学标准，但由于在青少年阅读中产生了一定影响，所以，我们也将其纳入儿童文学阅读与儿童健康人格研究范围内，这样的界定也体现着对儿童阅读现实本身的尊重。

三、研究意义

（一）儿童文学阅读与儿童健康人格研究的现实意义

从阅读动机入手，提升儿童阅读行为发生的可能，在创作主体和接受主体更畅通的对话中，彰显了文学对儿童成长的意义。

哲学的主体间性为文学和美学理论提供了新的视角。儿童文学作为一种文学种类，其主体间性的特殊性在于：儿童文学活动是一个由成人创作到儿童接受的过程，二者存在认知和经验上的差距。对于儿童文学作家来说，总是以力图创作出跨越与儿童读者之间的身份差异，并帮助儿童理解和生成文学想象的作品为己任。但是，由于作家笔下的童年并不是真实的童年，而是被重新塑造的童年。因此，对话的畅通总是受阻，这也为儿童文学担负起"孕育成人人格与未来生活走向的精神萌芽"[①]的功能造成障碍。

本文通过埃里克森人格发展理论，密切关注儿童在五个关键时段所面临的最主要冲突及由此产生的心理困扰，以此为基础推荐合适的儿童文学阅读材料，力图使阅读行为的发生与儿童内在的阅读渴望发生联系。研究过程中，对每一个阶段儿童心理剖析越细致、到位，推荐的文本及阅读方法就越契合儿童成长，让儿童亲近书本、发生阅读行为的可能性也越大，所收到的阅读效果也就越好。儿童具有"吸收性心智"，"有一颗可以吸收知识的心灵，具有独自学习的能力"。因此，在最关键的时候，尽可能深入与广泛地让这些寄寓着人类最美好情感、品质的文本切实与儿童发生关系，对于儿童精神健康成长具有重要作用。

儿童文学阅读接受的过程，就是主体创造的"童年"和接受主体的"童年"相遇，儿童充分地吸收流溢在文学艺术中的审美情感和生命体验，

---

① 丁海东：《儿童精神：一种人文的表达》，教育科学出版社，2009年，第2页。

并将其内化为自身精神特质的过程。成人和儿童正是凭借着这样一种方式，在童年的永无岛上，实现了对话的可能。

（二）儿童文学阅读与儿童健康人格研究的美学意义

以健康人格为目标，激活了儿童文学叙事对人的重要影响，让儿童文学阅读的意义走向了文学的终极追求。

勃兰兑斯在《十九世纪文学主流》中强调文学具有四大功能，包含"审美""娱乐""教育""认知"四个方面。

詹姆斯·费伦在《作为修辞的叙事》中强调，"叙事不仅仅是手段，更是目的"[1]，人类具有普世意义的价值观、情感、理念等通过叙事传递。阅读是让作者、读者和文本之间产生意义的必要行为。

王泉根更是从儿童文学发生的源头，明确提出了"以善为美"是儿童文学的基本美学特征。

文学与人深刻而多元的关系，已经成为人们对文学价值意义的一种共识。然而，在中国，文学要么以"文以载道"的角色，承载着过多的负重；要么矫枉过正，几乎不去谈文学对儿童的教育意义。但文学对儿童具有天然的、不可忽视的心灵建构作用。第一，儿童文学通过童话等携带原型意味的文学样式，删繁就简，直抵人性深处，对儿童认知生活本源起到引导作用。第二，儿童文学有其自身架构故事的原则，常采用"弱小者战胜强权者""努力者获得成功"等模式，让处于人类孱弱阶段的儿童从被动接受权威话语的状态中解放出来，为他们的生命强健注入勇气和信心。第三，儿童文学意义追寻的特点强调从人类终极关怀角度讲述故事，为读者的心灵拓展提供了更广阔的视野。所以，本研究力图将文本自身携带的最主要的美学特质挖掘出来，并将它与儿童不同冲突需求对接，在"同构—交融—平衡—超越"中，实现文学对人类心

---

① ［美］詹姆斯·费伦：《作为修辞的叙事》，陈永国译，北京大学出版社，2002年，第11页。

灵积极的影响作用。

海德格尔曾说，语言能使存在敞亮起来。那么在所有的语言里，儿童文学语言应该是最质朴纯真又饱含希望的，因此更具备这一功用。在儿童可接受的范围内，引导儿童思索关于"自我存在"这一永恒的追问。在对儿童健康人格的培养过程中，夯实优美的人性基础，体现了对文学终极意义的捍卫和追求。

（三）儿童文学阅读与儿童健康人格研究的学术意义

唤醒儿童文学阅读与儿童健康人格研究的学术生命力，弥补该方面研究的不足。

儿童文学阅读与儿童健康人格研究目前处于零散化状态。研究者多根据儿童已经出现的问题，诸如离异家庭、退缩儿童等现象进行阅读干预，忽略了对儿童人格成长的连续性、整体性培养。

本论文以埃里克森人格发展理论作为依据，以儿童成长过程中的冲突与危机作为探求儿童阅读行为发生的内在动机，依据儿童人格成长需求推介图书，以期形成系统化、深入化的阅读干预方案。并由此激活阅读对儿童健康人格的影响力，革新儿童对阅读的认知，增强儿童阅读兴趣，提升阅读对儿童人格发展的积极效用。

生命个体人格的健康是社会和谐的基础，包含"人与自然之间的物我之和、社会成员之间的人我之和、每位社会成员的身心之和"[1]，三者缺一不可，相互交融，对现实发生重要意义。"和谐"是人类对存在意义的一种积极回答，其根基在童年，而儿童文学作为承载着人类美好期冀的文学样式，正在努力寻求担当的方式。

---

① 王波：《阅读疗法》，海洋出版社，2014年，第1页。

第二节　国内外研究现状综述

一、国外研究现状

"阅读疗法"兴起于西方世界，与之相关的概念最早出现在1916年美国人塞缪尔·麦克乔德·克罗色尔斯（Samuel Mc-Chord Crothers）发表于《大西洋月刊》上的《文学门诊》一文中，作者首次创造了由希腊语"biblion"（book—图书）与"oepatteid"（healing or treatment—医治或治疗）组合而成的"bibliography"一词，意为"图书疗法"。而后在很长一段时间内，这个名称都被美国学者所喜欢。但是英国学者却认为这个提法过于狭隘，因为"根据联合国教科文组织规定，现代图书的篇幅应在48页以上"①。鉴于此，英国学者提出"阅读疗法"（Reading Therapy）的概念。该词"扩大了阅读材料范围，意思也明确得多"。本文涉及的阅读治疗以此概念为准，在材料的选择上可以是一诗、一文、一段箴言，书也包含不同薄厚、不同类型，只要是对儿童精神生命成长有益即可。

儿童文学阅读治疗的兴起与弗洛伊德精神学说建立有巨大的关系。"精神分析将远古巫医，后代哲学家和文学家所承担的'语言治疗'任务接管下来，并使之发展成为专业化极强的精神医学体系。"②弗洛伊德认为患者的梦境、幻觉、呓语作为个人无意识的表达，恰恰蕴含着丰富的象征，其致病根源可以追溯到个人童年的成长经历和心理创伤。采用的治疗方法也不再仅仅是药物，而包含了催眠、暗示、疏导、宣泄等方法。通过改变人的心理、精神和思维认知图式，提升生命个体的自愈能力。弗洛伊德把这种想法运用到医学实践上时，发现效果良好。弗洛伊德的学说对儿童文学阅读治疗的产生具有革命性意义。自此以后，对于儿童文学作品的

---

① 王绍平等：《图书情报词典》，汉语大词典出版社，1990年，第515页。
② 叶舒宪：《文学治疗的原理及实践》，《文艺研究》，1998年第6期。

分析不再仅仅局限于文学理论，而与人的精神产生了微妙的联系。荣格则从"原型"中窥见集体无意识，而原型的获得多是从神话、童话和寓言当中得出的。这就使文学治疗直接与儿童文学对接。自此，在治疗的过程中，"医生"一方面可以根据患者讲述的内容，在儿童文学那里找到原型，并确定其病症；另一方面可以通过提供相关类型的儿童文学作品的阅读，起到治疗的作用。

1928年，儿童文学治疗获得了第一个重要的学术性研究成果——《儿童文学个性训练指南》，该指南包含一个书单。书单将有关的童话故事、神话和传说（第二卷包含小说在内）按照不同的年级区分；情境列表的安排则依照"作品中所强调的道德情境和性格情境而定"。书单在每个条目下还罗列了五种索引，即作者、主题、精选主题、道德情境（比如义务、团体）和态度（如调整、责任）。这个两卷本著作是第一部按照个性需求来提供阅读疗法的分类书目。[1]

1965年，塞西罗（Cianciolo）提出在儿童阅读治疗中第一步是针对儿童面临的问题选配合适的书。儿童必须能从推荐的书中，感受到书中的主人公和自己的相似性，在认同和投射的前提下，阅读治疗才可能发生效果。并且他尤为提出，"针对儿童的图书疗法并不要求儿童深刻地理解书中的语义，也无须儿童解释书中内容，甚至如果儿童具有相关阅读能力，不必要面对面，要让儿童在没有负担的情况下阅读"[2]。可以看出该理论还是对弗洛伊德精神分析学说的继承，但他格外强调了选书在阅读疗法中的重要性。

到了1968年，这种依托于心理学的阅读疗法发生了变化，文学自身的美学特质被挖掘出来。1968年，惠普尔（Whipple）提出图画在图书疗法中对年幼儿童具有帮助。[3]"插图可以表达出积极和消极的诉求。插图越多的图书，其趣味性就越强"，"所有的插图都是彩色的肯定要优于黑白

---

[1] Edwin Starbuck. *A Guide to Literature for Character Training*, vol.1;New York：Macmillan, 1928.

[2] 王波：《阅读疗法》，海洋出版社，2014年，第341—342页。

[3] Charles M. Whipple. "The Effect of Short-term Bibliotherapy on the Personality and Academic Achievement of Reformatory Inmate students", Ed. D. dissertation. University of Oklahoma, 1968.

的"，"情节越多特别是有趣的情节越多的插图，其吸引力就越大"。1972年塞西罗也肯定了这样的说法，并且从插图本身带来的信息量角度出发，认为插图扩大了儿童的世界，"每幅插图都应该强调人类生活经验的丰富性和多样性，因为艺术可以引导读者更好地理解自己和他人，这在教育过程中的情感领域具有特殊的意义"。而1975年，吉莱斯派和康诺（Gilespie and Connor）则更细致地提出了为低龄儿童选择图书的六条标准：

——选择包含有吸引力强，色彩使用恰当，且能强化文本内容的插图的文本。

——故事内容具有趣味性、逻辑性，人物形象真实可信。

——所提供的信息在儿童可理解范围内，同时又能给予他们有用的信息。

——故事叙述善于制造悬念，令人惊奇，有利于保持儿童阅读兴趣。

——叙事结构具有循环性，又兼具变化，让儿童在熟悉感中自然接受陌生带来的刺激。

——游戏性，富有幽默元素，但明显符合幼儿接受能力。

吉莱斯派和康诺认为，鲜有图书可以完全涵盖以上特点，但是，当阅读指导者为儿童选择书籍的时候，要格外注意选择具有以上元素的书，以增强阅读治疗效果。而大龄儿童则需要另外的选书标准。很明显这几位学者扩大了对阅读治疗产生作用的原理研究，从美学、叙事学等角度开拓了阅读治疗的研究视野。这也为本论文研究拓宽了思路，使得儿童文学阅读治疗的论述过程，可以跳出仅仅是"认同—宣泄—净化—领悟"这样的模式。

1972年，阿巴斯诺德和萨瑟兰德（Arbuthnot and Sutherland）则将儿童文学阅读疗法的研究目光投向了治疗过程中的阅读方法。在《儿童和图书》[①]一书中，他们从学校教育得到灵感，提出在阅读治疗中大声朗读的重要意义，并倡导儿童和医师之间建立信任关系，这样可以保证阅读效果。1979年Morris-vann则强调了儿童在阅读过程中的注意事项，"儿童必须主

---

① Zena Sutherland.*Children and Books*.London：Longman，1997.

动去阅读、倾听、讨论、做出解释，并且自己的方法表达出个人内心深处的体会，最后整合到自身。教师咨询师在其中主要起辅助作用，扮演支持者的角色"[①]。1989年，吉普尔等人的研究，明显将儿童文学阅读治疗从理论向实践操作方面推进了一大步。并且由于过程简单，在书籍推荐科学的基础上，并不特别需要专门的治疗师，反而具有广阔的应用前景。

在儿童文学阅读治疗的学术成果方面：1976年河合隼雄出版《童话心理学》、布鲁诺·贝特尔海姆出版《童话的魅力》、维蕾娜·卡斯特的《童话的心理分析》《成功解读童话》等都是从心理学入手，通过对文本的分析，探讨童话所蕴含的深层次意味，并由这种意味出发去推理其对儿童生命成长可能产生的意义。

2001—2003年，澳大利亚资深幼儿园教师苏珊·佩罗参与了由澳大利亚政府资助的"儿童故事治疗"研究项目，并在其后出版《故事知道怎么办》，这是一部以实际案例为基础的、具有较广泛影响的儿童文学阅读治疗论著。

另外还有一些学者发表了单篇论文，研究阅读治疗对儿童的影响。如Robert Freitag等人在选取有关离婚家庭的儿童读物时，关注到阅读者对文化背景差异的敏感性，通过推荐适合的阅读材料，帮助儿童从不同国家的人对离婚的不同态度，获得心理图式变化，从而起到治疗作用；Holman则更注重在阅读治疗干预时，有指导的讨论所带来的积极效果。James W. Forgan则主动通过阅读来干预"困扰优秀女孩们的四个问题：角色期待、重要的社会关系、成功与失败、顺应力"。另外一些学者则注重阅读治疗与其他治疗技术的结合研究，如强调采用交互式互动疗法的Glandding等。更多的学者开始对阅读材料本身进行分析，如主题、语言、内容等。目前已有研究者发现通过隐喻的作用机制，能更有效地帮助咨询者达到治疗的目的。学者Haley认为隐喻是具有多重意义的一种交流，它能够帮助来访

---

① 季秀珍：《儿童阅读治疗》，江苏教育出版社，2011年，第4页。

者看清暂时不相干的事物之间的联系性。Jane E.Myers 则建议使用具有多种含义和主题的书籍，以便依据来访者特征选用合适的阅读材料。

综上所述，国外的儿童文学阅读治疗，伴随着阅读治疗的广泛使用而发展。从学科基础上，由以心理学理论为主，逐渐增加了文学、叙事学、教育学等内容，使得阅读治疗的阐释空间多元化。在阅读治疗方法上，从推荐书目为主，到剖析阅读过程中的阅读手段。既注重个人阅读，又提倡交互式指导阅读、团体阅读等多种阅读治疗方式的使用。儿童文学阅读的实践性、针对性、有效性大幅度提高。

二、国内研究现状

相较于西方二十世纪五十年代至七十年代各国竞相研究阅读疗法，我国在此时间段，在这个学术领域处于空白期。直到二十世纪九十年代初，面对社会上日益凸显的心理健康问题，中国学者才注意到西方蓬勃发展的阅读治疗，并开始将它引入。自1991年起，阅读治疗在中国不仅包含传统的经验体认，还具有了与国际接轨的现代治疗意义。在学术研究方面，经历了"引进、萌芽阶段（1991—1997年）、自主意识觉醒阶段（1998—2000年）、本土理论完善和实证研究启动阶段（2001—2003年）、理论和实务深化阶段（2004年至今）"①，形成了本土化特色，但是也存在着明显不足。这些不足也明显地映射到儿童文学阅读治疗研究方面，并直接影响了"儿童文学阅读与儿童健康人格研究"的研究现状。

目前可以在木铎及知网、维普等搜索引擎上搜到的，同时兼顾"儿童阅读"和"健康人格"两个关键词的文章仅有两篇。一篇为2013年4月翟理红完成的《亲子阅读与健康人格发展》。该论文确认了学前期在儿童健康人格发展历程中的关键性，重点从家庭对儿童的影响意义出发，观察和剖析了亲子阅读过程、类型、形成原因，揭示出亲子阅读在儿童人格发展

---

① 王波：《阅读疗法》，海洋出版社，2014年，第266—272页。

过程中独有的隐性与显性教育并存的形态及意义。另一篇为2007年华东师范大学硕士学位论文《试论文学作品教学对学生健全人格的构建作用》，探讨了文学作品教学现状，并制订了文学作品构建健康人格的教育论纲，倡导重视文学作品教育，并提出在文学作品教学中构建健康人格的方法与途径。论文还论述了新理念下中学语文诗歌、散文、小说及戏剧教学与构建健康人格的关系。

另外，2009年山东王倩《论儿童文学阅读中的唤醒教育》，从素质教育是"树人教育"和"全人格教育"的观念入手，再次论证了郭沫若、茅盾、王泉根等人所提倡的儿童文学对儿童心灵的育化作用。"儿童文学借助其伟力对少年儿童进行情感教育和审美教育，使之逐渐形成良好的个性、正确的价值观、健全的人格等，并唤醒学生内在沉睡的各种潜能。"①

2012年冯金美《小学儿童文学阅读教学研究》，也在其中一节中提到儿童文学对儿童健康人格的塑造作用。"通过品味作品中生动形象的儿童化语言，发展学生的语文能力，发挥文学特有的审美作用，引领学生心灵成长，塑造健康人格，拓展延伸学习的视野和空间，以实现小学语文教育走向真正的'素质教育'。"②另外，2014年上海师范大学李亚硕士学位论文《"儿童故事"的教育研究价值——以人教版小学语文教科书为例》中有一节提到儿童文学对儿童健康人格的培养作用。

可以看出，研究者对于儿童文学对儿童健康人格建设具有功用已经达成一致。但存在着以下几个问题：1. 就儿童年龄涵盖面而言，尚未涵盖所有年龄段的儿童。2. 大部分都只从儿童健康人格这样一个宏阔的概念入手，健康人格作为一个结构性的、发展的概念，在不同的年龄阶段，儿童面临的成长任务不同，成长冲突也存在区别，对人格的定义不同，人格建设的需求也会相应不同。所以，概而论之，难免造成阅读干预针对性不强，接受效果欠佳。3. 以上各研究者均不是儿童文学专业出身，其研究侧

---

① 王倩：《论儿童文学阅读中的唤醒教育》，硕士学位论文，山东师范大学，2009年。
② 冯金美：《小学儿童文学阅读教学研究》，硕士学位论文，苏州大学，2012年。

重点要么集中在亲子阅读行为本身对儿童健康人格的影响上，要么集中在课程体系中的儿童文学阅读的具体操作上。而从儿童文学自身特性出发，关注作品与儿童不同年龄阶段的人格成长需求对接的研究者欠缺。

　　另外，由于本研究以埃里克森人格发展理论作为主线，所以也对该理论目前在国内的研究现状进行了考察。结果表明，目前国内研究者已经关注到埃里克森人格发展理论与儿童健康人格培养的关系。代表性论文有：2007年尖措吉的《埃里克森人格发展阶段理论与学前儿童健全人格培养》，在文中他通过对埃里克森人格发展理论在不同阶段的特征分析，寻找到与儿童相关的诸如"信任、自主、主动、勤奋、同一性"等品质与儿童健康人格之间的关系，并探讨了培养开始时间、父母抚养方式、游戏及家园合作的重要性。2011年王家军的《埃里克森人格发展理论与儿童健康人格的培养》，同样肯定了人格发展过程中的遗传性和环境的双向作用，该研究最有价值的地方在于，对埃里克森人格发展八阶段理论进行思辨，认为它"也有其不足之处"，"他强调发展的渐进性与连续性，而较少强调发展阶段的相对独立性"①。另外收录于《王泉根与中国儿童文学——王泉根教授从教30周年纪念师生论文集》，由毛炜炜撰写的《"出走"的危机——从心理学角度浅析成长小说中的"出走"情节》②一文中也依据埃里克森人格发展理论，重点分析了童年创伤对青少年同一性形成的影响。史明慧的博士学位论文《欧茨三部小说中不同年龄女性的心理探寻》，则是用埃里克森人格发展理论进行的人物形象分析。以上研究也从一个侧面论证了本论文对埃里克森理论进行深入研究，并与儿童健康人格建设相联系的合理性。

　　综上所述，儿童文学阅读与儿童健康人格研究作为儿童阅读治疗研究的一个方向，是一项基于寻找儿童阅读内在动机，引导儿童走进书本，继

---

① 王家军：《埃里克森人格发展理论与儿童健康人格的培养》，《学前教育研究》，2013年第2期。
② 李红叶、崔昕平、王家勇主编：《王泉根与中国儿童文学——王泉根教授从教30周年纪念师生论文集》，大连出版社，2016年，第423页。

而联结起如何让儿童通过阅读形成健康人格的研究项目，它指向了我们对儿童的期冀和文学自身对人的意义。目前国内外已取得的相关成果，可以为我们的研究打开思路。作为一项交叉性研究，儿童文学阅读治疗研究具有一定的挑战性，但其可能存在的价值，吸引着研究者不断进行探索。

第三节　研究思路及方法

一、研究思路

（一）在框架结构上，本论文采取宏观和微观相结合的方式展开研究

从宏观而言，本论文依据埃里克森人格发展理论，以心理危机发生的关键年龄为时间轴，形成了五大主体部分，分别是：儿童文学阅读与儿童信任人格研究、儿童文学阅读与儿童自主人格研究、儿童文学阅读与儿童主动人格研究、儿童文学阅读与儿童勤奋人格研究、儿童文学阅读与青少年同一性研究。每一种人格都是健康人格的要素之一，它们共同促成了儿童健康人格的最后形成。所以，在论文呈现上，除去绪论与第一章"儿童文学阅读与儿童健康人格研究"的相关原因、理论适用性及原理剖析，从第二章开始直至第六章，依据儿童发展阶段：婴儿期（0—1.5岁）、幼儿期（1.5—3岁）、学龄前期（3—6岁）、学龄期（6—12岁）、青少年期（12—18岁）的人格发展需求与儿童文学阅读的关系，展开论述。

从微观而言，在每一章，又分为三节。第一节是该年龄段冲突成功解决后儿童应形成的人格特质分析、形成原因，及儿童文学阅读如何帮助儿童建设该人格。第二节是该年龄段冲突未得到正确引导后所形成的最坏可能的"情结"或者病态人格，通过对其特征及形成原因的分析，介入合适的阅读文本，并探讨该类文本如何会对该情结产生阅读治疗效果。第三节

则是从基于该人格建设的阅读方案设想出发，筛选并确定相对合适的人格测试量表，依据人格培养需要、结合我国已有的分级阅读成果，推荐合适读本，并探讨阅读注意事项。

（二）在具体章节的论述上，本文采用了典型性与普遍性相结合的研究思路

因为本论文的研究目的在于分析清楚儿童文学阅读与儿童健康人格的关系，并推荐合适的阅读干预方案，所以，我们必须要把各个成长阶段的人格特征、成因分析清楚，为了便于理解，笔者尽量采用典型化处理方式，即以典型的文本或典型人物作为中心进行研究。如要论述"勤奋人格"，笔者以自传体儿童文学读本《窗边的小豆豆》及系列作品为核心，以"小豆豆"（黑柳彻子）作为该人格特征的典型代表，进行思辨、论述。而在儿童文学阅读的治疗方案探析这一部分，则依据该人格特征关键期儿童的认知、思维等能力及人格成长需求，进行普遍性文本推荐及阅读方法探讨。

尤其需要说明的是，在各"情结"的处理上，笔者并未拘囿于适合该年龄段的作品及人物，因为"情结"或者病态人格在童年时代只处于萌发和生长状态，对生命个体的巨大影响并不能完全显露出来。为了更好地论证清楚具有该种特质的患者巨大的生命悲剧，本文采用了作家、作品与"情结"的互证研究。关于这一点的大胆尝试，黑格尔用"文学，是人格的投影"给了一些合理性支持，我国学者何向阳将其进一步阐释，认为"从文学角度说，文学是人格的投影，既包含着作家创作时的人格态度，又包含着作家人生中的人格取向，还包含了作家创作出的人格面貌。作为人格投影的这一复杂文本系统，包含有丰富的历史内容"[1]。

当然，即便如此，该作家及作品恰好在这里出现，还有另外一个重要

---

[1] 鲁枢元：《文学的跨界研究：文学与心理学》，学林出版社，2011年，第336页。

原因，即该情结的形成恰好与关键期的冲突未得到良好解决有关。比如"海明威情结"产生的根源是其母错误的教养方式，而这种错误恰恰发生在"信任与不信任冲突"解决的关键期，所以他成为信任人格建设失败的情结举证。而自卑情结中艾米莉及她笔下的人物出场恰恰是7岁以后。正是这些契合性，使得论述得以展开，并具有一定的合理性。

二、研究方法

（一）跨学科研究法

跨学科研究法指的是运用多学科的理论、方法和成果从整体上对某一课题进行综合研究的方法，也称"交叉研究法"。在现代社会，学科之间的交叉、融进越来越成为一种重要的发展趋势，学科在高度分化中又高度综合，促使以前很多无法解释清楚或者无法解决的问题得以找到解决的办法。"儿童文学阅读与儿童健康人格研究"作为包含着文学、阅读学、心理学三个领域的研究项目，典型地体现了跨学科研究法在该研究中的运用。

（二）文献分析与个案研究相结合的研究法

文献法的显著特点是通过对与研究对象相关的现存的、以文字形式为主的文献资料的搜集、整理和提炼，获得新的研究点。本论文在对"人格"和"情结"进行梳理的时候，采用的就是文献分析法。比如通过阅读《海明威传》及海明威的代表作品，分析"海明威情结"的形成原因和特征；而在对各个人格进行儿童文学阅读干预的时候，又对大量的文本文献进行内容分析。如通过对文本中的图画元素、内容、主题、叙事特征等的分析，寻找在阅读过程中，对儿童产生阅读治疗效果的原因，并从儿童接受心理解读其发生原理。

（三）探索性研究法

探索性研究法指的是用已知的信息，探索、创造新知识，产生出新颖而独特的成果或产品。本论文将埃里克森人格发展阶段理论作为阅读动机研究的切入点，结合伯格、林贤治、皮亚杰等人对于儿童不同成长期特征的分析，在已有的分级阅读研究成果的基础上，寻求在儿童人格成长关键期进行阅读干预的有效方法，形成了以人格发展需求为依据的、适用于不同月龄、年龄儿童的阅读干预方案，并在附录部分用表格的形式呈现出来。

第
一
章

儿童文学阅读与
儿童健康人格研究

第一节　儿童阅读的三种主导方式及困境

阅读关乎一个民族的未来，阅读能力是国家文化软实力和综合国力竞争的核心元素之一。正因为如此，近年来，我国对于儿童阅读展开了多方面研究，"两会"代表委员围绕全民阅读问题也多次提出建议。从2013年至2016年全民阅读立法已列入国家立法工作计划，阅读的重要性上升到一个新的高度。然而，纵观目前主导我国儿童阅读的三种方式，对于阅读主体"人"的关注不够，为我国儿童阅读总体水平的提高埋下隐患。具体来说，表现在以下三个方面。

一、传统阅读：消解儿童阅读自主性

传统阅读也称经典阅读，指的是以成人阅读经验为主的书目推荐阅读。该阅读方法由来已久。

在我国，现存最早的有文字记载的推荐书目来自唐代末期，记录在敦煌遗书伯2171号《杂钞》中，后人将其称作"唐末士子读书目"。该书目通过对二十五部典籍及流传最广的注本的推介，为唐代士子考试提供帮助；而后《程氏家塾读书分年日程》（程端礼）、《读书次第》（李颙）、《书

目答问》(张之洞)、《思辨录》(陆世仪)成为历史上比较有名的阅读指导书籍。其中《思辨录》甚至涉及了包含诵读、记贯和涉猎三个部分的书目,具有一定的年龄分级色彩。但无一例外,这些书籍的阅读指导目的都是"使学有渐次,书分缓急,则庶几学者可由此而程功,朝廷亦可因之而试士矣"①。以"应试"为目的的阅读,对于生命个体的自主性需求几乎无从谈起。

　　到了近代,推荐书目更是不胜枚举。如二十世纪二十年代,梁启超为预留美博士推荐了《国学入门书目》,希望"中国人走向世界时,不要忘掉民族文化"②,而后胡适、章太炎等人都有比较有名的国学书目流传于世。鲁迅的祖父也曾专门为启蒙鲁迅给出过阅读建议:"初学先诵白居易诗,取其明白易晓,味淡而永。再诵陆游诗,志高词壮,且多越事。再诵苏诗,笔力雄健,辞足达意。再诵李白诗,思致清逸,如杜之艰深,韩之奇崛,不能学亦不必学也。"③此类阅读书籍推荐的特征是目的性强,以推荐者个人的阅读喜好为标准。虽然在一定程度上,由于推荐者本身的阅读素养,能对儿童起到切实指导作用,但并不能适用于更多群体。更主要的是推荐者个人强烈的推荐目的,意味着对阅读主体真实意愿的消解。梁启超以"爱国"为目的的阅读推荐,就并未带给出国留学者更多阅读快感。而鲁迅的文风在某种程度上更接近杜甫的"穷年忧黎元,叹息肠内热"。可见,阅读成效如何,终究还是要落实到阅读主体个人的经验和需求方面。

　　现代目录学出现后,儿童书目问题被教育部门及更多专家学者关注,出现了一大批产生较大影响的阅读汇编书籍。如1933年,罗静轩推出《儿童书目汇编》(北平图书馆协会);1935年,林斯德推出儿童读物选择方法《儿童读物参考书目》;同期,平心为青少年推荐了阅读书籍《全国少年儿童书目》(上海生活书店发行)。这些书目在年龄上包含着从幼儿园到初中

---

① 王余光等著,许欢、李雅编:《中国阅读文化史论》,北京图书馆出版社,2007年,第233页。
② 王余光等著,许欢、李雅编:《中国阅读文化史论》,北京图书馆出版社,2007年,第48页。
③ 朱正:《一个人的呐喊》,北京十月文艺出版社,2007年,第23页。

各年级的儿童。书目内容主要涉及与儿童发展有关的品德、文化素养方面的启迪开发。其欠缺之处在于，通过这些书目的阅读，所塑造的是成人视阈中的儿童，而并非自性成长的儿童。凡是不符合儿童本位的阅读推荐，都很容易在时代变化中显出不适用性。

2001年1月，教育部第一次明确将30种名著和中国古诗词背诵篇目写入教育部最新教育大纲，并具体规定了初、高中学生应达到的阅读总量。好的推荐书目对健全中学生的心灵、提高中学生素质的重大作用，已经通过教育文件的方式开始影响中学生的成长。"但在推荐书目上，仍有商榷的余地。"[①] "新大纲虽然推荐了书目，但是对课外阅读的目标和达到的效果缺乏清晰的思路。"[②]学生基于权威要求的阅读，并不是阅读真实的意义，如何让阅读更好地和儿童发生联系，并对其产生有益影响，依然是研究者需要面对的问题。

从2003年到2015年，红泥巴俱乐部（阿甲、萝卜探长）、中国新阅读研究所等重要机构，推出了《让孩子着迷的101本书》《中国人基础阅读书目》（全九册）等，对新世纪中国儿童的阅读起到了一定的指引作用。但是总体而言，此类推广依然是成人经验下的经典推广，在和读者的对接方面存在着距离。《中国阅读·全民阅读蓝皮书》调查显示，该阅读推广效果并不尽如人意。研究者就书目推荐对大学生的指导效果进行调查的时候，也有不少人回答"导读类书，我会看一看，但不会按照上面说的去做""太没个性、太循规蹈矩"。美国哥伦比亚大学和芝加哥大学也遭遇了这样的情形。早在二十世纪初他们就不仅开列了推荐书目，还开设了专门课程，但是近年来，这些课程饱受学生挑战——"我为什么要读这些书呢？"[③]

可见，成人推荐书目阅读法，由于存在着推荐者个人意识过重、阅读主体的个性和需求未能良好把握、开列书目与儿童阅读需求之间缺乏有效

① 王余光等著，许欢、李雅编：《中国阅读文化史论》，北京图书馆出版社，2007年，第272页。
② 王余光等著，许欢、李雅编：《中国阅读文化史论》，北京图书馆出版社，2007年，第274页。
③ 王余光等著，许欢、李雅编：《中国阅读文化史论》，北京图书馆出版社，2007年，第49页。

联结、儿童的个体差异和个人能动性被消解等原因，导致了儿童阅读行为开展不利，影响了阅读效用的发挥。

二、分级阅读：忽略儿童阅读兴趣

"分级阅读"是目前在西方影响力较为广泛的一种阅读模式，在美国教育界和出版界，相应的称呼有："阅读分级"（Reading Level）、"指导阅读"（Guard Reading）、"年级阅读"（Grade Reading）。"阅读分级"十九世纪初发源于美国，二十世纪三十年代开始在欧洲各国流行，二十世纪九十年代传入台湾、香港地区，取得良好成效，本世纪伊始引入大陆地区受到广泛关注，并很快成为推动儿童文学阅读的有效模式之一。

中国大陆最早在读物上标有"分级"二字的，是 2001 年"亲近母语"总课题组发布的中国第一个小学阶段的儿童"分级"阅读书目。

分级阅读真正走入中国大陆学者的研究视野，并开始成为一股风潮，则是从 2007 年开始。台湾地区和香港地区学生在这一年的"国际阅读素养"测评中取得良好成绩，引起了中国大陆学者的注意。究其原因，发现早在二十世纪九十年代，台湾地区就开始大力倡导儿童阅读并推行分级阅读。先从给幼儿园的小朋友推行绘本开始，逐渐发展到"桥梁书"的推介，孩子很好地完成了从"亲子阅读"到"独立阅读"的转变。

2008 年上半年，人民教育出版社的儿童阅读推广者王林、儿童文学作家徐鲁等人共同提出要引进"桥梁书"，引发了一场关于儿童与适读图书之间的大讨论，也拉开了中国分级阅读践行之路的帷幕。

南方报业集团得风气之先，率先于 2008 年 7 月成立了中国第一个分级阅读研究中心，并很快颁布了我国大陆首个少年儿童阅读分级标准，包括《儿童阅读选择内容标准》和《儿童阅读水平评价标准》，研发了中国首套儿童分级阅读丛书。2009 年 7 月 15 日《标准》和《书目》申请国家专利。此外，南方分级阅读研究中心还创建了我国第一个分级阅读网站——小伙伴网（http：//www.xiaohb.cn/）。

2009年，华东师范大学出版社学前教育分社申请并主持完成了国家级课题"儿童分级阅读项目"，并在上海部分幼儿园开始实践，在分级阅读研究方面取得了实效性成绩。具体来说该课题研究及随后的应用有以下几个方面的特点：第一，适用群体拟大众化。在项目伊始，以身份为核心的团体希望引用英国"阅读树"的做法，但是很快发现依据字母分级的方式完全不符合中国汉字的特征。所以，根据中国国情，结合儿童认知发展心理学的知识，项目团队对英美分级体系加以改造。第二，以年龄分级为主，兼顾能力分级。周合曾说："我们当时也在想，是应该按照阅读能力来分级，因为早期干预做得好的话，后来的阅读能力会完全不一样……本来我们讲按照阅读能力，但是无法操作。"①于是她将儿童的年龄分级分为两个部分：一个是8—9岁以前，为学习阅读；二是8—9岁以后，为阅读学习。在前期主要培养学前儿童的学习兴趣和学习能力，为后期阅读打下基础；三年级之后为阅读学习时期，儿童此时通过前期训练已具有一定阅读能力、良好的习惯和学习的阅读动机，因此可以获取信息。第三，阅读素材选编上，结合儿童的语言发展规律和认知规律选取儿童的阅读读物。该团队坚持"儿童的阅读能力是逐步发展的过程，教育者需要对不同年龄的儿童提出不同阅读发展的要求，才能逐渐形成一个递深的早期阅读的体系"②。

2009年5月14日，接力儿童分级阅读中心成立，该中心拥有国内儿童文学作家、心理健康专家、教育研究专家、儿童阅读活动推广人等，共同推进儿童分级阅读。2009年7月，中心主办了"首届中国儿童分级阅读研讨会"，会上发布了"关于推进中国儿童分级阅读的倡议书"，并出台"中国儿童读物分级阅读指导建议"及"分级阅读指导书目"。

2010年8月28日，"第二届中国儿童分级阅读研讨会"在北京师范大学英东学术会堂举行，这是对分级阅读研究的进一步深入，与会者从宏观建议到微观操作都提出了重要的意见。本届研讨会上，与会专家分别从儿

---

① 周合：《儿童学前分级阅读推广活动》，http://www.sina.com.cn/，2011年4月29日。
② 同上。

童阅读的脑机制、分级阅读作为现代理念的文学启示、新媒体运用如何丰富分级阅读的发展、小学生汉字使用调查与阅读能力的发展对分级阅读的启示、美国分级阅读标准的理论基础、小学教育中分级阅读的实践等方面做了深刻的探讨，为逐渐形成适合中国少年儿童读者的分级阅读标准，促进中国分级阅读模式建构起到了积极的推动作用。

自2011年之后至2015年年初，再未举行过以分级阅读为主题的大型学术会议，分级阅读研究似乎处于停滞状态。但实际上，分级阅读悄然走进了中国儿童的学习、生活之中，一些地区已然开始进行分级阅读试点。还有一些民间团体和专家们在继续进行分级阅读理论研究、书目创建甚至测评体系的研发，这些努力促使分级阅读的实践在2015年中期呈现出井喷现象。

在分级阅读引进书目方面，中国少年儿童出版社2009年推出的"快乐阶梯阅读"和外语教学与研究出版社2010年推出的"'彩香蕉'儿童素养形成分级阅读系列丛书"有较大的影响。

2011年起，多家幼儿园开始进行幼儿分级阅读实践，前期集中在厦门、广州等地，后逐渐向我国中西部地区蔓延。一些中小学也开始进行分级阅读实验，具有代表性的有遂宁市中小学。另外如北京、江苏、江西、浙江、河南、福建、黑龙江等地的图书馆也逐渐开始了儿童图书的分级阅读实践。分级阅读观念逐渐走入儿童生活。

2013年"亲近母语"成立了分级阅读的研发小组，每年更新书目，定期发布季度书目，希望整合和研究全国各大出版社的资源，为家长和老师提供更好的服务。而后他们开发出系统性的儿童诵读、主题阅读、整本书阅读、图画书阅读等分级阅读课程体系。

2015年5月22日北京师范大学儿童文学中心联合清华附小、福建少年儿童出版社等机构，共同举办"2015北京国际儿童阅读大会"，会议主题为"儿童文学与儿童阅读"。会议邀请了分级阅读专家、美国伊利诺伊大学阅读研究中心理查德·安德森教授，儿童文学阅读专家王泉根、林文宝、吴岩、陈晖、李文玲、窦桂梅等做主题讲座和讨论。国际先进儿童阅读理念，如蓝思分级阅读框架、图书难度分级研究，以更直观、深入的方式进入我国学者的视野。

2015年8月6日亲近母语研究院召开"第十一届中国儿童阅读讨论会"，向六十多位儿童文学阅读专家和社会各界广泛征求意见，形成了2015年分级阅读书目。该书目的最大特色在于，它包含课程书目和拓展书目两部分。课程书目有图画书书目和整本书书目，是儿童拟定必读部分。而拓展书目分为图画书书目、整本书书目、人文百科书目三部分，是儿童选读部分。另外还有一些专家、学者虽未明确标出"分级阅读"之名，但是在整个研究或推介过程中，体现出分级阅读精神，形成了相关的阅读推荐书目及研究课程。

回溯分级阅读在中国的发展历程，可以看出，自2001年至今，中国分级阅读践行之路走过了近16年的探索，经历了从引入时的"热捧"到发展过程中"高烧退去，理智思索"阶段，又迎来了2015年之后"井喷"与"深入"研发阶段。在专家、学者及一线工作人员的共同努力下，中国分级阅读取得了推荐书目、网络推广、阅读研究课程等多方面成果。

但是，随着儿童接受状况不力，分级阅读模式自身的问题也逐渐凸显出来，妨碍了分级阅读在中国的进一步推广、深入。具体来说，分级阅读模式的核心理念是"儿童阅读能力与儿童读物难度的匹配"。以美国蓝思分级阅读模式为例，它以蓝思指数来衡量读者阅读水平和标识出版物难易程度。蓝思最高分值为1700L，在0L—1700L之间测试系统给出测试值，儿童只要找到与自己阅读能力测试值匹配的书即可。这些图书为了使儿童不至于因为阅读材料过于简单而感到乏味或者过于难而感到挫败，在阅读材料难度值上严格遵照75%定律，即儿童能读懂其中的四分之三，则视为儿童具备该等级的阅读能力。这样就保证了儿童阅读流畅且有挑战性地进行。

但是蓝思分级阅读模式研究专家、美国伊利诺伊大学教授安德森也曾在2015年国际会议上表达过这样的意思：蓝思不针对阅读兴趣，这使很多儿童依然游离在阅读之外，使得分级阅读的功效并不能完全发挥。比如，"哈利·波特系列"对文本的难度测试值显示适合美国高中二年级学生阅读，可是一个四年级的学生也极有可能因为喜欢，读得津津有味。但是如果仅仅根据难度匹配推荐，那么尽管四年级儿童阅读兴趣浓厚，却也得不到这本书的信息。而有的时候，尽管难度相当，但是推荐的书的内容却未必是儿童喜欢的。可见，分级阅读有可能会通过难度测试匹配，让孩子读到能读懂的书，但是，未必能让孩子读爱读的书。

无论是蓝思在中国遭遇的发展瓶颈，还是在美国已经相对成熟的运作体系里出现的不可控因素，都在提醒我们，不要忽视儿童的阅读兴趣，切实寻找儿童阅读内部动机的重要性。

三、校本阅读：挫抑儿童阅读积极性

校本阅读，指的是围绕教学大纲进行的以教辅资料为主的阅读方式。教辅资料包含着教学参考资料及与课程体系相关的阅读书籍，多由教师或者教育局统一推荐。目前，我国儿童阅读中出现的困境，很大程度上也来自于校本阅读模式的僵硬、狭隘、过分功利化。

校本阅读的核心目的原本在于提升学生素质，构建儿童健康、健全的心灵。但是目前单一化的评价体系，中小学基础教育以提高学生的应试水平为导向，这就导致了阅读多方面裂变。

就学校而言，"不合理的考试考评制度与办学指导思想限制了学生全面、主动的发展。"[①]以语文课为例，自新中国成立起，语文考试是唯一对阅读素养进行评估的方式，小升初和中考、高考则是对中小学生三次最大型的阅读水平测试。考试方式为纸质化笔试，时间为1—3个小时；评价方式为经典测试理论中的百分制；测试内容以教科书为主，以汉语言知识点

---

① 王余光等著，许欢、李雅编：《中国阅读文化史论》，北京图书馆出版社，2007年，第284页。

为主要得分阈。这就促使儿童以学汉语言的方式学习文学，极大地败坏了儿童的阅读口味。文学确实是由语言去创造的，但语言创造出来的文学，不同于语言本身。文学是从整体层面上感知、体悟的艺术样式，而语言学是一种相对来说更注重细节和工具作用的学科。在我国的试题设置上，多以汉语言测试的方式（字词识记、句式转换、段落大意等）来考核学生，这就造成了老师在教授的过程中，不敢深入、广泛地展开，始终停留在对阅读浅表层次的认知上，文学阅读与生活脱节严重。以同样讲授关于环保的一篇文章为例。在全球阅读素养测评中得分较高的新加坡采用的是前20分钟学习课文，后面的时间用来讨论、制作包括宣传标语、环保手册等的方案计划，并且要求学生组建团体，将所做计划付诸实践，实践结束后再进行评估、讨论，这就保证了学生学以致用。而在这个过程中，大量的阅读是方案科学可行的前提，学生正确理念的树立、人文素养的提高、阅读水平的提升都得到了保证。观之我国，却将所有的精力投放到对单篇文章的过度学习中，学生无法将阅读和生活、阅读和个人成长联系起来，阅读的意义感缺失。

　　单一评价体制也导致了儿童在进行语文学习的时候，过多地注重知识点的记忆，将有限的精力投入到大量单一的背诵和题海中去，仅仅关注成绩，根本没有太多精力重视哪些文本会对自己身心发展起作用。"调查发现，小学生自主选择书籍的权利较少，平时阅读主要以学习辅导书为主；阅读方式比较单一，没有掌握正确的阅读方式；阅读书籍及阅读时间量少。"[①]究其原因，传统的考试机制及教育方式、阅读方式降低了学生的阅读兴趣，学生阅读目的不明确，不知道为何而读，也不知道读来何用。自1999年起，出版科学研究所每两年组织实施的全国国民阅读调查工程及2013年第十次全国国民阅读调查结果显示，近年来，我国识字者图书阅读率持续走低，中国国民的阅读水平不高，全民阅读现状为：1. 平均阅读水

---

① 郝振省、陈威主编：《中国阅读·全民阅读蓝皮书》（第一卷），中国书籍出版社，2009年，第213页。

平低于世界文化强国水平；2. 0 至 17 周岁未成年人图书阅读率和阅读量持续下降；3. 阅读兴趣随着年龄递减；4. 阅读习惯养成滞后；5. 浅阅读甚至出现反阅读的行为；6. 阅读内容良莠不齐，需要积极引导和扶持。[①]

过于单一的评价体系，同时也影响着父母的阅读观。据调查显示，"半数以上的家长希望孩子阅读对学习有帮助的知识性的书籍，对其他有关孩子成长的书籍和娱乐性书籍，赞同率较低"[②]。这就导致了儿童在成长的过程中，阅读面狭窄，阅读兴趣不高，阅读除了累积知识，缺乏对精神生命的直接观照。

由此可见，在校本阅读过程中，过于单一化、功利化的评价体系，导致学校、学生、家长陷入了"唯分数论"的怪圈中，消解了教育和阅读本身的意义。挫抑了学生的阅读积极性，导致了儿童对阅读产生了抵触情绪。

综上所述，目前我国儿童阅读的三种主导方式，从不同的层面，最终导向了儿童阅读的同一困境，即学生阅读兴趣不浓、阅读无意义感深重，阅读对儿童的人格发展及精神生命的成长作用并未发挥出来。因此，引发儿童阅读兴趣的内在动机，促进儿童阅读行为的发生，是一个亟须解决的研究课题。

第二节　埃里克森人格发展理论在儿童阅读与人格健康研究中的适用性

埃里克森（1902—1994）是美国著名的精神分析理论家，出生于法兰克福。1927 年夏天，埃里克森与弗洛伊德及安娜·弗洛伊德等精神分析学家开始交往，在汲取精神分析学派营养的同时，发展出自己的人格学说理

---

① 郝振省、陈威主编：《中国阅读·全民阅读蓝皮书》（第一卷），2009 年，中国书籍出版社，第 179—236 页。
② 王余光等著，许欢、李雅编：《中国阅读文化史论》，北京图书馆出版社，2007 年，第 284 页。

论，并于1950年前后形成体系。"埃里克森人格发展八阶段理论"首见于他的代表作《儿童期与社会》[①]，该理论强调自我在人格发展中的作用，并将建立人的自我同一性作为人格发展目标，尤其重视家庭、学校及社会文化对人格健康发展的深远影响。

在埃里克森看来，人格发展并不是如弗洛伊德所说在6岁以前就"定型"了，与此相反，他认为人格在身心成熟和社会需要的互动中会以"路径"的方式终身发展。他将人生的路径分为八个不同地点，将每个点称为人生的"岔路口"[②]。岔路口象征着人格发展的转折点，每一个转折点有两种选择方式，适应或者不适应，不同的解决方式，影响着人格发展不同的走向。由于人格是自我意识层面的存在，与人的心理、思维、观念等相关，因此，文学在调适人格发展冲突方面具有天然适用性。具体来说，表现在以下几个方面。

一、心理危机维度介入的阅读干预

从心理维度介入的阅读干预，契合阅读内部动机论，是埃里克森人格发展理论在本研究中适用的第一个缘由。

如前所述，目前儿童阅读研究遭遇的最大困境是对儿童阅读内部动机认识不清。书目的推荐多集中在对儿童认知能力及心智发展等因素的考虑上，始终以成人为中心，忽略了对儿童自主能动性的尊重。但事实上，阅读行为发生的内部动机所起的作用要远胜于外部动机。

张必隐在《阅读心理学》中用实验证明："在内在动机推动下进行的学习强于在外加动机推动下进行的学习。"[③]汤普森（Thomson，1959）对此解释为：内在动机推动的阅读活动使人处于一种极为愉悦的状态，更利于驱动人们阅读。因而，把握儿童的内部阅读动机，让儿童走向书籍，是

---

① 王家军：《埃里克森人格发展理论与儿童健康人格的培养》，《学前教育研究》，2011年第6期。
② ［美］伯森：《人格心理学》（第八版），陈会昌译，中国轻工业出版社，2014年，第111页。
③ 张必隐：《阅读心理学》，北京师范大学出版社，2004年，第248页。

一切阅读活动开展的基础。

埃里克森人格发展八阶段理论，为研究者提供了把握儿童阅读内在动机的渠道。该理论以儿童心理发展规律划分人格成长阶段（见下表）。从儿童的心理危机出发，剖析儿童心理发展过程中最需要疏导的敏感点，以此推介合适的书籍，"让儿童渴望的书来到儿童的生命里"。

表一　埃里克森人格发展八阶段及主要冲突

一、婴儿期	0岁—1岁半	信任—怀疑	五、青少年期	12岁—18岁	角色同——混乱
二、幼儿期	1岁半—3岁	自主—羞怯	六、成年早期	18岁—25岁	亲密—孤独
三、学龄前期	3岁—6岁	主动—内疚	七、成年中期	25岁—50岁	繁衍—停滞
四、学龄期	6岁—12岁	勤奋—自卑	八、成年后期	50岁后	完善—失望、厌恶

在埃里克森看来，这八个阶段是由遗传决定的，因而顺序是不可更改的。在这八个阶段中，个体会面临人格发展的不同危机，只有把每一个危机都解决好，人才能成长为一个完整的人，即任何生物都有一个大体的生长方案。由于有了这个方案，机体的各部分才得到生长。每一部分都具有它特殊的优势，只有各个部分都能获得生长才能形成一个有机的整体。[①]埃里克森还通过研究发现，如果儿童成长过程中这些危机冲突得到合理解决，则会依次形成：（1）信任人格（包含希望、安全感、持久信念的品质）；（2）自主人格（包含自信、坚持、开拓的品质）；（3）主动人格（包含创造性、方向、追求理想的品质）；（4）勤奋人格（包含能力、平衡生活的品质）；（5）自我同一性（忠诚、确定性、归属感的品质）。相反，如果某个或几个阶段的危机解决不好，生命个体轻则存在成长阴影，重则会

①　郭永玉：《人格心理学导论》，武汉大学出版社，2007年。

形成病态人格。依次为：（1）海明威情结；（2）自主之殇；（3）俄狄浦斯情结；（4）自卑情结；（5）同一性混乱。

"冲突"的存在，意味着儿童在成长过程中陷入困境，心理上需要引导。因此，以适合儿童此时心理发展需求的读本对儿童进行阅读干预，既利于儿童阅读行为的发生，也利于儿童感受到阅读效果，养成阅读习惯。具体来说，在婴儿期，儿童的心理需求为母爱（抚育者）温柔、及时的回应。儿童在经历了与母体的分离之后，陷入了焦虑与恐惧，此时阅读活动介入的意义较之阅读内容本身，更体现在阅读陪伴过程中母子亲密、融洽的关系。因此，该阶段的阅读活动"怎么读"比"读什么"重要。在自主人格建设期，婴幼儿的心理则分化为依赖与自主两个方面。阅读的动力来自于自主意识和自我疑虑的冲突，儿童一方面渴求自我能力得到展现，一方面又对自我能力存在怀疑。因此，书籍的选择既在于能够鼓励他们树立信心，又在于能帮助他们疏导压力和失落。主动人格培养期，阅读的动力在于儿童对外界充满好奇和探索的天性在进一步发展，游戏能力、社交能力、情绪表达能力和意志力都渴望被激发，但同时由于他们天性和规则之间存在着冲突，又常常受到责备，因此，阅读的目的就在于鼓励符合该阶段成长规律的潜力全面发展，同时以他们乐于接受的方式，形成社会规则感。勤奋人格培养期，阅读的动力来自于儿童在进入学校后迅速增长的学习压力、校园生活适应压力、人际交往压力等带来的焦虑，因此，儿童文学阅读的介入应当从帮助他们熟悉学校规则、建立自我意识、学习沟通、增强学习技能等方面入手。在青少年同一性建设期，随着身心的发展成熟，青少年比以往更加注重自己的容貌、能力、特征等，他们常常会陷入矛盾和困惑之中，此时阅读的动力在于，引导青少年对关于"我是谁?""我将成为一个怎么样的人?""我怎样成为那样的人?"的心理诉求进行思考、解答。由于该理论细分了儿童在关键期的心理危机，因而研究者可以清晰地看到影响儿童适应或者不适应的原因在哪里，当图书内容与困扰儿童的事件匹配时，儿童就有可能发生阅读行为并产生阅读疗效。在阅读的过程中，他"透过认同书中人物的角色，然后看到了书中的角色，了解我不孤单，我不是唯一的受难者，透过书中情节角色描述的遭遇，跟随故事主人公走一遭，把情绪释放出来，得到情绪净化的效果"①。

总之，现代心理学家普遍认为，心理发展的动力在于"新需要"与"旧水平"之间的矛盾。维果茨基"最近发展区"②理论也认为契合儿童当前心理发展的阶段的引导才是最具意义的，该理论也适用于人格培养。因此，依据每个阶段人格发展需求进行阅读干预，以每个人格发展阶段的人格培养任务完成为目标，更有利于儿童健康、健全人格的形成。

二、人格可塑性视阈下的阅读干预

埃里克森人格发展阶段理论强调人格可塑性，为文学干预心灵提供了理论依据，是其适用性的第二个缘由。

当我们去论述文学对人可能产生的作用时，事实上，我们提前认定了人的精神、情操有被文学改变的可能。早在古希腊时期，诗神兼酒神的阿波罗就曾预言过"诗歌、文学、图书、阅读将成为人类自赎自救的良方"，当时掌管文献的官员被称为"生命之宫的文臣"③。在中国关于读书对人的心智、情操改变的记载也很多，钟嵘在《诗品序》中云："使穷贱易安，幽居靡闷，莫尚于诗。"汉代学者刘向说："书犹药也，善读之可以医愚。"可见，人们很早以前就已经意识到了阅读书籍具有保健和改变人心灵、情操的作用，但这或多或少带着"主观"的色彩。

因为，毕竟有另外一些学说，他们并不认可文学会对人格发展产生意义。诸如，行为主义代表人物华生认为"人格就是我们的习惯系统的最终产物"④。弗洛伊德也认为，人格的主要部分在6岁左右超我出现的时候就完成了。如果顺着这样的理论深入下去，成人对儿童的教育就显得滑稽而

---

① 周燕妮：《阅读之光映童心——陈书梅〈儿童情绪疗愈绘本解题书目〉推介》，《图书情报研究》，2011年第1期。
② ［美］约翰·弗拉维尔：《认知发展》，邓赐平译，华东师范大学出版社，2002年。
③ ［美］M. H.哈里斯：《西方图书馆史》，吴晞、新平译，书目文献出版社，1989年，第28页。
④ ［美］伯格：《人格心理学》（第八版），陈会昌译，中国轻工业出版社，2014年，第344页。

可笑，我们无非是将知识如货物一样，从一个大脑搬运到另一个大脑，而人的生存也就简化为传承，但没有创新。

埃里克森人格发展理论的意义就在于，他断然拒绝了这种生硬的"遗传论"或者"定型说"，提出了人格具有"可塑性"，并认为应该更理智地看待人和社会之间的关系，社会是人格发展潜在的力量源泉。柯西尼（Consini）对这一点做了以下解释："埃里克森并非把个人当做社会力量的玩物，而是向人们呈现了一个正在生成的个体的概念，由于受到人生危机的挑战，从而使他以胜利者和强者的形象出现。这就意味着埃里克森把个人当做自身的主宰，当做命运之船的船长，而不是那种不得不服从别人支使的船员。埃里克森具有一种乐观而富于创造性的人格观。"[①]

埃里克森的学说，后来发展出新精神分析学派，为文学、艺术、教育等作用于儿童心灵乃至人格的生成、发展提供了理论基础。其后，戈登·奥尔波特通过观察婴幼儿从对自己身体无意识，发展到感知自我控制力量，进而产生自我同一感和自尊，最终发展出对自我的充分认识，得出支持性结论：人格发展在最初几年后还会持续很长时间。"人格像每一种有生命的物体一样，随着成长而发生变化。"[②]

我国著名人格心理学家陈仲庚对人格的界定，也关注到人格的成长性。他认为，"人格是个体内在的、行为上的倾向性，它表现一个人在不断变化中的全体和综合，是具有动力一致性和连续性的持久的自我，是人在社会化过程中形成的给予人特色的身心组织"[③]。该定义强调了人格的变化性和稳定性，为人格的可塑性提供佐证。

1986年《简明不列颠百科全书》词条显示："人格是每个人所特有的心理—生理性状（或特征）的有机结合，包括遗传的和后天获得的成分。

---

① ［美］B. R. 赫根汉：《人格心理学》，冯增俊、何瑾译，作家出版社、海南人民出版社，1988年，第160页。

② ［美］伯格：《人格心理学》（第八版），陈会昌译，中国轻工业出版社，2014年，第160页。

③ 张承芬主编：《教育心理学》，山东教育出版社，2000年，第300页。

人格使一个人区别于他人,并可通过他与环境和社会群体的关系表现出来。"①可以看出人格的可塑性已经被学术界广泛认可。

总而言之,埃里克森的人格发展理论将环境、教育对人具有的深远意义凸显出来,使我们再次提及"文学对人的精神生命的影响"时,不仅有了感性层面的认知,更有了理论层面的支持。正是人格的可塑性为儿童文学阅读干预儿童人格成长提供了可实践的空间。

三、阅读干预目标与自我同一性的同构

埃里克森人格发展理论与文学终极目标的一致性,是埃里克森人格发展理论在阅读研究中适用的第三个缘由。

埃里克森人格发展理论讲求生命个体的"自我实现",认为人格发展的最终目的就是建立"自我同一性"。这一过程包含着儿童在人格发展不同的阶段,经由冲突的正面解决而呈现的人格特质:信任、自主、主动、勤奋及它们在青春期进行的组合和深入。"自我同一性"与"儿童健康人格"的含义有趋同性。"一个健全的人就是危机得到合理解决,具备了正面人格品质的人。"②

儿童文学作为一种特殊的文学样式,与儿童健康人格的形成具有天然契合性。"人类之所以要创造出儿童文学,还在于需要通过这种适合儿童思维特征和儿童乐于接受的文学形式,来与下一代进行精神沟通与对话,在沟通和对话中,传达人类社会对下一代的文化期待。"③因此,从这个创作目的上诞生的儿童文学,无论是从美学特征,还是从人物形象,抑或创作主题上都服务于儿童健康人格的建设。

从儿童文学的美学特征来看,儿童文学讲求"以善为美",即儿童文学力图"通过艺术的形象化的审美愉悦来陶冶和优化儿童的精神生命世

① 《简明不列颠百科全书》,中国大百科全书出版社,1986年,第743页。
② [美]埃里克森:《同一性:青少年与危机》,孙名之译,中央编译出版社,2015年,第164—165页。
③ 王泉根:《论儿童文学的基本美学特征》,《北京师范大学学报》(社会科学版),2006年第2期。

界，形成人之为人的那些最基础、最根本的价值观、人生观、道德观、审美观，夯实人性的基础，塑造未来民族性格"①。具体来说，在婴幼儿时期，成人为儿童创作的文学读本，其特征在于在充分尊重儿童生理发育规律的基础上，观照到他们的心理发育需求，以"启蒙"和"益智"为主要目的，以陪伴和激励为主要阅读方式，将人与人之间的信任，生命个体的自主意识、主动性、创造力等美好特质激发出来。而在小学阶段，成人为儿童创作文学，则旨在帮助他们适应校园生活，更好地理解学习、友谊和自我之间的关系，在引导儿童自我确认的基础上，培养信心、勇气和持久的意志力等良好品质。及至青少年时期，儿童文学通过对成长母题的书写，又为青少年理清此时敏感又纷乱的、由巨大的身心差异带来的困惑与憧憬起到应有的作用。儿童在阅读儿童文学的过程中，逐渐了解并习得了人类精神文明所能达到的高地，成长之路照进理想之光。总之，儿童文学的美学特质，充分体现了儿童文学作为一种独特的文学门类的根本价值意义，为儿童"构成了他将来做一个怎样的人的观念"②。

从题材内容上而言，儿童文学较之成人文学在内容选取方面存在明显差异。纵观世界上优秀的儿童文学作品，都谨慎地"远离一切不利于儿童精神生命健康成长的社会生态因素"③，暴力、血腥、成人的尔虞我诈等元素在儿童文学中较为罕见，但这并不代表儿童文学是"瞒"和"骗"的艺术。在儿童文学中不是不描写丑恶，事实上，儿童文学对于丑恶的描写甚至更鲜明、透彻。比如写"嫉妒"这种情绪，不同的童话故事中，就有不同展现。以《野天鹅》为例，继母不仅把十一个继子全部用魔法变成了天鹅，还在女孩长到十五岁时"把艾丽莎全身都擦了核桃汁，使这个女孩子变得棕黑。她又在这个女孩子美丽的脸上涂了一层发臭的油膏，并且使她漂亮的头发乱糟糟地揪做一团"④。一系列令人发指的行为，极具穿透力地

---

① 王泉根：《论儿童文学的基本美学特征》，《北京师范大学学报》（社会科学版），2006年第2期。
② 同上。
③ 王泉根主编：《儿童文学教程》，北京师范大学出版社，2012年，第11页。
④ ［丹麦］安徒生：《安徒生童话全集》，叶君健译，四川少年儿童出版社，2016年，第124页。

表达了人性的复杂和晦暗。而《皇帝的新装》中，作者用夸张到极致的行径，表达了人性的虚荣、懦弱和不堪。较之成人文学中的相关书写，儿童文学的这种手法明显更容易在读者心中引起震撼，而它在结尾处必然的"好人好报，恶人坏报"也会深入地被读者感受。儿童在阅读儿童文学的时候，以最简便的方式，习得了人类具有普世意义的价值观、优良品质，甚至良好的习惯，因此，儿童文学对于儿童人格朝着健康的一面成长起着不可替代的作用。

从人物形象而言，儿童文学也具有独特性。在儿童文学中，那些庞大的、权威的或者很娴熟地掌握成人社会法则者未必是最好结果的获得者。反而那些并不是很受宠爱者、弱小者，却获得了大量的帮助，并最终完成了心愿。许多研究者认为，这是儿童文学作家为了抚慰儿童脆弱的心灵，专门为他们设置的情节。这确然也是一个重要原因，儿童通过弱小者获得帮助和成功的故事，树立了成长信心。但作者通过这样的人物设置表达的意愿还应当包含：所有帮助的成功，都首先来源于生命个体个人的努力（包含仁爱、善良、勤奋、努力、不懒惰、脾气好等）。如"灰姑娘"系列中，"神仙教母"或者"榛树枝""小鸟"等人、物的存在对于灰姑娘改变命运，具有重要意义。但是前提是灰姑娘勤劳、善良、不伤害生灵，并且积极主动（假如继母不让她去，她就彻底放弃了，那么命运也无法掌握在自己手上），而且还遵守诺言（这也是好女孩必备的品质，如果灰姑娘从一开始就不遵守十二点回来的约定，也许神仙教母就不愿意帮她了），二者的结合才真正对儿童产生良好的影响。这些优良的品质在现代社会依然具有帮助女孩子获得幸福的能力。童话之所以代代相传，这也是一个重要的原因。而在埃里克森人格发展理论中，所有与健康人格相关的品质，都可以在儿童文学作品中的人物身上找出。因此，我们可以说，儿童文学作品的终极目的和埃里克森人格发展理论的最终发展目标具有一致性。

总之，以埃里克森人格发展八阶段理论作为本研究的基础理论与主导理论，依托于该理论与儿童文学阅读在阅读动机、可塑性及终极目标上的契合性，最终将为目前的研究困境提出科学的解决方案。

第三节　儿童文学阅读与儿童健康人格发展原理探究

"人格"（personality）一词，在西方来源于拉丁文 Persona，意指戏剧舞台上演员所用的假面具，与我们今天戏剧舞台上不同角色的脸谱相类似，代表的是剧中人物的身份。迄今为止，关于人格的定义不下千种，最常见的是"大五人格"和"九型人格"。"健康（健全）人格"是由"人格"衍生出来的一个词。对于健康（健全）人格的研究，兴起于二十世纪五十年代，随着潜能研究的深入，心理学家通过对具有较高健康水平的人进行晤谈与测验，总结出健康（健全）人格模式。

关于健康人格，外国学者奥尔波特、马斯洛、罗杰斯、埃·弗洛姆，中国学者黄希庭、葛明贵、高玉祥、杨丽珠等人，都有相关研究和界定。不同流派在定义和理解上存在差异，但在核心部分存在共识，即"健康人格是一个相对的、发展的、结构性的概念。"①就"相对"而言，健康人格较之不健康人格，更倾向于个人与环境的和谐发展，表现出某种程度的人格统一性；就"发展"而言，它指的是健康人格不是固定不变的，生命个体在不同的年龄段表现出不同的健康人格特质，不同的时代对健康人格的理解也存在差异；就"结构性"概念而言，健康人格是"人的多层次的、多水平的、多侧面的、富有逻辑关系的、完整的心理成分构成物"②。埃里克森的人格发展理论，充分体现了这一共性。本文基于此，联结起儿童文学阅读对儿童健康人格在不同阶段的影响，旨在最终完成青少年人格同一性建设。在对相关契合性进行了探讨之后，本节试从儿童文学发生学、接受生理学、接受心理学三个层面，来阐释儿童文学阅读如何作用于儿童健康人格发展。

---

① 葛明贵：《健全人格的内涵及其教育意义》，《安徽师范大学学报》（人文社会科学版），2003年第7期。
② 同上。

一、儿童文学的发生与神圣治疗

从发生学意义上来看，以语言符号建立心灵世界的文学发生在人类象征意义的仪式行为之后，因此与生俱来拥有一种包含生理—心理—精神的综合治疗功能，而这个功能在儿童文学与成人文学对接与转变的过程中被承继了下来。具体来说，一方面，儿童文学作为被创作出来的客体，自身携带治疗基因；另一方面，从创作主体的创作目的而言，儿童文学也带着干预人心灵成长的重要作用。

就前者而言，诞生于神话、民间传说及寓言中的儿童文学，自身携带治疗基因。现代意义上的儿童文学发生在1658年，标志性事件为捷克教育家扬·阿姆斯·夸美纽斯出版了第一本专门为儿童写的书《世界图解》（也称为《儿童眼中的世界》）。为儿童创作特殊读物，预示着对儿童的认知到了一个新的文明高度。在中国，现代意义上的儿童文学的出现则要追溯到五四时期，"人的解放"和"妇女的解放"催生了对儿童的重视。周氏兄弟则以《我们现在怎样做父亲》（1919）、《儿童的文学》（1920）拉开了儿童文学的大幕，叶圣陶、郑振铎等文学研究会成员成为中国儿童文学早期创作的主力军。然而，"在古代虽无儿童文学之名，却有儿童文学之实"。那些古老的神话、传说、民间故事伴随着东方儿童的童年。在西方，"那些在壁炉前讲述的故事、民间童话，游吟诗人们穿梭于广场时吟诵的传说，都是属于成人和孩子们共同的口头文学"①。阿拉伯穆格发的《卡里来和笛木乃》开启了为适应儿童读者而改写成人文学的先河。《伊索寓言》《列那狐的故事》《罗宾汉》等所有这些民间故事，都被认为是儿童故事的基础。

而神话、民间故事、寓言作为人类最早关于世界的思索和经验，无一例外地包含着荣格所说的"原型"。"那些在神话传说，文艺作品中反复出

---

① ［加拿大］李利安·H.史密斯：《欢欣岁月》，梅思繁译，湖南少年儿童出版社，2014年，第15页。

现的原始意象，实际上是集体无意识原型的'自画像'。"①这些原型的塑造和阶段性变化，传达着创作者和阅读者的某种宣泄或者寄托。诞生于此的儿童文学传承并书写着这些"原型"。以"母亲"形象为例。童话中的母亲形象与神话、寓言故事中的如出一辙，基本可分为两种，一种是慈祥、善良的母亲形象，一种是可怕的恶魔形象。这种极端性并不是作者臆想出来的，而是经过了漫长时间的经验积淀，留存在人们心中的"集体无意识"，而其"原型"可以追溯到原始社会。彼时"母亲"是神秘而强大的象征，一方面人类生命从母体诞生，如同土地孕养植物一样；另一方面，植物植根于土壤，生长于土壤，也在冬天回归土壤，这里就显示出母性阴冷的一面。神话中有"地母神"，其职责是作为死亡女神接纳死者，表达了对"母亲"这个形象的双面解读，即"既是生命女神，又是死亡女神"。日本神话中的"伊邪那美"则将这种双面性表达得更为鲜明："她既是生养了日本这个国家万事万物的伟大女神，又是统治着黄泉国的死亡女神。"②因此，从根本上而言，"母性具有孕育死和生的双重性，既有培育生命的正面力量，又有吞噬一切生命致其死亡的负面力量"③。母亲的正面力量长期以来被讴歌，而负面力量却因为"爱"的名义而被遮蔽。心理学家认为母爱的负面力量在于"对孩子有强大的支撑力，因而阻碍了孩子独立，最终将孩子逼进了精神死亡的深渊"④。《食人者欧克罗》表现得尤为明显。故事讲道：一位王后把自己睡在金摇篮里的孩子放在海上任其漂流。摇篮没有沉没，而是漂流到了一个食人族的小岛旁。岸上一个食人族的妇女见到这个摇篮里的孩子非常喜欢，舍不得吃她，悄悄养了起来，准备以后给自己的儿子当媳妇。这个养育关系象征着母爱关系的确立及其中温情的一面。但是要求她以后做儿媳妇，则带有控制的一面，是母性情怀

---

① ［瑞士］卡尔·古斯塔夫·荣格：《心理学与文学》，冯川等译，北京联合出版公司，2013年，第6页。
② ［日］河合隼雄：《童话心理学》，赵仲明译，南海出版公司，2015年，第27—28页。
③ ［日］河合隼雄：《童话心理学》，赵仲明译，南海出版公司，2015年，第28页。
④ 同上。

的另一种展示。果然到了后面，当女孩长大，不喜欢她的儿子，爱上了一个王子的时候，她就面临着死亡。食人者欧克罗三次追剿她，想要置她于死地。①在《牧鹅姑娘》里我们也能清晰地看到宠溺的母爱对孩子独立精神的戕害。公主一直在母亲的保护下生长，等到必须要离家的时候，就出现被侍女一而再、再而三欺负，甚至出现替代身份的事件。"忍气吞声""软弱无力""不断地哭泣"②，都代表了公主的这种状态。若不是后面独立状态下自我的复活，公主可能会被侍女设计陷害而死，就如那匹知道真相的马法拉达一样。正是因为这种现象在人类社会具有普遍性，荣格才用"大母神"（Great Mother）的原型来概括。人类通过创造这样的故事，一方面来表达内心深处某种模糊的认识，宣泄对母爱阴冷面所引起的痛苦和恐惧之情；另一方面则会站在一个更深刻的角度去重新认识母爱，从而使自己的成长趋向于正常化。在中国当代的儿童故事里，如陈丹燕《我的妈妈是精灵》中"大母神"的爱与毁灭的力量，则通过精灵母亲的奉献与牺牲自身身份而表达出来，表现了现代社会文化中，儿童对母亲另一个层面的解读和体恤。透过对这些具有象征意味的原型的解读，一方面人类可以对人性有更深层次的了解，以更通达的态度平抚心理情绪，激发对美好生活的期冀；另一方面，原型的表达可以"促使人类认知真正的自我，表达自我，按照自我的本性去生活，从而实现心理的完整和健康"③。

　　神话学家凯伦伊认为，"真正的神话并非用于解释事物，而是为了奠定事物的基础。这一点也适用于童话、寓言故事，它们并不是单纯地用来解释自然现象，它与人体验自然现象后的心理密不可分，为了让这些体验深刻地留在心灵深处，才诞生了这些故事。"④这些故事记录着人类心理成熟的过程，即人的"自性化的实现"。从无知走向智慧，从恐惧走向心理

① ［德］格林兄弟：《格林童话》，杨武能译，四川少年儿童出版社，2014年，第137页。
② ［德］格林兄弟：《格林童话》，杨武能译，四川少年儿童出版社，2014年，第299页。
③ 张冰：《荣格原型思想及其对当代中古欧文艺理论建设的价值》，硕士学位论文，广西师范大学，2001年。
④ ［日］河合隼雄：《童话心理学》，赵仲明译，南海出版公司，2016年，第18页。

的平静，从幼稚走向成熟，在这个过程中神话故事既展现人类自我治疗的过程，又在展示着治疗的结果。

也有学者认为，儿童文学的诞生又与宗教有着紧密的关系。德国语言学家本菲认为"所有的童话和寓言故事都为印度佛教故事的变体"①。《欢欣岁月》记述了孩子们如何从清教徒的重要作品《天路历程》获得欢乐的故事。"他们在其中找到了和《杀死巨人的杰克》（*Jack the giant killer*）相似的、奇妙的冒险童话的模样。他们甚至由此创造了一个游戏：拄着拐杖，戴着帽子，背着行囊开始了一段朝圣之旅。摆脱狮子的袭击，与邪恶的撒旦搏斗，在'怀疑城'中被囚禁，在'喜悦山'上徘徊，最后终于走入了金光灿灿的国王宫殿。"②分级阅读研究表明，最初的分级阅读正是起始于人们将宗教故事印刷成适于儿童看的小册子来安抚和大人一起上教堂的孩子。所以，在儿童文学中发现大量宗教母题，并承接了它所具有的劝诫、治疗的意味，也是极为容易理解的事情。如《格林童话》中的《蓝胡子》，讲述了一个姑娘被一个蓝胡子的国王娶回去，过着衣食富足的生活。一天蓝胡子国王要出去办事，交给她十三把钥匙，最后一把是金色的。国王对她说千万不要打开最后一扇门，然而她还是耐不住好奇打开了，差点受到死亡的惩罚。这个故事与宗教故事《圣母玛利亚的孩子》如出一辙，都通过因为不遵守诺言、不诚实而遭受惩罚的故事，告诉人们说谎可能带来的毁灭性灾难。宗教主题的承继性也可见一斑。约瑟夫·雅各布斯的《英国民间故事》，也不乏通过宗教性质的故事，将种种劝诫告知孩子，今天阅读，也依然从中受益："要勇敢，要大胆，不过也不要无所畏惧。"③

叶舒宪曾对这种变化做过研究，他说"到了文明社会之中，仪式表演

---

① ［日］河合隼雄：《童话心理学》，赵仲明译，南海出版公司，2016年，第12页。
② ［加拿大］李利安·H.史密斯：《欢欣岁月》，梅思繁译，湖南少年儿童出版社，2014年，第17页。
③ ［加拿大］李利安·H.史密斯：《欢欣岁月》，梅思繁译，湖南少年儿童出版社，2014年，第16页。

转化成戏剧艺术，仪式的叙述模式转化为神话模式，仪式歌辞转化为诗赋，巫者特有的功能也自然遗传给了后世的文学艺术家"①。作为文学的艺术门类之一的儿童文学顺接了这种自然的疗治属性。当然，由于儿童的特殊性，过于说教的作品自然不会为他们所喜欢，只有那些走进他们心里的作品，才真正具有不可磨灭的治疗作用。

从发生学的另一个层面——创作主体——来看，文学也天然具有疗治的功效。"艺术家们把原来只是存在于内心世界的痛苦表现为文字、图画、声音等外在的、表象的东西，这可以使他们重复地省察和思索，文字艺术用它慈祥的手段解除了人在自然的束缚，从而使当事人获得了意志的解放，减轻了个人的痛苦。"②

《城南旧事》的作者林海音回忆起创作缘由时说："这几年来，我陆陆续续地完成了其中的几篇。它们的故事不一定是真的，但写着它们的时候，人物却不断涌现在我的眼前。"《城南旧事》出版于1960年，距林海音举家随丈夫迁往中国台湾时隔12年。12年前在"去"与"留"之间作者经历过激烈的内心斗争。后来一个友人因为两地分居造成丈夫遭遇车祸的事情震撼了她，于是她决定随夫赴台。但是6—12岁的童年生活深深地烙印在她的心中，写作就成为最好的寄托、疏解的方式，开篇作者引李叔同所作《送别》表达的就是这样淡淡的惆怅。《青春的荒草地》的作者常新港也曾说过，作品中所讲述的恶劣环境下人性的堕落和沉沦，正是他少年时期人生境遇的真实展现。童年的创伤在他的心里留下了深深的痕迹，通过童年形态的书写在某种程度上缓解了这样的童年之痛。在半个世纪后的今天，作者新创作的作品已几乎看不到对那样生活的描述，在某种意义上也意味着作者完成了自我的疗治。这样的现象几乎在二十世纪八十年代形成了一种集束性的展现，在经历过"文革"动荡的创伤之后，作家们急需通过文学的方式达到疗救。于是带有自传性质青春回忆的书写如《伤痕》

① 叶舒宪：《文学与治疗——关于文学功能的人类学研究》，《中国比较文学》，1998年第5期。
② ［德］黑格尔：《美学》（第一卷），朱光潜译，商务印书馆，1997年，第60—61页。

《西望茅草地》等作品喷涌而出。作为中国人心灵宣泄的大爆发，从"伤痕"走向"反思"在某种意义上，也可视为文学在发挥其自我疗救功用上的一种集体证明，它使人们从情感之痛的感性宣泄，走到了可以理性面对的思想高地。现代医学对此解释为，"叙事激活了人的意识和潜意识，帮助文学活动参与者意识到自己潜在的欲望和直觉，从而实现了自观和调整。故事讲述可能产生仪式神秘'场'的效果，超现实的感觉和神秘幻想的空间里有助于缓解压力，释放情感和欲望，调节身心平衡"[①]。由此可见，文学艺术作为作者心灵的独白，具有释放内心压抑、排解精神苦闷的疗效。

因而，从创作主体角度而言，儿童文学发挥了它的第一个功用——自我治疗。然而"发生学的逻辑是，如果一个事物最初是因为某个原因而发生的，那么它就会保持最初的天性，始终发挥为这个原因服务的功能"[②]。所以，证明了文献在某种程度上是为了治疗而发生的，那么阅读这个行为先天就具有了治疗的功效。

以成长小说《追风筝的人》为例。小说描写了成长主人公阿米尔在38岁以前的成长之殇。阿米尔从小丧失母爱（母亲在生他时难产而死），父爱成为他最大的精神寄托。然而父亲却对他熟视无睹甚或冷漠粗暴，对另一个仆人身份的孩子哈桑却关爱有加，这造成了阿米尔心理失衡。即便哈桑对他好到"为你，千千万万遍"，也没有阻止他在12岁那年背叛和伤害哈桑。这种"背叛和伤害"同时也令他对自己厌恶不已，悔恨和自责像梦魇一样纠缠着他的成长。直到38岁那年他寻得一条自救之路——在塔利班枪林弹雨中拯救了哈桑被绑架的孩子索博拉，并使他的脸上有了笑容，这种救赎才得以完成。这部小说自2003年出版以来，就好评如潮。一方面是因为这是作家卡勒德·胡赛尼的自我疗救之作。他借助阿米尔在成长历程中"背叛"与"救赎"的故事，深刻书写出自己作为一个移民在异域文化中力图保持、寻找自我身份并疗治自我心灵创伤的过程。另一方面，也正

---

① 叶舒宪：《叙事治疗论纲》，《西南民族大学学报》（人文社科版），2007年第7期。
② 王波：《阅读疗法》，北京出版社，2014年，第17页。

因为如此，这部作品对"战乱后的阿富汗人甚至是全人类起到巨大的心灵抚慰和疗救的意义"①。因为作者透过自我的救赎而探测到了人性可能达到的温度和厚度，从而具有了超越种族的博爱和悲悯；读者通过共鸣与体悟，寻找到了力量。由此可见，存在于创作主体和作品之间的自我治疗，往往也会成为作品和接受者之间发生治疗作用的原因。

　　当然，我们也必须看到文学写作的治疗功用因人而异，或者至少在治疗效果上因个体不同会有不少区别。有时作品带给读者很大力量，而作者的自我治疗却并未完成。以《芒果街上的小屋》与其作者桑德拉·希斯内罗丝为例。作者童年时期以墨西哥裔移民身份生活，在多元文化背景的大都市芝加哥，经历了歧视、贫困以及各种斑驳、复杂、困顿的生活，所以她拼命努力，最终拥有了令人羡慕的成就。但是即便如此，种族身份所带来的伤痛依然深刻地烙印在灵魂的深处，在未完成对这个身份的认同和对伤害更高层次的宽恕之前，她难以用物质或外在的荣耀来获得灵魂的归依，始终处于漂泊状态。但是，主人公埃斯佩浪莎（Esperanza，在西班牙语中意为"希望"）却因为自身所带的坚忍、努力、不屈等特质超越了种族、性别，带给读者疗愈的力量。"在你忧伤的时候，天空会给你安慰。可是忧伤太多，天空装不下。"②或者"它们在地下展开凶猛的根系。它们向上生长也向下生长。用它们发须样的脚趾攥紧泥土。这是它们坚持的方式"③。作者以儿童的眼光，去审视、揣想自然的力量，让人在怜惜中生出动力。一代一代的读者在埃斯佩浪莎这里汲取养料去排解烦忧、去对抗卑微、去用自身不屈的奋斗拯救自己，也梦想着终究有一天有力量去帮助那些"无法离开的人"。

　　综上所述，无论是从文学的自然诞生还是作家创作文学这两个角度而言，文学从发生之初就承载着治疗人类灵魂、抚慰心灵的作用。弗莱将其

---

① 白晓荣：《心灵的疗治与救赎——从文学治疗看〈追风筝的人〉》，《山花》，2013年第8期。
② ［美］桑德拉·希斯内罗丝：《芒果街上的小屋》，潘帕译，译林出版社，2006年，第41页。
③ ［美］桑德拉·希斯内罗丝：《芒果街上的小屋》，潘帕译，译林出版社，2006年，第105页。

解释为"将艺术作为一种治病救人的实用手段并不是出自艺术本身的要求,而是源于病人的需要,源于陷入困境之中的人的需要"①。正因为如此,儿童文学对儿童健康人格的形成才会产生作用。

二、儿童文学阅读对儿童健康人格养成的生理学原理

儿童健康人格包含着生命个体"系统中的各种成分和特质都得到健康、均衡的发展"②,而儿童文学阅读具有刺激儿童多方面均衡、健康发展的能力。"阅读是一种全方位、多维度的智力体操,它能使孩子的头脑逐渐变得灵活敏捷,并进一步促进孩子心智的全面成长。"③本文将根据儿童发育特征来分析儿童文学阅读对儿童健康人格培养产生效果的科学性。

(一) 儿童文学阅读满足树突神经发育需求,为儿童健康人格养成奠定生理基础

脑神经连接理论指出,人类大脑神经细胞约有140亿个。这些脑神经细胞出生时处于孤立状态,只有通过有效的刺激如看、听、嗅、摸、尝等行为的刺激才能长出树突,树突相互连接,就会形成一个神经网络。神经网络越密集,就如同树长得越茂盛一样,儿童智力发育就越好。而树突神经的生长需要外在信息的刺激,这些刺激要具有丰富性、优质性、反复性。儿童文学多元化的呈现方式和阅读过程中多样化的阅读方式,恰恰能满足这方面的需求。

树突神经的发育,遵循信息量越多,神经元突触产生越丰富,儿童发展越好的规律。儿童文学阅读通过大量词汇的介入,满足了这一"丰富性刺激"要求。美国堪萨斯州大学的贝蒂·哈特与托德·雷斯利博士对幼儿早期生活进行了一项"美国儿童富有意义的日常差异"研究。历时4年发

---

① [美]阿恩海姆:《艺术心理学新论》,郭小平等译,商务印书馆,1994年,第345页。
② 高玉祥:《健全人格及其塑造》,中国人民大学出版社,1997年,第16页。
③ 李东华:《童年阅读:为什么读?读什么?》,http://www.chinawriter.com.cn,2011年7月18日。

现，专业人员家庭、工人家庭、福利家庭的孩子听到的词汇量存在巨大差异，依次为4500字、2600字、1300字。这说明，因为孩子陪伴人的不同，在交谈中获取的词汇量是有巨大差异的。这种差异在进入学校生活后会扮演举足轻重的角色，孩子理解的速度，取决于入学前接触词语的数量。那么如何能够弥补这种教养环境带来的落差呢？最好的方法就是阅读。绝大多数家长并未意识到，生活中与孩子的正常交谈所使用的词，有83%来源于最常用的数千字，这一数量甚至不会随着孩子的年龄而改变。因此，无论何种家庭情况，都需要通过阅读来弥补生僻字掌握量少的不足。"在积累词汇上，口语传播（包括电视词汇）明显不如印刷品。童书中生僻词的数量随着年龄和儿童阅读能力的提高有明显的增加。通过阅读，可以有效帮助孩子建立丰富的词汇储备，有效刺激大脑神经树突生成、发展。"[①]

　　神经突触发育遵循信息质量越好，神经突触连接越恰当的规律。儿童文学作品作为成人专门为孩子创造的精神食粮，几乎具有天然满足性。随着学科的进步，在对儿童认知水平、心理特征及理解能力等越来越深入了解的基础上，儿童文学作品无论从呈现形式上还是内容上，都与儿童具有更大的契合性，这使得刺激更加有效。如儿童文学按照年龄可分为幼儿文学（0岁—六七岁）、童年文学（六七岁—十二三岁）、少儿文学（十二三岁—十八岁）；按内容可分为亲情、友情、科普、历史、品德、人文等；按体裁可分为散文体、韵文体、叙事体、幻想体、多媒体、科幻体六大门类二十二个小类；按材质可分为纸书、电子书、布书、木头书、塑料书、泡棉书等，尤其是在绘本、玩具书等样式中，这种材质元素使用得更频繁。纸质书多造型特别、色彩饱满度高、设计元素丰富（如采用长毛、卷毛、磨砂等表皮）；塑料书耐脏、耐摔、耐咬；布书则柔软、造型憨萌有趣、易于清洗；目前美国还在研制一种用可以吃的材质做成的书，也极大地吸引了儿童。按设计元素分，又可分为裁切页设计，可左右翻动，拼凑

---

① ［美］吉姆·崔利斯：《朗读手册》，沙永玲、麦奇美、麦倩宜译，南海出版公司，2009年。

出不同的内容，如中国少年儿童出版社出版的《过春节》采用内页立体设计，打开即可站立；洞洞书，设计有小洞洞，不仅造型可爱的毛毛虫等可以钻进钻出，婴幼儿的小手指也可以；添加了声音效果的书，为孩子提供了更丰富的阅读经验和感受。总体而言，由于结合多种现代元素，这些书具有可动性（Movable Book）、立体性（Pop-up Book）、趣味性（Interesting），不仅具有阅读功能，其可抓、咬、摸、听、看等功效对婴幼儿感官发展也具有一定的刺激作用。同时它还是儿童宣泄、稳定情绪的工具，是非常有价值的刺激大脑树突神经发展的工具。

儿童大脑神经树突遵循的第三个规律是刺激次数越多，神经突触连接越牢固。儿童文学阅读在有效刺激上也具有很大优势。表现在两个方面：一是文学作品自身在词句、情节、结构、模式、主题等方面的重复带来的反复刺激。如童谣讲究韵律或词句上的重复；很多童话都是以"从前……"开始，通过对事件、语句的重复来加强效果。并且这种重复不是简单的、机械的重复，而是具有一定的技巧，"事件之间虽然极其相似，但每一次的讲述又略有不同，于是，每一次似曾相识的细节其实都引入了新的内容"①。成长小说则遵循"天真—迷惘—受挫—顿悟—成长"的叙事模式，也具有一定的反复性。儿童在阅读这种类型的故事的时候，大脑区域一方面由于某项——如词语、情节——的强化刺激，激活了神经发育；另一方面，在阅读过程中，儿童会反复阅读他们喜欢的作品，越小的孩子在这方面表现得越明显。因为越小的孩子，对世界的不安感越强烈，反复阅读同样的作品，接下来会发生什么，他们了然于心。在这种可以掌控局面的愉悦感中，儿童的安全感和信心也同时建立起来，接受效果加倍。

总之，脑神经发育良好，意味着儿童受到了该年龄阶段成长必不可少的刺激，是儿童身心健康发展的基础。儿童文学阅读明显在满足刺激条件上具有天然适应性。

---

① ［加拿大］李利安·H.史密斯：《欢欣岁月》，梅思繁译，湖南少年儿童出版社，2014年，第63页。

（二）儿童文学阅读以审美的生理运动方式促进儿童健康人格发展

审美的生理运动理论源于朱光潜《从生理学观点谈诗的"气势"与"神韵"》一文。该文是在作者对英国现代诗人豪斯曼（A.E.Housman）提出的"诗对于人的影响大半是生理的"思辨近一年后提出的观点。该文以诗歌为切入点，有力地论证了阅读对人生理健康产生的影响。这一观点适用于儿童文学阅读与儿童健康人格发展研究。

按照朱光潜先生的观点，诗歌与人体都遵循自然的节奏。好的诗歌语句的节奏顺应了人体的呼吸、消化、循环等系统的节奏，使人读起来畅快、和谐，觉得身体和心理都处于一种舒畅的状态。儿童文学中的韵文体文学在这方面表现尤胜。作为成人专门为儿童制作的精神食粮，在传情表意的节奏上，一方面它表达着成人对儿童温柔的呵护之情；另一方面则是站在儿童视角去看世界，表达喜爱、欢快之情。这类诗歌节奏明快，讲究押韵，读来朗朗上口，顺应了生理的自然需要。如：儿童撒饭，家长责骂之，会造成儿童心情抑郁，消化不良。但是如果和她一起读鲁兵的《下巴上的洞洞》，效果则会好得多。"从前有个奇怪的娃娃／娃娃有个奇怪的下巴／下巴有个奇怪的洞洞／洞洞谁知道它有多大。"[1]首节采用了字头歌的形式，安排极为巧妙。每句的前两个字和后面的七字，形成一个气息上的停顿，不觉局促，每句的后面二字又成为下句的开端，一气呵成，读来令人气息流畅。这种生理上的流畅也会带来儿童心情上的舒畅，为后面的"教育意义"展开营造了接受心境。而后中间两节采用了奇妙的想象。"如果饭桌是土地／如果饭粒会发芽／那么一天三餐饭／他呀餐餐种庄稼。"皮亚杰的"万物有灵论"解释了儿童婴幼儿时期的心理状态，想象是他们和世界沟通的方式，从儿童的想象入手，再回到现实。"可惜啥也没有种

---

[1] 鲁兵：《下巴上的洞洞》，《小朋友》，1979年第6期。

出来／只是粮食白白被糟蹋。"衔接得自然无痕，没有生硬的说教，孩子却切切实实地懂得了浪费的不好。而后，又用幽默的结尾——"你们听了这笑话／都要摸一摸下巴／要是也有个洞洞／那就赶快塞住它"——让儿童恢复到精神愉悦的状态。儿童文学从生理到心理的治疗作用浑然天成，和孩子的成长联系在一起。

朱光潜认为，阅读还会带来人生理的变化，产生模仿冲动。诗文"所描述的场景栩栩如生，给人身临其境之感，让人有起而模仿的冲动，或使人在想象空间中化身为某一角，随之举手投足，产生身体的虚拟运动"[1]。儿童的审美感悟还处在成长期，注意力集中的时间相对较短，容易对情节性的故事产生兴趣。儿童文学作家在创作方面也较为重视这一点，所以能让儿童产生模仿冲动的作品很多。如英国诗人杰·里弗茨的《巴喳——巴喳》："穿上大皮靴在林子里走／巴喳——巴喳！／'笃笃'听见这声音／就一下躲到了树枝间。／'吱吱'一下蹿上了松树／'崩崩'一下钻进了密林／'叽叽'嘟一下飞进绿叶中／'沙沙'哧一下溜进了黑洞／全都悄没声儿地蹲在看不见的地方／目不转睛地看着'巴喳——巴喳'越走越远。"[2]诗作巧妙地唤醒了小朋友心灵深处的模仿渴望。

首先是模仿大人。每个孩子都迫不及待地渴望长大。《本爱安娜》中本赴安娜之约前"在手上倒了些爸爸的剃须露，用它来湿润额头和脸颊"[3]就隐喻了男孩心中对成长的渴望。女孩也几乎都穿过妈妈的高跟鞋。这种隐秘的心思被杰·里弗茨用文学化的手法表现出来，"穿上大皮靴子在林子里"，走的一定不是大人，而是孩子，只有孩子才能敏锐地感知到小动物受到惊扰后的紧张气氛。

其次是模仿小动物。儿童与小动物是天然的伙伴，各种动物微妙的表现也只有他们能灵敏地捕捉到。有幼儿教师曾将《巴喳——巴喳》这首诗

---

① 朱光潜：《我与文学及其他》，安徽教育科学出版社，1996年，第32—37页。
② ［英］杰·里弗茨：《巴喳——巴喳》，《中外儿童诗精选》，浙江文艺出版社，2006年，第102页。
③ ［德］彼特·赫尔特林：《本爱安娜》，陈俊译，二十一世纪出版社，2015年，第54页。

运用于教学活动，儿童在阅读的时候，不由自主想要模其声，仿其形。这一实践也证明了阅读诗文可以激发儿童模仿的冲动，让他们的心灵处于一种被激活的状态。

最后，除了节奏和模仿运动外，阅读还会引发读者产生本能的运动反应。比如"秋天的白云，温柔如絮，悠悠远去，梧桐的枯叶，正在秋风里忽闪忽闪地飘落"①，用词不多，但一下子把读者带入了一种时光已逝、童年已远的惆怅中，恨不得和作品主人公桑桑一起，睁大眼睛再像儿时一样，专门去凝视一片"忽闪忽闪"飘落的叶子。儿童文学中的游戏歌，也具有促使人起而运动的属性。如《城门城门几丈高》，作为一种游戏歌谣，需要儿童边唱边做，且歌且舞。做游戏时，孩子们站成一排，排头两人手拉紧，当做城门，然后从尾巴开始，一个个依次开锁进城。儿童在游戏时，边吟唱边跑起来撞开城门获得了运动的快感。朱光潜将这种易引起读者模仿性运动、强烈的节奏性运动和适应性运动的诗文归为有"气势"的诗文。阅读这些诗文时身体会产生很多不易觉察的生理运动，就像是心灵和身体在做体操一样。

其实，阅读本身就是一个调动各种器官，让身体处于运动状态的过程。"全息式的阅读实际上包括视读、口读、听读、思读、写读、行读，需要调动很多生理器官，包括动眼、动口、动耳、动手、动脚、动脑等，是六者的协同行为。"②更遑论"汉字作为表意文字，在记忆和使用时既要调动主观抽象思维的左脑，又要调动主观形象思维的右脑。是一种'复脑文字'，具有全脑优势。"③所以，对儿童而言，通过读书，使大脑时常处于被有效信息刺激的状态，可以促使脑功能得到更好的锻炼，提高脑啡肽及脑内核糖核等生物活性物质的活力，促进身心健康。

综上所述，儿童文学以其儿童化特性，具有促进儿童"审美的生理运

---

① 曹文轩：《草房子》，江苏少年儿童出版社，1997年。
② 曹祥芹：《阅读学新论》，语文出版社，1999年，第127页。
③ 王波：《阅读疗法》，北京出版社，2014年，第35页。

动"的作用，对儿童的身心健康发挥着隐秘而持久的疗治作用。

（三）儿童文学阅读通过"情志相胜"引导儿童形成健康人格

情志相胜论最早由《内经》提出，缘起于我国五行文化，其奥妙也适用于我们探索阅读治疗。情志相胜的基本原理是："根据五行的制约关系，当一种情志过剩导致疾病时，就用另一种对它有相克作用的情志来冲淡、抵消、纠正之，从而达到治疗的目的。"[1]

在图书中，无论其表现形式多么复杂，其内容多么丰富，都有一种主导的思想感情（基调）贯穿其中，以此可将图书分为怒、喜、思、忧、恐这五种类型。在儿童文学阅读治疗中，往往通过将此五种类型的作品与儿童情绪的相胜来帮助儿童达到心灵的平衡。不过，由于生命机体的复杂，我们更关注情志相胜说在儿童文学阅读治疗过程中的核心功用："思胜恐"[2]。其原理在于通过阅读使人转移注意力，忘掉病痛和不幸，从而有利于健康。另一方面，一个喜欢思考的人，也逐渐会变得理智乐观，不容易情绪过激，所以也容易健康。这就是中医所说的"抑情顺理"。

近年来随着东西方医学和文学的融合，越来越多的研究成果也在证明：文学和想象在身心健康方面具有神奇的疗效。日本学者春山茂雄在《脑内革命》一书中大力倡导"冥想"，他认为冥想"可以促进大脑分泌一种叫做'脑内吗啡'的荷尔蒙，它通过情绪来改变身心状态，从而在体内形成了一个任何药物都无法比拟的'制药厂'，行使人体的自然治愈力，达到预防疾病的效果"[3]。而他所说的"冥想"并非严格意义上的修道术语，而是"自由想象"，自觉"心情舒服"。

从这个意义上来讲，儿童文学作为想象和幻想最丰富的文学样式，其中优良的儿童文学作品几乎全部具有卓越的医学价值。儿童诗如林良的

---

① 王米渠：《中医心理学》，湖北科学技术出版社，1986年，第72页。
② 王波：《阅读疗法》，北京出版社，2014年，第45页。
③ ［日］春山茂雄：《脑内革命》（第一卷），郑民钦译，中国对外翻译出版公司，1997年，第113—116页。

《沙发》："人家都说／我的模样好像表示／'请坐请坐'／其实不是：／这是一种／'让我抱抱你'的姿势。"[①]通过拟人化的想象，带给人温情的慰藉。儿童故事如《长袜子皮皮》，"一只手可以举起一匹马"，对着天堂里的妈妈轻声地说"放心吧，我会照顾好自己的"。夸张的想象，幽默的表述，面对困境不屈服的精神，让人捧腹大笑的同时也获得力量。刘慈欣的《三体》中，神秘的科技力量启示着人们重新认识生命的价值，疾病变得不那么可怕。加之阅读内容会对人的情绪、心理起到调节作用，影响体内分泌和免疫系统正常工作，所以，阅读对人身心健康的作用也就不言而喻。儿童文学作为一种特殊的文学样式，"以真为美，以善为美"，结局多以圆满、喜乐为主，给人以信心和力量，也会影响到人的身心健康，这也是为什么从事儿童文学创作及研究的人长寿者较多。

总而言之，多种学科研究证明，儿童文学阅读之所以能够对儿童人格健康发展起到促进作用，一方面来源于儿童自身身体的特点，如脑树突神经发育的需求，另一方面也来源于儿童文学本身的特性与阅读治疗之间的吻合。阅读可以强有力地促进儿童神经发育、器官机能保持良好的状态、身体和心理健康和谐。

三、儿童文学阅读对儿童健康人格养成的心理学原理

阅读既是人精神的出发点，也是精神的归宿和家园。弗洛伊德曾形象地分析过这个过程，他将"人的心理比喻为一种水利动力系统，只有合适和通畅的渠道才能保证这一系统的正常流动，当某一段渠道堵塞或不畅时，通过合适的方法疏通渠道或另开辟新的渠道，这样人的心理就能摆脱各种心理障碍"[②]，儿童文学阅读的干预机理也是如此。结合目前众流派观点，择其与儿童心理最契合之处，本文将之归纳为五点。

---

① 海峡两岸儿童文学研究会：《打开诗的翅膀》，中国民族摄影艺术出版社，2010年，第10页。
② 季秀珍：《儿童阅读治疗》，凤凰出版传媒集团，2011年，第37页。

（一）共鸣说

共鸣说又叫做认同或者投射，是儿童文学阅读干预的第一步。从含义上而言，共鸣是儿童在阅读时，"有意无意将作品中人物的特征、经验和自己相对照，如能找到吻合之处，则发生强烈的认同和共鸣，从而获得情感方面的支持，进而释放紧张、排解抑郁、驱赶无聊"[①]。保罗·阿扎尔在《书，儿童与成人》中形象地解释过这个过程：

> 他们在小说中找到了创造的热情和天才，把自己当成鲁滨孙也就丝毫没有可以令人觉得奇怪的了。和这位遭遇了海难的小说主人公一样，他们首先经历的是恐惧。被抛到一片陌生的土地，必须经过漫长的勘探才能掌握一切。他们和他一样，害怕黑夜的降临。当世界被夜色包围，明天太阳还会再升起来吗？还有很多其他的事情叫他们害怕，比如饥饿，比如寒冷。然后慢慢地他们又开始掌控局面，他们开始感觉到安全。于是和鲁滨孙一样，他们着手重新创造生活。[②]

作品中的"他们"即为"儿童"。儿童心理分析学家纽曼（Eric Neumann）认为儿童的心理发展可以分为三个阶段，即母子一体、母子分离、自性整合，成长阶段的每次跨越都会给孩子留下心理困惑，诸如亲子分离时安全感的缺失、恐惧，自性整合时期如何应对外在环境等，都在挑战着孩子幼小的心灵。这种感觉就像作品中遭遇了"海难的小说主人公"一样"被抛到一片陌生的土地"。鲁滨孙经历的"恐惧""害怕黑夜的降临"、对"明天太阳还会再升起来吗？"的担忧都是他们曾经深深体味到的。此时就

[①] 王波：《阅读疗法》，北京出版社，2014年，第22页。
[②] Paul Hazard. *Books, Children and Men*, Boston: Horn Book, 1944, p.58.

发生了"共鸣"。在强烈的情感共振中，儿童的焦虑情绪得到缓解和疏导。主人公在某种程度上变成自己，主人公面对困境时勇敢面对和不屈不挠的精神，在某种程度上也会内化为自己的。这就使儿童通过阅读疗治获得了成长。

（二）净化说

"净化"的概念最早见于亚里士多德的《政治学》，主要表达的是音乐对人心灵的作用。后来在《诗学》中，论及悲剧对观众的影响时，他又强调"悲剧引起的哀怜和恐惧，可以导致观众情绪的净化"[①]。在本文中，净化指的是儿童在阅读中，情绪得以调节和慰藉，思想上有所升华和沟通，从而达到心灵平静、舒畅的情感状态。以阅读龙新华的《柳眉儿落了》为例。《柳眉儿落了》作为中国较早的校园早恋题材作品，涉及了青春期少男少女最敏感的话题。故事从女孩收到一封写着"愿意与我同行吗？等着你回答"的情书开始。作者用极为细腻、清新的笔触描写了女孩在收到信件时的惶惑、不安、羞涩。"头脑发晕""心跳一下子加快""一丝儿甜蜜，一丝儿慌乱"，用笔不多，但十分到位。作为两个声部的作品，作者同时也用男孩的视角描写了情感发生的美好，"随着与她的接触，他发觉自己的感觉渐渐变得敏锐了。雨后的大树，阳光下的草地，微风中的泥土味，还有那舒展的云，辉煌的落日……所有这一切都深深震动着他，使他感到有种不可言传的美"[②]。心里涌起的温情和豪情，"她是他的阳光，他的空气。他要永远永远和她在一起，像一个真正的男子汉那样护着她，使她快乐、幸福"[③]，以及等待的焦灼，"心灵惩罚的时刻来了。他是那样的慌乱，从来没有过的慌乱"。作者用清新的文笔写出了青春期少男少女最渴望了解又最羞于说出口的成长隐秘，本身就极大地吸引读者。青

---

① 顾祖钊：《文学原理新释》，人民文学出版社，2000年，第392页。
② 龙新华：《柳眉儿落了》，《文学报》，1985年第28期。
③ 同上。

春期的少年在阅读这部作品时和主人公一起体味整个过程的甜蜜、激动、不安、迷茫，在和主人公一起彷徨、思考中获得顿悟。"忘掉问题，把答案交给时间，让两只小船自由自在地航行。"可见，儿童在成长的过程中，由于认识和社会经验的不足，很容易陷入情绪的死结，阅读优秀的儿童文学作品就是和良师益友相伴、健康成长的一种方式。

（三）平衡说

平衡说是一种社会心理学理论，用于阐释人在社会中的心理动态，1958年由美国社会心理学家F.海德提出。该理论的核心思想是：每个人都是社会的人，他在社会生活中建立的大部分与他人的关系是通过各种事件形成的。设一个人为P，他以外的其他人为O，事件为X，这三者构成了环状的封闭系统，被称为P、O、X三角。处在三角某一端点的因素，都与另外两个端点的因素有某种关系。这种关系有两种可能：正的或负的。它们都是由主体P的认知和态度决定的。①

作为社会中的人，难免都会遇到个人和他人及事物之间关系不平衡之时，此时情感体验为不愉快。这种情绪状态既可以成为一种动机，激发人的内驱力，使人提升自我、获得成功，从而转化不平衡状态；也会令人长期浸润在一种消极情感体验状态，身心皆病。阅读的可贵之处在于，它提供了这样一个虚拟的现实世界，帮助你转化情绪。比如，一个一直想在学校各方面表现都很出色的孩子，因为种种原因一直没有达到理想的状态，因而自信心受挫，终日郁郁寡欢。此时他通过阅读发现了一个叫做O'的孩子，假若正好是黄蓓佳《我要做个好孩子》里的金铃。她跟你的性格、经历都十分相像，但是可能比你在学校遭受的打击更多。比如上个小学三次换语文老师，最喜欢的又远赴美国，自己纯洁的"示好"却被新来的老师责骂，等等。在阅读之前，你可能只关注于自己和老师之间不够和谐的地方，但是在阅读之后，你开始

---

① 杨倩：《平衡理论》，《中国大百科全书》（心理学卷），中国大百科全书出版社，1991年，第237页。

尝试和作品中的主人公O'比较。于是现实中的P、O、X变成了文本中的P、O'、X'（代表"阅读"这个事件）三角，后一个三角，令读者感受到纾解与平衡，心中郁结被打开，也因之而获得了身体和心理的健康。

平衡说和净化说有相近之处，都是通过阅读处于不顺利的境遇甚至更为悲剧的人物故事来使自己的情绪从最难受的地方缓和下来，从而扭转自己对现在生活状态的看法，达到预防疾病的目的。因而也叫做"满贯疗法"或者"饱和疗法"。平衡说在儿童文学阅读干预中使用很广。

（四）暗示说

儿童文学阅读干预过程中，暗示治疗的作用也非常明显。"暗示就是通过言语或非言语的手段，使患者不加主观意志地接受一种观点、信息或者态度，以消除某种症状或者加强某种心理治疗效果的心理疗法之一。"[1]该疗法首次引起重视是在1775年，F.A.麦斯麦使用催眠术治疗患者。而后，弗洛伊德和巴甫洛夫进行过应用治疗探索。"20世纪30年代初，美国心理学家W.詹姆斯，把暗示与人格、社会联系起来。"[2]

暗示分为他人暗示和自我暗示两种。他人暗示又分为来自治疗者的暗示和书籍中人物、故事等的暗示。如一个处于青春期的女孩也许不自主地表现出早恋的倾向，母亲不好直接和女儿沟通这件事，她可以通过给女儿推荐阅读相关图书来帮助治疗。母亲推荐书这个事件本身带有暗示意义，而内容又是第二层暗示。敏感的少女一般会觉察到母亲的意思。自我暗示也分为两种，一种是被治疗者行为、动作、语言等表现出来的暗示意味。如一个渴望优秀的孩子，她可能选书的时候选择了《哈佛女孩刘亦婷》，这种无意识的动作本身就向治疗者暗示了她心中的症结所在，治疗就容易对症下药。另一种是被治疗者在阅读过程中理解所读内容的角度。儿童在阅读过程中，选择用正面的角度理解刘亦婷的学习态度、方法，就会对自己产生积极的暗示。

---

① 季秀珍：《儿童阅读治疗》，凤凰出版传媒集团，2011年，第41页。
② 鲁逸：《暗示疗法》，《中国大百科全书》（心理学卷），中国大百科全书出版社，1991年，第5页。

常规的暗示原则一般适用于大部分人，但是对于那些个性特别逆反，不太愿意接受别人指点的，或者性格格外敏感的儿童，在使用暗示疗法的时候，一定要特别注意方法，有时可以采用"以毒攻毒"的方法，用反面暗示（如反话、负面读物）的方式来达到治疗效果。另外暗示的手法必须巧妙，介于让儿童能感觉到，但又不会产生逆反的状态。

暗示作为一种投射于人心的精妙疗法，在儿童文学阅读治疗中不仅适用于读本推荐，也适用于整个阅读治疗过程，关键在于度的把握。

（五）领悟说

领悟，指的是"通过阅读，读者把无意识的心理过程转化为有意识，经过共鸣、净化之后，对作品深层次意蕴进行追问和思索"[1]。"悟"也作为佛家用语，表现一种灵光普照、豁然开朗的人生境界。

在儿童文学阅读干预中，"悟"的到达指向两个层面：一是书本身自带令人参悟的人生哲学意蕴。二是读者在读的过程中，依据自身的经验、认知能力达到对作品深层次的思考。更多的读者在阅读文学作品的时候会止于"共鸣"和"净化"，然而就阅读疗效而言，领悟为最大、净化次之、共鸣再次之。

我们以儿童阅读安徒生《海的女儿》[2]为例。《海的女儿》从故事形态上而言，讲述了一个凄美的爱情故事：大海中年龄最小、最美的人鱼公主，爱上了人间的王子，为了和他在一起，小人鱼用美妙的声音和不死的寿命换取了人的形体。这是一场用生命做赌注的爱情，因为帮助她幻化人形的巫婆说过：如果王子和别人结婚了，她就会在太阳升起的时候，化成泡沫，魂飞魄散。这就使得作品笼罩在一种既浪漫、旖旎，又充满紧张感的气氛中。但对这种微妙气氛的把握，不同的读者感受能力并不一样，同一个读者在不同年龄段的认知也会存在区别。对于幼小的儿童，她可能会

---

① 季秀珍：《儿童阅读治疗》，凤凰出版传媒集团，2011年，第37页。
② ［丹麦］安徒生：《安徒生童话全集》，叶君健译，中国城市出版社，2016年，第181页。

对作者笔下大海的美好和小人鱼特别想浮出海面看一看这个情节产生共鸣，这样就把自己处于分离期的情感焦灼转移到对人鱼公主命运的关心上，从而使自己获得了情绪的缓解和平静；而对于青春期的女孩而言，像矢车菊一样蓝的大海，那个美丽的小人鱼心中涌动的爱情，都让她深深地沉浸在爱所带来的美好中。而小人鱼走向王子时的静默，又在某种程度上象征了女孩面对自己心中所爱时的羞涩。王子和邻国公主的婚姻，又表达了爱而不能得其所爱的惆怅。她以此为对照，会反思自己在人生经历中心灵的波动，有所释放，也能排除一些负面的情绪，使心灵得到净化。但是也有一些读者，他们凭借丰富的人生阅历和经历，会对作品进行更高层面的追问。比如生命真正的价值在哪里？是三百年的寿命还是灵魂的不朽？比如爱的真谛是什么？是占有还是只要他幸福就好？作为一部折射着安徒生自己人生经历和哲思的作品，《海的女儿》中"美妙的声音"是作者向自己心中所爱"瑞典夜莺"林妮的致敬；小人鱼最后抛开刀子，在王子和王子所娶的新娘的额头深深地一吻，是作者冲破心结后的宽恕，也是对爱的真谛最好的诠释；而化作泡沫在七彩的阳光中幻灭与飞升，像是一场涅槃，涅槃让生命的价值超越了狭隘的男女之爱，而走向了人类宏大的博爱境界。这部作品以其饱满的意蕴，引导着读者追问和探寻。在这样的追问中，读者自己人生中一些百思而不得其解的心结会逐渐开释。这种通过阅读具体读物而获得人生哲理的过程就是领悟。领悟会使人的思想飞升，达到参透生命的高度。有了这样的领悟，生命中那些原本觉得不可承受之重就变得轻如鸿毛，不足为之喜怒哀悲了。可见，领悟对于读者思维意识的改变作用极为明显。如果儿童在阅读中获得了领悟，那么对于他人格的建设将会产生积极的干预效果。

当然，我们必须要注意的是，儿童作为一个成长中的生命个体，认知水平、人生经验、思维能力都还处于发展阶段，因而对文学作品的"领悟"一是不要强求超越年龄。因为不同的时期有不同时期的成长烦恼，儿童文学作品只要对他当时年龄的人生焦虑起到缓解作用就可以了，揠苗助长反而不利于儿童身心发育。二是如果儿童不能达到在自己年龄阶段的领悟水平的话，成人给予适当的引导是非常有必要的。尤其是儿童由于人生观、价值观、世界观建立未全，因而从推荐读物开始到引导阅读都要把握一些原则。其中之一就是当患者情绪偏激或态度偏执的时候，不能再推荐有可能引导患者进一步向偏执方向发展的读物，以避免欧洲曾发生的爱情至上的青少年因为读了《少年维特之烦恼》而深陷情绪困扰掀起自杀风潮的事情。所以，推荐读物要首先考虑纠正其偏执的书，并在阅读的过程中悉心观察，按照净化原理和平衡原理，尽可能地引导儿童取得较好的疗效。

用禅宗的话来说，书就像是风格不同的禅师，在静静地等待遇到的那个人。所谓"遇到"就是你心中的某处刚好被书中的那句话、那个词点拨，念头一转，豁然开悟。领悟所得到的认识标志着人生认知程度的质变，所以，延留在脑中的时间比较长，对人情绪及行为的影响也较为明显，是阅读干预的理想状态。总之，从发生学意义上就具有治疗功能的儿童文学，从身、心两个方面引导着儿童健康成长，儿童也因此通过阅读逐渐走向了成熟、人格完善的新境界。

婴儿期：
儿童文学阅读与儿童信任人格

第一节　儿童文学阅读与儿童信任人格培养

阿德勒说："关于人的发展的一个根本事实就是：人的心理总是充满着有活力的、有目的的追求。儿童自出生起，就不断地追求发展，追求伟大、完善和优越的希望图景，这种图景是无意识形成的，但却无所不在。"①从诞生至一岁半，是儿童初到人世，在最孤弱的状态下和世界建立联系的时期。此时周围环境对他的反应会直接影响他对世界的看法及人格的形成，儿童文学阅读作为他与世界联系的一种方式，既从工具层面，也从理念层面发挥着双向作用，为儿童一生健康人格的形成打下基础。

一、儿童信任人格的特征

信任与不信任的冲突是婴儿期儿童面临的关键冲突。埃里克森认为"基本信任感"是心理活力（mental vitality）的最先决条件，是人生第一年体验而获得的对一个人和世界的普遍态度。所谓"信任"，既包含对别人的一种基本信赖，也是对自己的一种基本信任感。"作为一种意识的体验，

---

① ［奥地利］阿德勒：《儿童的人格教育》，彭正梅译，上海人民出版社，2006年，第2页。

信任处于反省的范围之内。"①埃里克森进一步分析得出信任人格的核心特征为："希望的美德"。

在埃里克森看来"希望"指的是："对自己愿望的可实现性的持久信念，反抗黑暗势力、标志生命诞生的怒吼。"它包含着"持久的信念""勇气"和对个人意愿的尊重。获得这种美德，儿童在未来面对人生的时候，遇到挫折不会"退缩和放弃"，与人交往不因为意见不同而"退回内心"，而是充满耐力和恒心。《安徒生童话》中的《拇指姑娘》一文，以丰沛的幻想色彩，精彩演绎了这样的人格特质。拇指姑娘显然是因为强烈的爱而诞生的，并在婴儿期就被精心呵养的儿童。故事这样表述："拇指姑娘的摇篮是一个光得发亮的漂亮胡桃壳，她的垫子是蓝色紫罗兰的花瓣，她的被子是玫瑰的花瓣。这就是她晚上睡觉的地方。但是白天她在桌子上玩耍——在这桌子上，那个女人放了一个盘子，上面又放了一圈花儿，花的枝干浸在水里。水上浮着一片很大的郁金香花瓣。拇指姑娘可以坐在这花瓣上，用两根白马尾作桨，从盘子这一边划到那一边。"②从文中可以看出无论是在物质上，还是在精神上，拇指姑娘的母亲都充分回应着孩童内心的需求。也因此，这个在"花苞"（可视为女性生育器官的象征）里因为一个吻（象征爱）而诞生的女孩"歌唱得那么温柔和甜蜜"。其"温柔和甜蜜"传达出拇指姑娘内心的宁静和满足。而后她坎坷而传奇的经历又再次论证了在婴儿时期获得"希望的美德"的孩子，其良好的人格品质对人生走向起到的重要作用。

她先是被一只母蛤蟆掳走，要为她的丑儿子做媳妇。尽管蛤蟆母亲用"灯芯草和黄睡莲把房间装饰了一番"并"向她鞠躬"，但是拇指姑娘还是讨厌和她的丑儿子在一起。这时白蝴蝶和小鱼儿救了她。此处有一段非常美好的描写："她现在所流过的这个地带是那么美丽——太阳照在水上，正像最亮的金子。"③"太阳"象征着人生历程中的希望，拇指姑娘对它不倦的赞美

---

① [美]埃里克·H.埃里克森：《同一性：青少年与危机》，孙名之译，中央编译出版社，2015年，第67页。

① [美]埃里克·H.埃里克森：《同一性：青少年与危机》，孙名之译，中央编译出版社，2015年，第67页。

② [丹麦]安徒生：《安徒生童话》，叶君健译，四川少年儿童出版社，2016年，第31页。

③ [丹麦]安徒生：《安徒生童话》，叶君健译，四川少年儿童出版社，2016年，第32页。

和追求，恰恰是她内心品质的表现。但是很不幸，她又被金龟子掳走。后来终于逃出来了，走进了森林。"森林"在童话中象征人生的困境。走入困境的拇指姑娘并没有放弃，而是想办法使自己活下去。"她用草叶为自己编了一张小床，把它挂在一片大牛蒡叶底下，使得雨不致淋到她身上。她从花里取出蜜来作为食物，她的饮料是每天早晨凝结在叶子上的露珠。"①巧妙利用环境取得"生存物资"，象征着拇指姑娘在和环境的斗争中，具有了驾驭环境的能力。最后，像是一个考验，作者又设置了来自"物质"和"黑暗庇护"的再一次引诱——嫁给富裕的鼹鼠做太太。但是拇指姑娘依然义无反顾地逃了出来，因为她不想"住在深深的地底下，太阳将永远照不进来"②的地方。最后拇指姑娘终于在那个一直有阳光照射、四季如夏的地方收获了幸福。

在这篇童话中，"太阳"一词一共出现了十三次，在拇指姑娘安静而美好的诞育时期和在母亲身边的岁月里，它是隐藏在故事背后的。但是读者依然能感觉到它的力量，比如花的生长与开放。真正被反复提及是在被偷走之后。"偷走"象征着儿童不得不离开家庭，独自走上人生的道路。各种艰险接踵而至，就像进入了看不见方向的黑暗中，此时，婴儿时期用爱种在她心里的光明就成为照引她走出困境的希望。通过拇指姑娘历经艰险而不改初衷的对光明的渴望和求索，我们可以清晰地看到"希望的美德"对人的命运的影响。即便暂时看不见未来也不放弃的坚定信念，即便弱小也毫不屈服的勇气，即便充满了诱惑也不轻易改变自我意愿的意志力。正是希望的存在，才使拇指姑娘最后冲破困境，再次回到光明。童话在一定程度上隐喻着人生，《拇指姑娘》所揭示的就是信任人格的培养对儿童人生之路可能产生的巨大功用。

《格林童话》中的《三种语言》（*The Three Languages*）则形象地表现了儿童信任人格培养之期，未得到成人良好回应，对儿童性格产生的不良影响。故事是这样讲述的：一位老伯爵有一个儿子，一天被父亲所迫，离开家去学

---

① ［丹麦］安徒生：《安徒生童话》，叶君健译，四川少年儿童出版社，2016年，第34页。
② ［丹麦］安徒生：《安徒生童话》，叶君健译，四川少年儿童出版社，2016年，第40页。

习语言。第一年他学会了"狗的吠叫",第二年他听懂了"鸟的鸣叫",第三年他学会了听"青蛙呱呱叫",但是都没有得到父亲的认可。父亲火冒三丈,命令仆人把他带进森林杀掉。但是仆人可怜他,只是把他遗弃在森林里了事。被"遗弃"的故事在童话中反复出现,本身就流露出人类内心隐藏的不安全感。而先后学会狗的语言、鸟的语言和青蛙的语言的经历也在表达人作为一种生命个体人格形成的过程。狗在儿童看来,是最接近人的动物。"也代表着发自本能的自由——张口咬人和随地大小便的自由。"①恰如儿童在"口唇"阶段的状态。"与此同时,它们还代表着更高的价值观,如忠诚和友谊。"②这是人格中最接近心理表层的方面,所以,本文中的狗也代表着"自我"的一面,因为它的功能是调整人与其他人,以及人与周围世界的关系。"鸟儿代表着超自我,它志在高远的目标和理想,志在幻想的高高飞翔,还有想象出来的尽善尽美。"③而青蛙作为从水的自然环境迁徙到干涸的陆地上的生物,象征了"从包裹在母体的羊水中开始生存的我们"④是"伊底"。"伊底"存在于"自我"和"超我"之前,但三者只有整合在一起才能形成完全、健康的人格部分。学习这三种语言是获得"从低级的生活状态向更高级生活状态发展自己"的先决条件,它契合了此时"婴儿对自己作为一个独特的个人而逐渐增长的觉知"的生理发展特征。在获得这三种能力之后,人类大约度过了自己的童年期,准备进入社会,此时在婴儿时期感受到的来自父母的态度就表现出意义。故事中的主人公在取道罗马的时候,恰逢这个国家失去了主教,两只白鸽站在他的肩上,"显圣"的标志使他获得了一个机会。但是"当主教问他愿不愿意做教皇时,主人公不知道自己配不配做此事,有些犹豫不决"⑤。"犹

---

① [美]布鲁诺·贝特尔海姆:《童话的魅力:童话的心理意义与价值》,舒伟等译,社会科学文献出版社,2015年,第153页。
②③ 同上。
④ [美]布鲁诺·贝特尔海姆:《童话的魅力:童话的心理意义与价值》,舒伟等译,社会科学文献出版社,2015年,第154页。
⑤ [美]布鲁诺·贝特尔海姆:《童话的魅力:童话的心理意义与价值》,舒伟等译,社会科学文献出版社,2015年,第152页。

豫不决"显示出童年信任人格建设失败后的人格缺陷。即，当儿童形成的不信任感超过信任感时，儿童缺乏面对挑战的勇气和持久做成一件事的信心及耐力，畏缩和犹豫是他们惯常的选择。

从对以上两篇童话的剖析，我们可以清晰地看出，在婴儿期，儿童经历着从第一个口唇阶段到第二个口唇阶段的发展，其危机包含三个方面：一是更为"强烈"的对合并、占用和主动观察的冲动以及由此而来的紧张状态；二是婴儿对自己作为一个独特的个人而逐渐增长的觉知；三是母亲逐渐因为各种事物和婴儿的分离。此时，危机如果未得到适当的处理，婴儿就会感觉"被剥夺、被分裂和被遗弃，这三个印象都会留下基本不信任的痕迹"①。轻者会产生一种轻度的惯性悲伤，重者终身会保持一种抑郁性低调。因此，采用积极的、科学的回应帮助儿童获得信任人格极为重要。

综上所述，从诞生起，成人就应当帮助儿童调适人格生长与危机的冲突，以便其不断发展出外部的预见性和内在的信念。"这种惯常的、持续的、同样的体验提供了一种基本的自我同一性意识"，对儿童未来具有深远意义，"儿童期的光荣在成人生活中大体上会得到复活，因而信任其实具有信仰能力"②。个人信仰会变成一种普遍的信仰，整个时代就必须寻找并遵循这种令人敬畏的、充满活力的形式。这种由希望人格品质建立的早期儿童同一性，可以概括为"我就是我所希望自己占有的和给予的"③。

二、母爱：儿童信任人格形成的关键要素

"母爱"是儿童信任人格形成的关键因素。对于婴儿期的儿童来说，母爱的意义远胜于父亲。"母亲是我们的故乡，是大自然，是大地和海洋。

---

① ［美］埃里克·H.埃里克森：《同一性：青少年与危机》，孙名之译，中央编译出版社，2015年，第71页。
② ［美］埃里克·H.埃里克森：《同一性：青少年与危机》，孙名之译，中央编译出版社，2015年，第74页。
③ ［美］埃里克·H.埃里克森：《同一性：青少年与危机》，孙名之译，中央编译出版社，2015年，第80页。

而父亲不体现任何一种自然渊源。"①

　　关于这一点，东西方的创世神话及远古文献中都有记载。在中国神话中，人是由女娲抟土而造。"天下有始，以为天下母。既得其母，以知其子；既知其子，复守其母，没身不殆。"（《老子》第五十二章），《周颂·生民》则记载了姜嫄踩脚印而得子，诞育了周氏先民的传说。王弼道："食母，生之本也。"（《道德真经注》）在希腊神话中，也是先有地母，后地母生出天空之父，天空之父和地母合，才有了众神。而盖亚之子安泰，虽天生神力，却不能脱离大地，否则就会气力全无。

　　对于婴儿期的儿童来说，母腹是他们刚刚出走的家园。在卢克莱修的"大地的子宫"的隐喻中，它标志着生命所能感受到的单纯、洁净、安适、幸福、快乐和温暖。而人的出生就意味着要离开这样一个舒适之地，这会带来极大的焦虑。②焦虑是否得到圆满解决，会直接影响儿童心理健康。

　　从给予食物到情感抚慰，是缓解婴儿诞生之初焦虑与恐惧，并最终形成信任人格的必要保证。"在诞生的一刹那，婴儿会感到极度的恐惧……他还是不能辨认物体，还没意识到自己的存在以及他身体之外的世界的存在。他只有需要温暖和食物的要求，这一阶段，母亲对儿童来说就是食物，就是温暖，是婴儿感到满足和安全的快乐阶段。"③在中外的儿童文学作品里，这一点被隐秘地反映。"我妈妈"最值得赞美的第一条就是"我妈妈是个手艺特好的大厨师"④。《年轻的巨人》中，孩子从外面归来，见到母亲的第一句话就是："妈妈，饭马上就好吗？"⑤而《莴苣姑娘》中孕妇难以抑制的食欲，隐喻着胎儿渴望母亲提供食物的强烈需求。卡什丹认为："食物与进食正是生命最初传达关爱的管道。婴儿时代最强烈的情感

① ［美］艾·弗洛姆：《爱的艺术》，李健鸣译，上海译文出版社，2008年，第39页。
② ［古罗马］卢克莱修：《物性论》，方书春译，译林出版社，1981年，第313页。
③ ［美］艾·弗洛姆：《爱的艺术》，李健鸣译，上海译文出版社，2008年，第36页。
④ ［英］安东尼·布朗：《我妈妈》，余治莹译，河北教育出版社，2007年。
⑤ ［德］格林兄弟：《格林童话》，杨武能译，四川少年儿童出版社，2014年，第215页。

经验，许多是在母亲的胸口发生，其中包含抚触的感觉与饱足的满足感，婴儿经由这样的喂食行为而被安抚、安慰，感到安全。"[1]"反之亦然。挨饿可能让婴儿产生严重的不安全感，甚至造成心理创伤。"[2]

但必须指出的是，"从最早的幼稚经验中获得的信任总量似乎并不依靠食物的绝对数量，而是有赖于与母亲关系的性质"[3]。因此，良好的母子关系，是儿童信任人格形成的更深层原因。《格林童话》版本的《白雪公主》和迪士尼电影《魔镜魔镜》中白雪公主的命运清晰地讲述了这一点。在《白雪公主》中，失去亲生母亲的白雪，作为公主，她自然不缺食物，可是更温柔的母性呵护，她显然是稀缺的。母爱的缺失，让她一直处于信任危机中，她从未唤醒过自己的力量，面对继母一而再，再而三的挑战，她总是表现出退缩、失败直至死亡。白雪公主的复活是人类心中善良愿望的理想化体现，但最终是通过"男权"（即王子）而并非通过自我能量的唤醒获救的。好莱坞在拍《魔镜魔镜》的时候，充分注意到了这一点，给她安排了一个看护着她长大，像母亲一样的仆人。给予她关爱、亲切的回应和鼓励。在国家面对冰雪灾难及巨大的税收重负时，给予她建议。由于从小受到"母亲"精心的爱的护养，白雪公主对自己充满信心，无论是面对小矮人不肯收留的初衷，还是面对被施了魔法失去自我的王子，甚或面对被王后牢牢掌控的国家，她都积极地去努力抗争。结果就是小矮人们从内心接受了她并成为她的盟友，王子破除了魔法，她也重新获得了王国的继承权。由此可见，在儿童诞生之初，以母亲为主要照顾者，以母爱为主体的外在环境给予其良好的刺激，会帮助儿童树立对自己和环境的信心，在面对人生遭际的时候，才有足够的耐力应对。

在现实生活中，这样的例子也不胜枚举。萧红和冰心的人生经历可提供正反两面的例证。萧红出生的时候，其母遭遇难产，她因此被当做

---

[1]　[美]谢尔登·卡什丹：《女巫一定得死》，李淑珺译，机械工业出版社，2014年，第75页。
[2]　同上。
[3]　[美]埃里克·H.埃里克森：《同一性：青少年与危机》，孙名之译，中央编译出版社，2015年，第72页。

一个不祥的女孩，饱受其父的冷落。失败的养育关系导致了萧红安全感的缺失和对爱的极度渴望。她在逃婚后又陷入未婚夫的魔爪，就是爱的缺失后，饮鸩止渴式的补偿。萧红无法和一个人建立长久的、亲密的关系，其根源还在于幼小的时候，她感觉到的多是排斥和嫌弃。相比较而言，冰心却明显是饱饮着母爱成长。这成为她"母爱、童心、大自然"创作主题的来源。观其一生，她是幸福圆满的。无论是战火纷飞的岁月，还是动荡的"文革"时代或者和平建设时期，冰心都宠辱不惊地走过。她的文风清淡、纯美，形成了独特的"冰心体"，这些都从不同的层面，反映出生命诞生初期信任冲突得到良好解决对人生的重要意义。艾·弗洛姆说："母亲的爱被认为是最高类型的爱，是所有情感结合中最神圣的结合。""成长者认识母亲的过程同时也是其进行自我认同与建构的过程。"① 婴儿时期，母爱的充裕程度决定性地影响着此阶段人格发展冲突是否能得到完满解决。"信任的一般状态不仅包含一个人学会了对外界供应者的一致性和连续性的依赖，而且还包含一个人能信任自己，并应用自己的器官对付应急要求的能力。"②

当然，值得注意的是，回应和关爱不代表毫无节制的满足。事实上，过于主动和频繁，会使婴儿陷入一种过度依赖和即刻满足的不良习惯中。因此，健康的回应应当包含着对儿童此阶段潜能发展的了解。诸如儿童抬头能力、抓握能力、爬行能力、从乳汁到辅食的添加等需求的及时激发和满足。母亲（第一养育人）只有在充分了解儿童的基础上，给予的回应才是积极有效的。家长尤其要注意的是，解决冲突时，两种解决办法所占的比例，因为"对任何人和任何东西都信任的儿童必然会陷入困境。某种程度的不信任是积极的和有助于生存的"。在前文所论的《拇指姑娘》里，拇指姑娘对鼹鼠的信任就存在危险，差点在它的引诱下从此

---

① ［美］艾·弗洛姆：《爱的艺术》，李健鸣译，上海译文出版社，2008年，第46—47页。
② ［美］埃里克·H.埃里克森：《同一性：青少年与危机》，孙名之译，中央编译出版社，2015年，第71页。

沉入黑暗。而在另外一部作品《亨塞尔与格莱特》中则表现得更为明显。故事以"面包屋"的方式来隐喻"溺爱"，溺爱具有吞噬功效，会妨碍孩子的独立，是和冷酷性质相同的行为。面包屋的主人被作者设计为"巫婆"，形象可怕并预谋吃掉这对兄妹，就表达了这个意味。宠溺造成了儿童的轻信，导致了他们遭遇危险，甚至危及生命。而《小红帽》中不仅小红帽被大灰狼吞噬，外婆也被狼吞噬，也象征着这种毫无节制的母系之爱带来的毁灭性，不仅是被溺爱者要受到伤害，溺爱者自身也要为此付出代价。

荣格认为童话与神话总是以原型的方式解释着人类某些无意识的共性。通过这种"概括化"的方式，我们可以看到婴儿期，母爱通过食物、温柔、及时的回应等方式，使婴儿获得了充满爱和惯常的护理，所以，婴儿在与世界的最初接触中建立起"希望的美德"。"由母亲以注入希望活力的方式传递给婴儿的这种希望也就是一种持久的心理倾向，相信主要的欲望可以不顾混乱的冲动和依赖性的愤怒而终究可以得到实现。"①

三、儿童文学对儿童信任人格培养的阅读观照

信任人格培养关键年龄段婴幼儿的特性，决定了儿童文学阅读对该人格培养观照方式的独特性。对于婴幼儿期的儿童来说，首先，儿童文学阅读是一种亲子相处的方式，儿童文学书籍，作为亲子交流工具，使儿童通过阅读感受爱的陪伴、观察和注视，这本身就具有重要的意义。其次，阅读要改变的不仅是儿童的理念，更应该改变的是母亲（第一抚育人，最好是母亲）的育儿理念。母亲通过阅读，习得正确的爱子方式，是儿童信任人格形成的决定因素。所以，该阶段的儿童文学阅读观照，既指向对儿童本能欲求及心理需求的满足，也指向对母亲思维的改观。

---

① ［美］埃里克·H.埃里克森：《同一性：青少年与危机》，孙名之译，中央编译出版社，2015年，第74—75页。

（一）以具有 "乳汁之爱" 特性的文本作为儿童文学阅读的
开端，是对母亲本能之爱和儿童本能之需的双向满足

"乳汁" 的生成具有天然性，"乳汁之爱" 是母亲天然流露的爱，也是对儿童生存、发展本能欲求的满足。婴儿期的儿童文学阅读，首先要满足的是儿童身心发展本能层面上的需求。

坎贝尔说母亲与孩子的组合本身就是一个神话，乳汁是最鲜明的印证。乳汁具有 "神圣性、神秘性、神奇性"，这一点几乎不证自明。池莉在《怎么爱你也不够》中表达过这样的神迹："我一接过女儿，就清清楚楚地感觉到全身的血液忽然有了方向，全都向乳房汇集过来。莫非有奶水？"[1]在正常情况下，乳汁会伴随着婴儿的诞生而自动产生，婴儿靠着这来自母体又若神赐的爱得以存活。《圣经》和《创世记》的故事中更是用 "乳汁与蜂蜜" 之说来比喻母爱。"乳汁象征着母爱的第一个方面，对生命的关心和肯定。蜂蜜则象征着生活的甘美，对生活的爱和幸福。"[2]二者的区别在于，前者是一种对孩子本能欲望的满足，其目的在于帮助孩子活下来，而后者是一种精神力量，其目的在于唤醒儿童对生活的爱。对于婴儿期的儿童来说，对于他们的发展有益的文学作品，也要能够符合这样的特征，才能达到母爱和儿童之需的对接和流动。

"摇篮曲" 首先应和了这样一种双向本能。对母亲而言，摇篮曲是爱的本能的自然流露。在中国，最早关于摇篮的记载出现在明代郭晟的《家塾事亲》中，"古人制小儿睡车，曰摇车，以儿摇则睡故也。盖摇车即摇篮"[3]。摇篮是婴儿诞生后，属于自己的第一个独立空间，是 "子宫保护" 的转移。"独立空间" 意味着成人对儿童人之特性的尊重。"东北地区常把摇篮置于炕上或吊于梁下，称为炕车或摇车，车内铺有糠谷褥子和粮食枕

① 池莉：《怎么爱你也不够》，江苏文艺出版社，2000年，第46页。
② ［美］艾·弗洛姆：《爱的艺术》，李健鸣译，上海译文出版社，2008年，第46页。
③ 马启俊：《摇篮与摇篮曲》，《文史杂志》，2005年第3期。

头，既舒适美观，又有祈求丰收安宁的寓意；满族将摇篮称为悠车，用椴树薄板制成船形，并外刷红漆，勾画出吉祥图案或花卉，并写上'长命百岁'等吉语。"①母亲在摇篮旁哄宝宝睡觉时，会将无法抑制的爱，伴随着摇动的节奏，轻吟给宝宝听。"在摇篮晃动的节奏和浓浓的母爱的双重作用下，诗化的语言和流动的音乐相互渗透，化成一曲感人的天籁，使母亲与婴儿的对话和交流更加自然地表达出来。"②

对婴儿而言，摇篮曲是对其生理本能的一种回应。婴儿诞生之初，最大的生命需求就是吃与睡。摇篮曲以旋律、节奏、和声作为三个重要的音乐元素，"旋律简单、轻柔，主要呈波浪式进行""在节拍上，摇篮曲常采用6／8、3／4、2／4、4／4等节拍""和声种类是欧洲的大调式和小调式，以C／F／G等调为主"③，所以轻柔舒缓，很容易让宝宝入睡。其次，摇篮曲透过词语反复诉说爱、美好的意境，也会在宝宝心中烙下美丽的印记。"儿童对声音的反应在胎儿期就开始了……出生5天就表现出听觉集中的现象。到了三个月时婴儿会再认母亲的声音或其他直接护理人的声音。"④因此，在此阶段婴儿聆听摇篮曲，可以有效地促进知觉、情感、言语等能力的发展。在母与子情感的自然生发和流动中，彼此呼应，为孩子一生安全感、信任感的建立奠定基础。

与摇篮曲具有同样功效的是"童谣"和"玩具书"。他们一个满足了儿童渴望陪伴及日益发展的认知世界的需求；一个满足了婴儿对抓握能力的发展需求。而母亲在此时，充满了帮助儿童认识世界、发展潜能的渴望。因此，通过"童谣"和"玩具书"，儿童的需求和母爱的表达欲望都得到了满足。在"童谣"作品的推荐中，《鹅妈妈童谣》对于西方的婴幼儿更为合适，而在中国则需要挑选使用。尽管"鹅妈妈的名字早已和她的

① 马启俊：《摇篮与摇篮曲》，《文史杂志》，2005年第3期。
②③ 同上。
④ 王懿颖：《婴儿音乐"前能力"的早期表现》，《幼儿教育》，2000年，（z1）。

那些有着不朽韵律的童谣紧密相连"①，但是对于汉语体系的国家来说，《鹅妈妈童谣》在翻译的过程中，有些作品已经丧失了其母语的韵律美和文字背后诙谐、幽默的文化意味。所以，优秀的中国童谣更适合中国的儿童。如《中国童谣》，该书收录了四本传统童谣和四本现代童谣的精华之作，是我国童谣类书籍的集大成者。童谣的韵律会引发儿童的游戏热情，而妈妈的声音和陪伴无疑是最好的爱。

总之，作为婴儿的第一个接受阶段"口唇阶段"，婴儿除了对食物的最大需要以外，很快也因为其他官能的发展需要得到刺激。现代儿童文学读本，以符合儿童身心发展的设计，在很大程度上提供了这样的帮助。"我们必须领会到要在适当的时间以适当的强度对他们的感官提供刺激和食物。"②外在环境给予婴儿的积极的反应，会让他因此而觉得自己是有力量的，对于帮助儿童正确解决信任危机，具有一定的意义。

（二）选择以热爱生活的多维母亲形象为主的读本，以"蜂蜜之爱"唤醒儿童对生命的敬重和欢悦

大多数的母亲有能力给予"乳汁之爱"，只有少数母亲除了给予乳汁之外还能给予蜂蜜。"蜂蜜超出了维护生命的范围，那就是要使孩子热爱生活，要使他感到，活着真好。"③这是我们对母爱的第二个层面的追寻，也试图通过儿童文学阅读的方式，将这样的理念注入儿童的心灵。

在文学读本的选择上，本文建议选择那些以昂扬、自信、充满积极的人生态度的主人公（母亲）为主要形象的作品。儿童通过妈妈感受世界的方式感受着世界，妈妈热爱生活的能力直接感染到婴儿。安东尼·布朗的绘本《我妈妈》淋漓尽致地表达了这一点。《我妈妈》从叙述语调上就充

---

① ［加拿大］李利安·H.史密斯：《欢欣岁月》，梅思繁译，湖南少年儿童出版社，2014年，第20页。

② ［美］埃里克·H.埃里克森：《同一性：青少年与危机》，孙名之译，中央编译出版社，2015年，第68页。

③ ［美］艾·弗洛姆：《爱的艺术》，李健鸣译，上海译文出版社，2008年，第45页。

满了赞赏和自信。"这是我妈妈，她真的很棒！"[1]这是孩子发自内心的声音，在主题单元变化的时候三次出现，笃定而真挚。作者通过对"我妈妈"的"家园身份""女性身份""社会身份"的深情描摹，彰显了完整女性的魅力。"真正完整的女性应该是母性—妻性—纯粹女性三位一体的存在。在女性自我独立的前提下，女性仍应该承担起为妻为母的职责；反过来，母性和妻性补充和丰富着女性自我，确证着女性独立。"[2]不难想象，"手艺特好的厨师""神奇的园丁""有魔法的画家""猫咪一样温柔""沙发一样舒适"，既是"宇航员"又是"电影明星""大老板"的妈妈，可以为孩子心灵注入丰富和力量。

　　当母亲自身充满幸福的光芒的时候，儿童就脱离了母亲焦虑创设的紧张环境，此时亲子阅读的效果才会生发出来。图书的主题、色彩、封面设计都可以从方方面面帮助母亲传达爱，并唤醒孩子爱的能力。《猜猜我有多爱你》是一本爱的给予和接受双向互动的书。封面就透露着幸福的信息。Lewis从多模态语篇分析理论出发，认为此书"图与文的关系是相互激励的、灵活的和复杂的。同时，栗色（深棕色）的兔子更惹人喜爱，草坪的绿色象征着友善、和平、温馨、成长和爱"[3]。作品中兔宝宝和兔妈妈亲昵的动作、"猜与答"的机智，集结了故事外的大小读者与故事里的人物（大兔子和小兔子）身份重叠，以一种微妙但确然存在的方式，激发读者对爱的敏锐感受力。《妈妈的红沙发》则从儿童此时能识别的五种色彩（红黄蓝黑白）之一的"红色"入手，通过"红色沙发"这样一个意象，传递出母亲、"我"及奶奶一家患难与共、奋斗不息的生命之美。母亲对生活的热爱也感染着孩子。另外《本爱安娜》中母亲的民主、细心，《我的妈妈是精灵》中妈妈的神秘和脆弱，《非常妈妈》中妈妈的能干与强

---

① ［英］安东尼·布朗：《我妈妈》，余治莹译，河北教育出版社，2007年。

② 陈红玉：《谭恩美和池莉小说中的"母女冲突"书写比较——以〈喜福会〉和〈所以〉为例》，硕士学位论文，贵州师范大学，2015年。

③ Lewis，David.*Reading Contemporary Picture Books*：*Picturing Text*. London and New York：Rout-Ledge，2001，pp.31—45.

大，都从不同的角度展示出了母亲追求幸福、感受生活的能力。以上图书可以在儿童不同的年龄推荐阅读，让儿童的心灵保持对母爱的感受和回应能力，从而在良好的亲子关系中，夯实信任人格美质。

总之，良好的亲子关系，对于儿童信任人格的培养具有重要的作用。良好的亲子关系的构建，主要在于成人对生活的态度，我们甚至可以说，如何处理和婴儿的关系，也是成人对待生活的态度中的一种。幸福是一种自为善，一种因其本身的选择而有的善，其他的善是达成这种善的手段。"蜂蜜之爱"作为一种由母亲个人的"幸福能力"唤醒的儿童对生命的热爱，对儿童信任人格的形成具有长久的意义。

（三）从"乳汁之爱"到"蜂蜜之爱"，儿童文学阅读内容的改变，提醒父母思辨母爱，矫正行为

"乳汁之爱"和"蜂蜜之爱"作为母爱的两种形式，对儿童信任人格的生成发生着潜移默化的作用。从"乳汁之爱"到"蜂蜜之爱"的转变，本身也在提醒着读者思辨爱的行为。

一方面，爱儿童的方式要随着儿童成长而变化。真正令人受益的爱，一定是基于对儿童科学的认知和了解，并随着儿童的发展变化而变化的。尤其是在儿童早期成长阶段，父母的干预起着重要的作用。如果父母一味地用简单的"食物之爱"去满足婴幼儿所有的需求，那么儿童必然不会获得良好的成长。我们以绘本《爱心树》为例来帮助儿童正确理解这个问题。《爱心树》既是父母之爱的颂歌，又是对爱的方式的反省。文本中男子从"男孩"成长为"男人"，却始终是"我要……"的姿势，而大树从苍翠、丰硕到凋零、枯萎，始终是"给……"的姿势。通过令人感慨的"子"不断索取，"母"不断给予的故事，表达了一种人生悲剧和困境。小男孩从"热烈依赖—冷漠离去—衰老才会归来"，图与文在最简单的勾勒中，讲述了一种最沉重的亲子关系。这种无私的、毫无保留的、带着乞求的爱，伟大却也令人痛心。落叶、残枝、歪斜树墩和文字中反复强调的

"树很快乐"形成了一种巨大的反差。儿童在阅读此书的过程中，极容易回想自己生活中的爱和索取，在情感的共鸣和灵魂的拷问中，重新打量母爱，修正相处模式。而亲子阅读关系中的成人也会重新思考如何才能"劳我以生，佚我以老"。在对健康教养方式的思辨中，儿童文学作品展现了它"既适合一岁的儿童阅读，也适合九十九岁的成人阅读"的宏阔性。

另一方面，由于儿童此阶段以母爱的汲取为精神营养，所以，母亲状态的调适，是儿童获得高质量母爱的来源。"为了能给予蜂蜜，她不仅应该是一个好母亲，同时也应该是一个幸福的人。"①然而，不得不引起关注的现实问题是："女性抑郁人数是男性的两倍，而女性的围产期是抑郁症的发病高峰，即除了既往有抑郁症史的患者容易再次复发外，许多女性在产后出现了首次抑郁发作。"②因此，此时对新手妈妈心理干预非常重要。《怎么爱你也不够》《来吧，孩子》《小豆豆与我》《早期教育与天才》《俗物与天才》等书从"共情"层面给予了帮助。书中所提供有价值的、贴合实际的、具有操作意义的育儿理念和方法，也可以切实帮助新手妈妈缓解焦虑。当然这些读本最好在孕育期间就预先读一下，这样可以奠定情绪基础和树立正确观念。之所以在本论文中提及母亲的心理健康，是因为我们无法绕过母亲谈论这个阶段的亲子阅读，母亲的心理健康是亲子共读开展的基础，也是儿童信任人格得以培养的基础。

总之，儿童信任人格培养关键期在婴儿阶段，此时母爱对儿童信任人格的影响起着奠基的作用。以母爱为题材的儿童文学作品只是因为更多母爱的元素，而成为相较于其他读本更适合的工具。在儿童越小的时候，母爱的陪伴方式越重要，随着儿童的成长，其内容也会渐渐对儿童的心灵产生作用。母爱和用于展现母爱的儿童文学作品一起观照着儿童的成长。

童年稍纵即逝，却对人的一生产生无比深远的影响。童年经历宛如在为人生编码。在诞生之初，儿童用自己的方式阅读着生活，因此，儿童文

---

① ［美］艾·弗洛姆：《爱的艺术》，李健鸣译，上海译文出版社，2008年，第46页。
② 赵瑞：《产后抑郁社区干预方案研究》，硕士学位论文，复旦大学，2009年。

学在此阶段对儿童，"是一种温柔而持久的心灵光泽"，"它会让孩子们变得丰富、平和，更懂得人性"①。

第二节　海明威情结：信任人格之殇与儿童文学阅读治疗
——以"灰姑娘"系列故事为中心

母亲对人类具有特殊意义。从生命孕育起，对母亲的特殊依恋及由此而产生的种种心理反应，便作为一种记忆烙刻在人类经验的天幕上。荣格在进行母神原型剖析的时候，通过"地母神"的意象，挖掘出大地母亲作为生养和死亡场所的双重形象。卡洛琳·麦茜特则揭示出女性和自然精神气质的相通性："既是仁慈的养育者，又是非理性的施虐者。"一方面她"仁慈、善良，在一个设计好了的有序宇宙中提供人类所需要的一切"②；另一方面，"自然作为女性的另一种与养育者形象相反的形象也很流行，即不可控制的野性的自然，常常诉诸暴力、风暴、干旱和大混乱"③。人类母亲对于儿童成长的意义，从根本上而言，与地母神和自然具有同质性。"既有培育生命的正面力量，又有吞噬一切生命致其死亡的负面力量。"④母性的正面力量被通过各种艺术形式肯定和赞誉。而负面力量对于个体生命的影响，却往往杂糅在一个人的命运里，在最关键的时候，伤疤揭开，鲜血淋漓。"海明威情结"作为母性负面力量作用的结果，鲜明地展现了这一点。

"海明威情结"作为一种人格之殇，目前在学术界还未引起足够关注。但依据埃里克森人格发展理论，可以明显看出在此阶段儿童若遭遇"被剥夺、被分裂、被遗弃"，将在性格中"留下基本不信任的痕迹"⑤，这会导

---

① 何卫红：《经典绘本〈爱心树〉之深厚的悲悯情怀探析》，《特立学刊》，2014年第5期。
② ［美］卡洛琳·麦茜特：《自然之死》，吴国盛、吴小英等译，吉林人民出版社，1999年，第2页。
③ 同上。
④ ［日］河合隼雄：《童话心理学》，赵仲明译，南海出版公司，2015年，第28页。
⑤ ［美］埃里克·H.埃里克森：《同一性：青少年与危机》，孙名之译，中央编译出版社，2015年，第71页。

致其在处理生活事件时必须"处于支配地位，居于绝对优势"。否则就会因为害怕"被单独留下"或"仅仅被留下"以及"害怕缺乏刺激"，而陷入"无益""无用"的抑郁中。这种情结一旦萌发，若未受到良好干预，往往会导致人的悲剧性命运。因此，本文以海明威的人生历程为例，来分析"海明威情结"的特征，以引起预防和治疗的重视。并探讨在儿童成长期，儿童文学如何选择合适的阅读材料进行阅读干预，从接受视阈如何看阅读治疗效果。

一、"海明威情结"的特征

欧内斯特·米勒尔·海明威（Ernest Miller Hemingway，1899—1961）是美国作家中既传奇又悲情的一位。作为美国现代文学中"迷惘的一代"的代表作家，他引发了美国的"文学革命"，在1954年荣获诺贝尔文学奖。他塑造了许多硬汉形象，其中"宁可被消灭也不可被打败"的桑提亚哥成为文学长廊中不可替代的人物。但就是这样一位经受过战火洗礼，拥有辉煌成就的作家却在1961年7月2日清晨，在美国艾奥瓦州肯乡居的书房中，用一支双管猎枪结束了自己的生命。

海明威的自杀引起了国内外学者对其人生问题的广泛关注。英国作家詹姆斯·乔伊斯在对海明威充满冒险又饱含刺激的一生进行研究后，一针见血地指出，海明威的悲剧在于"一个敏感的人硬要充硬汉"。一方面他不断旅游、迁徙，过冒险刺激的生活，表现出强悍的生命力；另一方面他又一次次地呼唤着死亡，表现出不能面对"生"的懦弱。早在1932年，海明威创作了一部关于西班牙斗牛的专著《死在午后》，这种分裂就已呈现。文中颇具意味地写道："一个国家要热爱斗牛，必须具备两个条件，一是那里必须饲养公牛；二是那里的人必须对死感兴趣。"① "公牛"是"力"之象征，隐喻着海明威对自己的看法。而"斗牛"是向死而争的竞赛。一

———————

① ［美］海明威：《死在午后》，金邵禹译，上海译文出版社，2011年，第2页。

个真正热爱生命的人不会迷恋死亡游戏，海明威内心隐藏的危机可见端倪。海明威的创作历程似乎也在揭示这种矛盾与挣扎。海明威的早期创作以表现美国"迷惘的一代"为主题，长篇小说《太阳照常升起》《永别了，武器》成为该流派的主要代表作；二十世纪三四十年代他转而塑造摆脱悲观、颓废，为人民利益而英勇战斗和无畏牺牲的反法西斯战士形象，如《第五纵队》《丧钟为谁而鸣》等。五十年代后，他又迷恋起对"宁可被消灭也不可被打败"的硬汉形象的塑造，创作了《打不败的人》《五万大洋》以及代表作《老人与海》。透过"迷惘的一代—无畏的战士—硬汉"这些不断转变的主人公形象，我们可以清晰地看到海明威渴望建立理想自我的企图，只是这种企图并没有找到突破口。虽然他已经表面上树立起了"硬汉"这样可以永垂义坛的艺术形象，但是如果你仔细回味，会发现海明威并未为他所塑造的任何英雄点上胜利的火炬，而是让他们在各色的失败中等待死亡。也就是说，海明威并未从内心深处真正建构起强大到可以对抗命运的人物形象。事实上，这也揭示出海明威潜在的悲剧心理。

"海明威情结"最鲜明的表现在于缺乏安全感。这几乎可以从海明威攻击性极强的性格和他对婚姻问题的退缩和仓促中看出。"三十年代一个狂妄自大的英雄，到四十年代成了一个醉酒的吹牛者，五十年代末期健康遭受严重损伤。"[①]海明威在公众形象方面的缺陷如此远近闻名。"狂妄自大""吹牛"这些修饰词背后反映出的是一个"从来没有发展出独立的自我身份"的人的灵魂之殇。这种困顿来源于童年时期在抚育方面的挫折体验，"边缘患者会因为真实存在或想象中的被自己的重要他人抛弃，而变得严重抑郁"[②]。没有形成积极的、真实的、稳定的自我观念的海明威一直力图树立一个他者眼中的自己，企图通过各种途径来填补内心的"黑洞"，但越伪饰，暴露得越明显，越挣扎越焦虑。这种恐惧也影响到他处理婚姻问题的方式。海明威有四任妻子：

① ［美］杰弗里·迈耶斯：《海明威传》，萧耀光等译，中国卓越出版公司，1990年，第69页。
② ［美］杰罗德·克雷斯曼、［美］哈尔·斯特劳斯：《边缘型人格障碍》，徐红译，群言出版社，2012年，第35—36页。

哈德丽、波琳、玛莎和玛丽。他并非一个薄情者，但是安全感的欠缺使他在与这些女子相处的过程中，一方面设法维持婚姻，一方面又与其他女子保持暧昧。这样做的目的只有一个——有备无患。为了保证自己感情上的安全，他往往在女性提出离异之前，率先抛弃她们。海明威在塑造哈利·摩根时，借对其性格的辩护，表达了这种残酷性背后的软弱："因为他是一个小孩，他不可能去怜悯任何人，但他不可能不同情自己。"[①]

该情结同时也造成了海明威长期生活在"理想自我"和"真实自我"的分裂状态。卢斯·塔金尼谈到海明威时说："在他的思想与感情中充满着慷慨与热情，有时表现得多愁善感，特别深沉和谨慎，但主要的是非常非常复杂。"[②]幼年时期缺乏的认同感和归属感使海明威产生了一种强烈的渴望证明自己，让自己能够凌驾于他人之上的内驱力。这种内驱力促使他一直力图证明自己，甚至做出和年龄完全不符的事情。"他常常沉醉于射猎狼、熊、狮和野牛的幻想中"，"5岁时他就说他单手拦住了一匹惊马"。日积月累的想象使其不断地赋予这个形象无限的力量和至高的能力，最终演变为"一个硬汉、一个英雄、一个无所畏惧敢于冒险的人"。可以看出，他在努力同自己的自卑做斗争，力求克服内心一种想要完全毁灭自己的欲望。但这种自发性驱力和强迫性驱力之间的冲突，极容易导致两种倾向：一是自我中心，刚愎自用；一是"完美"形象一旦受损，玉石俱焚。确然，随着压迫的逐渐侵蚀和自我能力的逐渐丧失，强迫成为"理想自我"的苦闷压倒了追求成为"理想自我"的快乐，自我拯救的力量变成了折磨与苦难。海明威陷入更强烈的不安全感，走上了彻底的自我否定、蔑视直至放弃之路。弗洛伊德说："生命与死亡的本能是人格中的建设倾向和破坏倾向。人生一开始就带有自我破坏的倾向，它结合种种内在的心理与外在环境因素才可能构成自杀行动。"[③]

"海明威情结"的本质在于自我认知混乱，信任人格建设失败。其特征

① ［美］杰弗里·迈耶斯：《海明威传》，萧耀光等译，中国卓越出版公司，1990年，第70页。
② ［美］杰弗里·迈耶斯：《海明威传》，萧耀光等译，中国卓越出版公司，1990年，第69页。
③ 岳晓东：《历史中的心理学》，机械工业出版社，2010年，第77页。

包含：1. 被抛弃的恐惧和焦虑；2. "理想自我"和"真实自我"的分裂；3. 难以应对挫折的低自尊行为。人格社会学派在进行原因分类时认为：信任人格建设时期，母子关系是儿童形成"海明威情结"的关键。由于该情结萌发、成长于儿童期，所以，本书试图挖掘儿童文学作品在儿童的人格教育和心理教育方面的重要价值，以此来激发和培育儿童最需要的情感资源，使他有能力去应对那些他们难以言状的棘手的内心困扰。

二、"情志相胜"理论指导下的阅读材料的选择

文献中的主药是图书，所以选书是阅读疗法实务中关键的一环。选书的要义在于要"针对读者的心理偏差和病症"①，因此剖析"海明威情结"产生的原因，并以此为基准，选择"恰好减弱或者抵消了郁积于读者心中的不利于身心健康的情感，从而缓解、减轻了读者病情"②的阅读材料，具有重要意义。

就海明威情结产生的原因而言，研究者在他的母亲身上发现端倪，并锁定在"同胞之争"中的失利。"马赛琳比海明威早一年出生，很像她母亲，也是格蕾丝最疼爱的孩子。"③阿德勒认为："为了对这种自卑感进行补偿，年龄较小的孩子可能会加倍努力地去追求，以便超越他的哥哥或姐姐。"④在海明威建立信任人格的关键期，马赛琳无论在身体还是智能发育水平上，都明显优于海明威，更多的赞美自然落在她的身上。事实上，6岁以前，母亲一直将其打扮成姐姐的模样，而他自己也以此为荣。这种错误的教养方式成为海明威一生悲剧的源头。西方心理学家发现"父母教养方式有拒绝、否认的倾向，将会使儿童在成年后自杀的倾向高于对照组"⑤。

① 王波：《阅读疗法》，北京出版社，2014年，第208—209页。
② 王波：《阅读疗法》，北京出版社，2014年，第43页。
③ ［美］杰弗里·迈耶斯：《海明威传》，萧耀光等译，中国卓越出版公司，1990年，第10页。
④ ［奥地利］阿尔弗雷德·阿德勒：《儿童教育心理学》，杨韶刚译，中国轻工业出版社，2015年，第78页。
⑤ 黄上上、安静：《父母教养方式、依恋及童年期创伤经历与大学生人格障碍倾向的关系》，《中国临床心理学杂志》，2015年第5期。

海明威作为男孩的身份意识被粗暴地干涉、压制甚至修改为女孩，并长期处于落后状态，使其不能形成归属感，而代之以深深的不安全感和莫名的恐惧。"同胞之争，这种痛苦之情，并非事事与孩子现实生活中的兄弟姐妹有关，它源于同父母的情感关系。如果某个孩子的哥哥或者姐姐比他能干，他会暂时地产生羡慕之情；只有在兄弟姐妹受到偏爱的情况下——相形之下，父母对他的漠不关心，或者嫌弃他——这才会成为一种屈辱。"①

"屈辱"作为心理词语，包含着"怒"的情志特征。苏轼曰"匹夫见辱，拔剑而起"，表达的就是这样一种状态。"海明威情结"患者常常沉浸在"世界就是大战场、大斗牛场、大拳击场，充满着你争我夺和相互厮杀，因而也充满着血与火，充满着残酷与罪恶，充满着痛苦与死亡"②的幻象中，也表现了其"怒"的特征。情志相胜理论讲求"当一种情志过剩导致疾病时，用另一种对它有相克作用的情志来冲淡、抵消、纠正之，从而达到治疗的目的"③。依据五行关系，"悲"胜"怒"，因此需要选取情志以"悲"为主流基调的图书来治疗，"灰姑娘"系列故事即具有这样的特征。

"灰姑娘（Cinderella）"故事最早以书面形式被记载，在九世纪的中国，名为《叶限》。在西方，最早被记录的版本是《猫咪辛德瑞拉》，出现在意大利人乔姆巴迪斯塔·巴西尔的《故事集》（1636年）中。迄今为止被记录下来的版本超过1700个。作为童话中"同胞之争"母题的典型代表，"灰姑娘"故事具有引起"海明威情结"患者阅读的天然相通性。以下重点要论述的是它从情志特征产生的治疗作用。

"灰姑娘"故事主色调为"悲"。此"悲"并不表现在"继女"身份和遭遇，而具有更广泛更深层的所指。罗斯的《灰姑娘故事圈研究》表明，"设定时间让灰姑娘变回原形这个关键的情节也仅仅存在于南欧等地的版

① ［美］布鲁诺·贝特尔海姆：《童话的魅力：童话的心理意义与价值》，舒伟等译，社会科学文献出版社，2015年，第364页。
② 罗明洲：《论海明威的死亡情结》，《外国文学研究》，1999年第2期。
③ 王米渠：《中医心理学》，重庆出版社，1986年，第72—73页。

本中"[1]，因此，重要的不是灰姑娘在十二点的钟声敲响变回原形，而是"灰姑娘""离别—归来"这一蕴含丰富意味的细节，"回与不回"表面上看是受制于十二点魔法消失的约定，实际上是儿童对父母"依恋"之情的外现，"留下"还是"离开"的心理冲突展现出丰富的人性空间。这一点在"灰姑娘"故事的衍生版本《霍勒太太》中表现得尤为明显。女主人公在家中饱受折磨，甚至被迫跳进井水里寻找失落的纺锤，而后遇到霍勒太太。尽管"老太太对她也很好，使她生活得挺舒适，每天盘中有肉，要么是炖的，要么是烧的"，但是"过了一段时间之后，姑娘渐渐变得忧心忡忡起来，一开始她自己也不明白是怎么回事，后来终于明白了，原来是想家喽"[2]。按理说，在家中遭受了不公正的待遇，逃离到一个温暖的地方应该高兴，但是内心深处对于母亲（家）的依恋，却一直在召唤着她回归，这才是痛苦真正的来源。事实上，"灰姑娘"故事及后来的一些衍生版本，都揭示出儿童成长中的"割裂"与"依恋"之痛苦，这也是儿童普遍面对的困境。

儿童自诞生之日起，就陷入了分离焦虑中。儿童心理分析学家纽曼（Eric Neumann）认为儿童的心理发展可以分为三个阶段："母子一体""母子分离""自性整合"，成长阶段的每次跨越都会给孩子留下心理困惑和忧虑。在灰姑娘参加舞会这个环节上，作家们不约而同地选择了"三次"，也在表达着这种成长过程中的"分离之悲"。"三"赴舞会而不是在第一次就把鞋子丢给王子，不仅是为了情节的需要，更艺术化地反映出儿童建立信任人格过程中所经历的妥协和抗争。一方面，儿童本能地依赖父母，不愿离开；另一方面，成长所带来的具有冒险性质、似乎美好的前景又在引诱着她。这个过程漫长而纠结，是生命个体在形成信任人格前最后一次重要的蜕变。她需要把自己从依赖外在事物的习惯和信念中剥离出来，也需

---

① Rooth, Anna. "Tradition Areas in Eurasia", *Cinderella A Folklore Casebook*, New York; Garland pub, 1982, pp.129—147.

② ［德］格林兄弟：《格林童话》，杨武能译，四川少年儿童出版社，2014年，第325—326页。

要清晰、准确地认知她在环境中的位置。格林版本中这样描绘：第一次钟声敲响后，姑娘逃进了"鸽笼"；第二次钟声敲响后，灰姑娘逃上了"梨树"。鸽笼和梨树都带有遮蔽性质，就像家长对孩子的荫庇，唯有打破这些，儿童才能获得成长。但父亲"打破鸽笼"、砍倒"梨树"，灰姑娘在此之前悄然逃开，形象地反映了这两种力量相互作用下儿童内心的纠结和挣扎。

"灰姑娘"系列故事，因为对这种分离之痛的微妙而精彩的把握，成为"海明威情结"患者最适合的阅读材料。它触摸到了"海明威情结"最难以释怀的脆弱之处，并在一个更广阔的领域解释了某些伤害。读者在对灰姑娘的痛苦的回应中，也将自己的悲哀和愤怒发泄出来，从而为下一步改变认知奠定基础。

三、儿童文学阅读治疗效果的接受心理学剖析

"海明威情结"揭示出个体对自己的洞察、理解，包括自我观察和自我评价方面过于依赖环境而最终迷失自我产生的悲剧。乔治·凯利（George Kelly）经过研究则提出了令人振奋的结论："人不是环境的牺牲品。环境事件本身虽不可改变，但人可以自由地选择如何对它进行解释。"①其方法在于人把感知内容转化为有组织的现实认识的过程，凸显个体的能动性。儿童正是通过文学阅读重新认识自我和世界，从而促使个体参与到构造自身人格的积极活动中来。具体来说，儿童文学的阅读治疗效果表现在以下几个方面。

（一）儿童在阅读中改变认知图式，为建立信任人格奠定心理基础

B.鲁本斯坦在《"灰姑娘"故事在一个小女孩成长过程中的意义》一文中，曾生动地描述过"灰姑娘"对一个5岁孩子的影响。该女孩在与妹妹的"同胞之争"中，认为自己处于劣势地位。但是她并没有垂头丧气，

---

① 俞国良、戴斌荣：《基础心理学》，武汉大学出版社，2007年，第429页。

而是非常自信地对妈妈和妹妹说："你们不要因为我在家里是最漂亮的就嫉妒我。"这表明儿童在阅读"灰姑娘"后，内心有笃定的想法，即我是很棒的，你们对我这样，是因为你们嫉妒我，以后会有王子带我脱离苦海。这种意识带给她以正面方式应对外在环境与评价的心理机制。正如贝特尔海姆所说："无论是对儿童还是成人，无意识都是行为的强大决定因素。当无意识受到压抑，它的内容不能进入意识时，这些无意识成分的派生物最终将部分地压倒有意识的心理，否则，他就不得不对那些派生物保持僵硬的、强制性的控制，以至于他的人格随之发生严重畸变。"①儿童正是通过阅读，了解了他的自我意识中正在发生的事情，从而在某种程度上具备了能够妥善应对无意识中发生的事情的能力。正是在这一点上，阅读文学作品的价值和意义才逐渐彰显。它使儿童摆脱了不公正待遇带来的沮丧、无力感，帮助儿童跳出焦虑困境，看到希望。儿童具有良好的自我认知，才有可能建立信任人格。

（二）儿童在阅读中唤醒个体能动性，形成建立信任人格所必须的基本信赖感

埃里克森认为基本的信赖感是"人们从生命之最初岁月的经历所形成的一种对自己和世界的态度"。基本信赖感的形成对儿童形成正确的自我认知、建立信任人格具有重要的意义。它使儿童在与外在环境良好的、相互肯定的关系中，建立起对自己和他人的信心。具有"海明威情结"的儿童在基本信赖感的建立方面明显存在欠缺，情感寄托失衡使他们很难对自己和世界产生友好的、可滋养的关系。一味的敌视和消极应对并不能促使儿童健康人格的形成，唯有唤醒个体能动性，形成基本信赖感才能帮助儿童走出情感困境。寻找替代物是其中较为有效的方式，可视为儿童在此过

---

① ［美］布鲁诺·贝特尔海姆：《童话的魅力：童话的心理意义与价值》，舒伟等译，社会科学文献出版社，2015年，第7页。

程中的重要桥梁。

"灰姑娘"类型作品在这方面提供了良好的引导作用。格林版本中"灰姑娘"在多次对父亲及继母之爱的失望中，将自己对爱的信赖感寄托在一根榛树枝上。"榛树枝"是挑落父亲帽子的树枝，这样的出现方式，预示着灰姑娘已不再完全接受父亲权威的安排，她要开始找寻让自己心灵温暖的依赖物。在吉姆巴迪斯达·巴希尔版本中灰姑娘虽然失去了母亲，但是"这个女孩有一位她非常喜爱的保姆，这个保姆很爱她"①。在中国版本《叶限》中，女主角"母亲"的替代物是"金鱼"。"鱼骨头"给她所需要的一切；《蕊辛·科蒂》中，母亲过世前，告诉女主角："我死后会有一头小牛来到你身边，给你想要的一切。"②《霍勒太太》中则有一个相貌丑陋，但内心善良的老婆婆；而《格林童话》中则是一个神仙教母。总之，母爱元素在"灰姑娘"不同的版本中通过不同的意象来表现，借此给予苦恼的女儿安慰和保护。阅读此类型故事可以在孩子的心中留下这样的烙印：理想化的母亲并非不存在，她只是以另外的形式出现，所以不必对现实绝望。

"海明威情结"患者极易陷入到孤单、失落中，而"灰姑娘"故事中，幻想之喜悦在很大程度上可以带给他慰藉。"依赖感的产生是孩子在生活最初岁月里受到母亲无微不至的照顾和哺育而凝结在内心深处的。如果一切顺利，孩子将由此建立起对自己、对生活的信心。"③儿童在阅读相关类型的文学作品时，找到替代缺失母爱的另一种方式，在与这个替代物的情感交流中，凝聚起坚定的信念，"对孩提时代理想化母亲的怀念，如果成为一个人内心经历的重要部分，能够而且确实在最艰难困苦的时候支撑着我们"④。也因此，在故事中继母尽管可以杀死象征着母爱的动物，但是

① ［日］河合隼雄：《童话心理学》，赵仲明译，南海出版公司，2016年，第89页。
② ［日］河合隼雄：《童话心理学》，赵仲明译，南海出版公司，2016年，第92页。
③ 梁敏儿：《儿童文学的母爱想象》，《重庆社会科学》，2006年第7期。
④ ［美］布鲁诺·贝特尔海姆：《童话的魅力：童话的心理意义与价值》，舒伟等译，社会科学文献出版社，2015年，第394页。

灰姑娘经历过内心的冲突和转变之后，留存在心里的爱，会给她力量。这种源发于爱的信赖感使儿童信任人格的建立有了根基。

（三）儿童在阅读中习得走出困境的应对策略，积聚起建立信任人格的力量

现代认知心理学认为，"人在阅读中会形成各种'思维组块'，汇成有效的认知结构。当他面临解决的问题时，就在已有的认知结构中寻找并检索与解决问题有关的思维组块，借以分析、对照、推理，达成知识的沟通与运用，导致问题的解决"①。当儿童通过阅读同类型故事，在无意识中获得心灵的平静和情感上的基本依赖感后，剩下的便是积极应对外在环境及父母不公正的待遇。此时，童话提供了强有力的正面效应。

在《格林童话》里，灰姑娘在耐心地浇灌自己种在母亲坟头的小树，"一日三次，日日祈祷"；在东方流传的《叶限》里，主人公勤劳纺纱，终日不歇；在西方流传的一些故事里，"灰姑娘"则必须面对在炉灰里挑拣豆子等一系列艰难的活儿。值得关注的是，"灰姑娘"并没有自暴自弃，而是通过坚忍的毅力完成了任务。由此，可以带给孩子们一个信念：在获得能力之前，确然要经历一些艰难困苦，但这并没有什么可怕的，只要认真对待总会有所收获。怀着这样的认识，儿童在面对自己生活中的种种并不与自己期望相符的事情时就不会歇斯底里，反而会在同化和顺应中取得进步和成功。

"灰姑娘"类型故事还启示儿童面对机会时自我争取的重要性。除了贝洛版本中由于作者宗教信仰的原因出现神仙教母"安排"灰姑娘也去参加宴会之外，其他故事里都是"灰姑娘"自己积极要求，这表明儿童要想确认自己，就需要自己积极地把握。如果自己努力，谁的阻拦也没有意义。从听命于他人到自我意识的觉醒，是儿童获得自我认知能力的又一个重要转变。

---

① 马笑霞：《图式理论与语文阅读教学》，《教育研究》，1997年第5期。

人本主义心理学家马斯洛在其著名的人格理论中，把"自我实现"作为人类基本需要的核心和最高形式。主体在自我认知过程中通过人的能动性、创造性和自主性实现从低到高："生理—安全—爱与归属—尊重—自我实现"的需要，标志着人对自我意识的唤醒和对自身价值的肯定，自此引导下的自我发展不再是外在尺度，而是内在的尺度。内驱力和外动力的整合促进了人的完善，促成了信任人格的建立。

人格是一个复杂的结构系统，自我是人格中的自控系统。一个人只有具备健全、健康的自我认知能力，才能在对自我的观察和理解、准确评价中调适自己和环境的关系，从而以正态的方式成长。信任人格能否健康发展取决于亲子交往的质量。"海明威情结"展示了儿童在信任人格建立期由于遭到母亲人为的破坏而产生的贯穿一生的自我认知障碍。本论文以儿童在幼年时期接触的童话故事为切入点，力图在幼儿早期进行调节。灰姑娘从"本能依赖—消极适应"到"唤醒自我—积极建设"完成了"从他人眼中的我到自己眼中的我"的成功蜕变。儿童在阅读该类型故事时感情上得到共鸣，情绪上得到疏导，认知图式悄然变化，自我意识被唤醒，不再消极被动地接受外在环境的影响，而是通过有效方式，葆有基本信赖感，习得应对策略。在平衡、平和的心境下对自己和世界重新打量、定位，完成最高形式的适应，即皮亚杰（Jean Piaget）认为的"智慧的适应"。

第三节 信任人格培养关键期儿童文学阅读方案探析

信任人格是否形成对儿童健康人格建设具有重要的意义。抚育者如何判断儿童是否已经形成这样的人格，并对自己的养育行为进行纠正，是本研究需要去关注的问题。本文结合目前已有的学术成果，通过对影响儿童信任人格因素的筛选，确定了以周念丽团队"0—3岁儿童观察与评估"研究成果（见附录一）为儿童信任人格测试量表，并确认"依恋类型与成年期的心理健康及人们作为父母对子女的有效性存在相关性"，"安全依恋程度高，即信任人格建立的儿童未来更趋向于高成就。而不安全型儿童会有'持续的焦虑、心理生理症状，以及觉得自己不够强大'"①。也就是说，对于婴儿，信任人格的形成是家庭养育与儿童自身气质特征良好互动的结果。因此，引导家长在结合量表测试的情况下，关注儿童信任人格发展状况，继而进行积极的阅读干预，是本节力图完成的研究任务。儿童文学在这个过程中，既充当亲子相处过程中的交流工具，又担负起改变父母教养观念，帮助儿童感受母爱的文学功用。虽然在某种意义上，这样的期许溢出了儿童文学研究范畴，但在本研究中具有适用性，这是由此阶段儿童的特征决定的，也是由信任人格培养需求决定的。

一、依据儿童信任人格培养需求选择阅读材料

鲍秀兰提出，婴儿时期人格的健全发展主要包括以下四个方面：乐观稳定的情绪、思维和活动的独立性、自尊心和自信心、良好的社会适应能力。②而这一切，首先源于婴儿期信任冲突与不信任冲突的良好解决。信任人格所包含的希望、安全感、持久的信心是形成乐观的情绪、独立性、自尊心和自信心以及未来良好的社会适应能力的基础。那么如何把握住信任冲突解决的敏感期和关键期，以儿童文学阅读治疗为早期干预行为，促进儿童健康人格发展呢？

儿童文学阅读材料在阅读治疗的过程中，是儿童和父母连接的纽带。对于婴儿期的儿童来说，成长是自我潜能和环境相互作用的结果。所以，书籍应该建立在如何让儿童感知到"信任"的层面上来。由于儿童此时生理需求和心理需求同样重要，因此，在书籍的选择上，我们需要同时关注到以下两点。

---

① ［美］内森·塞恩伯格、［美］亨利·马西：《情感依附》，武怡堃等译，世界图书出版公司，2013年，第225页。
② 鲍秀兰：《培养婴幼儿健全人格》，《中国优生优育》，2012年第1期。

（一）注重儿童阅读书籍与儿童生理发育特征的匹配性

人类胎儿在还没有出生的时候起，就开始调动他的感觉器官来感受他身边的世界了。出生之后，0—3岁更是感觉发展极为迅速的时期。作为人对环境中刺激的察觉，感觉是"一个人从一出生就拥有的最简单的心理图像"。因此对一个儿童感觉的满足，也意味着对儿童心理需求的满足。这对儿童建立信任人格具有重要的意义。

1. 在儿童阅读干预过程中，视觉发展特征尤为需要关注。"相较于其他各种感觉能力，新生儿的视觉发展水平是最低的。"首先从色彩上而言，0—3个月的儿童只能分清彩色和非彩色，但是辨别不清具体是什么颜色。此时选书应当注意选择图案色泽度饱满的，尤以黑、白、灰三色为主。如保冬妮的《水墨宝宝色彩启蒙》①系列，以中国水墨元素为主要颜色，较为符合儿童此时的色彩需求。另外华东师范大学推出的《视觉系列翻翻书》，带有视觉训练黑白卡，也是这个年龄段不错的选择。4个月之后，儿童开始识别基本色彩。"他们将光谱知觉为四个基本类型，蓝、绿、黄、红。"②而对同一颜色类型的差异区分不是很明显，如无法分清粉红色和玫红色、浅黄色和深黄色。因此，选取绘本的时候，应以四种可识别色为主。如《小蓝和小黄》③图形稚拙、颜色刚好在辨识度以内。从7—9个月开始，儿童可以识别更多的色彩，即便是相似度很高的颜色也能有所识别，望远距离达到了3.5米，所以，从9个月开始选书在色彩上的要求不再受生理限制。但是，9个月之前，家长如果没有意识到宝宝视觉发育的生理特征，选择的书籍就有可能不能满足儿童发育需求，宝宝在这方面就存在着满足欠缺。

在图案知觉方面。新生儿并不能感知整个图形，只能注意到外形的一些显著特征。从4—6个月起，"儿童开始感知图形的整体结构"，"喜欢复

---

① 保冬妮：《水墨宝宝色彩启蒙》，北京师范大学出版社，2013年。
② 周念丽：《0—3岁儿童观察与评估》，华东师范大学出版社，2013年，第13页。
③ ［荷兰］李欧·李奥尼：《小蓝和小黄》，彭懿译，明天出版社，2008年。

杂的图案、深度知觉产生"①。7—9个月大的儿童已经能够很好地感知图案的组合，此时不妨为他们选择相关的书籍进行发育刺激。如《亲爱的动物园》②以故事的方式罗列了很多动物，生物本身形体的变化可以作为儿童此时最好的视觉发育启蒙教材。至10—12个月时，儿童开始对物体的细节表现出兴趣，视敏度进一步增强，更多地采用深度、稳定的线索，如形状、结构、色彩来识别物体，将表情视为有序的、有意义的整体。③少年儿童出版社推出的《脸，脸，各种各样的脸》④《动物动物捉迷藏》《交通工具捉迷藏》等，都以丰富的视觉刺激满足了这个年龄段儿童的视觉发育需求。

　　另外要注意的是，深度知觉从6个月开始产生。1961年美国心理学家吉普森和沃克设计了"视觉悬崖"装置证明，6个月的儿童已经有了深度知觉。因此，家长可以选择一些立体书，或者带有刺激儿童深度知觉发育的色卡。

　　2. 对听觉发育特征的关注，也是满足儿童信任人格发展需求的要素之一。新生儿从一出生就有听觉，此时，母亲的声音是他们最为熟悉和喜欢的。在4—6个月时，儿童"对愉快优美的音乐较为敏感"，家长可以为儿童提供一些发声读物，如《Pi kids 童书·我是歌手（有声玩具书·配麦克风）》⑤，该书是迪士尼有声读物，具有一定的故事性。同时附带了一个神奇的麦克风，麦克风具有五种变声模式，儿童可以从认识小动物的声音开始，到练习听力，最后可以学会唱歌。7—9个月的时候，婴儿开始"通过说话人的语调来辨别说话人的语气"。此时，儿童听到温和的语调会微笑并且心情愉快，但是他们还不能理解话语中的意思。1岁左右，听觉

① 周念丽：《0—3岁儿童观察与评估》，华东师范大学出版社，2013年，第13页。
② ［英］罗德·坎贝尔：《亲爱的动物园》，李树译，二十一世纪出版社，2012年。
③ 周念丽：《0—3岁儿童观察与评估》，华东师范大学出版社，2013年，第23—25页。
④ ［日］柳原良平：《脸，脸，各种各样的脸》，小林、小熊译，少年儿童出版社，2008年。
⑤ 本书编写组编：《Pi kids 童书·我是歌手（有声玩具书·配麦克风）》，江苏教育出版社，2015年。

在音乐敏感性和辨别语气功能上继续发育。到13个月的时候，开始对音乐有了更强的感受力，"已经显示出伴随着音乐节拍的身体动作和'舞蹈'动作"[①]。家长在做亲子阅读的时候，除了选择带发声效果的图书，还可以加进去一些音乐活动。

3. 触觉刺激的满足，是婴儿感受到来自成人关爱的又一种重要方式。新生儿一出生触觉就很敏锐。尿布是否干燥、按摩的位置是否发生变化、奶瓶的温度是否合适，都被他们敏锐地感知，并成为潜意识当中有没有被关注的一个衡量标准。在这方面，家长给予的回应越到位，儿童的发育越好。更应当注意的是儿童在触觉发展方面的其他要求。0—3个月的时候，儿童与生俱来的生理反射还发挥着作用，如抓握反射，此时一些带抓握功能的玩具书可以极好地满足儿童这一需求。到了4—6个月的时候，婴儿"开始对物体的质地、硬度等产生认识，也开始有越来越多的口腔探索活动。"[②]此时，可以将《小不点触摸书》[③]《福禄贝尔益智玩具书：串珠积木》[④]等材质逼真的书籍推荐给儿童，家长可引导宝宝触摸、感知，刺激触觉发育。从10个月开始，儿童的"触觉辨识能力加快，开始将触摸印象和视觉影像配对"。此时，《奇妙洞洞书》[⑤]类型的书籍，以其洞洞和各类物体的巧妙结合非常适合儿童阅读。到13个月以后，儿童的触觉发育达到成人水平，无须再额外刺激。

周念丽在《0—3岁儿童观察与评估》中认为，"儿童的情绪主要取决于需要被满足的情况和健康状况，早期则主要以生理需要是否得到满足为转移，随着年龄的增长，情绪才逐渐发展成为带有社会内容的表现形式"[⑥]。所以，作为早期帮助儿童情绪健康发展的一种重要方式的儿童

---

① 周念丽：《0—3岁儿童观察与评估》，华东师范大学出版社，2013年，第28页。
② 周念丽：《0—3岁儿童观察与评估》，华东师范大学出版社，2013年，第13页。
③ 权慧娟著，[西]珍妮·埃斯比诺萨绘：《小不点的触摸书》，未来出版社，2014年。
④ 福禄贝尔幼儿教育研发组编：《福禄贝尔益智玩具书：串珠积木》，江西高校出版社，2014年。
⑤ [意]G.曼泰加扎著，麦斯特里尼绘：《奇妙洞洞书》，方素珍译，未来出版社，2015年。
⑥ 周念丽：《0—3岁儿童观察与评估》，华东师范大学出版社，2013年，第168页。

文学阅读，在书籍选择上，首先应该以儿童的生理需求为出发点。在对他们生理发育刺激的满足上，培养亲子感情，建立幼儿对家长（尤其是母亲）的信任度。

（二）注重所选儿童文学作品与儿童心理发展的符合性

加拿大心理学家布里奇斯曾提出一种儿童情绪发生和分化的模式。[①]该模式认为儿童刚刚出生的时候，无论对饥饿、疾病还是尿湿尿布等，都表现为一种未分化的弥散性情绪发作，称为"一般性的激动"；从出生3个月之后，这种原始的情绪逐渐分化发展为由需要是否得到满足而引起的痛苦和欢乐；6个月时从痛苦中又分化出愤怒、厌恶和惧怕；12个月时又从快乐中分化出兴高采烈和喜爱。"情绪虽然出需要是否得到满足而决定，引起情绪的直接因素还是对事物的认识。"[②]所以，如果父母有效利用儿童文学作品对孩子情绪敏感点进行引导，改变认知，那么孩子的情绪发展就会朝着良好的方向进行。儿童的情绪需求由于得到了满足，也更容易对父母产生信任感。

哭声在新生儿早期扮演着非常重要的角色。父母是否能根据儿童的哭声判断儿童的需求并给予回应，是儿童对父母建立良好信任关系的基础。另外还有一些小动作，也传达着儿童心声。如吮手指，"幼小的儿童喜欢用吮吸手指的方式来处理他面临的焦虑状态，这些安慰手段会让儿童获得更多的安全感"。当家长看到这些行为时，就要考虑给予儿童爱的补养了。从4个月时开始，儿童有了快乐、愤怒、恐惧、悲伤和好奇的情绪反应，此时解决的要点仍然在于"看他们是否理解自己行为与成人反应之间的关联"。适合的儿童读物在一定程度上起到了帮助儿童认知和给予回应的作用。如，从7—9个月时开始，儿童自主意识增强。此时的情绪有两大特

---

① 陶陶：《从发怒和害怕说起——谈谈儿童情绪的发生和发展》，《父母必读》，1983年第11期。
② 同上。

征：一是陌生人焦虑和分离焦虑；二是嫉妒。就焦虑情绪而言，"陌生人焦虑和分离焦虑在同一时间产生，即儿童形成最初的社会性依恋之时，它是儿童认知能力和情绪发展到一定阶段的产物。"①儿童身上出现这种情绪体验，对儿童将来的心理发展有长期影响。儿童文学阅读干预在选择作品上，要以调适这两种情绪为主。针对前者，《妈妈上班去了》《月亮妈妈》都是非常贴合的文本。当妈妈们用故事的方式，去和宝宝探讨分离的原因和归来的必然时，孩子心中的焦虑就会被缓解。对于陌生人焦虑，其实还是儿童的安全感未建立好，所以，以母亲的爱为出发点，并多带宝宝出去和人接触，就会缓解这种症状。图书可以作为带宝宝出去，和他人交际的工具。

就嫉妒情绪而言，一般人认为儿童在18个月左右才能意识到，其实在儿童6个月时这一情绪就已经开始表露。美国得克萨斯理工大学哈特教授专门为此做过实验。②嫉妒情绪的出现并不可怕，从6个月时开始萌发，会在生活细节中展现，"当儿童在玩某一个玩具的时候，其他同龄段的儿童靠近，儿童会将自己的玩具藏起来"。或者，"当妈妈当着他的面拥抱别的儿童时，儿童会哭泣"。这都是在表明儿童嫉妒发生了。这时养育人千万不要嘲笑孩子小气，而应当给予适当的安抚。让他确认妈妈的爱的归属性和恒定性后，在此基础上，再进行阅读引导。如特蕾西·莫洛尼的《我不要妒忌》。该绘本将妒忌比作一个长着大脚、面目狰狞的大妖怪。将妒忌产生的原因，带来的后果都形象直观地表现出来。在阅读的过程中，配以父母温柔的声音，孩子会感知到妒忌的不必要性，对情绪智力的发育有很好的帮助。而后续的《我不怕孤独》《我想要爱》都以正能量情绪传播的方式，让儿童体会到那个"孤独的小雨滴"以及来自亲人、朋友爱的温暖性。

---

① 周念丽：《0—3岁儿童观察与评估》，华东师范大学出版社，2013年，第178页。
② 周念丽：《学前儿童发展心理学》（修订版），华东师范大学出版社，2006年，第209页。

信任人格的培养，其根源在于儿童对父母之爱的感知和认可。因此，通过阅读与家庭和父母之爱有关的书籍，会在儿童的潜意识里种下幸福、温暖的种子。接力出版社在做分级阅读的时候也关注到这一点，认为在0—3岁，有关获得爱与情感的故事，有关熟悉的人、事、物的内容，会更容易被儿童接受。如安东尼·布朗的《我妈妈》在设计上有很多匠心独具的元素，像花园一样的睡袍，让孩子觉得亲切又温暖。全书洋溢着孩子对母亲的依恋、崇拜之情，而母亲的能干，也从另一个侧面反映出妈妈对孩子无处不在的爱。婴儿在阅读的过程中，会建立对母亲的认可，并感受爱的多种表达方式，这会让他们与母亲建立亲密的关系，并通过了解父母，慢慢懂得分离的必然性。另外如新西兰情绪管理大师特蕾西·莫洛尼的《我爱我家》系列，则通过颇有质感的小兔子，传递出温暖的、充满关切的成长欢乐。婴幼儿从触摸开始，到聆听，再到慢慢地领悟，这些美好的情愫会潜移默化地影响孩子的成长。

13—18个月是儿童从信任人格向自主人格转型的时期，此时儿童既想信任自己，又本能依赖他人，因此，父母要注意做好过渡，避免过于照顾儿童，影响了他们自主性的发展；也要避免过于生硬，导致了儿童信任基础的丧失。首先，可以顺着儿童成长需求，教习一些生活技能。儿童自我的强大，是他们从依赖他人转向信任自己的关键。相关书籍如《我会拉尼尼》《是谁嗯嗯在我头上》也非常受儿童欢迎。《点》①则满足了幼儿开始萌发的绘图意识，从"点"开始，儿童进入了充满神奇的想象和自我发现之旅，"作者以漫画的方式、写意的画风，不仅挖掘出'点'本身的意义，还赋予它'起点'的蕴意，象征着'开始'蕴含着可能，创造出无限的想象和希望"②。而《小玻在哪里》是儿童从9个月开始就萌发的"存在"意识的行动演绎，在阅读的过程中，家长完全可以找一个小玩偶

---

① ［加拿大］彼得·雷诺兹：《点》，邢培健译，南海出版公司，2010年。
② 朱永新、王林主编：《中国人阅读书目（一）》，中国人民大学出版社，2014年，第195页。

做小玻，把它藏起来，然后让宝宝自己动手"打开门""掀起钢琴盖""翻开床罩"……最后找到，过程中每一个动作，都体现了宝宝的一项能力。儿童在不断的探索开发中，增强了个人能力，自信心随之增长。但是同时，我们也要注意到，毕竟幼儿此时能力有限，常常会遭遇失败，所以，对宝宝情绪的疏导极为重要。如《阿立会穿裤子》①《凯能行》这类书不仅把此时应该逐渐学习、掌握的生活技巧教给他们，也把克服困难的决心及另辟蹊径解决问题的韧性潜移默化地传递给他们。此类读物对儿童的成长极为重要。

在13—18个月的时候，儿童观察表情的能力也正在发展关键期，因此，他们信任人格的培养，也意味着对此项能力发展的刺激满足。"学会看脸色，是对他人表情识别和情绪识别的重要标志和任务之一，这对儿童今后更准确地理解他人、移情和调控自己的情绪都有重要的意义。"②事实上，儿童在这个年龄段，自然会有这样的意识，只是书本可以帮助他们强化这方面的能力。优秀的绘本在主人公脸部表情的绘制上，具有极强的表意能力。另外如《我不要孤独》，通过极为细腻的表情及气氛营造，也会刺激儿童感受环境、识别情绪能力的发展。

在13—18个月的时候，儿童还会有一种很明显的情绪反应叫做"害羞"，指"儿童在不熟悉的人面前不知所措"③。所以，此时鼓励他们读关于克服恐惧、适应环境的读本非常适合。《咕噜牛》④中的小老鼠也许可以在一定程度上教给小朋友，在陌生环境中如何通过想象克服心理恐惧。当然，这个读本在阅读的过程中，成人的引导非常重要。《古利和古拉》⑤则是以小朋友最爱的"吃"的主题展开故事，在田鼠古利和古拉在森林里烤

---

① ［日］神泽利子／文，西卷茅子／图：《阿立会穿裤子》，阿雅译，明天出版社，2008年。
② 周念丽：《0—3岁儿童观察与评估》，华东师范大学出版社，2013年，第187页。
③ 同上。
④ ［英］朱莉亚·唐纳森／文，［德］阿克塞尔·舍夫勒／图：《咕噜牛》，任溶溶译，外语教学与研究出版社，2005年。
⑤ ［日］中川李枝子／文，山胁百合子／图：《古利和古拉》，季颖译，南海出版公司，2012年。

出蛋糕，其他动物闻着香味而来的欢乐相处中，小读者也会慢慢领会到和朋友在一起的快乐，从而克服社交恐惧。

亲子关系作为儿童早期最重要的社会关系，其核心在于主要养育人是否能及时、恰当地对儿童需求做出反应。亲子关系的质量决定着儿童该阶段人格发展冲突是否得到良好解决。高质量的亲子关系为婴幼儿探索环境、身心健康发展提供安全基础。在信任冲突解决过程中，为儿童选择他们能读得懂又具有心理干预作用的图书，就如同在孩子处女地一般的心灵里播下爱的种子。张红梅说："我们种下一颗幸福的种子，就是种下整个人生。"对于婴幼儿来说，尤为如此。此时在书的选择上，"重在于精，而不在于量"。适合月龄的书被反复地阅读，效果要好于泛泛地读。阅读的效果不在于儿童记住了多少，而在于阅读过程的和谐。这种良好的、亲密的亲子共读的情绪记忆才是最重要的。也正由于此时亲密关系的重要性，本节对如何阅读进行一些探析。

二、儿童信任人格培养阅读策略探析

有"童书活百科"之美誉的美国学者马库斯认为："真正重要的是，你在阅读过程中所努力表现出的对孩子深深的爱，正是这种爱，使亲子共读成为你和孩子之间独特而深具成长意义的经历。"①因此，了解如何让婴儿获得愉快的阅读感受，具有重要的意义。

（一）熟悉作品，以婴幼儿最喜欢的方式介入

阅读发起人（养育者，以母亲尤佳）必须对儿童文学作品有所了解，尤其要熟知与儿童的发展和情境性冲突的契合性，并积极采用孩子喜欢的方式介入。具体来说，包含以下几个方面。

1. 由母亲作为主要阅读者

温尼科特说："并没有一个孤立的母亲的存在，母亲是随着婴儿的出

---

① ［美］马库斯：《给中国家长的一封信》，https://www.sohu.com/a/134597840_164228，2017年4月17日。

生而产生的。"就0—3个月的儿童而言，他们更喜欢人的嗓音，对女性尤其是自己母亲的声音辨识度较高。研究表明"新生儿听到母亲的录音时比听到另外一个妇女的录音时，吸奶的速度更快、更有力"[1]。因此，由母亲每天15分钟陪伴孩子阅读，其效果要远远大于其他人的陪伴。

2. 阅读过程注重身体语言的交流

丹尼尔·斯特恩在《母婴关系》[2]一文中，极其细致地描绘了日常生活看似"平常"的4分钟内，儿童和母亲互相"研究"、给出刺激、观察反应、调整变量的过程。母子互相给线索并做出适当回应，是儿童人格健康的关键因素。因此，在阅读及生活的过程中，母亲要尤为注意"爱和凝视"。"当母亲的凝视变为回避、躲闪，或变得心不在焉、被分离（dissociation）所中断，孩子内心可能会有的绝望与悲伤，好像一个生命的灵魂之火花开始在眼睛中闪烁，没有遇到回应后就此黯然熄灭。"[3]所以，在阅读的过程中，比内容更重要的是，家长要善于使用身体语言，让孩子感受到你的爱。父母能给予孩子最重要的，就是被爱的感觉以及自己在家里很重要的感觉。

3. 阅读的语言

语言在阅读中担负着交流载体的作用。怎样跟孩子交流才是最有效的？父母语言的选择也非常重要。家长一般会发生两种情况：一种是不断地用自己的语言去阐释作品，另一种则是会使用一些"婴儿语"。从现有研究成果来看，尽量使用作品中本身的语言，避免使用"婴儿语"是较好的阅读方式。因为所选作品的语言，本身就是作者千锤百炼之后的。家长在阅读文本时，尽量给孩子阅读书上本来的话语，这对于儿童优美语感的获得具有重要的意义。

---

[1]　周念丽：《0—3岁儿童观察与评估》，华东师范大学出版社，2013年，第8页。
[2]　［美］内森·塞恩伯格、［美］亨利·马西：《情感依附》，武怡堃等译，世界图书出版公司，2013年，第12页。
[3]　同上。

另外，要注意语气。家长虽无须使用过于专业化的朗读方式来陪伴婴儿阅读，但是如果能尽可能地让自己融入作品中，并且通过语调、神情等方式，让婴儿感受文本，无疑会极大地增强儿童阅读的兴趣和效果。"当父母内心对孩子的爱在当下呈现时，还需要在微观的层面上将其具体化，通过一系列和孩子的充满情感和创造力的微观互动，建立起一种积极、安全、恒定的关系。促进孩子早期心理上的健康成长，为将来的独立和个体化做好准备。"①

埃里克森将一代代的人形容成交错的齿轮："父母的齿轮带动孩子的，也会被孩子们带动，祖父母的齿轮也会被孙子女们带动。当我们的孩子过得好时，这是因为我们的努力，我们也会因他们的成功而有所收获。"②在儿童阅读对儿童健全人格培养过程中，母亲和婴儿的互动包含在宏观、微观和神经心理学三个层面。其宏观层面指母亲的慈爱、快乐和保护等特质，也就是母爱，这对一般母亲而言并不难做到。而在微观层面，即母亲和婴儿之间的微观体态互动，比如，手指触碰、言语表达、亲吻、凝视、表情等，"这些互动'使母爱具有可操作性'，是真正体现母亲养育方式的核心环节"③。在阅读的过程中，父母要尤为关注阅读过程中这些细节的完满。"与主要养育者建立安全的联结是所有婴儿的基本需求，如果没有人来满足婴儿的需求，或者安全感丧失，婴儿将遭遇情感上的灾难。"④所以，熟读作品，以孩子喜欢的方式介入，让孩子真正沉浸在亲子阅读的欢乐时光里，是父母给予孩子最大的爱。

当然，家长也必须要注意到，尽管"让孩子感受到与父母的亲近、得

---

① ［美］内森·塞恩伯格、［美］亨利·马西：《情感依附》，武怡堃等译，世界图书出版公司，2013年，第20页。
② ［美］内森·塞恩伯格、［美］亨利·马西：《情感依附》，武怡堃等译，世界图书出版公司，2013年，第1页。
③ ［美］内森·塞恩伯格、［美］亨利·马西：《情感依附》，武怡堃等译，世界图书出版公司，2013年，第17页。
④ ［美］内森·塞恩伯格、［美］亨利·马西：《情感依附》，武怡堃等译，世界图书出版公司，2013年，第34页。

到父母的关注、被父母拥抱、被父母解读"非常重要，但是如果表现出比正常值多的拥抱、亲吻，孩子可能会走向黏人、攻击性情绪及容易受到挫折的倾向。所以，正确的阅读方式也应当包含着正确的亲子关系，父母要努力协调，并注意"延迟满足和扩展注意力的广度，以发展孩子忍受挫折和为自己设定困难目标的能力"①。

（二）关注儿童的阅读体验

儿童阅读或倾听故事时，经历着认同、宣泄和领悟的过程。"通过与书中的人物产生共鸣而获得领悟的结果是，儿童通常做出有利于化解冲突和改变态度或行为的决定。"②所以，在阅读的过程中，父母要善于共情。共情，源自希腊语，字面的意思是进入另一个人的感受，不同于同情。"共情包含着冷静、体贴、专注和温暖的元素。"③具体来说，达到"共情"需通过以下几个步骤。

1. 认同

依据婴儿的生理、心理发展特征选择阅读书籍，是获得儿童阅读认同的前提。但选对书，并不意味着儿童就欣然接受，在阅读过程中，家长要善于通过观察婴幼儿的身体语言及注意力集中时间、程度来观测儿童是否进入该书。如在亲子共读《我爱我家》的时候，儿童是否能够在引导下伸出手触摸毛茸茸的小兔子，聆听故事的时间能否贯穿整个阅读过程。在读《猜猜我有多爱你》的时候，能否进行一些简单的模仿。因为，此时随着儿童记忆的发展，他们会出现大量的模仿动作。这种模仿动作虽然涉及动作技能的发展，但模仿的前提是能记住模仿的对象。在亲子阅读的过程中，家长要放慢语速，边读边做动作，引导婴幼儿模仿，如果孩子比较配

---

① ［美］内森·塞恩伯格、［美］亨利·马西：《情感依附》，武怡堃等译，世界图书出版公司，2013年，第6页。
② 季秀珍：《儿童阅读治疗》，江苏教育出版社，2011年，第87页。
③ ［美］内森·塞恩伯格、［美］亨利·马西：《情感依附》，武怡堃等译，世界图书出版公司，2013年，第27页。

合，可视为儿童认同此书。总之，在亲子共读的过程中，"施与"并不比"接受"重要，阅读的过程始终要坚持以儿童为中心。

2. 宣泄／净化

"从某种意义上来说，作品鼓动的情感宣泄就是一种自由的体验，允许儿童有表达的机会，哪怕是很短的时间，儿童紧张的这种缓解为澄清和领悟铺了路。"①儿童文学阅读因之具有了让儿童内心获得平静的力量。在婴儿期，儿童除了各种感官发展欲望的满足，事实上，还有"分离焦虑""嫉妒""害羞"这三种主要的情绪体验。家长能够注意到这种情绪的发生，并试图通过讲述故事去解决，固然很值得赞赏，但更要关注儿童经过阅读情绪是否得到疏导。尤其对于幼儿来说，情绪的宣泄／净化，并不能一次完成，此时重复的讲述一定是值得提倡的行为。重复是婴幼儿获取安全感的一种重要方式，多样化的重复意味着"强调"，有利于夯实作品理念。另外苏珊·佩罗提倡的"故事秩序"，即用故事组成治疗序列，循序渐进地引导，也值得家长尝试。

3. 领悟

领悟是儿童的一种自我觉察。领悟发展的中心是儿童在相同的情感体验中，能够从精神上进一步远离自己的困扰，并且集中注意力于书中所描写的内容，这使得儿童对书中人物的问题与他们自己的生活的关系有一个深刻的认识，并对自己的冲突获得领悟和理解。很多家长质疑，孩子那么小，给他阅读他是否听得懂。来自美国的研究数据表明，从 8 个月起，给孩子放录音故事，并同时给他看相关图片，两周之后，孩子注视与故事内容相关图片的时间，明显要比非相关内容的图片的时间长。另外一项研究也表明，"婴儿大约从 12 个月甚至更小的时候，已经能够根据行为线索（如注视、手势、姿态）和语言线索推测他人的意图"②。所以，婴儿是可以理解符合他们认知发展水平和心理需求的儿童文学读物的。在阅读的过

① 季秀珍：《儿童阅读治疗》，江苏教育出版社，2011 年，第 88 页。
② 皮忠玲、莫书亮：《婴儿心理理论的发展》，《心理学进展》，2013 年第 8 期。

程中，他们可以更好地认知家人对自己的感情，更好地理解家庭成长环境中的爱，这对于儿童健康心理建设具有重要的意义。

（三）采用多种手法评测，及时调整

婴儿期，家长作为儿童的主要抚育者、陪伴者、观察者、引导者，细心、耐心和爱心是必不可少的。虽然很多家长认为这并不是一件难事，但行为证明，很多人并不能做到。

通过心理测量、观察等手段来考察儿童在阅读前后的心理变化，从而提供正确的阅读书目，证明阅读治疗的效果，固然是很好的方式。但是量表并非万能，儿童的情况，也不排除特异性。因此，本文提倡以阅读量表为纲，辅以观察、谈话等其他便捷手段，尽可能对幼儿进行全面的、合理的刺激。

然而，所有的专家都不抵一个"用心的妈妈"对孩子的意义大。因此，家长用心去爱的能力更为重要。家长是否愿意把眼睛从手机上拿开，看一眼正在吮吸手指的儿童？家长是否愿意去探索"有些儿童在12个月的时候会开始寻找各种安抚物。儿童用的小毛巾被、枕巾、布娃娃等，都有可能会成为儿童的安抚物"背后的原因？家长是否能理解当儿童感到孤单或者焦虑的时候往往会利用这些东西，通过陪伴和玩弄缓解内心的不安感？所有的这一切"愿意"，都会给孩子的成长带来欢悦。建立在此基础上的亲子阅读，才具有使儿童文学阅读效果最大化的可能。

"'我们必须有勇气准备让他们（孩子）来欣赏这个世界，来理解这个世界，并且按照自身的特点积极地参与这个世界。'——这就是我们共同的责任。"[1]基于了解并尊重儿童身心发展特征的儿童文学阅读，其意义也在于此。对于婴儿期儿童来说，他们敞开"吸收的心智"，所有付出的，都被及时感应到，儿童就会在爱的联结中获得信任人格。

---

① ［美］苏珊·佩罗：《故事知道怎么办》，重本、童乐译，天津教育出版社，2011年，第3页。

第
三
章

幼儿期：
儿童文学阅读与儿童自主人格

第一节　儿童文学阅读与儿童自主人格培养

自主人格是儿童健康人格的一个组成部分。美国心理学家马斯洛提出"独立自主，不受文化和环境的约束"是"自我实现"的人会表现出的十四项人格特征之一。[1]我国学者也提出儿童的健康人格包含"自主进取、探索创造、坚持自制、同情利他"等十五个特质。阿德勒认为："人是有自主性的，能够按照自己的憧憬或虚构的目标有选择地看待生活中的这些经验。而这种选择性便是人与生俱来的创造性，它决定着每个人的发展。创造性自我可以使个人的人格和谐、统一，形成个体的独特性，它是人类生活的积极原则。"[2]由此可见，摆脱对他者（包括环境）的依附，形成自主人格，既是人本性的一种追求，也是社会对人塑造的标准之一，是健康人格建设的必要条件之一。

儿童的自主人格又存在着独特性，在成长关键期进行自主性引导，是保证生命个体形成自主人格的基础。依据埃里克森人格发展理论，所谓儿

---

[1]　黄希庭、徐凤姝：《大学生心理学》，上海人民出版社，1988年，第437—439页。

[2]　[奥地利]阿德勒：《儿童的人格教育》，彭正梅等译，上海人民出版社，2006年，第12页。

童的自主人格，是儿童在学步期，成功解决了自主与羞怯和疑虑冲突之后具有的一种人格类型。该人格类型保留了儿童这个阶段从生理到心理萌发的自我控制感和自主性，保证了已被认同的社会许可行为的发展，因而在儿童的精神生命中注入了意志的美德，即"进行自由选择和自我抑制的不屈不挠的决心"[①]。本节以符合儿童此时接受心理及认知能力的《三只小猪》（多版本）为载体，来阐释自主人格的特征和意义，分析儿童如何获得自主人格，并尝试给出儿童文学阅读的建议。

一、儿童自主人格的特征

儿童自主人格是伴随着儿童生理、心理的双向发展，形成的一种人格特质。"人的本性忍受不了长期的低下和屈从；人甚至毁灭了自己的神祇。被轻视和被蔑视的感觉、不安全感和自卑感总是会唤醒人攀登高一级目标的愿望，以获得补偿和臻于完美。"[②]人生而有之的这种意识，伴随着精神分析学家提出的儿童"肛欲色情"（anality）的发展，以及肌肉的成熟、言语表达、辨识能力的迅速增长，逐渐从生理、心理两个维度，促成了一岁半至三岁儿童自主意志的形成。在《三只小猪》类型故事中，自主人格特征被鲜明表现。

《三只小猪》有文字记载的记录，最早见于1890年约瑟夫·雅各布斯（Joseph Jacobs）历时十年搜集整理而成的《英国民间童话集》。三只小猪因为不同的自我主张，命运各不相同。由于关涉到"勤劳""懒惰"等不同的品质，在后来中、法、英、美、日、韩等各国的编译中，被赋予了更多教育色彩。常见的版本如2008年中国红马文化出版的《三只小猪与大坏狼》，尤为凸显了三只小猪不同的人格特质，"老大安东尼是个懒惰的家伙，就爱整天睡大觉。老二洛奇是个贪吃鬼，一天到晚抱着零食，不停地往嘴里扔。老三杰米呢，又勤快又聪明，还很喜欢看书。"[③]剥离各种版本

① 白丽辉、齐桂林主编：《学前心理学》，东南大学出版社，2015年，第13页。
② ［奥地利］阿德勒：《儿童的人格教育》，彭正梅等译，上海人民出版社，2006年，第98页。
③ ［英］约瑟夫·雅各布斯：《三只小猪与大坏狼》，红马文化编，知识出版社，2008年。

细节的不同，透过这样一个从"伊底"（本我）控制的人格发展为受"超我"的影响，但本质上依然受"自我"掌控的人格故事，我们可以对自主人格的特征及形成原因，进行深入分析。

"意志的美德"是自主人格的核心要素，包含着"自由决策"和"自我约束"两个方面。"自由决策"是儿童此时由生理发育带来的心理信心，"自我约束"则是在社会化过程中习得的控制能力。"自由决策"和"自我约束"是看似相悖的两种行为方式，但实际上，恰恰是二者的共存，才形成了人格的均衡发展。在《三只小猪》的故事里，表现出"自由决策"和"自我约束"均衡发展的是第三只小猪。我们可通过其驾驭环境和控制本能两个方面的能力感受到这一点。就前者而言，离开家门，进入标志着社会的森林，老大和老二遇到基本符合条件的物质（稻草和木材）就欢呼雀跃。这是儿童自主意识的萌发期，尚不强大的自己，惯常表现出的一种屈从与从众行为。事实上，这也是绝大多数人在成年后，依然无法克服的痼疾。而老三却可以对环境未雨绸缪，清醒地做出自己的抉择。如果我们把建造房屋的材料当做环境的一部分，那么在对材料的"获取"方式上，则非常鲜明地体现了"自主决策"能力的差异。在埃里克·皮巴雷的版本中这样写道："老大去找卖稻草的货郎讨要稻草搭房子；老二去找卖斧子的货郎讨要斧子，自己砍木头盖房子；老三则找到卖砖的货郎，有礼貌地请教他做砖块。"①从"讨要"到"请教"，从简单的自然界提取到需要技术加工，显示出了儿童自我主张能力的增强，它与环境（自然和人类）不再是被动的适应过程，而具有了创新的能力。就后者而言，前两只小猪因为觉得"累死了""饿死了"而轻率地选择可以让自己轻松的方式，实际上是对人类生理本能的妥协，就如人类从一岁半开始，要学会通过控制排泄及增强肌肉的力量让自己站立，而他们却选择了继续赖在父母的襁褓之中。自我约束意识不被唤醒，会直接导致自由决策能力的失败。而老三却

---

① ［英］约瑟夫·雅各布斯／文，埃里克·皮巴雷／图：《三只小猪》，周克希译，华东师范大学出版社，2014年。

控制住了自己本性的冲动，选择了用最长的时间、最艰难的方式去完成房子的搭建。如果把房子比喻成人格的话，读者似乎可以这样理解：第三只小猪发挥了它"自由决策和自我约束的不屈不挠的决心"，在"自我决策"和"自我约束"的双向作用下，第三只小猪成为自主人格的典范。

　　儿童的自主性一旦建立起来，就会表现出一种个人独立感和尊严，这使他迥异于之前面对环境和挑战时的怯懦或者疲于应对状态。这一点在不同的版本中也有清晰的展现。我们以最古老的雅各布斯版本为例，故事这样描述：狼吹不动砖房子，就诱骗小猪去挖萝卜、摘苹果和去集市。很明显狡猾的大灰狼妄图利用"猪"贪吃的本性，引诱它离开"庇护"，以便在路上吃了它。但是此时已建立起自主人格的小猪，既没有被动物性左右，也没有选择逃避，而是将计就计，只是聪明地做了一些调整：早于约定的时间出门。这样它不但躲过了狼，还挖回了萝卜，摘回了苹果，逛了集市，完胜了大灰狼。英国 Joanne Swande 的改写版及 2002 年美国莱恩·史密斯出品的《三只小猪的真实故事》中也明显地表现出这一点。首先，从精神风貌上看，它们要么穿起了背带裤（Joanne Swande 改编版），要么穿起了挺括的西装，显示出一种精干的气质。而狼的形象反而显得虚弱，"粉色绒线小圣诞帽，蓝色宽条纹长围巾，红色上衣，粉底蓝点宽松七分裤，裤脚还用蓝色丝带扎起来系成蝴蝶状，休闲运动鞋，鼻梁上架着小圆框镜。表情呆萌"[1]。或者"条纹衫，蓝色牛仔裤，戴着小眼镜"[2]。作者甚至还给它增添了无辜的眼神和喷嚏不断的身体条件。两种形象的鲜明对比，反映出儿童获得自主人格后的欢悦。其次，从人格力量上来看，小猪也变得更为强健。在《三只小猪的真实故事》中，当大灰狼渴望从小猪那里借一点糖，举手敲门时，小猪要么干脆不搭理，要么凶狠地说："走开，你这只大灰狼，我正在刮胡子。"[3]小猪和大灰狼形象的逆转逃不开后现代

---

①　［英］Joanne Swande 改写：《三只小猪》，熊洁译，外语教学与研究出版社，2010 年。

②　［美］乔恩·谢斯卡／文，［美］莱恩·史密斯／图：《三只小猪的真实故事》，方素珍译，河北教育出版社，2007 年。

③　同上。

对已有价值体系的反转，但是也能看出，《三只小猪》不但在古老的故事里获得了自主性，在漫长的文明进程中，也不再是以被欺负和吞食的角色出现，而有了与时代共同成长的自主意识。这其实也昭示着弱者在新的社会空间，通过自己的努力，获得了站立起来的力量。最后，自主人格如果培养成功，儿童会顺利地进入主动人格。主动人格的特征是创造性，在 Joanne Swande 的版本中，小猪的创造力表现在引诱大灰狼进入烟囱这个环节上，Joanne Swande 这样写道：三只小猪先想出烧开水的对策，然后他们故意走到门边，说给正在偷听的大灰狼："他一点儿也不聪明，其实他可以从烟囱进来，吃掉我们。"①而在其他版本中，这种创造则从使用"砖瓦"材料盖房子上体现。砖瓦来自智能组合，不像"草"和"树枝"这些可以从大自然直接获取的物质，而是需要加工的，是创新能力的象征性表达。这恰恰符合了马斯洛对健全人格应该具备的十五项标准的阐释，"对于自然条件和文化环境的自主性"，"具有旺盛的创造性，不墨守成规"②。由此可见，建立自主人格者对境遇有一种驾驭能力。以主动、积极、充满创造力和思辨意识的方式应对生活，在富有自制力和控制感的生活状态中获得快乐和成就。

综上所述，儿童在经历过种种抗争和争取之后，终于获得了一个阶段的胜利，自主人格的获得就是战利品。它可以帮助儿童在未来的同一性建设中，不至于走向混乱和无能为力。它使得儿童"有勇气成为一个独立个人，他能够选择和指导自己的未来"③，也就是"我就是我所能自由意欲的"④。

二、儿童自主人格形成的原因

儿童自主人格的获得与父母及家庭教养环境有着重要的关系。在幼儿

---

① ［英］Joanne Swande 改写：《三只小猪》，熊洁译，外语教学与研究出版社，2010年。
② 黄希庭：《人格心理学》，浙江教育出版社，2002年，第381页。
③ ［美］埃里克·H. 埃里克森：《同一性：青少年与危机》，孙名之译，中央编译出版社，2015年，第80页。
④ ［美］埃里克·H. 埃里克森：《同一性：青少年与危机》，孙名之译，中央编译出版社，2015年，第80—81页。

期，儿童迫切渴望掌握世界的愿望、自身能力的局限、家长履行控制任务的成人意识，发生着各种冲撞。父母一方面需要按照社会所能接受的方向，履行抚养儿童并对其行为进行控制的责任；另一方面又不能伤害儿童的自我控制感和自主性。这两方面形成一个巨大的矛盾张力。父母的过度控制，无论是以严厉的方式，还是假托"爱"的方式都不可避免地导致儿童产生出一种疑虑和羞愧感的持久倾向。只有当环境也支持儿童所渴望的自主性的时候，儿童才能发展出不失自尊的自制感。①这成为个体发生自由意志感的根源，也成为儿童自主人格形成的根本原因。《三只小猪》的双线叙事结构，清晰地展现了儿童自主获得的原因。

一方面，分离方式决定独立结果。发展至今的《三只小猪》，无一不鲜明地表达出：儿童的成长就是一个不断脱离父母，过上独立生活的过程。这种脱离不论是以自主的方式，还是以被迫的方式都在向他们表达着一种成长必须要经历的重要转折。分离的过程从形体意义到最终精神上的独立，是一个复杂的、需要去妥善处理的过程。它伴随着埃里克森所说的自主同疑虑和羞怯的冲突。在这个过程中，"度"的把握显得尤为重要。不同版本的《三只小猪》深刻地表现了这一点。

雅各布斯版本中这样写道："从前，有一头老母猪生了三只小猪，她养活不了他们了，就打发他们到外面自己闯天下。"②这里母亲只是告诉孩子，家庭所给予的庇护到此为止，他们从此需要各自寻求生活的道路。这种剥离几乎带有抛弃的意味，孩子几乎在毫无准备的状况下被扔进了象征着"社会"的森林。所以前两只小猪被吃掉，就完全符合社会弱肉强食的规律。第三只小猪幸存，是因为如果读者以叙事上的先后顺序来理解的话，第三只小猪已获得了基本的力量去应对复杂的社会。这个规律在后现

---

① ［美］埃里克·H.埃里克森：《同一性：青少年与危机》，孙名之译，中央编译出版社，2015年，第76—78页。
② ［英］约瑟夫·雅各布斯：《英国童话·三只小猪》，周治淮、方慧敏译，人民文学出版社，2006年。

代文学中依然被证实。绘本《三只小猪的真实故事》中也因为成人监护的缺席，前两只小猪难逃被吃的命运，后一只小猪，因为群体（成人）的介入，才避免了被吃。可见，无论是过往还是现在，在儿童获得自主人格的过程中，父母都不应该以仓促而莽撞的方式让孩子离开。

除此以外的绝大多数版本里，《三只小猪》在离开母亲的时候，都无一例外地获得了告诫。安德鲁·朗最先在《绿色童话》一书中写出这种变化，他明显地加入了母亲的叮嘱。而后法国玛丽·莫瑞的版本中则鲜明地写道："你们的房子一定要盖得很坚固，不然，大灰狼就很容易钻进去，把你们吃了。"①中国版本中，"猪妈妈告诫孩子们要提防一只大灰狼"或者"要盖一座结实的房子啊"②，明显表现出成人渴望通过童话故事传递某种人生经验的努力，而故事的结局也不约而同地变为：前两只小猪并未被吃掉，而是逃到了第三只小猪家里，并打败了大灰狼。

在这看似巧合的两组开头和结尾背后，隐含着人类发展的某些规律。正如埃里克森所说："成人和儿童之间的互相调节问题在这个时候面临着最严峻的考验……本阶段的可爱的善良意志和可恨的自我坚持之间，在通力合作和一厢情愿之间，在自我表现和强迫性的自我约束或温顺的依存之间，各自所占的比例起着决定性的作用。"③此时，只有父母有一种公正的、有节制的自主感，才能培养出对儿童的管理所表现的一种超个人的义愤，而不是一种任意的正义性。前两只小猪的我行我素，对自己本性弱点的放纵和不理智的抗拒，象征了儿童在成长过程中，过分放任自己还未成熟的力量可能会带来的毁灭性打击。而成人引导的直接缺席，导致儿童在经验不足的情况下自主意志发展的失败。另一组故事则以圆满的结局，验证了父母在儿童自主人格形成过程中的不可或缺性。

---

① ［法］玛丽·莫瑞编绘：《三只小猪盖房子》，宋箫译，现代出版社，2014年。
② ［英］约瑟夫·雅各布斯：《三只小猪与大坏狼》，红马文化编，知识出版社，2008年。
③ ［美］埃里克·H.埃里克森：《同一性：青少年与危机》，孙名之译，中央编译出版社，2015年，第77页。

　　当然，儿童自主人格的形成还与家庭教养的其他方面有着紧密的关系。以"分离"作为一个切入点，就是两相对比之下，提示父母注意幼儿在获得解放的第一个阶段所面临自己意愿和父母意愿相冲突的矛盾的复杂性，并妥善观照。

　　另一方面，自我主张推动蜕化进程。童话以独特的方式传递着成人对儿童的想象和期待。经典童话更是以某种"原型"方式巧妙地记录着人类心灵的形迹。幼儿期的儿童在完成人类进化了一万年的历史，从爬行到直立行走之后，又开始学会控制和排泄、抓握和放开等肢体的操控能力，并同时学会了用符号语言表达自己的意思。这意味着儿童从动物阶段跨越到了令人欣喜的人类智能阶段。但此时还处于社会理论学家所说的"前社会时期"，所以儿童来自内部的自我挣扎也显得格外激烈。

　　《三只小猪》隐秘地揭示着这一点。如果我们细读《三只小猪》的文本，会发现在最原始的版本中，第一只小猪、第二只小猪、第三只小猪的自然排序具有隐喻性，"从精神分析学的角度来看，他们可以被看做处在不同成长阶段的同一只猪。从遵循快乐原则到遵循现实原则，前两只小猪的被吞吃不是一种毁灭，而是意味着要过渡到更成熟的阶段就要放弃此前不成熟的生活方式"[1]。当然，儿童从追求肉体的快乐到精神独立的过程，并不是一蹴而就的，而伴随着儿童不断的挣扎和冲突。一方面在儿童的肉体快乐时代，生物性因素格外鲜明；另一方面内心深处由于生理和心理的发育而产生了自主意识又催促着他冲破父母的控制，以彰显自我已经成长的现实。

　　作为概指的"三"也再一次表明了成长过程的艰难。荣格对此曾做过分析，他说："作为从无意识中产生的象征性，反而是'四'更多地显示了完美的统一，'三'则反映了到达'四'之前的力动状态。"[2]此时儿童

―――――――――
① ［美］布鲁诺·贝特尔海姆：《永恒的魅力：童话世界与童心世界》，舒伟等译，西南大学出版社，1991年，第31页。
② ［日］河合隼雄：《童话心理学》，赵仲明译，南海出版公司，2015年，第77页。

就处于这样一种"欲破未破期"，他必须要唤醒潜藏的自主意识，否则就会被大灰狼吞吃。"大灰狼"隐喻着儿童欠缺成熟的辨别力，无法抵抗来自潜意识的暗示、引诱和纠缠背后的危机，它既是外在的，也是内在的，是人格两个不同层面的交锋。儿童只有不断地增强自我能力，不断突破卡什丹所说的"童年七宗罪"——"虚荣、贪吃、嫉妒、欺骗、色欲、贪婪和懒惰"①，才会逐渐具备自主能力。

"房屋"在《三只小猪》中的深刻隐喻也因此体现。为什么三只小猪离家后要做的第一件事是建造房屋？一方面"房屋"作为家宅的一种表现形式，带给人们安全感，就如同儿童在未出生之前所居住的子宫一样，是一切成长的出发点。所有自母体诞育的生物都有重回子宫的渴望和焦虑。另一方面，它又隐喻着离开与独立，就如同婴孩不可能永远栖居于母体之中一样，三只小猪必须要通过各种方式"破茧"，"破茧"时如果建立起足够强大的自我，就不会面临被吞食或者逃亡的窘迫，也意味着自我人格的建立。冲破依赖的方式就是儿童必须意识到对他者依赖的不可靠性。"要成为自己，孩子必须独自面对自己人生中的考验；他不能总是依靠父母将他从自身弱点造成的后果中解救出来。"②在该长大的时候，还停留在幼稚阶段，驻足不前，就会带来毁灭性的伤害。

综上所述，在儿童从依赖到自主的过程中，"蜕变和新生"是外在环境和内在抗争相互作用的结果。在这场儿童建立自主性的战役的过程中，不仅仅是成功地完成了某项任务（如盖房子），最关键的是在完成任务的过程中，儿童的内心必须经历发展变化，从对自己本性弱点的克服到面对环境的权衡和思考，要表现出一种从幼稚到成熟、从依附到自立的成长风貌。

---

① ［美］谢尔登·卡什丹：《女巫一定得死：童话如何塑造性格》，李淑珺译，机械工业出版社，2014年，第14页。
② ［美］布鲁诺·贝特尔海姆：《童话的魅力：童话的心理意义与价值》，舒伟等译，社会科学文献出版社，2015年，第212页。

三、儿童文学阅读与儿童自主人格培养

儿童自主人格的形成既得益于自身能力的发展，也得益于父母有节制、有尊严感的教育。儿童文学在此时是父母用来了解并干预儿童心理焦虑的重要工具。具体来说，此时儿童的心理问题来自以下三个方面：一、对母者之失的悲痛；二、对父权压制的不满；三、对自己的愿望和能力之间差距的焦虑。儿童文学可从这三个方面入手，通过干预上述问题在儿童内心引起的情绪困扰，对儿童健康人格的形成产生积极影响。

（一）体会儿童"悲痛时刻：母者之失"①

儿童获得个体独立的过程，首先"必须失去与母体的联系"。兰克在《出生创伤》里将其称为"原初性焦虑（primal anxiety-offect）"，并认为这会对人的一生产生重要的影响。儿童心理分析学家纽曼（Eric Neumann）进一步分析出儿童心理发展的三个阶段："母子一体""母子分离""自性整合"。从"母子一体"到"自性整合"儿童必须度过数次"分离"，每一次的分离都会给儿童内心留下心理困惑。在第二个分离期，会产生两种结局，一种是生命个体由不愿意失去的抗拒到逐渐接受、承认这个事实的存在。"在此过程中他摆脱所爱的客体，并宣称其与客体相关或对立的自我关注之所在——换句话说，他获得了个体独立。"②另一种则是儿童始终不能承认这个事实，并沉浸在分离的悲痛中，将分离看作自己的过失，那么，"为了失去与已然失去之物联系，他可能会发展其忧郁的姿态"。因此，通过儿童文学阅读治疗的方式，帮助儿童度过这一心理冲突期，是非常必要的。

失去母亲的焦虑使儿童"希望通过内化及'吞食'他者的方式，寻求

---

① ［美］凯伦·科茨：《镜子与永无岛：拉康、欲望及儿童文学中的主体》，赵萍译，安徽少年儿童出版社，2010年，第31页。
② 同上。

并找回他失去的一体化的空间"①，小猪盖房子这样的故事满足了他们内心的需求。"房子"不仅是一种庇护，也意味着儿童渴望重回母体的冲动。成人必须正视儿童这种焦虑和冲动的存在，儿童文学在进行阅读干预的时候，可有意地选择可以缓解和满足这种情感需求的书籍。这类书以儿童主体能认同的主人公为中心，更加深入地将失去母亲叙事化为一个儿童必须以某种方式解决的问题。除了《三只小猪》，另外，如苏州景海女子师范学校幼儿园园长盛璐德于1959年创作的《小蝌蚪找妈妈》，以小蝌蚪作为代入物，以儿童视角讲述了孩子在失去母亲之后从"他者"逐渐走向"自我"的过程，小蝌蚪最终在各种"像与不像"的探索后确认了自己，形貌的转变恰如其分地象征了蜕变的完成。再如《你见过我的小鸭吗？》(*Have you seen my duckling？*）则是通过母亲的视角讲述故事，儿童读者是帮助母亲找孩子的"他者"。但通过这样的"他者"立场，儿童完成了在幻想结构中找到解决与母亲分离这一问题的方法。

对于此类故事的作用，拉康曾用幻想的代数式表示，并认为通过这种"分离—合一"的关系，揭示出在这个过程中"主体没有发展出自己的'我'，而是退回到了一种没有分离的幻想空间，但分离仍然存在——主体自身内部的分离"②。这对儿童来说也是一个重要的成长过程。而且，在这些作品中我们都清晰地发现母亲几乎是不出现的。"对母亲的驱逐，即将他者驱逐在儿童之外，是主体进入符号的必要过程。"③此过程中，母亲的行为会对儿童产生重要的影响。如果说在诞生之初到儿童一岁半以前，母亲要做的更多的是对其从哭声开始的各种需求给予满足，从而帮助婴儿建立起对世界的安全感和信心，那么到了一岁半以后，随着儿童自主性发

---

① ［美］凯伦·科茨：《镜子与永无岛：拉康、欲望及儿童文学中的主体》，赵萍译，安徽少年儿童出版社，2010年，第32页。

② ［美］凯伦·科茨：《镜子与永无岛：拉康、欲望及儿童文学中的主体》，赵萍译，安徽少年儿童出版社，2010年，第42页。

③ ［美］凯伦·科茨：《镜子与永无岛：拉康、欲望及儿童文学中的主体》，赵萍译，安徽少年儿童出版社，2010年，第32页。

展，他一方面习惯性地依赖母亲，另一方面又因受控于她的管制，在心理上会"驱逐"母亲。这种焦虑在文字的世界被清晰地表达，"以文字和意向为形式的表述涌入，填补空隙——先是呼唤母亲的回归，但很快就找到了她的替代之物，甚至与她保持安全的距离"[1]。儿童通过阅读认同、确认并找到了这样一种和母亲相处的方法，为健康人格的建立奠定了情绪基础。

（二）疏解儿童对父权的对抗情绪

在聚焦儿童主体形成的书中，前俄狄浦斯阶段几乎总表现儿童在吃东西（口唇期的延续）、建房子（回归母体）或者寻找母亲。那么到了俄狄浦斯阶段，如何处理和父亲的关系，就成为儿童文学阅读需要关注的事情。因为，"分离通常不是母亲的过错——她不想但却被一种外在力量强迫离开她的宝宝。在许多故事中，分离也不是宝宝的选择。最常见的是，分离是由一种男性力量引起——一个男性形象，或一个运用男性武器的男性形象"[2]。如《小鹿斑比》中的一个暗示时刻，斑比的母亲说："男人来过森林。"不久斑比的母亲就与斑比分离了。再如张学东《跪乳时期的羊》中白耳朵与母亲的分离来自公羊对母亲的引诱。儿童不会把分离的痛苦归结于母亲的欲望，他们本能地认为是男性（父亲）的介入，剥夺了他们的爱，所以会对父亲及父权产生对抗。这是所有父亲必须面对的两难境界：一方面他要帮助母亲分离幼儿，以便儿童自主性发展顺利进行；另一方面他又因为需要这样做，而不得不忍受来自幼儿的怨恨。因而利用儿童文学阅读治疗的方式，对儿童进行疏解和引导是非常重要的。

首先，选择让儿童意识到父亲的重要性的作品。这一点在《三只小猪》《小红帽》等作品中都有表现。《三只小猪》中父亲未曾正面出现，但

---

① ［美］凯伦·科茨：《镜子与永无岛：拉康、欲望及儿童文学中的主体》，赵萍译，安徽少年儿童出版社，2010年，第32页。
② ［美］凯伦·科茨：《镜子与永无岛：拉康、欲望及儿童文学中的主体》，赵萍译，安徽少年儿童出版社，2010年，第60页。

是我们可以看到第三只小猪打败大灰狼，是利用烟囱完成的。"烟囱"既是男性阳具的象征，也与"火"等阳性物质有关，这说明在自主人格建设过程中，父亲的作用必不可少。在《小红帽》中，瑞士心理学家维蕾娜·卡斯特将大灰狼视为小红帽奶奶的人格分化，他认为："这是吞噬一切的母爱的意象，同时也象征着一个奶奶和母亲都很溺爱的人所面临的危险。"①小红帽由于被过度宠爱甚至禁止进入象征着本我和无意识的森林，而不具备抵抗大灰狼诱惑的能力。在被吞噬之后，象征着父亲形象的猎人出现了，他剖开狼肚，小红帽获得了新生。另外如《智慧老爸系列》《我爸爸》等作品，都是对以男性所代表的"权威"意识的积极书写。总之，儿童文学作品中"父亲"以这样或那样的方式出现，打开了儿童对父亲的全面了解之门，这些故事巧妙地把父亲对儿童精神生命的巨大影响传递出来，儿童在阅读的过程中，会隐约地感受到来自父亲力量的重要性。

其次，选择让儿童了解父亲"权威"干预下，建立规则感的重要性的作品。以父亲为代表的"权威"的存在之所以被儿童诟病，是因为他阻碍了很多自主能动性的发展。但是我们必须要了解的是，激发儿童自主能力的生长，并不代表鼓励儿童任意妄为，社会化是所有成长主体必须面对的结果。因此，将那些虽然在某种程度上代表了"权威"，但对儿童成长具有重要意义的作品，推荐给儿童也非常有意义。如《爷爷一定有办法》这首来自几个世纪前犹太人传唱的民谣，继西姆斯·塔贝克改编为具有深重历史感的《约瑟夫有件旧外套》后，又被菲比·吉尔曼演绎为绘本《爷爷一定有办法》。绘本中爷爷心平气和地用一块布料，联结起和孙子的感情纽带，也传出一种节俭、朴素的生活理念。爷爷的"权威"意识，通过慈爱的笑容、辛勤的劳作传递到孙子的心中。孩子对母亲希望他丢掉毯子的反抗和毯子完全消失后的怀念，都表达了对爷爷理念的认可。另外如《大头儿子和小头爸爸》中也有很多关于"规则"建立的故事。必要的

---

① ［瑞士］维蕾娜·卡斯特：《童话的心理分析》，林敏雅译，生活·读书·新知三联书店，2010年，第19页。

"规则意识"对儿童成长来说必不可少。通过阅读这样的作品，可以化解儿童对成人要求的抵触情绪。

选取以具有积极意义的父亲形象为主人公的作品，会在潜意识中建立起儿童对父母的信任感。当父亲具有力量、尊严感的形象树立起来以后，儿童的自信心和自主意识也会加强。

（三）帮助儿童调适自主意识和长者控制之间的情绪冲突

幼儿期是儿童一个重要的转变期，一方面随着身体的发育，他迅速地习得了很多技能，换言之，儿童可以"随心所欲"地决定做还是不做某些事；另一方面，儿童又必须受到来自父母的约束。因而，处理好儿童自己意愿和父母意愿的矛盾冲突中的情绪问题，是儿童文学阅读治疗的一个重要作用。

《野兽国》就讲述了这样一个故事。麦克斯由于太过顽皮被母亲罚进了自己的房间，母亲将"门"关上，留下他独自一人。"门"在童话中既象征着生育，也代表着分离，"关门"暗示着麦克斯由于调皮暂时失去了母亲对他的庇护，这使儿童产生了极大的恐惧和愤怒。作品中消解愤怒的方式是麦克斯在心里对母亲说："我要吃掉你！""吃掉母亲"既可以视为儿童无意识中通过吞噬回到已经失去的一体化空间的渴望，又可以发泄自己心中的愤怒。作者将"吃掉"母亲艺术化地表现为麦克斯进入了野兽国，这些野兽既是处于皮亚杰所说的"万物有灵"时期的儿童的朋友，也是他心中情绪的外现。就是在这样恐惧又期待的心境中，麦克斯和野兽一起玩耍、狂欢，让自己的情绪得到最大化的发泄。然后他"举起宣称其权力的阳物权杖"，在对自己本我冲动的统治地位的巩固中，获得内心的平静。平静后的他回到现实，图画中出现一轮又大又圆的月亮，而他也欣然接受了带着母爱的那碗从门口递进来的饭。另外如中国第一套情绪管理书《我不愿悲伤》《我不想生气》《我好快乐》《我很善良》等文本，也是可以很好地辅助儿童学会控制情绪的绘本，会让儿童正确地看待家庭成员之间的关系，在平衡的心态下，建立自主意识。

总之，儿童自主意识的生长与成人教导看似相悖，实际上从根源而言，存在着契合性，即都是为了生命个体的健康成长。因此教导儿童学会疏解情绪、正确看待成人的劝诫，具有重要的意义。保罗·阿扎尔说："童年温柔美好，是无须背负生活压力的时光，也是富足的、在被人引领的同时也预先收获着人生最华彩时光的日子。"[①]儿童的自主性在这个时期萌发，在父母的正确教养下成长，在童书的培育下坚固。

第二节 自主人格之殇与儿童文学阅读治疗

自主人格作为健康人格的要素之一，是儿童成长教育的核心内容，也是我国教育亟须面对的现实问题之一。

放眼今天的早期教育，我国儿童的自主性令人担忧。"四二一"家庭模式，令儿童自诞生起就生活在千般呵护、万般关爱之中。然而正如阿德勒将父母对孩子的娇宠溺爱称为"儿童时期最大的诅咒"[②]一样，这样成长起来的幼儿往往自私，独立性差，无法忍受挫折，不懂得关爱他人。中国儿童大面积缺乏自主性几乎已成为世界共识。

1993年较为轰动的一篇文章《夏令营中的较量》也鲜明地反映出这一点。该文最早发表于《少年儿童研究》杂志1993年第2期，名为《夏令营史上的一场变革》，后被缩写改名为《我们的孩子是日本人的对手吗?》，发表于1993年7月《黄金时代》杂志，1993年第11期《读者》杂志将其全文转载。该文将一个令人心惊的现象赤裸裸地呈现在大家面前：相较日本孩子，中国孩子的意志品质要脆弱得多。虽然后来《中国青年报》对该文中的背包的实际重量和儿童的行路里程进行了驳证，但另一篇题为《救

---

① ［加拿大］李利安·H.史密斯：《欢欣岁月》，梅思繁译，湖南少年儿童出版社，2014年，第41页。
② ［奥地利］阿尔弗雷德·阿德勒：《儿童教育心理学》，杨韶刚译，中国轻工业出版社，2015年，第7页。

勒川下：21世纪的较量》的报道确然指出中国孩子随着行军的推进，逐渐出现情绪低落、抱怨不断的现象。我国计划生育后儿童的脆弱，缺乏"耐力和意志"，也即缺乏自主人格的必要素质是明显的事实。

"小皇帝""小公主""啃老族""宅男""宅女"这些新名词里，反映的又何尝不是一个民族的教养之痛？

依据埃里克森人格发展理论，幼儿期儿童面临的主要人格冲突是自主与怀疑和羞怯的冲突。儿童"从不可避免的自我控制丧失感和父母过度控制感当中产生出一种疑虑和羞愧感的持久倾向"①，这种情绪如果不得到重视和调适，儿童会缺乏自主性和判断力、过分依赖他人，如此继续发展，可能在成年后形成人格障碍。本文力图在对自主人格之殇的清醒认识中，寻求儿童文学阅读的治疗方法，并确定阅读治疗目标。

一、自主人格之殇的特征

埃里克森认为儿童在学步期面临的最大危机是个人能动性和成人权威之间的制衡。这是一个动态的过程，平衡一旦被打破，且未得到及时的更正，儿童极有可能走向两个维度的病态人格。一个维度为"过度顺从"，表现为温和、没有主见、缺乏勇气、怯懦；另一个维度为"极权性格"，"极权主义性格并不仅是会顺从别人，而且也会希望去支配别人"②。本文将深入地分析这种人格之殇的特征和破坏性，以引起疗救的注意。

"被玩偶化"是我们对"过度顺从"儿童的一种研究代称。儿童"存在"的重要理由在于，说出儿童才能"说"出的话，"让一个人物生动着"。然而，令人担忧的是，我们的儿童从幼儿期起就在逐渐丧失这种能力。李旭在其博士论文《儿童在园生活体验叙事研究》一文中，深入剖析、梳理了自主性培养缺失后儿童的一些症状："游离于集体之外、生活

① ［美］埃里克·H.埃里克森：《同一性：青少年与危机》，孙名之译，中央编译出版社，2015年，第77页。
② ［美］艾·弗洛姆：《自我的追寻》，孙石译，上海译文出版社，2012年，第72页。

自理能力差、对老师的要求一味顺从以及在园生活中容易退缩"①。很多家长会对此不以为意，殊不知这些是儿童未来性格缺陷的前奏。

《牧鹅姑娘》以童话的方式呈现了这样一种可预见的状态。牧鹅姑娘原本是公主，是老王后的掌上明珠。但是，就像任何一个孩子也不能一直赖在父母身边一样，她迎来了自己出嫁的日子。"出嫁"意味着女子必须与生养父母离别，这是被迫成长的一种方式。如果前期的自主能力发展得好，进入成人期的她将会顺利地进入新的角色。可是母亲的溺爱，使她过于温顺，缺乏应对生活变化的能力。在与女仆前往王子国家的路上，女仆一而再、再而三地挑衅她的权威，"抢夺喝水的金杯子""交换公主的衣服和马匹"，公主只是哭泣和承受，并未做过多的抵抗。被"玩偶化"了的公主，"在应当走向成熟的时刻到来时仍然停留在幼稚的阶段驻足不前，就会给自己，给那些最接近自己的人带来悲剧"②。母亲送给她的白马法拉达的被杀及法拉达代表的来自母亲的伤悲，就是例证。

现实中，自主能力培养的缺失，在儿童刚刚度过关键年龄进入幼儿园时期就能看出端倪。如前所说，在幼儿园那些"对老师一味顺从"的孩子，就是在家庭中被过度溺爱或者压制的孩子；"自理能力差""游离于集体之外"，在很大程度上是因为个人的与群体能力相匹配的素养没有被发展起来，导致其只能陷入一种退缩状态，也就是进入埃里克森所说的"羞怯和怀疑"的状态。"羞怯假定一个人把自己完全暴露于众，而且意识到被人注视着——一句话，就是自我意识。人是看得见的，但又不准备被人看见，因此我们在……尴尬的情况下被人注视着。"③安徒生在他的《丑小鸭》里，曾表达过这种惶惑、不安的状态。丑小鸭仰慕美丽的天鹅，义无反顾地向他们游去，却在他们游向他的时候，"他把头低

① 李旭：《儿童在园生活体验叙事研究》，博士学位论文，西南大学，2014年。
② ［美］布鲁诺·贝特海姆：《童话的魅力：童话的心理意义与价值》，舒伟等译，社会科学文献出版社，2015年，第213—214页。
③ ［美］埃里克·H.埃里克森：《同一性：青少年与危机》，孙名之译，中央编译出版社，2015年，第77页。

低地垂到水上，只等着死"①。自卑者对于突如其来的友好，无法做出自信的回应，而是充满紧张和绝望。丑小鸭由于被赋予了作者的理想，因而虽然自卑，却充满前进的力量。然而，现实中，这样的孩子更多的是退缩和迷失。他们未必做不好一件事情，只是他们这样做的原因不是源于自我选择，而是对成人（强权）的回应。这种无主见、不自我的缺失继续发展，在未来会演化为对于权威或者他者的盲从，是鲁迅笔下愚弱麻木的看客的根源。因为"与顺从的活动相似的，是机械自动的活动，这种活动并不依赖于明显的权威，而是依赖于看不见的权威"②。被精神奴化的儿童其自主意识长期得不到建立，他的大脑一直是他人思想的跑马场，各种舆论、文化形态、常识或者"科学"都会对他产生冲击，但是他却没有辨识能力。他也行动，但是重要的行动都是外在力量的结果，而非个人意愿。

"情感异化"则是我们对"极权性格"儿童的一种总结。极权并不是能力的象征，而是一种精神的病态。《秘密花园》中的主人公玛丽和柯林在没有进入"秘密花园"感受大自然的治愈能力和生命中的关爱前，就明显处于这种状态。玛丽从一出场人们就这样形容她，"专横霸道""自私自利""不顺心就给保姆一个耳光，没有一个家庭女教师能忍受她三个月"③，被称为"犟脾气玛丽"。而柯林身心皆病，长年卧床，虽然不残疾，行动却靠轮椅，最关键的是他的性格"歇斯底里"。书中这样评价他："十足就是一个暴君""盛气凌人"；孩子们称呼他"酋长"。很明显，由于在婴幼儿时期，受到父母的冷落和粗暴对待，这两个孩子采取了背叛行动。这种行动既不是自主的，也不是有理性的，而是和理性以及他作为一个人的利益相违背的。这种性格任其发展下去，就是对破坏行为的一再重复，越来越顽固，越来越刻板。"他固然是活动的，但却不是有创造力的人。"④

---

① ［丹麦］安徒生：《安徒生童话》，叶君健译，四川少年儿童出版社，2009年，第96页。
② ［美］艾·弗洛姆：《自我的追寻》，孙石译，上海译文出版社，2012年，第72页。
③ 彭懿：《世界儿童文学·阅读与经典》，接力出版社，2011年，第226页。
④ ［美］艾·弗洛姆：《自我的追寻》，孙石译，上海译文出版社，2012年，第72页。

在这类人身上，人和世界的关系被曲解为一种统治的欲望，女管家梅德洛克太太这样形容柯林，"自从他长脚以来，我们就只能让他把我们每一个人都踩到脚底下，他以为别人生下来就是让他踩的"①。对其他人使用权力，并不意味着强大，恰恰相反，当你把别人当做物品一样使用的时候，就是自我的自主性、创造力萎缩的开始。弗洛姆将之总结为："统治由于缺乏潜能而起，同时也由此更变为无能。因为假如一个人能够强迫别人服侍他，那么他本身应该具备的创造力就渐渐地瘫痪了。"②

由此可见，无论是"过度顺从"还是"极权性格"，指向的都是人格发展的病态。自主人格未形成，对人精神成长造成的破坏性，不仅仅是表面上行为的懒惰、性情的懦弱，更是一个人精神活力与健康丧失的源泉。更为关键的是，文化塑造人，人也塑造文化。自主独立的人，塑造自信、强健的民族文化；盲从、懦弱、专制的人，则塑造奴隶民族。因此，在儿童自主人格形成的关键期，进行正确的引导，对促成儿童自主人格的发展具有重要意义。

二、自主人格之殇形成的原因

埃里克森指出，父母必须具有忍耐和理智精神，但仍必须坚定地保证儿童社会行为的许可发展。父母缺乏耐心的简单粗暴和不理智的代办，是造成儿童自主人格之殇的重要原因。

我们回到《秘密花园》，回望小主人公成长的岁月，这一点被清晰地印证。玛丽和柯林几乎从出生开始，就未曾受到来自父母的关爱。他们孤独、任性、暴躁，他们所表现出的人格特征是教养之殇下的反抗，而非本真意识下的自主行为。由此可见，父母的专制、冷漠、对孩子缺乏耐心是造成儿童自主人格之殇的重要原因。因为，儿童的自主愿望得不到回应，而他们尚不发达的个人能力，在无爱的父母那里又得不到肯定。他们也许

① 彭懿：《世界儿童文学·阅读与经典》，接力出版社，2011年，第226页。
② ［美］艾·弗洛姆：《自我的追寻》，孙石译，上海译文出版社，2012年，第73页。

会获得一些能力，但是这些能力并不足以增长他们的信心。

造成自主人格之殇的另一种情况则是过于溺爱。《小红帽》《牧鹅姑娘》等作品都讲述了这样的故事。家长不仅包办孩子的所有事项，甚至表扬也来得格外频繁。而这些行为所导致的后果，如果不是童话自净功能带来的美好，那么一定是如张爱玲的《金锁记》中的长白那样，变成一个唯唯诺诺、没有灵魂的人。

儿童文学作品一直在隐秘地提示父母应该采取正确的方法对待儿童。《秘密花园》中作者通过"自然之力"和"爱之力量"让主人公发生了巨大的变化，这二者其实有共通性。一是要有精神之力。秘密花园里的精神之力就是"阳光""太阳光辉照耀——太阳光辉照耀。全靠魔法保佑"[1]。而主人公的精神之力则是"感受到被爱"。作者安排了女仆玛莎和她的弟弟作为玛丽打开心结的引路人。而老园丁本和索比尔太太则象征着原本应该出现在他们生命里的"父爱"和"母爱"。尤其是苏珊·索比尔，她在文本中是大地母亲的象征，温和、宽厚、包容、公正，对孩子充满耐心。而且她的教育理念虽朴实却传世。她虽然学识不多，却牢牢记住地理老师对地球的比喻："这个世界形状就像一只橙子"[2]，这意味着分享、尊重差异、团结和爱。正是这些新鲜、平等的，充满鼓励和爱的理念，渐渐唤醒了玛丽对自己的喜爱之情，进而唤醒了柯林。于是我们看到两个已然枯萎、变质的生命焕发了活力。

自主人格的获得，还与儿童获得的鼓励有关。伴随着儿童在此阶段各项能力的发展，儿童有了更多尝试的可能。但是如果父母的肯定少于否定，那么孩子的积极性就极有可能受损。绘本《大卫，不可以》就表达了这样的一种成长困境。大卫作为成长自主期的儿童，还没有过于强烈的规则感，玩食物、和动物一起泡澡、随意涂鸦都是最本真的表现。但是母亲却总是在说"大卫，不可以！""不可以在房间里玩！""不可以……"[3]这

---

① ［美］弗朗西斯·霍奇森·伯内特：《秘密花园》，李文俊译，译林出版社，2009年，第190页。
② ［美］弗朗西斯·霍奇森·伯内特：《秘密花园》，李文俊译，译林出版社，2009年，第151页。
③ ［美］大卫·香农：《大卫，不可以》，余治莹译，河北教育出版社，2007年。

种过于成人化的拘囿，严重影响了儿童自主性的成长。"孩子们的好奇心得不到满足，思维能力就会迅速枯竭。"[1]纵观那些养育出成功孩子的父母，他们总是给予孩子更多的自由、肯定和鼓励。《早期教育与天才》中的威特父亲不仅每天陪孩子散步，耐心回答他的提问，和他一起寻找答案，在鼓励小威特方面也格外用心、谨慎。"老威特认为，每个孩子经过努力完成了一件事情，即使仅仅是一件小事也值得表扬和肯定，这样能激发起孩子的信心和决心。也许当时他做得并不完美，但他再一次做同样的事情时，就会更加努力。"[2]所以，我们看到他总是鼓励威特去做。更值得引起关注的，是他的鼓励方式。"老威特想了很多有趣的办法"，诸如，每做完一件事，和孩子一起呼喊"万岁"，让孩子充分感受成功的喜悦。威特的妈妈也会做很多好吃的，对威特的努力给予肯定。但是他们禁止别人在小威特面前夸赞他聪明、博学。也就是说，威特父亲更注重的是对他的行为和努力的肯定，而不是对这个人的赞美。这样孩子会把精力投入到做事本身上，而不是骄傲自大。比较我们很多自主性差的孩子，却总是生活在"万事不许动"的压制和"一做就错"的批评中，情感自主、认知自主、行为自主都被生硬地扼杀。

总之，自主人格之殇作为萌生于儿童学步期人格发展需求未良好满足的产物，父母（养育者）的教养方式，起到决定性的作用。"照顾和责任表示爱是一种能动性而不是一种用以制服人的热情，也不是一种用以'影响'人的影响力。"[3]儿童文学记载着人类成长的轨迹，同时也记载了不成熟的探索下的伤疤。揭开伤疤只是为了把药上进去，好让下一代的成长有着更为健康的环境。

---

① ［日］木村拓一：《早期教育与天才》，唐欣译，凤凰传媒集团，2014年，第42页。
② ［日］木村拓一：《早期教育与天才》，唐欣译，凤凰传媒集团，2014年，第61—62页。
③ ［美］艾·弗洛姆：《自我的追寻》，孙石译，上海译文出版社，2012年，第84页。

三、从儿童阅读心理介入的自主人格阅读治疗

艾登·钱伯斯说："如果我们是充满期待，自发性地想去阅读，那么我们将很容易进入状况并乐在其中；但如果我们是百般不愿地被迫拿起书本，那么阅读将沦为一项无聊透顶的作业。"[①]因此，了解具有自主人格之殇的儿童真实的心理，以此作为阅读动机来推荐图书，儿童的阅读才会真正进入有效的状态。

（一）溺爱型儿童渴望自主意识和自我决策能力的增强

"溺爱"是裹了糖衣的暴力，尽管被溺爱的儿童表面上得到了很多关注和呵护，但实际上，在成人代办一切行为的背后，充斥着成人强权对儿童发展的蔑视和剥夺，而其背后所指的是儿童对成人未完成意愿的代偿。"因为社会与父母权威有意地破坏了孩子的意志、自发性及独立性，而他并不是生来便该遭受破坏，所以他要反抗他父母所代表的权威，他要争取他的自由，这不仅是为了挣脱压迫，而且要使自己成为自由的主宰，成为独立人类的一分子，而非一具自动的玩偶。"[②]由此，我们可以看出，受溺爱的儿童内心充斥着被压抑的自主性，他们渴望被唤醒和激发，儿童文学阅读首先要满足的便是这样的心理需求。

自主意识对儿童来说，首先是"我能干""我能行"的肯定。因此选择能激发和肯定幼儿自主意识的书籍很重要。儿童只有在意识到自己有能力去做一些事的时候，他们对于大人的溺爱才会具有反抗的能力。《我会穿衣服》《凯能行！》都满足了这样的需求。包括《牧鹅姑娘》在内，虽然她在故事的开始表现得过于温顺、没有主见，但是当女仆抢夺了她的身份，并杀死了忠实的马儿法拉达之后，她还是发生了一些变化。在牧鹅的

---

① ［英］艾登·钱伯斯：《打造儿童阅读环境》，许慧贞、蔡宜容译，南海出版公司，2007年，第11—12页。

② ［美］艾·弗洛姆：《自我的追寻》，孙石译，上海译文出版社，2012年，第135页。

时候，她拒绝了男孩想要拔下她几根头发的要求。贝特尔海姆认为，这个小细节如同孩子自己吃饭、穿衣等一样，在成人的眼里似乎微不足道，但"正是那些不起眼的小事起了关键性的作用"①。它意味着儿童"感受到被篡改者夺取了自己的正当地位"②，这比她之前毫无主见地依赖和轻信他人，显示出觉醒的力量，它们为主人公最终获得独立奠定了基础。因此，选取此类能从细节处激发儿童自主意识的读本，不断地唤醒他们对于自我能力认可的读本，具有积极的意义。

（二）极权性格儿童渴望民主、温和的读本缓解内心戾气

从生物学而言，儿童与成人具有天然的不对等性。作为同一物种的不同时期，儿童是弱小者，成人则代表着强大。所以，成人对儿童的专制几乎具有不可避免性，这一点，即便儿童文学研究者，也不能完全否认。人类后来所做的努力，更多是在不断的修正中，让二者的地位趋于理想的模样。细究儿童日常的生活，父母隐秘或者显性的极权行为随处可见。"尽管现代的父母与罗马法的家长（家庭是家长的财产）之间已有极大的区别，然而今日仍有一项普遍的观念，认为父母生儿育女是为了满足与补偿自己一生的失望。"③这种状况是比凶暴、严厉对儿童影响更大的专制。儿童的代偿带来的就是儿童压力的增大，对自我意识的不鲜明及内疚感的增长。

对于此类儿童，应推荐一些可以正确思辨自我和父母、环境关系的书，以期达到阅读治疗的目的。正如我们一直强调的，当我们发现某种人格巨大的缺失时，通常是距离关键期一段岁月的时候。因此，我们以下推荐的文本，既有难度也存在跨度，以适合不同年龄的儿童。

《逃家小兔》讲述了母亲对于孩子的自主、叛逆给予的理解和正确回

---

① ［美］布鲁诺·贝特尔海姆：《童话的魅力：童话的心理意义与价值》，舒伟等译，社会科学文献出版社，2015年，第217页。
② 同上。
③ ［美］艾·弗洛姆：《自我的追寻》，孙石译，上海译文出版社，2012年，第135页。

应。小兔的自主和叛逆在这个阶段无可回避，兔妈妈并没有不停地呵斥，而是放手让其去尝试，并总在孩子需要的时候来到身边。在这个温暖、有爱的故事里，充满了育儿的智慧。成长就是关于聚合和分离、自主意识和家长权威之间的"制衡"，父母爱的真谛不在于牢牢掌控孩子，而是在他们长大时放手，放手前引导他们做好准备工作，放手后让他们心中充满力量和温暖。儿童在阅读的时候，也许感受不了这么深刻，但是他能清晰地感受到母爱的不同表达方式，这为他重新理解父母打下了基础。

《兰心的秘密》则在极为戏剧化的幻想书写中，舒缓了儿童对父母权威的对抗和排斥。兰心因为不满意父母对她的管教，寻求女巫帮忙。女巫给她药丸，父母吞食后，每反驳兰心一次，就会变小一点。而兰心从一开始的兴奋，到后来孤独、害怕直至找到魔法师唤回父母，带给读者深深的震撼。儿童也在和成人的彼此打量、协调中，慢慢调适着自己和父母意愿之间的关系。

《偷影子的人》中吕克和他爸爸的关系，可以带给读者又一些思考。吕克从小梦想着当医生，可是他的父亲却希望他做一个像自己一样的面包师。吕克满足了父亲的心愿，但是他的影子却在某个夜晚找到了"我"。影子渴求"我""帮助他改变人生"，"当我们喜爱某样事物时，永远都不会晚，帮助他成为他应该成为的人"[1]。"影子"隐喻着吕克真实的自我。影子来找"我"，说明吕克虽然顺从了父亲的意愿，却因为选择不发自自身而充满了困惑与疲惫。作品在吕克和他父亲相处时的氛围刻画上，做了很多的渲染。静谧、压抑、几乎不交流，背后隐喻的其实还是儿童自主性和专制之间的紧张关系。故事的结局以吕克从医学院退学回来，再次打理面包店结束。但是很明显，此时的面包师吕克，已经和之前那个意志消沉的吕克有了质的变化。在吕克与父亲的理想的分裂和统一中，作品启示儿童思辨性地看待父母的期望和自我主张之间的关系。当儿童学会正确理解

---

[1] ［法］马克·李维：《偷影子的人》，段韵灵译，湖南文艺出版社，2012年，第117—118页。

和父母、环境的关系时，他就不会因为违拗父母而产生罪恶感，就可以去权衡自己的意愿和父母理想之间的关系，从而更好地找到自我。

当然，还有更多同类型读本，在这里我们不再一一列举。通过三种相同类型的文本，我们所要表达的是，儿童对于父母的专制，有反抗的渴望和权利。但是，应该站在多元角度去思辨和矫正这种反抗，消除戾气，以尽可能平等、平和的口吻进行沟通与协调。"孩子反抗不合理权威所战败的伤痕，可以在每一种神经症的根源中发现。这种病症引起并发症的最主要特色，就是一个人创造力与自发性形成衰弱或瘫痪的形象。"①因此，要通过儿童文学读本，唤回已然衰退的自我，避免"我存在"的感觉丧失。让儿童成为经验中所产生的自我，而不是"他人寄以希望的总和"②。因为一个人如果不能顺利打破极权的枷锁，那么他的任何一次自我的行为，在潜意识当中，便成为一种罪过。

（三）以秩序化故事链条方式开展阅读，帮助儿童最终形成自主人格

由于自主人格发展的缺陷可以较早被发现。我们尝试以3—6岁儿童为治疗对象，试以故事链条的方式进行阅读方案设计，最大效度地发挥儿童文学对儿童自主人格培养的功用。故事链条具有序列化、系统化特征，本文尝试以表格（见下表）的方式呈现阅读治疗过程，并做出阐释。

表二　儿童文学阅读对自主人格之殇儿童治疗方案（3—6岁）

单元名称	读物名称	单元目标
一、肯定自我	《我就是我》	自主人格未培养好的儿童，首先是因为自我意识不强，通过阅读，引导儿童发现自我、激发自我。

① ［美］艾·弗洛姆：《自我的追寻》，孙石译，上海译文出版社，2012年，第135—136页。
② ［美］艾·弗洛姆：《自我的追寻》，孙石译，上海译文出版社，2012年，第136页。

（续表）

单元名称	读物名称	单元目标
二、喜欢自己	《我就是喜欢我》	自主人格欠缺与儿童遭受过多负面评价有关，通过阅读引导儿童树立信心。
三、我能做的事	《手不是用来打人的》	引导儿童思辨并发挥手的功用，树立规则意识。
四、坚持与思辨	《小马过河》	引导儿童培养责任意识，为自主人格打好基础。
五、稳定与辨别	《毛头小鹰》	引导儿童辨别自我优长与欠缺，坚持自主习惯，避免受到较差稳定性的干扰。
六、困难与修正	《咯吱咯吱的床》	引导儿童在换位思考中，重新打量自己所遇到的困难，通过修正行为，坚持自主。
七、目标与规划	《星星苹果》	引导儿童学会规划，将大目标、小目标结合，以促成自主行为最终获得成功。
八、感受自主	《小纸船看海》	引导儿童自由想象，感受自主人格养成带来的欢乐。

　　自主人格的形成，首先在于儿童自我意识的觉醒。依据儿童人格发展规律，幼儿期儿童本身会有这样的发育反应。但是具有自主人格之殇的儿童，明显在这方面受到压制与干扰，自我意识没有发展起来。因此，阅读治疗第一步就是要唤醒儿童"我之为我"的主体意识。《我

就是我》便具有这样的功能。作品通过一个彩色小动物的自我追寻之路，在经历了挫折、难过和迷惑之后的醒悟——"我就是我，谁不知道谁才是小糊涂"①，肯定了自己的独特性。儿童在阅读过程中，也会自然而然地了解自我的独一无二，从而为自主行为的展开奠定意识基础。

《我就是喜欢我》是对刚刚萌发的自我意识的又一次肯定，但它更指向对儿童潜能的发掘，通过青蛙对自己本领的发现过程的讲述，提示小读者，即便有自己暂时做不好的事，也不必太担心，可以去挖掘自己的潜能，做自己能做好的事情。此书对于协助儿童树立信心具有重要帮助，而自信心是自主能力发展的重要条件。

《手不是用来打人的》则通过引导儿童思辨手的功能，既激发儿童的行动意识，又委婉、形象地启迪儿童正确看待规约和自主之间的关系，在对规则的重要性的认知中，协助儿童的自主人格建设朝着健康的方向发展。

儿童自主人格的养成，离不开勇于尝试和实践。《小马过河》的故事，激励儿童在认清自我、认真衡量的基础上勇敢尝试。这样的意识在《毛头小鹰》中被进一步夯实。通过阅读，儿童的心中会树立起"勇敢试一试"的信念，这对于自主意识的顺畅进行，具有深远的意义。

儿童自主能力发展的过程中，难免会遇到挫折，怎样去看待困难和挫折，直接影响儿童下一步自主行为的发展。《咯吱咯吱的床》教会儿童从多角度去看待问题，避免钻牛角尖。《星星苹果》则教给儿童将大目标划分为小目标，通过一步步实现小目标，最终实现大目标的道理。避免儿童因为想要一次性完成任务，而陷入困窘、挫败之中。

《小纸船看海》体现出自主能力发展到一定阶段，儿童一种自由的、充满想象力、勇敢探索世界的生命状态。其无字的表现方式，本身也是对儿童自主意识的一种尊重和激发。

需要点明的是：1. 以上是对自主人格之殇儿童一个月的阅读治疗方

---

① ［奥地利］米拉·洛贝／文，［奥地利］苏西·魏格尔／图：《我就是我》，南海出版公司，2011年。

案，所进行的单元只是针对自主人格欠缺的儿童一个大方向的阅读治疗，具体在各个维度上的培养方式，还需要根据儿童人格测试量表进行具体问题定位，并根据实际情况给出阅读治疗建议。本章第三节将从自主人格培养关键期的三个维度进行细致梳理，可以提供治疗范式。2. 所选文本只是极少的一部分，文本可根据儿童自己的特征进行调换，并建议在具体维度上进行深入干预，方法可与此同。

总体而言，序列化、系统化的好处在于：儿童在一个完整叙事链条上，循序渐进地加深了对某种事物的认识，在一个相对集中化的阅读过程中，儿童获得了成长。在进行阅读方案设计的时候，尤为要注意前后文本在主题上的联结性、递进性。

综上所述，儿童自主人格培养的缺失对个人、集体及民族的未来，都有极大隐患。因此，在儿童自主人格培养关键期，对儿童进行观念上的引导、行为上的鼓励、情感上的支持，对帮助儿童有勇气成为一个独立的人，有力量可以选择未来并为之奋斗意义重大，儿童文学阅读应当积极担负起引导之责。

第三节　依据自主人格维度选择儿童文学阅读材料

自主性的培养已经成为家庭、学校、社会教育的重要目标之一。能否把握以下两点，是自主人格能否顺利建立的关键：一是注重自主性培养关键期；二是在培养关键期的关键引导。对前者而言，埃里克森给出了明确的界定，儿童在发展的第二个阶段幼儿期时，面临的主要冲突是自主对羞怯和疑虑，儿童的主要任务是发展自身的自主性（autonomy）。"所谓自主性是一个人能按照自己的意愿行事的能力……是构成情绪稳定性—适应性维度的重要特质。"①也即一岁半到三岁是儿童自主人格培养关键年龄段。对后者而言，则强调成人应采用合适的方法进行引导。蒙台梭利关于"敏

---

① 转引自黄希庭：《人格心理学》，东华书局，1998年，第103—104页。

感期"的研究分析指出，"在敏感期内，儿童如果能接触到适应敏感期需要的事物、现象，与之相对应的这种能力可以毫不费力地获得增长"。儿童的自主人格"包含着情感自主、认知自主、行为自主三个维度"[1]，因此，儿童文学阅读材料的选择应该观照到儿童在这三个维度的需求。本文通过对自主人格维度的分析，结合量表（见附录二），以儿童文学阅读干预作为关键方法，以符合关键期儿童阅读能力和阅读动机的书本为切入点，分析在关键时期儿童文学阅读如何起到积极有效的作用。

一、儿童文学阅读与儿童情感自主能力培养

情感自主包含对父母的依赖程度和情绪自控两个方面。儿童文学阅读干预旨在让儿童增强自立能力，摆脱对父母的依赖；学会调控情绪，成为自己情绪的主人。

对不良情绪的控制能力是情感自主的表征之一。情绪自控能力，得益于儿童在关键期健康情绪的养成程度，同时也指向儿童疏导和自我调适的能力。儿童文学阅读干预要做的就是激发儿童健康情绪的全面发展，以促进儿童对不良情绪的控制能力。

一是帮助儿童舒缓秩序敏感期的情绪压力。一岁半到两岁的时候，是儿童秩序敏感期，一方面他们对空间和时间上的变动具有敏锐的觉察力；另一方面，他们又会放纵自己在某些方面毫无秩序。因此，家长要善于利用儿童文学读本，抓住秩序敏感期对幼儿进行积极干预，培养他们良好的情绪能力，纠正他们在规则感上的某些缺失。"对儿童来说良好的生活习惯一方面能够保证身心健康，另一方面也能培养儿童的自我控制能力。"[2]美国"行为教育之父"博丹夫妇联袂推出的儿童行为教育丛书"贝贝熊系列"之《电视迷》[3]可

---

① Greenberger, E. "Defining psychosocial maturity in adolescence". *Advances in Child Behavioral Analysis & Therapy*, 1984, pp.1-37.

② 周念丽：《0—3岁儿童观察与评估》，华东师范大学出版社，2013年，第192页。

③ ［美］斯坦·博丹：《电视迷》，张德启等译，新疆青少年出版社，2013年。

以帮助家长通过讲故事的方式，引领儿童养成良好的行为习惯。《大卫，不可以》则是通过否定的方式，来告诫宝宝在家庭成长中需要注意的一些事项。最后，将结局收在——"妈妈给了他一个温暖的拥抱，对他说：'大卫乖，我爱你。'"从而消除了孩子心中的恐惧和敌对情绪，带给孩子安全感。这也提醒家长，在帮助儿童建立秩序感的同时，不要忘了呵护他们的童心，抚慰他们暂时受挫的心灵。《我变成一只喷火龙了!》①通过爱生气的波泰被毒蚊子咬后，竟开始不停喷火引发的惨剧，极为生动地教育了儿童要学会管理情绪。另，特蕾西的情绪系列绘本，依然值得在此阶段陪伴儿童阅读。

二是帮助儿童培养幽默感。幽默感是人的情商和智慧的最高表现。幽默能改善人际关系或摆脱困境，更有利于人的身心健康。所以，通过与儿童一起阅读一些诙谐幽默、具有游戏色彩的书，刺激儿童幽默能力的成长，是这个时期情绪自主培养的重要任务。《做鬼脸》中小老鼠、小兔、小狐狸、小朋友等挨个儿做鬼脸，本身就让孩子忍俊不禁；旁边还有配上"不准笑呀"的提示，又加深了幽默效果。儿童在阅读的过程中，极容易沉浸在轻松、欢悦的气氛中。《一园青菜成了精》②则通过充满谐趣的词句，达到幽默的效果。"歪嘴葫芦放大炮，轰隆轰隆炮三声／打得大蒜裂了瓣，打得黄瓜上下青／打得辣椒满身红，打得茄子一身紫。"正如它的绘画作者周翔所说："慢慢读出童谣里的味道来——嬉戏的意味。这其中包含着真实和想象，是我们生活中惯常的滋味。"③当然，幽默除了形式上的欢乐性、语言上的游戏性，还包含幽默的内心。伊东宽的《小蛇散步》便具有这样的特征。该书构图简洁明快，小蛇神态可爱。尤其是小蛇把自己变成一座桥，帮助小蚂蚁、大狼、狮子等动物过河时，表情丰富传神。"它秉承伊东宽一贯的幽默诙谐，以独特的画风和风趣的语言，将一个小蛇散步的故事讲得层次丰富、妙趣横生。"④林良的许多小诗，浅显易懂，

---

① 赖马（文／图）：《我变成一只喷火龙了!》，河北少年儿童出版社，2012年。

② 编自北方童谣：《一园青菜成了精》，周翔绘制，明天出版社，2009年。

③ 朱永新、王林主编：《中国人阅读书目（一）》，中国人民大学出版社，2014年，第53页。

④ 陈晖主编：《经典绘本的欣赏与讲读》，新星出版社，2012年，第21页。

如《蜗牛》《沙发》等在风趣的语言和令人捧腹的想象力中，表达出一种智慧和从容，达到了幽默的最高境界，也可以用来和儿童分享，帮助他们从小建立高品质的幽默能力。

三是刺激儿童同情心的发展。"从儿童一岁开始，父母就可以逐渐培养儿童的同情心以及对新事物的兴趣，同时要尽可能多地创造条件让他更广泛地接触周围环境和人群，更好地融入社会，培养他们的社会交往能力和适应能力。"[①]儿童文学书籍在帮助儿童发展同情心方面具有重要意义。如《让我荡一会儿吧》[②]、童话《寻找快活林》等，都包含着分享、关爱、乐观等情感要素，对孩子同理心能力的发展具有重要意义。

四是协助儿童表达自己的情绪，并学会控制不良情绪。当儿童到了25—30个月时，情感自主能力又有了新的发展。在前期已获得的观察能力和情绪识别、认知能力的基础上，儿童此时应该可以说出自己和别人的感情，并可以用语言和别人讨论自己的感受。特蕾西的情绪管理绘本，依然起着重要的作用。《我不愿悲伤》《我不想生气》《我好快乐》《我很善良》是可以很好地辅助儿童学会情绪表达的绘本。并且其语言符合儿童"主谓宾"表述结构，可增强儿童表情达意的能力。另外《野兽国》也是适合这个阶段的读本。自主能力的发展同时也伴随着来自成人的规约。2岁的儿童已进入最初反抗期，"行为倾向于顽固和严厉，不容易妥协，不容易适应环境"[③]。所以，此时陪他们去阅读一些具有相同情绪感受的读本非常重要。

五是帮助儿童学会分享。31—36个月的时候，本来大方的儿童会变得特别"小气"，事实上，这是"儿童发展起来的自我意识的本能体现"[④]，是儿童物权意识的展现。这种情绪只可疏导，不可生硬地干涉。《你一半，我一半》[⑤]帮助儿童认识"分"这个问题，更重要的是作者通

① 周念丽：《0—3岁儿童观察与评估》，华东师范大学出版社，2013年，第193页。
② ［日］清野幸子（文／图）：《让我荡一会儿吧》，［日］猿渡静子译，南海出版公司，2009年。
③ 周念丽：《0—3岁儿童观察与评估》，华东师范大学出版社，2013年，第196页。
④ 周念丽：《0—3岁儿童观察与评估》，华东师范大学出版社，2013年，第199页。
⑤ 曹俊彦（文／图）：《你一半，我一半》，五洲传播出版公司，2011年。

过读本提倡的"分享、公平、爱和尊重的美德"，让"分"变得充满了细节处的情趣，不生硬，利于儿童接受。《我想要爱》讲述了朋友在一起温馨的点滴。全书没有长篇大论，白描式的书写将小读者和小兔子一起包裹进浓浓的亲人之爱、友情之爱、自然之爱中，结尾顺遂地点出了主题："爱让我明白一个道理，爱他人还要爱自己，更重要的是学会分享，分享爱，其实是多么简单、容易。"①又将爱上升到了一种人性化的哲学思辨层面。

六是刺激儿童预测他人情感能力的发展。对于31—36个月的儿童来说，情绪能力的发展还包括根据情境推测引发情绪的原因，并预测他人的情感走向及思考"自己的行为或者某些事情的发生将会对别人情绪的影响"②。这种能力的发展极为重要，家长应该注重儿童对环境的情绪敏感性及敏感力的呵护。《雪人》③采用多格漫画的形式，用167幅图，营造出梦幻、细腻的场景。在阅读的过程中，可以引导儿童体味小男孩和雪人之间细致、温馨的友谊。《谁咬了我的大饼》④作为具有推理色彩的分享系作品，在这个年龄段推荐给儿童也非常合适。作者通过设置悬念，启迪幼儿思维。"设悬—释悬—设悬—释悬"的结构，自然而然地增强了儿童的逻辑思维能力。最后，在这个阶段，还要关注对儿童"管理情绪能力"的培养。《变焦》⑤教给我们换一种思维看问题，是对儿童管理情绪的早期启蒙。

七是帮助儿童顺利从对母亲的依赖转化为对父母的依赖，直至情感独立能力的养成。"幼儿从6个月开始，就出现了对母亲的依恋情绪，这种依恋是儿童发展中的正常现象，对幼儿的社会化发展具有重要意义，它既是儿童信任人格形成的基础，又必须谨防不要由于婴幼儿过于依赖

---

① [新西兰]特蕾西·莫罗尼：《我想要爱》，广州出版社，2007年。
② 周念丽：《0—3岁儿童观察与评估》，华东师范大学出版社，2013年，第199页。
③ [英]雷蒙·布力格：《雪人》，明天出版社，2009年。
④ 徐志江（文/图）：《谁咬了我的大饼》，东方娃娃杂志社，2009年。
⑤ [匈牙利]伊斯特万·巴尼亚伊：《变焦》，河北教育出版社，2011年。

父母，而变成依恋型人格。"①儿童文学阅读引导的目标首先需根据儿童此阶段对父亲萌发的爱意，来转移对母亲的过度依恋。这种转移不建立在生硬的分离上，而要基于儿童情绪发展的特征。幼儿在19—24个月时，会格外喜欢父亲，这有很大的原因是因为随着儿童体重及运动能力的发展，妈妈已经没有足够的体力去应对。因此，在这个阶段，确保满足幼儿对父爱的渴望非常重要。充裕的父爱会给儿童注入勇气、气度，可以有效地增加儿童的社交能力和信心，可以帮助儿童改变对母亲（长期照顾人）的单一化依恋。寻找一些可以让父亲和孩子互动的阅读文本是个不错的选择。《智慧老爸系列》之《给爸爸的吻》②讲述了一个温馨有趣的故事，晚上小熊不洗澡、不睡觉，也不给父母晚安吻，于是熊爸爸用智慧的方式一边帮它洗澡、换睡衣，一边引导宝宝给自己一个长颈鹿的吻、小考拉的吻、小鳄鱼的吻等，在熊爸爸和熊孩子温情的相处中，阅读绘本的孩子也在默默感受着父亲对自己的爱。另外，《大头儿子小头爸爸》中欢乐的父子相处的故事，也使儿童与陪伴阅读的父亲一起受益。而在小头爸爸民主、欢悦的教养环境下成长起来的大头儿子自主、独立的形象，也会让小读者不知不觉地开始进行模仿。

当然，在这个过程中，尤其要注意的技巧是，要帮助儿童对父母"去理想化"。林良在《小太阳·看电视》一章中，表达了此阶段孩子对父母的依赖和信任："她还生活在'神话时代'，我是她神话世界里的众神之王。既然她跟我说要糖，就有了糖；要橘子，就有了橘子，那么要电视里的小矮人做什么，当然跟我说一说也就够了。"③然而这并不是一件好事，它轻则会养成孩子依赖、懒惰的习惯；重则会养成孩子跋扈、任性，稍不满意就大发脾气的习惯。林良自己也说"（我）凡夫俗子的真面目，我祈

① Steinberg, Silverberg. *The Vicissitudes of Autonomy in Early Adolescence*.Child Development, 1986, pp.841-851.
② ［澳大利亚］弗朗西斯·沃茨／文，［英］戴维·利格／图：《给爸爸的吻》，熊怡然译，湖北美术出版社，2007年。
③ 林良：《小太阳·看电视》，海峡出版发行集团，2014年，第62页。

祷她越早发现越好，因为替孩子摘星，并不是一种好差事"①。因此，
"去理想化"是培养孩子自主意识的又一个关键因素。"去理想化"意味着
让孩子懂得，父母也有做不了和不想为他做的事情，这会让他从小有分寸
感。《父与子》系列作为"德国幽默象征"②，塑造了一位不完美的父亲，
并通过流溢在作品中浓郁的父子深情及"无论拥有还是失去，富足还是贫
穷，都要'乐观与爱'"的理念，让孩子懂得接受生活的不完美，并在调
适自己对父母的想象中感受到温暖和爱。

　　总之，儿童情感自主能力是儿童自主能力的重要组成部分，但是在儿
童的生长过程中却往往被家长忽视。情感自主能力的培养关系着儿童获
得幸福的能力，本文依据儿童在情感自主能力培养关键期的身心发展特
征，从七个方面进行剖析，并推介阅读作品，以期对儿童该能力的成长产
生作用。

二、儿童文学阅读与儿童认知自主能力培养

　　认知自主，是指儿童在认知方面的自我主张，具体说来就是自己有主
见，面对外来的压力和影响能坚持自己的意见。认知自主能力较高的个
体，其认知水平不受场地刺激变动的影响，是场独立型。相反，场依存型
个体的认知水平则容易受场地刺激变动的影响。③场独立型儿童明显比场
依存型儿童更具成功的可能。因此，要根据儿童不同月龄的认知发展要
求，及时给予引导，促进其健康发展。本文依然根据儿童在不同月龄身心
发展的特征和需求推荐图书，以期根据关键期理论和最近发展区域理论，
促使儿童达到认知自主潜能的最大化。

　　一是刺激儿童记忆能力发展的读本。19—24个月时，儿童的认知发展
特征首先表现在对事物表象的认知。"表象发生使记忆出现。动作记忆发生

① 林良：《小太阳·看电视》，海峡出版发行集团，2014年，第62页。
② ［德］卜劳恩：《父与子》全集，安韶改编，安徽少年儿童出版社，2016年，第2页。
③ 张春兴：《教育心理学》，浙江教育出版社，1998年，第409—411页。

在早期，形象记忆伴随表象的产生出现。"①所谓形象记忆，指的是对客观事物的形状、大小、体积和颜色、声音、气味、位置、顺序等具体形象和外貌的记忆，直观形象性是其显著特点。形象记忆是认知能力发展的重要标志。因此，家长有必要在这个阶段，通过儿童文学阅读的方式，刺激儿童树突神经发展，促进儿童形象记忆能力提升。《鼠小弟的小背心》②是不错的读本。鼠小弟穿着小背心登场了，而后，鸭子、猴子、海马、大象等一一出场。在儿童阅读的过程中，可以引导儿童说一说依次都出现了什么动物。形象记忆能力可以通过反复训练提升。《一园青菜成了精》《乡下动物园》③《谁咬了我的大饼》也都具备这样的训练条件。家长需要注意的是，在训练的过程中，切记不要贪多，不要过于功利化，锻炼是目的，而非成绩。有些儿童可以一次说上所有出现过的动物，有的则可能要分好几次，家长可以依据自己儿童的记忆特点，阶梯式前进。要有耐心，要学会激励；在这个月龄，儿童的思维发展特征是"开始运用心理表象"④，比如当他要拿取高处的一样东西时，他会利用头脑中已有事物的表象进行思考、组合，而不再是单纯地依靠外在行为。此时可以进行一些图片比较，让儿童找出不同之处。利用《谁咬了我的大饼》训练此项功能，父母可以引导儿童把关注的焦点放在不同动物的牙齿排列和形状特征上。《这是什么形状》⑤最适合此时训练宝宝观察图形间的区别，提升思维能力。《什么地方不一样》⑥也非常适合这个月龄的儿童阅读，"书中所有的画面都是由简单的图形组合而成的，家长可以让孩子在互动阅读中掌握大和小、里和外、热和冷、左和右等概念"⑦。当然，早期出现的《颜色国的秘密》等，

---

① 周念丽：《0—3岁儿童观察与评估》，华东师范大学出版社，2013年，第115页。

② ［日］中江嘉男／文，［日］上野纪子／图：《鼠小弟的小背心》，赵静、文纪子译，南海出版公司，2009年。

③ 萧袤／文，梁培龙／图：《乡下动物园》，新世纪出版社，2010年。

④ 周念丽：《0—3岁儿童观察与评估》，华东师范大学出版社，2013年，第115页。

⑤ ［日］秦好史郎（文／图）：《这是什么形状》，杨文译，北京少年儿童出版社，2005年。

⑥ ［英］帕特里克·乔治：《什么地方不一样？——对比游戏》，接力出版社，2012年。

⑦ 朱永新、王林主编：《中国人阅读书目（一）》，中国人民大学出版社，2014年，第143页。

此时也可以换一种角度和幼儿一起阅读。在阅读的过程中，家长尤其要注意儿童在这个月龄，有效集中时间为8—10分钟，因此可以在这个时间段内，根据成人提示，引导儿童完成简单的任务。

二是刺激儿童注意力发展的读本。25—30个月时，儿童的认知自主能力又有了新的发展，有意注意能力明显增强。有意注意是这个月龄段儿童期逐渐占主导的注意形式，它表现在许多方面：第一，对周围事物的有意注意；第二，对别人谈话、事物变化等的有意注意。①因此这一月龄的儿童能够逐渐按照成人提出的要求完成一些简单的任务，并开始对周围更多的事物发生兴趣。《带不走的小蜗牛》②讲述了阿吉一家从乡下搬到城市的过程中，小朋友眼中的世界发生的变化。在阅读的时候，可以引导孩子首先从文本中找不同，如乡村有满院子的花草和宽阔的田野，而城市只有"天空细细像一条线"等，引导儿童有意注意能力的增强。而后，再让幼儿观察一下自家周围的环境、家居等今天和昨天的区别。总之，要尽可能在儿童观察能力发展的敏感期，刺激幼儿该项能力顺利发展。《亲爱的动物园》③在设计上，也颇为符合儿童此时有意注意能力的发展需求。为什么每次会换动物？动物和动物之间的不同在哪里？尤其别致的是，动物都是关在笼子里的，小朋友需要找到开关，才能把动物放出来。在谐趣互动中，使儿童的能力得到自然增长。另外，儿童此时的记忆力也得到重要发展。"有意识记的萌芽是和言语的发展、词汇的扩大直接联系的"④，所以，此时歌谣和故事等题材的儿童文学作品特别需要推荐给儿童。尤其是歌谣，由于其充满韵律的特点，所以极容易被儿童识记。《中国童谣》《阳光宝贝幼儿学习口袋书》具有便携性，家长可以通过随时记忆的方式，熏染儿童反复聆听，直到会背诵。重复是儿童此时最爱的学习方法，在反复聆听中，幼儿提升了自己的认知自

① 周念丽：《0—3岁儿童观察与评估》，华东师范大学出版社，2013年，第120页。
② 凌拂／文，黄崑谋／图：《带不走的小蜗牛》，海燕出版社，2009年。
③ ［英］罗德·坎贝尔（文／图）：《亲爱的动物园》，李树甜译，二十一世纪出版社，2012年。
④ 朱永新、王林主编：《中国人阅读书目（一）》，中国人民大学出版社，2014年，第120页。

主能力。

三是增强儿童自主意识的文本。31—36个月的时候，儿童的注意时间可以延长到20—30分钟。在这一月龄段，由于有意注意能力的发展，涉及儿童自主意识的相关能力也同时得到提升。"注意的转移是指根据新的任务，主动地把注意从一个对象转移到另一个对象上。每一次转移的时候，注意的分配也在必然发生变化。"正是因为重现能力的发展，儿童"3岁以后的事情才开始以深浅程度不同的印象被保存下来"①。此时，儿童的记忆能力仍然需要强化，上个月龄的训练书籍依然可以使用。特别要注意的是，由于该月龄的儿童行动能力增加，生活范围不断扩大，对周围活动的兴趣不断发展，开始出现第一次"求知欲"敏感期，喜欢问"十万个为什么"。因此，此时可以给儿童介入诸如《这样的尾巴可以做什么？》②类型的书籍。儿童在阅读的时候，能从中获得知识，满足求知的欲望。《小小牛顿幼儿馆》（第1辑）③中则由小朋友特别喜欢的三个主人公——智慧阿宝哥、好奇的奇奇及喜欢问问题的小问，带领着小读者上天入地，探索个遍。在儿童好奇心敏感期，这本书无论是正文的主体书部分，还是翻过来配套携带的游戏本（包含着有趣的智力题、手工、生活观察、实验等）都将科学知识与生活、艺术有机地结合起来，对呵护儿童探索心理具有重要的意义。《我不知道我是谁》④则将对世界的追问，上升到对"自我"的拷问。在儿童幼时就注入一些哲学思辨精神，利于儿童成为一个有智慧而不仅仅是有知识的人；儿童在这个阶段思维发展的第二特点是分类和概括能力有所提高，从上个月的知觉属性分类能力提升到可根据物品的功能分类。因此，在读本的选择上，要注意有梯度、有针对性地选择。德国儿童

① 周念丽：《0—3岁儿童观察与评估》，华东师范大学出版社，2013年，第126页。
② ［美］史蒂夫·詹金斯／文，［美］罗宾·佩奇／图：《这样的尾巴可以做什么？》，郭恩惠译，河北教育出版社，2009年。
③ 台湾牛顿出版公司（文／图）：《小小牛顿幼儿馆》（第1辑），贵州教育出版社，2010年。
④ ［英］乔恩·布莱克／文，［德］阿克塞尔·舍夫勒／图：《我不知道我是谁》，邢培健译，新星出版社，2013年。

科普系列读本之《神奇的垃圾回收》[①]，以及《我的科学小故事·回收垃圾》[②]，在此时非常具有意义，它不但可以锻炼儿童的分类能力，还能把知识和生活联系在一起。《谁的自行车》则旨在培养儿童将物体功能与特征匹配、分类的能力运用。另外，虽然不是儿童文学，但属于儿童读物类的《数学真有趣——方块兔子过生日》系列，也是基于逻辑思维能力上的功能分类系列，同时也符合儿童此时对于数学的敏感；"3岁的儿童已经能做简单的想象力游戏，把一种物体想象成另一种物体，也有了简单的游戏主题。"[③]因此，早期推荐过的《咕噜牛》《做鬼脸》[④]，不妨此时拿出来和幼儿一起想一想，演一演，表演也是阅读文本的一种方式。"儿童的性别意识，也在此时萌发"，因此，帮助宝宝认识自己特征的书也非常适合。湖北少年儿童出版社推出的《幼儿性教育启蒙绘本》之《我要上厕所》[⑤]，通过富有生活气息的场景故事，帮助儿童从生理特征到行为特征区分男孩和女孩。总体而言，关于性别区别更深入、有趣的，符合这个月龄的绘本，还是缺少，这也是作家们可以开发的一个领域。

总之，在儿童认知自主能力发展关键期，家长需要把握三个维度：记忆力、注意力和自我意识。要充分利用儿童文学阅读的方式，训练儿童记忆力、注意力的深度发展，同时注重从探索、求知、分类等多方面刺激儿童自我认知能力的发展。

三、儿童文学阅读与儿童行为自主能力培养

行为自主是幼儿期自主性发展的主要方面，具体表现为幼儿在食物、衣着、玩具、学习、睡眠等方面的自我决定能力、自我行动能力。儿童文

---

① ［德］莫妮卡·伊伦里希／文，［德］史蒂芬·里希特／绘：《什么是什么（低幼版）·神奇的垃圾回收》，任铁虹译，湖北少年儿童出版社，2013年。
② ［新西兰］曾凡静编：《我的科学小故事·回收垃圾》，北京大学出版社，2011年。
③ 周念丽：《0—3岁儿童观察与评估》，华东师范大学出版社，2013年，第126页。
④ ［日］阿万纪美子／文，［日］上野纪子／图：《做鬼脸》，蒲蒲兰译，连环画出版社，2010年。
⑤ 龚房芳：《我要上厕所》，湖北少年儿童出版社，2014年。

学阅读对于儿童行为自主能力的发展具有指导作用。

一是通过阅读提升儿童社交能力的发展。"19—24个月儿童社会性发展的关键是学习发起并维持与他人交往的技巧。"[1]因此，儿童文学阅读读本，要注重在这些方面的引导。《和我一起玩》[2]涵盖着两个层面的意思，一是人类如何保护大自然，二是如何与人交往。两个主题嵌套在一起，潜移默化间影响了此时儿童交际能力的发展。汉娜·哈斯特鲁普创作的"小圆圆系列"，也带有这样的阅读效果。"像拇指一样大，圆脑瓜，一头硬硬的头发，住在画家的火柴盒的小圆圆"[3]，是一个玩伴，也是一个朋友。《让我荡一会儿吧》可以激发和培养儿童理解他人的情绪和感受的能力。儿童此时的合作意识也开始发展，《和甘伯伯去游河》[4]就将小朋友放到了一条船上，他们只有学会了"怎么样向别人提出请求"以及"接纳和宽容"，船才不会像文中一样翻掉。当然，小朋友的学习有一个过程，甘伯伯用包容的心，耐心地呵护他们成长。19—24个月时，儿童的自主意识显著增加，也是培养儿童自己的事情自己动手的关键期。《小熊宝宝》[5]从最基本的刷牙、收纳等行为入手，以期孩子在憨憨的小熊陪伴下，养成好习惯。

二是通过阅读帮助儿童塑造良好行为。25—36个月，"伴随自我意识的发展和儿童各项能力的提高，儿童的主动交往行为增多，不同性格儿童的行为也开始产生分化，此时是塑造儿童良好行为的关键期"[6]。儿童文学阅读要注意帮助儿童顺利度过"人生第一个叛逆期"。《逃家小兔》[7]就是儿童叛逆行为的一次诗情描写。叛逆的小兔想方设法要离开妈妈，象征

---

① 周念丽：《0—3岁儿童观察与评估》，华东师范大学出版社，2013年，第233页。
② ［美］玛丽·荷·艾斯（文／图）：《和我一起玩》，余治莹译，河北教育出版社，2010年。
③ ［丹麦］汉娜·哈斯特鲁普（文／图）：《小圆圆系列·早上好》，任溶溶译，二十一世纪出版社，2009年。
④ ［英］约翰·伯宁罕（文／图）：《和甘伯伯去游河》，林良译，河北教育出版社，2008年。
⑤ ［日］佐佐木洋子（文／图）：《小熊宝宝》，蒲蒲兰译，连环画出版社，2007年。
⑥ 周念丽：《0—3岁儿童观察与评估》，华东师范大学出版社，2013年，第237页。
⑦ ［美］玛格丽特·怀兹布朗／文，［美］克雷门·赫德／图：《逃家小兔》，明天出版社，2013年。

着儿童在这个月龄需要通过反抗成人来显示独立性。兔子妈妈的行为显然对家长和儿童都有意义。对家长而言，兔子妈妈百转千回也不肯更改的耐心，给不知道如何处理这类反抗的母亲一些启迪——用心去爱就是最好的方法。对宝宝而言，他们叛逆，却也充满担心，妈妈总是能找到他们，其实也是他们心中小小的渴望。这本书会满足他们的叛逆心理，也会带给他们安全感。儿童对他人的情绪和意图的了解能力继续增加，并有了一定的助人行为，性别意识继续发展，上个月龄的相关书目依然可以阅读。同时，儿童的"自我控制能力也开始发展起来"[1]，这一点非常重要。儿童文学读本在这方面也当起到辅助建设作用。如《阿立会穿裤子了》[2]不仅涉及对儿童受挫的负面情绪的疏导，更通过描述阿立多次实验，最终发现躺着穿裤子的方法的过程，启示儿童穿衣技巧，更把不畏困难、另辟蹊径解决问题的精神潜移默化地传递给儿童。

三是通过阅读帮助儿童以积极行为解决问题。31—36个月，儿童自我中心水平快速增强，社会技能和社会行为出现分化。受欢迎的儿童此时解决问题的方式是采用非侵犯行为、发起互动，对其他儿童发起的互动也会积极响应。而不受欢迎的儿童，可能用侵犯性的行为来制造互动，如从其他小朋友手中抢东西，对同伴发起的行为不予理睬。这个时候，引导儿童建立和谐人际关系的读本对儿童自主性健康发展具有重要意义。《小狗和小熊·两个好朋友》[3]系列可以教会儿童发现彼此的区别，如何控制自我、如何和朋友相处，对于儿童建立刚刚萌发的稳定的同伴关系有很大的帮助。《抱抱别生气》则从一个家庭的环境出发，讲述了人际交往中宽容、体谅和爱的重要性。

四是激励自我认识、性别概念继续发展的读本。此时也应当介入一些

---

[1]　朱永新、王林主编：《中国人阅读书目（一）》，中国人民大学出版社，2014年，第239页。

[2]　［日］神泽利子／文，［日］西卷茅子／图：《阿立会穿裤子了》，明天出版社，2008年。

[3]　［美］劳拉·瓦卡罗·希格：《小狗和小熊·故事一连串》，馨月译，二十一世纪出版社，2013年。

帮助儿童更坚定地确认自我、确立信心，但同时又不是盲目自大的书籍，因为自我意识的发展还在继续当中。《小威向前冲》讲述的是生命的起源，即"我"是这样来的。生命诞生时期的冲劲也会对儿童克服重重困难后长大成人注入一些力量。《小丑鱼》①通过对同类的确认，确认自我，增加信心。《我不知道我是谁》②带领儿童在"自我"和"他我"之间，寻找自我、定位自我，树立明确的自我形象。

综上所述，儿童的认知、情绪及行为自主能力随着月龄的变化而发生着微妙但重要的变化。因此，在为儿童选择阅读材料进行阅读干预的时候，依据儿童生理发育特征及心理需求选择的文本，更容易让儿童接受，并且更容易产生阅读效果。

---

① 冰波／文，谷米／图：《小丑鱼》，教育科学出版社，2011年。
② ［英］乔恩·布莱克／文，［德］阿克塞尔·舍夫勒／图：《我不知道我是谁》，邢培健译，新星出版社，2013年。

<table>
<tr><td>第
四
章</td><td>学龄前期：
儿童文学阅读与儿童主动人格</td></tr>
</table>

第一节 儿童文学阅读与儿童主动人格培养

鲍里斯·塞德兹在《俗物与天才》中说："教育的原则不在于让孩子养成多少习惯，而是应该让孩子创造再生力量。"[①]心理学家玛丽·耶和达（Marie Jahoda）认为某些儿童会"主动地支配他的环境，表现出某种人格统一性，并能正确地感知自己"[②]。"创造再生"与"主动支配"都是主动人格的体现，主动人格是健康人格的要素之一，在所有的人格要素中，主动人格对儿童未来成功与否，具有最为重要的作用。

依据埃里克森人格发展阶段理论，4—6岁为儿童主动人格发展的关键期，"在这个阶段，儿童检验了各种各样的限制，以便找到哪些是属于许可的范围，而哪些又是不许可的。如果父母鼓励儿童的独创行为和想象力，那儿童会以一种健康的独创意识离开这个阶段。然而，如果父母讥笑儿童的独创行为和想象力。那儿童就会以缺乏自信心离开这一阶段。由于缺乏

---

① ［美］鲍里斯·塞德兹：《俗物与天才——塞德兹早期教育法》，王慧超编译，中国妇女出版社，2015年，第2页。
② 玛丽·耶和达：《走向心理卫生的社会心理学》，见《健康人格论文集》，附录2；《婴儿期和儿童期问题》，《第四次会议会报》1950年3月，M.J.E.贝恩编，小乔赛亚·麦西基金会，1950年。

自主性，因此，当他们在考虑种种行为时总是易于产生内疚感，所以，他们倾向于生活在别人为他们安排好的狭隘圈子里"①。本节结合儿童文学作品中的人物形象对"方向和目的的美德"进行思辨，以期对主动人格有更为全面的认知。并选取适当的儿童文学作品剖析在主动人格建设关键期儿童文学对儿童产生干预的原理，最终讨论儿童文学如何作用于儿童。

一、主动人格的特征

当埃里克森提到儿童的主动人格包含着方向和目的的美德的时候，他其实是指向创造性和责任意识两个方面。这一点在优秀的儿童作品中表现得尤为明显。

一是创造性。当儿童过了3岁以后，他们对待世界的方式，不仅是一种接受，而且他们已有的经验和新奇的想法正进行着各种奇妙的组合，创造出了一个属于自己的新世界。"创造性的过程……就是希望获得真正的了解、研究和调查……对状况便获得新的、更深的根本看法。"②正是"创造性"推动了人类文明的发展。

儿童的创造性从本质上而言，也是如此。创造性代表着一个人思维的积极度。《我亲爱的甜橙树》中，贫困但聪明的泽泽，用一根木头做了一匹名为"月光"的小马给弟弟；用一根黑丝袜塞上一些填充物和绳子，做成一条在黑暗中任谁看到都害怕的"蛇"。《疯丫头玛迪琴》中，玛迪琴撑一把伞当做飞机，从屋脊"飞翔"而下。《长袜子皮皮》则认为应该将糖厂的管子直接连接到教室，好让小朋友们想什么时候吃糖，就什么时候吃。《淘气包埃米尔》中，埃米尔模仿升国旗的样子，将想要看得更远的小妹妹用钩子固定住，升到旗杆顶……这些都是儿童积极思维的表现。具有主动性的儿童，有一种自发解决问题的冲动，他们不会拘囿于现有条件

---

① ［美］B.R. 赫根汉：《人格心理学》，冯增俊、何瑾译，作家出版社、海南人民出版社，1988年，第148—149页。

② ［美］艾·弗洛姆：《自我的追寻》，孙石译，上海译文出版社，2012年，第89页。

的限制。"在创造性思想的过程中，思想者所起的动机，是由于他对客体的关切；他受客体影响而起的反应；他表示关心而加以反应。"①儿童以自身独特的力量对周遭进行着撼人心魄的改变。虽然在没有正确儿童观的基础上，处于弱势地位的儿童的这些行为，都不会得到成人的赞赏。成人将此冠以"淘""犟""精""疯"等"标签化"的定义，但是，正是他们的"敢为"精神使儿童（弱者）向成人（权威）霸权的挑战成为可能，这是推动人类文明进程的前提。

创造力的培养对人的一生具有重要的影响。从儿童幼小时而言，它体现了一种蓬勃的生命力，是儿童身心健康与否的标准之一。在儿童文学作品中另外一部分形象，可以从反面来例证。小弟、杜米和阿尼卡是接受了成人强行灌输的"不许做"或"不能做"的教导而成长起来的一群儿童，他们探索奥秘的激情和奇思妙想完全萎缩，虽然保留着儿童的身体，但是思维和行止近乎大人。他们的身上凝聚着被固化的儿童的弊端：温顺、柔弱。苍白而缺少活力，乖巧却缺乏个性，过分地循规蹈矩，因此只能如影子一样存在。显而易见，失去创造力的孩子灵魂都是单薄的、扭曲的；而充满创造力的儿童，则表现出一种饱满的人格力量。从儿童的未来看，从小创造力就没有被打压的孩子，在未来的事业中，更容易积极投入并获得成功。林格伦就是最好的例证，因为她在童年是以自由、不受损害的方式成长的，所以一生保持了作为自然之子的无拘无束。最终，较之那些匍匐在权威和传统下的作品，林格伦独具创造性的作品，充分反映了对孩子的尊重和需求的理解，从而取得了巨大的成功。她的书在今天依然以90多种语言在世界各地讲述。由此可见，具有主动性的人具有创造力，他们会敏锐地感知生活，坚持自己对世界的感受，并用积极的态度面对生命中的不完满，最终获得碌碌者无法获得的成功。

二是"伟大的良心"②。主动性的伟大统治者是良心。"此时儿童不仅

---

① ［美］艾·弗洛姆：《自我的追寻》，孙石译，上海译文出版社，2012年，第89页。
② ［美］埃里克·H.埃里克森：《同一性：青少年与危机》，孙名之译，中央编译出版社，2015年，第118页。

感到害怕被揭露而受惩罚，并且还可以听见自我观察、自我指导和自我惩罚的'心声'，它使儿童内心产生了彻底的分裂：一种新而强有力的疏远，这是道德发生的基础。"可见4—6岁的儿童不仅具有创造力，同时他们也表现出一种对社会规则的学习和接受。在这个社会化的进程中，儿童逐渐增强了他们的责任意识。

迪米特尔·茵可夫在《我和小姐姐克拉拉》中，用近乎纪实的手法，讲述了儿童"伟大的良心"品质下的行为。《双色狗》是儿童对公平规则的领悟和践行。为了让爸爸买回来的一条狗能够被公平地享有，孩子们用皮尺和硬币划定了界线，并许诺各自照顾好自己的一部分，甚至根据各自的喜好给小狗涂了不同的颜色。这种公平享有的观念来自成人的灌输，而在没有父母监督下的自发行为，则是儿童自我指导、自我督查的结果。这是儿童从自我向社会靠拢的一种表现。《哭笑不得》一文中，克拉拉和我决定给穷人捐献一些衣服。他们不仅捐献了自己的裤子和上衣，还将妈妈崭新的绿大衣和爸爸的四双鞋子一并捐献。在成人的道德里，捐献是把自己不需要的，但是对别人有益的东西捐出去，而在孩子的心里，"穷人总用旧东西，看起来不就更穷了吗？"[①]又是儿童用成人规则向成人行为发出的一种质疑和拷问。所以，儿童的责任感和规则意识，是一种自我和社会双向调节的产物，儿童因此朝着分裂但更适应社会的方向发展。

芭芭拉·库尼的《花婆婆》《小岛男孩》《海蒂和激浪》也表现出这种"伟大的良心"的品质。《花婆婆》由于年幼时和爷爷的许诺，一生致力于"做一件让世界变得更美丽的事情"，即便在腰背受伤的时候也不放弃。而创作此书的库尼，本身也是一个极具责任意识的人。《花婆婆》一书对细节十分讲究。背景上的窗户，女孩子戴的帽子、穿的服饰，包括昂着头走路所带出的气质，都是经过严格考证，按照故事发生时的社会风貌所作。库尼说："会有多少孩子注意和关心画中的细节……但我还是尽量让我的

---

① [德]迪米特尔·茵可夫：《我和小姐姐克拉拉》，陈俊译，二十一世纪出版社，2005年，第76页。

画中充满了许多东西，也许哪天会有人了解我画中的某些东西，而且随着时间的过去，他们会了解得更多。"①这种不仅出自外界评判，更来源于内心自我反省与约束的精神就是"伟大的良心"。"良心裁判我们做人应尽的职责……它是我们真正自我的心声，把我们召唤回到自我的境界，使我们获得健全而和谐的发展——那就是使我们成为彻底发挥潜能的人。"②"良心"会促使我们表现出真实的自我，并在此基础上认识我们生活的目标。

值得注意的是，对于幼儿来说，家人常常是他们模仿的对象。所以，责任心和规则感的建立，也需要家人的配合。中国青少年研究中心的一项全国调查表明：中小学生最不满意父母的十二种行为中，"说话不算数"占43.6%，排在第一位③，这样的数据是令人担忧的。在规则感和责任心建立的关键期，家长要注意言行之间的一致，幼儿才有可能形成坚实的、不会随意更改的优良品质。

总之，主动人格是一种积极地、勇敢地面对生活的品质，其外在表现为创新性的解决问题的办法和责任意识及规则感。"主动性阶段对于其后的同一性发展的重要贡献，显然在于解放了儿童的主动性和目的感，容许（但不能保证）实现一个人的各种能力去完成成人的任务"④，即"我就是我能想象的我所能成为的我"。

二、儿童文学阅读促进儿童主动人格形成

保罗·阿扎尔说："儿童并不会束手就擒地任人压迫。我们虽然希望主宰一切，他们却依然奋力索要自由：这是一场艰难的战争。"⑤在阅读方面亦如此。尽管成人必然是怀着极为美好的愿望，不停地给孩子推荐我们

---

① 彭懿：《世界图画书阅读与经典》，接力出版社，2011年，第188页。
② 参阅尼采著《道德的谱系》第2章第3节及海德格尔（M.Heidegger）对良心的解释。
③ 卢志丹：《把话说到孩子的心里去》，新世界出版社，2012年，第59页。
④ ［美］埃里克·H.埃里克森：《同一性：青少年与危机》，孙名之译，中央编译出版社，2015年，第86页。
⑤ ［法］保罗·阿扎尔：《书，儿童与成人》，梅思繁译，湖南少年儿童出版社，2014年，第59页。

认为优秀的书籍，可是书的被接受和奇妙作用只在某种特殊的巧合下才能发挥。既然阅读是各种"天时地利人和"的"化学反应"，那么就让我们在对儿童的了解中，推荐、引导并密切关注效果的产生。

（一）儿童文学阅读以尊重幼儿为主导理念促进儿童主动人格形成

在经历了自主阶段的莽撞之后，此时的儿童处在需要成人引导，又迫切地想要表现自己已经具备某些能力的渴望阶段。美国剧本作家威廉·麦考克里瑞为千里之外的5岁儿子写的一系列故事中的《拯救老狼》，就充分地表达了这种状态：

> 从前，一个男人在哄5岁的儿子迈克上床睡觉，男孩央求他讲个故事。
> "好吧，"男人说，"嗯，让我想想。噢，好，很久很久以前，有一个小姑娘，她长着一头长长的金发，大家都叫她'金发女孩'。"
> "不要，不要！"男孩说，"我要听新故事。"
> "讲一个母鸡的故事。"男孩说。
> "好。"男人说，"我还以为你又想听狼的故事呢。好吧，很久很久以前，有一只母鸡。"男人停顿了一下。
> "接着讲，"男孩说，"你还等什么呢？"
> "给母鸡起个什么好听的名字呢？"
> 迈克好像认真地想了想。"给母鸡起名字——嗯，叫彩虹！"他说。
> ……

故事的结局并不重要，重要的是，我们透过这则父子共读的故事清楚地看到了处于主动人格建设期儿童的某些特征：成人不再是阅读的主宰，关于读什么，孩子更有决定权。在阅读（听读）的过程中，儿童不再是简单的信息接收者，而是根据已有的经验进行建设的建设者；最重要的一点，儿童不仅是听，还渴望参与。埃里克森认为，"应该充分认识幼儿是发展的主体，在教育活动中充分发挥幼儿的主观能动性。"①因此，在亲子阅读的时候，为孩子介绍每本书的大概内容，由他们来选择，不仅可以充分表达成人对儿童的尊重，更关键的是，可以满足儿童此时正在生长的主动性需求。而父母（成人）要做的是，将那些可以方便儿童参与进来（包括故事编织、手工及手动游戏）的书籍提前放到他们跟前。中川李枝子的《古利古拉》与《拯救老狼》一样，充满了对孩子天性的认可和尊重。从"吃好吃的"愿望出发，到"做好吃的"各种试探，儿童可以随着故事的发展，展开丰富的想象，参与到故事的行进中来。正如陈晖在"孩子的阅读反应"中所提到的那样，"森林里的动物们一起等着蛋糕出炉和一起吃蛋糕的画面，给孩子们留下了深刻的印象，在讲读的时候，他们会一一分辨图上都有哪些动物，它们都在干吗，甚至为它们设计台词"②。而洞洞书如《有个老婆婆吞了一只苍蝇》《眼》等，由于翻页前后的巧妙设置，引发了儿童浓厚的参与兴趣，他们翻动着书页，思索、探寻、追问本身就是主动性的表现。另一些书刊《幼儿画报》《婴儿画报》不仅有图文并茂的故事，而且还为故事配了同类型的手工制作，如"螃蟹怎么喝到水"，通过小朋友的剪制、粘贴可达到效果，儿童在游戏中习得了阅读的快乐。

总之，对于儿童来说，在主动性培养阶段，阅读的主题并不是最重要的，虽然在某些特定的时刻，它们也会起到重要的引导作用，但更重要的是怎么读，在何种氛围中读，读的方法是什么。从阅读材料的选择开始，尊重孩子的意见，让他们敢于表达。在阅读的过程中，珍视儿童的发现，耐心回答他们的提问，并鼓励他们用多种方式参与到阅读中来，这本身就是在培养主动性。所以，学龄前期幼儿主动性的培养，不是主题上的灌输，而是行为上、细节处的用心。当儿童的独立意识和勇气被培养出来

---

① 霍力岩：《论促进幼儿的主动发展》，《学前教育研究》，2001年第1期。
② 陈晖：《经典绘本的欣赏与讲读》，新星出版社，2012年，第9页。

后，主动性自然会增加。埃里克森认为："主动性阶段对于其后的同一性发展的重要贡献，显然在于解放儿童的主动性和目的感，容许（但不能保证）实现一个人以各种能力去完成成人的任务。"①

（二）儿童文学阅读调适幼儿心理引导儿童主动人格健康发展

幼儿进入3岁以后，随着羞耻心和安全意识的萌发，会产生一种畏缩感。抚育者惊奇甚或略带生气地发现，以前那个勇敢的、听话的、见人就打招呼，自己敢于单独问询、购物的孩子，变得畏缩、怯懦。埃里克森将此称为内疚感，而儿童此时面临的最关键的心理冲突是主动对内疚，内疚感产生的原因随处可见。《莎娜想要演马戏》②中的莎娜，怀揣着纯净的、火热的理想到达了马戏团。"想要"是此时儿童最常见的表达方法。马戏是儿童喜闻乐见的艺术表达方式，幼儿以为主动性与美好的梦想结合，就能让他们欢笑。但是，怎么回事？当装扮为小丑的她站在舞台中央的时候，"一切都变了""陌生的灰尘味儿、汗水味儿、木屑味儿，还有慌乱"。现实的冲击令表演得还不错的莎娜无法接受，孩童的天性自然流露，"她站在舞台中央大哭起来"。这本书之所以容易被儿童接受，除了刚才提到的两个原因，对于儿童在这个阶段单纯又复杂的情绪、坚强又脆弱心理的把握也很重要。在结尾时，莎娜简明扼要地点出："练习，练习，再练习。"③则表露了儿童改变现实，提升自己的渴望。

由此，我们也可看出，内疚感的存在具有双面作用。作为由于失败于某事的一种心理体验，一方面"内疚感一旦发生，即能采取补偿行为"④，也就是说适当的内疚感会成为督促儿童成长的一种动力；另一方面儿童的

① ［美］埃里克·H.埃里克森：《同一性：青少年与危机》，孙名之译，中央编译出版社，2015年，第86页。
② ［德］古德荣·梅布斯／著，［德］昆特·布霍茨／绘：《莎娜想要演马戏》，王星译，南海出版公司，2010年。
③ 同上。
④ 施承孙、钱铭怡：《羞耻和内疚的差异》，《心理学动态》，1999年第1期。

内疚感一旦过度，就会产生自卑心理。因此，成人要采用合理的方式，帮助儿童转化内疚感。相关主题的图书，无疑具有重要作用。韦伯的《勇气》用质朴、诗化的语言，挖掘生活中关于勇气的点点滴滴。"勇气是你有两块糖，却能留一块到第二天。"①"勇气，是你第一次骑车不用安全轮。"②简洁有力中饱含着真理，来自生活的点滴原来蕴藏着巨大的力量。儿童边阅读边感受，边默默地赞赏自己或者修正行为。"孩子对书中的大多数'勇气'都表示认同"，"并由此得出，克服心理的害怕是一种勇气，不怕嘲笑，敢于思考也是一种勇气"③。

儿童的主动性还来源于一种独立的意识及能力。《第一次上街买东西》等系列作品，是对儿童主动发展能力、探索世界行为的描述。还未曾这样做的儿童，可以通过阅读感受到一种引导。已经有了这样主动行为的儿童，在阅读过程中则感受到一种肯定。儿童在引导和肯定中，对发展自身能力和探索世界产生了更多的信心。

而《我不知道我是谁》则通过一只呆萌可爱的兔子达利B，讲述了一个融合着英式幽默和德式哲意的故事。"我不知道我是谁"这是达利B的困惑，其实也是所有主动性建设期幼儿的困惑，他们正是因为"想知道自己是谁"，并渴望"自己是更理想的自己"，才会在与现实的落差中产生内疚。但是所谓"更好""理想"都与人的本质无关，那些不过是他者的评价。在故事中，达利B因为一只大灰狼才突然惊觉"原来我是一只兔子"，但是很快在小伙伴高喊"你是英雄时"再次迷惑："真奇怪，我还以为我是一只兔子呢!"④乔恩·布莱克用高超的幽默，在儿童区分个体差异、建立自我的过程中，点出了评价的多元性，从而引导儿童不必拘囿于他人的看法。这对儿童主动性的培养不仅有情绪宣泄与疏导作用，更为儿童寻找

① ［美］伯纳德·韦伯（文／图）：《勇气》，阿甲译，南海出版公司，2007年，第10页。
② ［美］伯纳德·韦伯（文／图）：《勇气》，阿甲译，南海出版公司，2007年，第9页。
③ 陈晖：《经典绘本的欣赏与讲读》，新星出版社，2012年，第119页。
④ ［英］乔恩·布莱克／文，［德］阿克塞尔·舍夫勒／图：《我不知道我是谁》，邢培健译，新星出版社，2013年。

自我、定位自我提供了客观的、更有价值和更注重内在实质的参照标准。

另外，值得点出的是，这几本书都力图营造一种轻松、欢悦的氛围，旨在启示父母，对于儿童固然不能溺爱，但是讲述道理也可以通过这样幽默、智慧的方法。恐吓、威胁，过于严厉，只会在专制氛围下压制儿童主动性的发展。

（三）儿童文学阅读以游戏为主要途径促进幼儿主动性发展

埃里克森认为："游戏是幼儿情感的一种健康的宣泄方式。可……发展他们的主动性，克服其羞怯、疑虑和内疚感。"①幼儿以游戏为主要生活方式，通过游戏探索，认识外界事物，习得社会经验。因此在阅读中，介入与阅读材料相关的游戏活动，是引导幼儿更好地体验文本、发展主动性的重要途径。

事实上，故事、绘本等阅读材料本身就具有帮助儿童发展游戏能力的作用。中川李枝子说"用心观察孩子们如何才会开心，创造力丰富的孩子即便在空地上也会快乐地玩耍，但想象力贫乏的孩子就做不到。要培养孩子们的游戏能力必须先培养他们的想象力，而故事、绘本正是空地上没有的、适合孩子的读物"②。因此，通过阅读，开阔儿童视野，激发儿童的想象能力，是在为培养幼儿的主动性打底。

在文本阅读的过程中，和孩子做一些"提问""寻找""朗读""猜字"等游戏，则会提高儿童的专注力。阅读结束后，尝试和儿童一起表演绘本也是重要的阅读方式。在这个过程中，尤其要注意的是以幼儿为主导，由他们根据领悟的内容，分配角色，制造道具，安排表演步骤，解释游戏结果，成人巧妙地做好辅助工作，以便让儿童对自己的能力有信心。特别要注意的是，幼儿自我意识的一个重要特点，就是"他律性"。因此，在进行以儿童文学阅读相关的游戏活动的过程中，成人要通过各种方式来肯定

---

① 蒋波：《埃里克森人格发展理论对幼儿主动性发展启示》，《幼儿教育》，2006年第8期。
② 陈晖：《经典绘本的欣赏与讲读》，新星出版社，2012年，第7页。

幼儿的行为，使他们体验到主动活动的快乐，产生自尊、自信、自主的情感体验。"儿童的自我特性只有努力付出后所获得的结果被表里如一、诚心诚意地承认时，才能获得真正的力量。"①

总之，正如约翰·爱·格雷泽（John I .Glazer）在其著作《幼儿文学》（*Literature for young Children*）中所说："文学更多的是靠经验，而非教导。"哈克也说："孩子正在发展……思考书的方法，应该给予鼓励而不是教导。"②游戏的意义就在于，它会让儿童更好地体会文本要表达的经验，并在成人智慧的鼓励下，激发潜能，增强信心，刺激主动性更好地发展。

三、儿童文学阅读育化儿童主动人格的心理学剖析

尼采指出，文化创作中两种不同的倾向：一种倾向于凝固和永久，是对存在的渴望；一种则倾向于创新和变化，是对未来和生成的渴望。大部分的成年人倾向于前者，强调规则和纪律；儿童则本能地绽放自然、流动、吐故纳新。阅读是儿童更新认识，在幻想中绽放本能，在思维中生成未来的重要方式。其治疗原理可从以下几个方面进行解析。

（一）儿童在主动人格建设期，被压抑的天性渴望释放

文学阅读与所有治疗一样，讲求"对症下药"。因此，对于儿童的诊断无疑是阅读取得效果的重要前提。现代心理学家认为，在工业化对人类整个生活结构和思维方式造成冲击的形势下，童年的心灵已不再是无忧无虑的天堂。儿童从主动性建设时期开始，就会感受到焦虑和压抑。原因有二：一是成人引导儿童"社会化"进程当中，方法失当，造成儿童意识层面的困惑和焦虑；二是儿童本身处于"本我"的存在状态，无法像成人一样有"道德感"，他们以快乐为原则，却被迫过早地接受僵硬现实而被剥

---

① ［美］埃里克·H.埃里克森：《童年与社会》，罗一静译，学林出版社，1992年，第216页。

② ［加拿大］佩里·诺德曼、梅维丝·雷默：《儿童文学的乐趣》，陈中美译，少年儿童出版社，2008年，第47页。

夺魔力幻想。这使儿童在从"本我"走向"社会化"过程中，欠缺了一种重要过渡，而造成人格委顿。根据我国中医学"情志相胜"的治疗原理，此时给予儿童的读物，应该具有格外的冲击力，才能激活儿童日益固化的心灵。心理学家荣格对此给出的治疗方法是"幻想"，幻想通过意识层面解放自我从而达到抵抗僵化的作用。

在儿童文学的世界里，幻想色彩浓郁的作品并不罕见。《小飞人卡尔松》后背上的螺旋桨、《长袜子皮皮》"红""蓝"配色不一样颜色的袜子、雀斑和土豆鼻及大嘴的"小丑"形象，都是对严肃的、官方的、等级制度森严的现实生活的超越和颠覆，它隐秘地满足了儿童渴望享受有别于循规蹈矩的生活的狂欢自由的心理。尼古拉·诺索夫的《幻想家》则充分表现了儿童内心的丰富、精彩。"一脚踩扁汽车""变大变小""到月球上去""被鲨鱼咬掉脑袋，还能爬上岸回家"，它们充分印证了皮亚杰在《认识发生论评述》中对儿童心理的分析，儿童在"自我中心思维"期，世界就是自己感觉里的世界。幻想的另外一层作用，则是帮助儿童认识并思辨现实，而且，这个认识的方式是在游戏的欢乐中不动声色地完成的。例如，在《幻想家》的结尾处，果米尔自己偷吃却撒谎欺负妹妹，"编瞎话的好处"的故事，将对于幻想的认知引入更深层次的辩证。幻想不同于歪曲事实、伤害他人的谎言，儿童在阅读的过程中，很自然地就接受了这样的理念。儿童通过阅读此类作品，可以补偿被权威和规则压制的自我，并弥补经验不足带来的恐惧和认知缺陷。

总之，儿童文学中充溢的幻想元素，缓解了幼儿此时面对规则世界的压力。"幻想在现代生活中，是取得心理平衡和心理补偿的一种不可缺少的手段。"[①]儿童在聆听故事阅读文本的过程中实现超越，并通向无限变化永无止境的更新能力，捍卫了儿童感知世界的敏感性，为主动人格的建设奠定了基础。

---

① ［瑞士］卡尔·古斯塔夫·荣格：《心理学与文学》，冯川、苏克译，北京联合出版公司，2013年，第12页。

（二）儿童此时渴望获得应对挫折的力量和信心，儿童文学 阅读恰好可以满足

儿童相较于成人，属于边缘生存者。虽然绝大多数时候，儿童被当做家庭的中心。但此时的儿童并非真正的儿童，而是成人想象出来的儿童。一旦儿童并未表现出成人理想的样子，便会感受到成人的失望。对于4—6岁的儿童来说，这一点尤为明显。处于幼儿与学龄儿童过渡期的他们，总是被赋予太多的期望。成人甚至等不及他们长大，这给儿童带来了压力和失落感。因此，此时他们渴望看到或者听到与应对挫折有关的故事，以此来获得力量和信心。

儿童文学"以善为美、引人向上、导人完善"的文学美质，恰好满足了这一点。与其他阶段不同的是，主动人格建设时期的阅读读本，总面临着成人伦理和儿童自主意识之间的冲突。如深受孩子们欢迎的《彼得兔》《彼得的椅子》中，成人总是或告诫或武断，而孩子总是有着各种抗争。彭懿认为，正是在这种"儿童的天性"与"大人的习惯"之间的窘境中，才唤起了孩子的共鸣，并开始思索成人话语中的合理性，最后达到了统一。当然，这也暴露了发展至今的儿童文学，总体而言，还是成人主导的文学，儿童文学的进步更多体现在技巧的娴熟上，而非儿童观的进步。

儿童文学读本的游戏色彩，对于缓解儿童的成长压力，也起到了一定的作用。由于儿童不可能沉浸在思辨性极强的说教中，此时，游戏就是儿童演练人生的一种重要方式。适应此时儿童阅读的书籍，也总是以游戏色彩浓郁的书为主。如《逃家小兔》通过儿童最喜欢玩的捉迷藏游戏，将浓浓的母爱倾注到儿童的心里。《长袜子皮皮》更是处处体现着游戏精神。在游戏的过程中，儿童可以学会如何与人交往、分工合作，怎样与他人一起玩，一起做事；解决不可避免的冲突；学会社会角色，学会遵守规则，确定什么是允许的，什么是不允许的。正如迦达默尔游戏理论的观点："游戏从情景构造上说，是一种虚拟的现实存在，是'一种遵循一定规则

的活动'，而其本质则在于自我表现。"儿童通过游戏或者通过阅读具有游戏色彩的图书，感受到主人公没有依赖性、盲从性和自卑等特点，以此来反抗成人对儿童的"贴标签"或者"精神殖民"。他们需要这样一种来自儿童世界的声音恢复人类对儿童，也是对人本身的尊重、对自我的肯定。

另外，在儿童文学书籍中，有一部分是情绪管理读本，也对4—7岁正处于情商培养关键期的儿童发生效力。在这个年龄段，儿童的压力和焦虑，不仅来自于和成人权威的对抗，与伙伴的人际关系也是一个重要原因，许多文本在这方面也起到了良好的疏导作用。特蕾莎的情绪系列绘本《我喜欢自己》《我不要妒忌》《我不要孤独》、卡琳·谢尔勒的《不是那样，是这样的!》、菲利普·韦希特的《大嗓门爸爸》等，所挖掘的儿童在处理这种不良情绪时本真又美好的品质，满足了儿童此时的成长心理，儿童在阅读中愉悦地感知、模仿，可以帮助他们最终实现自我成长。

（三）儿童主动人格培养需要创设外在成长环境，此时以亲子
　　　共读为主的阅读方式，无形中改变了父母的教育理念

对4—6岁的儿童而言，成人的教养态度和方法对儿童主动人格的形成具有重要的作用。"父母不是先天就会的，而是在养育孩童的过程中，渐渐习得的。"亲子阅读作为一种此时主要的阅读方式，不仅对儿童产生影响，也在潜移默化地影响着父母的教养观念。

作家们在进行创作时，往往通过赋予笔下的人物一些特殊性来提示父母这一点。"长袜子皮皮"从出现在大家面前起，就"母亲早亡，父亲失踪"。而卡尔松也是"没有父母，独自生活"。这种"无父无母"的状态表现了儿童在这个年龄段，由于逐渐成长的能力和自我意识，对父母的一种隐喻性的反抗。当然，这种成长期的反抗看似决绝，但实际上还保留着温情和依赖的儿童心理。如皮皮的生活来源是父亲留下的一箱金币。"金币"也带有隐喻色彩，它象征着儿童在成长的过程中，至少在这个阶段还不能完全脱离父母。而卡尔松"有时也热衷于扮成一个撒娇的娃娃，让小家伙

做他的妈妈，在他生病的时候能喂他吃药、给他买糖果"①。可见，儿童此时一方面渴望独立，另一方面，并不强大的生活能力又使他们具有依赖心理。这种具有依靠的自由，才是儿童此阶段真实而完美的梦。家长要适时领悟这种心理，在教养的过程中，既不能完全脱手，造成儿童亲密感建设失败，安全感丧失；也不能过于管束、压制。

　　而另外一些文本则提示着另外一些事情。阿波罗的《抱抱》通过小猩猩看到大象、变色龙、大蛇都在抱抱时，自己也想被妈妈抱抱的心理，提示着尽管处于主动性建设时期，父母温柔的爱依然不可或缺。郑春华的《大头儿子和小头爸爸》，则通过一系列亲子共处的故事，表达着作者"鼓励儿童发挥想象力，呵护儿童天性的主张，这对于父母和幼儿教育从业者都有很好的启发"②。

　　综上所述，儿童在4—6岁主动人格建设关键期，儿童文学阅读无论从儿童接受心理和需求而言，还是从儿童文学本身的特征出发，都对儿童起着重要的作用。"真正的经典作品是具有世界普遍性的，它呼唤着人们宽广、宏大的心灵。它同时又是永恒的，无论诞生了多少年，无论那是在哪一种情境下创作出来的，它始终具有意义，甚至拥有了新的内涵；它依然完好无损，如同刚刚被铸造出来一般，保持着当时被烙于其上的高贵的印记。或者可以这么说，虽然一代又一代的人们不时敲打那枚硬币，它却依然能够发出最初灵魂的回响。"③

第二节　主动人格之殇与儿童文学阅读治疗

　　"俄狄浦斯情结"作为人类一个重要的情结，在人的一生中起着重要的作用，"俄狄浦斯情结"的冲突与解决，直接关系着人类健康人格的建设。

① 汤锐：《北欧儿童文学述略》，湖南少年儿童出版社，2015年，第75页。
② 朱永新、王林主编：《中国人阅读书目（一）》，中国人民大学出版社，2014年，第96页。
③ ［加拿大］李利安·H.史密斯：《欢欣岁月》，梅思繁译，湖南少年儿童出版社，2014年，第47页。

　　"俄狄浦斯情结"作为一个概念，最早是由弗洛伊德在1910年精神学大会第五次演讲中提出的，而后很快在世界范围内被接受，并逐渐被文学、人类社会学等用不同方式阐释，赋予了新的意义。关于"俄狄浦斯情结"产生的原因有三种说法。一是命运说，源于其鼻祖弗洛伊德提出的"力比多"理论。二是权力之争说，该说法最早可追溯到公元前八世纪末至公元前七世纪初古希腊诗人赫西俄德的长诗《神谱》。在"子弑父—获得权力—子弑父"这个循环中的"父"后被指为任何拥有"父"之身份、权力和地位，并威胁到子生命的具象之父，子的反抗仅仅是为了取代而不是取消，也就是说，"子"弑父没有带来质的改变。第三种说法，则从社会学可追溯到1789年的法国大革命，它推翻了封建君主制，建立了共和国的政治体制。其更深刻的意义在于"取消了居封建男性社会权力之巅的统治形象本身，推翻了古已有之的统治之父，因而也就给'父权'体制和父亲的地位、权力带来了决定性的打击"①。此时的"俄狄浦斯情结"包含着对强权的否定，它最终的指向是"分享爱而非对抗"②。

　　在本论文中，"俄狄浦斯情结"的含义主要指的是第三种。并且我们同时也注意到，儿童在成长的过程中，确然会由于身体的发育带来心理的变化。弗洛伊德认为该情结最强烈的时候，大约是4—5岁。而埃里克森将这个时间界定到4—6岁，他认为，"这个阶段是幼儿好奇心的阶段，是生殖器兴奋阶段，是对性的问题带有不同偏见和过分关注的阶段"③。随着性的发育，儿童的心理也会产生重要变化，此时父母如果给予正确的回应，儿童就会顺利度过这个敏感期，并为一生的健康人格打下基础；否则，儿童会成长艰难，一生都与此情结产生纠葛。

　　世界文学对于"俄狄浦斯情结"的书写，多集中在对这种症状广泛而

① 陈晓兰：《永恒的"俄狄浦斯"之梦——论西方文学中的弑父主题》，《兰州大学学报》（社会科学版），1993年第3期。
② 施琪嘉：《俄狄浦斯情结的中国理解》，《神经疾病与精神卫生》，2004年第2期。
③ ［美］埃里克·H.埃里克森：《同一性：青少年与危机》，孙名之译，中央编译出版社，2015年，第82页。

深刻的揭露上。如莎士比亚的《哈姆雷特》、陀思妥耶夫斯基的《卡拉马佐夫兄弟》、劳伦斯的《儿子与情人》等，但明显可以看出，这些作品更多体现的是出现这种情结的破坏性后果。揭示儿童如何在成长过程中克服"俄狄浦斯情结"之殇，完成人格蜕变，激励"自我"逐渐适应客观世界的作品并不多，巴西著名作家若泽·毛罗·德瓦斯康塞洛斯的代表作《我亲爱的甜橙树》三部曲（《我亲爱的甜橙树》《让我们温暖太阳》《疯狂少年》），可以说是这一方面细腻又完整的代表作。

目前，关于此书的研究性论文并不多，向蓓丽的《温柔需要经济条件》《教育的行动研究：看见脉络中的人与教育问题》是从历史、政经、文化、体制化社会的交互作用角度来考量泽泽的遭遇，提倡创建一个更公正健全的社会，确保儿童的健康成长。周小波的《温柔比惩罚更能感化顽童的心》、王永洪的《做一个温柔的父亲，最美!》、李丽的《温柔是一种幸福的存在方式》则是从成人的角度来思考"温和"的抚育方式对儿童成长的影响。从儿童，尤其是儿童人格发展角度介入，对儿童成长特征进行剖析并给出合理培养建议的研究还很欠缺。因此，本节在已有的研究基础上，运用埃里克森人格发展理论细致解读儿童主动人格培养关键期的心理特征、需求，并以此为线索，探究主人公泽泽成长中的自我救赎之路，为具有主动人格之殇的儿童提供儿童文学阅读治疗的自我救赎之方法。

一、弑父："主动"与专制的对决

2010年6月至2013年，人民文学出版社、天天出版社相继推出《我亲爱的甜橙树》《疯狂少年》《让我们温暖太阳》三部曲，该书用近乎自传体的方式讲述了男孩泽泽的成长之殇。父爱的失去、追寻与获得，与成长主人公泽泽如影相伴。纵观这三部曲，每部都经历着相同的故事结构"恋父—弑父—立父"，简约的勾勒背后是一个孩子伤筋动骨、布满荆棘的成长之路。

人生而当有父母，但"父亲"和"母亲"身份的获得并不来源于生理的事实，更应当是基于心理和文化的事实。由于胎儿孕自母体，所以，女子几乎从怀孕之日起就已然成为母亲，其论证的依据是母亲对儿童的生理和心理从孕育时就有抚养行为，它建立起心理和文化事实的母亲。但"父亲的身份必须被宣告和创立，而不是在孩子出生的那一刻便得到展示，它必须在父亲和孩子建立关系的过程中一步步地揭示出来"①。可见，与母亲的天然优势相比，父亲与子女的关系从人类和家庭建立伊始，就处在一种或对立，或亲密，或若即若离的状态，不同的父子关系会导致儿童对父亲不同的情感。泽泽与有"父"之名的父亲关系的对立和若即若离导致了其"俄狄浦斯情结"的形成。

原生家庭中的泽泽对父亲充满本能的依恋和爱，但是艰难的生存却逐渐地侵蚀着其父的性格，也慢慢侵蚀着这份生而有之的亲子深情。教育家阿莫纳什维利认为，淘气是儿童"智慧的表现"，是儿童"可贵的品质"，如果一个儿童一点儿也不顽皮，就意味着他内在的智慧和创造潜能在沉睡，没有得到发展。②冰心也曾说过："淘气的男孩是好的，调皮的女孩是巧的。"但泽泽的调皮、机灵、捣蛋换来的却是无节制的殴打、警告和"圣诞节出生的小魔鬼"的厌称。③男孩在幼童期由于脑神经和身体发育，本能表现出的活力、主动性被残暴压制。于是在"主动"和专制之间，在渴望爱和不懂爱之间，形成了一个巨大的矛盾空间。"纸球事件"和"探戈歌曲事件"是其中较为激烈的展现。爱不能唤回爱，对心智还不成熟的泽泽而言，只能选择一种决绝的对抗方式。"反正我要杀了他！""我已经开始行动了！不过我不是要用公鹿琼斯的左轮手枪砰的一声杀死他，不是这样，我是要在心里杀死他。当你停止喜欢一个人，他就会在你心里慢慢死去。"④弱小的孩子用这样的方

---

① 侯素琴：《赫克托尔的父亲隐喻——凯斯特纳早期小说中的"代父"形象分析》，《名作欣赏》，2011年第3期。
② 王灿明、郭志明：《十字路口的顽童》，华东师范大学出版社，2006年，第16页。
③ 同上。
④ ［巴西］若泽·毛罗·德瓦斯康塞洛斯：《我亲爱的甜橙树》（三部曲），蔚玲、李金川译，人民文学出版社，2013年，第142页。

式宣誓了"弑父"。

"弑父"意识产生过程中，家暴是罪魁祸首。但家暴只是一种外在的表现，真正导致这种行为的是成人错误的儿童观。"往昔的欧人对于孩子的误解，是以为成人的预备；中国人的误解，是以为缩小的成人。"[1]由于成人并未觉察儿童的独特性，所以并不能以正确的方式理解他们。长者成为命令者，而不是儿童成长的指导者和协商者，错误的儿童观背后揭示的又是更深一层的人性之殇。假如儿童强大，即便成人不够理解他们，伤害也不存在。成人的强权、专制又何尝不是"弱肉强食"的生物规律在操控人性。泽泽的被暴力，是因为在成人的思维里"孩子是没有地位的存在，儿童，还不具备被尊重的价值"[2]。这种本性操控下的人类不仅会对儿童如此，对周围的成人亦会如此，只是表现的方式不同。所以，对儿童的发现、尊重实际上意味着对"人""人之尊严和价值"的发现。从尊重儿童开始，人类才走上自性完善之路。

新生家庭中，泽泽经历着更为艰难的"主动"与专制的对决。相较于原生家庭肉体痛苦中精神的受损，新生家庭由于其本身的复杂性，儿童体验着更多的情感波动。此时，成人如果没有意识到这一点，或者出于生物本能性的疏离甚或轻蔑，儿童将会经历比在原生家庭更大的伤害。《让我们温暖太阳》《疯狂少年》记录的就是这段心路历程。成长起来的泽泽，具有了更多的生活主动性。可是在他被领养的这个家庭里，规矩严谨。钢琴课、回家的时间、看电影的次数，甚至说什么话、怎样说话都被严格地控制、安排。无论是出于何种原因，成人这种自以为是的教养方法，都透露出对儿童自主权利的残暴践踏，是成人在爱的名义下私心的反映，其背后的本质是虚荣、自私而非爱。成人以付出为名，渴望同等的，甚至超出期望的回报。泽泽的养母希望泽泽学好钢琴是为了有一个体面的养子；而

① 鲁迅：《我们现在怎样做父亲》，该文最早见于1919年11月《新青年》月刊第六卷第六号，署名唐俟。后收录于《鲁迅全集》第一卷，人民文学出版社，2005年，第155页。
② 李丽：《温柔是一种幸福的存在方式》，《博览群书》，2014年第3期。

他的医生父亲，虽然表面慈祥，内心却具有很强的家长意识。他不关注泽泽真实的想法，在他的意识里，父亲大约等同于家庭的供养者和权威，他人需要仰仗并服从他。书费事件中，他用一句"你不值这些钱"，彻底揭开了蒙在虚假温情上面的面纱。

专制之下必有反抗，专制越深，反抗就会越激烈。拒绝钢琴课、偷看电影，是反抗最初的表现。当压制到了精神层面时，情感的主动、行为的主动和认知的主动如同一股潮流汇聚在一起，与专制的对决就呈现出激烈的一面。泽泽在冷漠中抗拒与挣扎，直到心中放弃了对"父亲"的幻想，他甚至准备离家出走。在《疯狂少年》中，即将成人的泽泽在情感上，从对父亲所代表的传统观念的妥协到最后无法遏制的背叛，就体现了这一点。如果"将'父—子'关系视作是一种文化现象，'父'代表一种传统，一种现存的秩序"[①]，那么泽泽最终的背叛实际上意味着对以传统和秩序为名的强权的反叛，也因此完成了本质意义上的弑父。

透过泽泽两个家庭的父母，令人不安却具有概括性质的表现，作者也揭露出一种社会危机："随着社会工业化程度的加深，一个史无前例的现象出现在西方社会的集体意象中：'不健全的父亲'。"[②]"当父亲挣扎于社会地位的沉浮，又必须面临家庭带来的危机。双重压力之下，他就会采取极端且简单的方式来维护自己的权威。"[③]这也会导致他们远离作为孩子精神之父的角色。泽泽的父亲们很难正确地和泽泽（子女）达成沟通，家暴和冷漠是他们惯常的相处方式。父亲们在以社会成败为标准的价值判断中，规约着家庭，忘却了社会与家原本就是两个不同维度的存在。他们在丧失了社会尊严的时候，也丧失了个人尊严，在捡拾到社会尊严时，又以

---

① 吴其南：《20世纪中国文学中的儿童形象》，《温州师范学院学报》（哲学社会科学版），2003年第3期。
② ［意］鲁伊基·肇嘉：《父性：历史、心理与文化的视野》，张敏、王锦霞、米卫文译，中国社会科学出版社，2006年，第174页。
③ 侯素琴：《埃里希·凯斯特纳早期少年小说情结和原型透视》，中国社会科学出版社，2015年，第128页。

强暴弱小者的尊严来彰显自己。在恶性循环中，最终亲手扼杀了孩子心中理想的父亲。若泽·毛罗·德瓦斯康塞洛斯的一段"创作谈"曾提及过这种感受，他说："没有温柔的生活毫无意义。"

由此可见，儿童"俄狄浦斯情结"的形成，不排除"力比多"作用下的敏感度增强，但也与家庭教养方式有着密切的关系。家暴、冷漠、侮辱会加剧儿童"本我"中的"俄狄浦斯情结"深化。父亲和母亲作为家庭结构的重要组成部分，在儿童的成长中应当建立一种稳固而亲密、对孩子的人格养成具有正面影响力的亲子关系。"力比多"随着年龄的增长，会有几个敏感期。在主动人格建设关键期，也是"俄狄浦斯情结"的萌发期。家长们要尤为注意，"子女是即我非我的人，但既已分立，也便是人类中的人。因为即我，所以更应该尽义务的教育，教给他们自立的能力；因为非我，所以也应该同时解放，全部为他们自己所有，成为一个独立的人。"[1]通过泽泽"弑父"的经历，我们看到在儿童成长的过程中，由于成人的粗暴、专制带来的成长之殇。

二、立父：精神之父的需求

虽然在心里杀死了生理意义上的父亲，但对父爱的渴望却是人类情感的本能需求。关于这一点，荣格早就有过论述。荣格"意识到有一个嵌入其自身人格之中的年长的权威形象或经验之声"[2]，这可以帮我们来处理人格中那些复杂的道德问题，这个"智慧老人"是父亲的原型，当然也有可能是上帝，不过他们的功用是一样的。荣格称其为"腓力门（Philemon）"，起着"精神导师"的作用。在泽泽的生命中，他虽然在心理上"弑父"，但"弑父"未必不是"立父"的渴望。《我亲爱的甜橙树》三部曲清晰地表现了这一点。

①　鲁迅：《我们现在怎样做父亲》，该文最早见于1919年11月《新青年》月刊第六卷第六号，署名唐俟。后收录于《鲁迅全集》第一卷，人民文学出版社，2005年，第155页。
②　[美] R.比尔斯克尔：《荣格》，周艳辉译，中华书局，2004年，第39页。

　　老葡作为泽泽心中理想父亲的形象，为整个作品奠定了基调。老葡"理想之父"的形象定义最早可以追溯到荷马史诗《伊利亚特》中的英雄赫克托尔（Hektor）。"赫克托尔具有典型的父性特征"，"（他）唤醒了一种柔和的温暖感觉，就像是我们某个深爱的人再一次回到家中，我们的心窝感觉到那种无法描绘的舒坦。与其他英雄相比，他代表着某种更为真实的事物，而他的真实使他与我们更加靠近"[①]。作为"代父"出现的老葡，弥补了孩子心中父亲的缺失。

　　泽泽对老葡的爱，源于他温柔的举止，文中有大量的细节佐证了这一点。在发现泽泽脚崴了之后，老葡先是开车送他去学校，却又临时改主意带他去看医生，这是其父母都会因为贫穷或者其他原因而不会做的事。最关键的是，在清洗和缝合伤口的时候，老葡不是站在成人的立场严苛地要求一个男孩必须坚强，而是用许诺的方式激发他内在的意志力。不仅如此，在泽泽吓得发抖的时候，"他让我靠在他的胸口上，他用力却很温柔地扶着我的肩膀"[②]。这一连串温柔的动作极大地震动了泽泽，整个伤口缝合的过程中他表现得勇敢而镇定。可见，爱才是驱动孩子养成优秀品质的动力，而非暴力和漠视。

　　泽泽最终完成精神意义上的"立父"，还源于泽泽感受到老葡对孩子的尊重和理解。"教育"是父子相处的一种常态，但很多亲子关系却因此而崩溃。错误的并非"教育"本身，而是教育的方式。老葡对待儿童的态度明显与大多数成人不同。他并非不教导，泽泽说脏话、摞车或者有错误的思想，他都会指正，但语气中毫无嫌弃，而是充满朋友般的情感。言语有时并不在于说了什么，更关键的是如何去说。任何微妙的情感都会在言语中表现出来，孩子们敏锐地捕捉着这些信息，并以你对待他的方式回报你。

---

① ［意］鲁伊基·肇嘉：《父性：历史、心理与文化的视野》，张敏、王锦霞、米卫文译，中国社会科学出版社，2006年，第121页。

② ［巴西］若泽·毛罗·德瓦斯康塞洛斯：《我亲爱的甜橙树》（三部曲），蔚玲、李金川译，人民文学出版社，2013年，第110页。

　　父亲有时候还意味着朋友，"成为好父亲的条件，不仅在于了解什么是父亲，同时父亲还必须了解自己的儿子，并且理解父子关系的性质"①。如果一个父亲在孩子面前表现得过于成人化，那就意味着他过于疏远甚至已经忘记了自己也曾是儿童，这会导致他用成人化的标准去衡量儿童的行为和思想，也就很容易产生矛盾。而老葡却明显依然与"生活在内心的儿童有所接触"，他打破常规的早餐方式，和泽泽一起享受用咖啡蘸面包的欢乐。甚至有一次，他让泽泽小心地趴到车后面，完成了他一直渴望的摽车游戏。这些明显是逾越成人常规的，但正是这些让他更像一个好父亲。这种源自内部的儿童性使他对泽泽的教育变得像朋友沟通一样容易，自然也就产生了良好的效应。这份爱为泽泽的心灵注入了安全感，他意识到即便他不去通过那些淘气的方式引人注意，他也被人深深关爱着。泽泽说"因为你是世界上最好的人，有你在身边，谁都不能欺负我，我就觉得自己心里有一个'幸福的太阳'"②。可见，温柔可以让成长生出根脉。

　　"如果说《我亲爱的甜橙树》讲述的是一个贫穷家庭的孩子因偶然的机会从老葡那里懂得了久被遗忘的感情——'温柔'，那么，在《让我们温暖太阳》中，则讲述的是一个富裕家庭里的孩子在懂得温柔之后，如何渴求并积极地去寻找温柔的故事。"③老葡的逝去，"养父"的冷漠，"弑父"再次成为必然，"立父"又一次成为泽泽的精神之需。莫里斯正好伴着一场电影而来，而这场电影恰恰是关于恋爱的。不是恋爱这件事本身让泽泽感兴趣，而是雄性动物在这个过程中表现出的幽默、风趣、成熟的风度让他深深地迷恋。泽泽渴望有这样一个父亲，也是男孩在成长过程中"力比多"作用的结果。

　　相较之前作为生命体真实存在的老葡，莫里斯是想象出来的。"我想

① 侯素琴：《埃里希·凯斯特纳早期少年小说情结和原型透视》，中国社会科学出版社，2015年，第129页。
② ［巴西］若泽·毛罗·德瓦斯康塞洛斯：《我亲爱的甜橙树》（三部曲），蔚玲、李金川译，人民文学出版社，2013年，第123页。
③ 王永洪：《做一个温柔的父亲，最美》，《出版广角》，2016年第3期。

有一个走进我的房间对我说'晚安'的爸爸，一个用手抚摸我的头的爸爸。"[1] "我坐到沙发的扶手上，他把我搂在怀里，让我的脸靠在他的头上。这都是我希望一个父亲对我做的。"[2]泽泽的这些期盼里包含着一个成长期的男孩对父亲的定义。第一，他要随时可以出现在儿童需要的时刻。从狩猎文明起，父亲就由于身体条件的缘故，更多在外面捕获生存所需，无形中忽视了在家庭中对孩子应该担负起的责任。儿童一直在呼唤"父职"被承担。第二，他和孩子之间会有一些固定的仪式，诸如每晚说晚安。这些固定的仪式会在孩子的心中产生一种安全感，他会明白无论发生什么事，父母的爱都不会消失。这一点对儿童来说非常重要，儿童表现出的哭、闹、顽劣、不自信，在很大程度上是由于他心中不确定，如果自己做错了或者一直没有做到父母期望的样子，父母的爱是否会消失。第三，肢体语言非常重要。无论是在和老葡相处的过程中，还是在和莫里斯相处的过程中，我们都看到，泽泽非常享受"靠""搂""抱"这些动作，他觉得这都是"我希望一个父亲对我做的"。不仅泽泽如此，所有的小朋友都有这样的渴望。在心理学上有一种症状叫做"皮肤饥渴"，就是孩子小的时候需要被爱抚，而成人由于各种原因并未给予满足，孩子长大之后会通过嫖妓等方法获得满足，这是"俄狄浦斯情结"的又一种需求和展现。

在泽泽第二个"立父"阶段，与莫里斯互为补充的还有老师法约勒。"教育者只有维护好与孩子们的情感纽带，教育才会展现真正属于以孩子为主体的共鸣。"[3]法约勒弥补了莫里斯并非真实存在这一缺憾。我们发现很多由莫里斯提议的事情，都是由法约勒老师帮助完成的。标志性的事件是"扁桃体摘除手术"。莫里斯告诉泽泽：扁桃体切除以后，生活会进入新时期。儿童会长高、长大，会强壮而有力气，胸部会由于游泳而肌肉发

---

① [巴西] 若泽·毛罗·德瓦斯康塞洛斯：《我亲爱的甜橙树》（三部曲），蔚玲、李金川译，人民文学出版社，2013年，第233页。

② [巴西] 若泽·毛罗·德瓦斯康塞洛斯：《我亲爱的甜橙树》（三部曲），蔚玲、李金川译，人民文学出版社，2013年，第271页。

③ 索晓燕：《树下小少年，你好》，《文教资料》，2013年第21期。

达。这是男孩在"力比多"刺激之下，性第二次发育的外在体貌特征。这件事往往由父亲带领孩子完成，而泽泽却渴望并最终由法约勒带领完成。其中的象征意义不言而喻。法约勒允许泽泽去看任何他想看的电影，并有意在广场的一侧和他聊一聊。这里既有成人对儿童的尊重，也有不让孩子反感的巧心安排。另外如安布罗西奥老师，都从不同层面共同补充了"精神之父"完满的意义。

著名心理学家格尔迪说："父亲是一种独特的存在，对培养孩子有一种特别的力量。"在家庭教育中，母亲和父亲扮演着不同的角色，母亲影响孩子能不能成长为一个独立的人，父亲则肩负着塑造孩子价值观念及社交性格的作用。男孩从父亲那里，学习如何走出家庭，走向客观世界。"立父"是儿童在成长过程中，"父亲"缺失之后必须要完成的一件事情。

三、成长：成长的本质和阅读治疗

如果作品仅仅讲述了一个孩子痛苦的成长经历，那么它也不能称之为经典。这部作品更让人沉重的地方，在于它一直在启示我们去思考：什么是成长？如何成长？

三部曲中，作者将现实和幻想相结合，塑造了甜橙树明基诺、蛤蟆亚当、人猿泰山三位温暖、智慧的"精神陪伴人"，也隐喻着泽泽生长的三个阶段。它们出现的顺序看似随意，实际上却暗合着儿童成长的心理发展顺序。"儿童的成长可分为三方面：植物性的成长，主要表现为肉身的发育；动物性的成长，即本能和无意识的成长；人独有的精神（意识）生命的成长，主要靠文化熏陶来完成。其中，前两者是后者的根，而儿童主要完成的是植物性和动物性成长的任务。"[1]泽泽与甜橙树、蛤蟆及泰山的相处正好顺应了这样的成长规律。甜橙树作为一个树的形象，给人以稳定、可靠的感觉。它不能自由行动，符合了儿童该年龄阶段活动能力较低的困

---

[1] 刘晓东：《儿童是成人之父的隐喻》，《中华读书报》，2006年第11期。

境；蛤蟆亚当，出现在泽泽11岁的时候，这是儿童自我意识崛起的时期。"裹在心脏处"象征着泽泽"自我"的苏醒；"泰山"则是青春期的泽泽在"力比多"影响之下，渴望超越、体现自我价值而幻想出来的形象。三者层进性地展示了儿童成长的历程，具体来说表现在以下几个方面。

一是从"本我"走向"自我"，直至"超我"。泽泽由"本我"向"自我"转变，最终走向"超我"，最明显的表现是他的思想从"自我为中心"转变到"体谅别人"，"从消极逃避到积极应对"。如，当他和明基诺聊天的时候，他不再是自言自语地述说和抱怨，而是会顾及如果自己滔滔不绝地讲述对老葡的爱和与老葡发生的事情，明基诺会有无法参与的失落。儿童关注到自我之外还有他人的存在，本身就是一种进步。而他的劝慰之语，充满天真的哲理，"你要知道，人的心要很大，才能放得下我们喜欢的每一样东西"①。"思维的抽象概括性和对行动的自觉调节作用是人的意识的两个基本特点，在学龄儿童那里，才开始可以明显地感觉到。"②富有哲理的语言，显示着他思想的裂变，这是成长的第一个标记。而标记他第二轮成长的则是，在面对伤害时，泽泽从以前的逃避、消极抵抗，到现在的积极应对。因此，尽管离家出走或者在心里杀死一个伤害了自己的人，是一件非常容易的事情，但泽泽意识到这不过是消极的逃避。"一个人只有通过解决内心的情感冲突才能获得自立。"③成长必须关乎内心的涅槃，而不仅仅是"忘记"，因为"如果原谅别人，就能忘掉一切；如果只是忘记，就会经常想起来"④，所以，"忘记"不是真正解决问题的办法。每一个孩子的成长，都是一个艰巨的人格整合过程。经历过人格在"本我"和"超我"之间的骚动激荡，在不断的自我调适和醒悟中，一个新的觉醒和

① ［巴西］若泽·毛罗·德瓦斯康塞洛斯：《我亲爱的甜橙树》（三部曲），蔚玲、李金川译，人民文学出版社，2013年，第117页。
② 朱智贤：《儿童心理学》，人民教育出版社，1981年，第196页。
③ ［美］布鲁诺·贝特尔海姆：《童话的魅力：童话的心理意义与价值》，舒伟等译，社会科学文献出版社，2015年，第314页。
④ ［巴西］若泽·毛罗·德瓦斯康塞洛斯：《我亲爱的甜橙树》（三部曲），蔚玲、李金川译，人民文学出版社，2013年，第312页。

成熟的"自我"建立起来，建立的结果就是"伊底"和"超自我"的和谐相处，此时一个人才算真正步入长大成人的成熟期。

成长也意味着主体性的确立。"一个人从孩提到成年，意味着主体性的确立……及由社会边缘跻身主流文化中心。"①虽然依照马克思的说法，"人始终是主体，主体是人"，但在现实生活中，我们可以清晰地看到，人和主体并不完全相同，并非每一个人都是现实的主体。对于儿童来说，尤为如此，因为"主客体关系的建立，主体地位的确立，既取决于客体的性质，也取决于人的本质力量"。当泽泽还是一个幼小的孩子时，他周围的环境还没有发展到足以将儿童当做独立的生命个体来看，作为幼童的泽泽就是在成人霸权文化下弱小的存在，力量微弱到他被打时，甚至觉得"我不应该出生"②。但是随着周围环境的改观，在老葡为他的生命注入了爱的力量之后，泽泽有了明显变化，他向老葡发出的请求看似孩子气，实则是儿童逃脱生物命运的一种主体性选择。当然此时泽泽的主体意识还处于萌芽状态，他还必须借助周围的力量并很容易被周围的力量影响。真正让我们看到主体踏上了自我确立之路，是从选择还要不要弹钢琴开始。蛤蟆亚当此时"心灵"象征的寓意凸显出来。泽泽通过询问心灵，确认内心真实的想法，然后在行动上否决了成人强加的事物。而后在游泳事件、课堂读书事件上，都可看出主人公不断崛起的主体性在发挥作用。"只有当人具有主体意识，主体能力现实地作用于客观的时候，他才可能成为活动主体，具有主体性。"③当然，主体性的确立，并不是人基于自我中心的任性选择，作为社会群体中的一员，哈贝马斯（Juergen Habermas）认为："只有在成为中心的群体认同语境中，自我认同才能形成。"在养父住院期间，泽泽被父亲依赖、信任，从一个一直抗拒他也被他抗拒的环境进入了一种

---

① 侯金萍：《成长小说：一种解读华裔美国文学的新视点》，《世界华文文学论坛》，2009年第4期。
② ［巴西］若泽·毛罗·德瓦斯康塞洛斯：《我亲爱的甜橙树》（三部曲），蔚玲、李金川译，人民文学出版社，2013年，第135页。
③ 张国龙：《成长小说概论》，北京师范大学出版社，2013年，第7页。

被接受状态，尤其是在信仰层面上他们达到的互相认同，这具有深刻的意义。胡伯特（H.Hubert）和莫斯认为，人和神之间的交流，牺牲过程是从世俗到神圣的转变。作为泽泽精神独立前的一次重要精神汇合和分离，泽泽在这个螺旋式的成长过程中，最终完成主体性突破。"儿童学习的任务就是学会做决定，决定在适当的时候独立地走出来，走进他自己选择的生活领域。"①

泽泽的成长经历清晰地印证了成长是一个交织着苦难和蜕变的过程，三部曲也因此成为一部完整的成长小说。摩根斯坦在研究"成长小说的本质"时提出：成长首先是指作品中反映出来的作者的生活经验和内心发展，再者就是小说主人公的成长轨迹，第三层意思即"读者的生长"，这正是"成长小说"的根本所在。前两点渗透在作者的书写中，被清晰地感知，而对读者的影响，则必然随着这部书被越来越多的读者群体接受而表现出来。

总体而言，作为一部具有治疗功能的文学作品，它对读者的影响呈现在两个方面：一是对未成年读者的引导；一是促使家长更新育子观念，了解培养新型亲子关系的重要性。就前者而言，在泽泽的"弑父—立父—成长"的精神书写中，泽泽艰难却从未停止的自我救赎具有打动人心的力量。面对并不完美的世界，放弃和抱怨没有成为泽泽生活的主流，利用人之卓越的悟性和超强的自省能力，不断地进行自我教育，在一次次碰壁和抗争中，在不出卖内心纯真、保持真实自我的情况下，逐步走向社会化，并在对成人权利和成人义务的享有和担当中，呈现出对生命价值的拷问与捍卫。这对于现实生活中处于弱势的、很难被成人世界接纳的、孤独的成长主人公而言，是一种慰藉。在阅读的过程中，他们仿佛"遇到与自己心性品质相近的另一位成长者……彼此从对方身上寻找到力

---

① ［美］布鲁诺·贝特尔海姆：《童话的魅力：童话的心理意义与价值》，舒伟等译，社会科学文献出版社，2015年，第177页。

量、勇气和安慰，从而携手并肩走向成长的完整、完美之门"①。这也是成长小说诞生的使命之一——督促成长者成长。

就后者而言，它如在敲响警钟。泽泽对父亲担任起父职功能的渴望，对温柔之爱的不断找寻，都在吁求着成人再次打量和孩子的关系。"反家暴"是全文最鲜明的主题，作者从暴力和冷暴力两个层面，细致入微地书写了成人的霸权行为对儿童造成的伤害，所以这本书也一度被当做"反暴力"题材之作。"做个温柔的父亲最美"②是萦绕在成人读者脑海中的感慨。老葡、莫里斯、法约勒等人从不同的角度阐释了孩子心中理想父亲的形象。许多家长在阅读的过程中，回到了久违的童年时光，并在对创伤的回味和哀叹中，重新反思了新一代的亲子关系。王永洪说："'没有温柔的生活是毫无意义的。'作者在全书结尾的一句感叹，影响了很多家长和老师的教育观念，不少家长在博客、微博发出了'做孩子一辈子的甜橙树'的呼吁。"③"儿童并不是缩小的成人，也不是未来的预备。"他们有自己丰富、细腻的情感世界需要被回应，有敏感的自尊需要被呵护，同时还有一颗渴望被爱与理解的心灵。如果我们不曾被温柔地对待，那么至少我们可以通过温柔地对待下一代的成长，来治愈内心的伤痛。成长小说对修复、促进亲子关系的意义也因此而彰显。

综上所述，《我亲爱的甜橙树》三部曲既是一部关于成长的小说，也是一部自我救赎和救赎读者的小说。作品以5岁泽泽的自叙开始，一直到20岁长大成人，呈现了一个完整的成长过程。作为一部带有浓郁自传色彩的文学作品，作者要说的不仅是伤害，更是温柔和宽容，是亲子关系如何走向和谐并相互滋养。因此，它为成长主体和教养主体提供了一条可借鉴之路。

---

① 张国龙：《成长小说概论》，北京师范大学出版社，2013年，第30页。
② 王永洪：《做一个温柔的父亲最美》，《出版广角》，2016年第3期。
③ 同上。

第三节 儿童主动人格建设关键期阅读材料的选择

主动人格是健康人格的要素之一。主动人格所包含的独创意识、良心品质、方向和目的美德，是人形成"生命统一体"（continuum）的一个重要步骤。"人的美德在于具有特殊功能使他与其他物种不同，而且使他成为人，这一功能就是'依循或蕴含理性原则的一种精神能动性'。"[①]

主动人格是自主人格的进一步发展，是"自我决策和自我控制的决心"在新的生理、心理阶段的体现。如果在主动人格形成关键期没有得到有效的培养，那么"自我"发展的缺失会在很多方面展现出来。2016年腾讯新闻播报了一个毕业于安徽农业大学的本科生由于毕业第一年丢失了毕业证、身份证等相关证件，十余年几乎坐以待毙，辗转沦落，最后混住桥洞的故事，令人唏嘘。丢失证件原本有救，他却因为麻烦等原因而最终放弃自证身份。在这背后映射出一种思维的懒惰，也映射出对现行教育的思考，"只注重知识传授而不注重立人教育自然是没有良知的教育，它只能培养出一大堆机器人，更可怕的是我们正在培养一大堆病态的机器人"。这些"机器人"长期处于精神"哺乳期"，缺乏对生命的热情，在对规则的遵守背后，有一种不负责任的消极态度。

相反，主动人格如果得到良好培养，则未来成功的可能性会相对增大。鲍里斯·塞德兹在《俗物与天才》一书中，通过天才儿童小塞德兹的成长故事，结合科学研究和实际成果，论述了主动性培养的重要性。"教育的原则不在于让孩子养成多少习惯，而是应该让孩子创造再生力量。""能够全身心投入并乐在其中，这对孩子才是最重要的。"[②]

与信任人格、自主人格相比，主动人格的培养与儿童的社会化进程具

[①] ［美］艾·弗洛姆：《自我的追寻》，孙石译，上海译文出版社，2012年，第77页。
[②] ［美］鲍里斯·塞德兹：《俗物与天才——塞德兹早期教育法》，王慧超编译，中国妇女出版社，2015年，第2页。

有更为密切的关系。人格的发展离不开个体与环境的交互作用，并呈现为动态发展过程。以下笔者将通过对学龄前期儿童情感、认知、行为三个维度的主动性发展特征剖析，结合相关量表（见附录三），为儿童文学干预儿童主动人格形成，筛选阅读材料，形成阅读方案。

一、3—4岁儿童主动人格发展需求与阅读材料选择

3—4岁是幼儿小班时期，有三个关键点需要引起重视：一是分离焦虑，二是习惯养成，三是自尊自信。帮助幼儿顺利度过分离焦虑是保证主动人格发展的基石；引导幼儿养成良好习惯，是促进幼儿主动人格发展的有效行为；鼓励儿童自尊自信，是保证幼儿主动人格发展的内在基础。儿童文学阅读的干预也主要从以上三个方面入手。

分离焦虑是儿童独立性发展过程中要渡过的第一关。儿童生活环境从家庭改为学校，最大的心理困扰是分离焦虑。"儿童在情绪发展的关键期遭受不同程度的忽略……是造成社会问题的重要根源之一。"[1]因此，做好疏导工作对儿童人格成长具有重要意义。《我不要去幼儿园》是从儿童心理考量介入的治疗文本，通过小兔子西蒙对种种"第一次"（第一次上幼儿园，第一次不在家睡觉……）的担忧，让充满焦虑的儿童在情感上得到共鸣。但是，"我不要"的表达方式，也许会给模仿意识极强的儿童造成消极影响。相对而言，通过温和的"诱导"介入的读本，会激发儿童对园区生活的好奇，并帮助他们树立入园习惯。法国韵律绘本"长大我能行·幼儿能力培养"之《鳄鱼爱上幼儿园》[2]，通过一只绿色小鳄鱼从略带担忧的新奇，到幼儿园生活的种种欢乐和困难的克服，起到正面引导儿童的作用。随之，孤独和恐惧会在入园后袭来，《魔法亲亲》[3]就显示出适用

---

① 鲍秀兰：《鲍秀兰谈婴幼儿健全人格培养》，中国妇女出版社，2016年，第28页。
② ［法］克鲁克斯／文，［法］梅西耶／图：《鳄鱼爱上幼儿园》，马雪琨译，晨光出版社，2014年。
③ ［美］奥黛莉·潘恩／文，［英］茹丝·哈波、［美］南西·理克／图：《魔法亲亲》，刘清彦译，明天出版社，2008年。

性。此书通过充满爱的画面、语言、动作，营造了一幅温馨的画面。"这
是一本神奇的书，不是生硬的说教，而是真正站在孩子的立场，用温暖和
爱，给他们安全的力量。"作者奥黛莉·潘恩谈起创作经历时说，"当浣熊
妈妈离家出门觅食时，她就会轻轻地舔小浣熊的手掌，目的是希望小浣熊
因为有妈妈的气味相伴不致害怕，能够安心待在家里。"①这也给当时需要
帮助4岁女儿度过入园焦虑的她以灵感。所以，此书适合入园前，妈妈陪
伴幼儿一起阅读，以使儿童平稳度过焦虑期。另外如《一口袋的吻》是对
入园后，短暂惊奇过后，因为面临困难、思念、不习惯等原因而陷入情绪
困扰的儿童的一种疏导。小鼹鼠迪比不想上幼儿园，妈妈把十几个吻放
在小鼹鼠迪比的口袋里，帮助它走出心情低谷。父母和孩子之爱，分离是
命运，但是分离的路上，却可以以爱为桨，带爱上路。儿童文学故事在此
时给予我们帮助和智慧、温暖和慰藉。

其次，一些基本生活习惯的引导性绘本也具有必要性，这是激发儿童
行为主动的重要方式。《大卫，上学去》②以数不清的"不可以"告知儿童
学校需遵守的规矩，尴尬的主人公大卫极富共情价值。《幼儿园里我最
棒》③则是从园区生活角度介入，带领儿童了解新生活、培养集体生活习惯
的引导性书籍。这本书并非聚焦在儿童的焦虑上，而是突出了幼儿园的美
好时光，并且启发读者说出他们自己的答案，通过这种方式，引导儿童将
注意力从紧张不安中，转移到美好的事物上来。在阅读过程中，两本书可
以前后介入，形成阅读故事链，帮助儿童适应幼儿园生活。

再次，该阶段是自信心发展最迅速的时期。王娥蕊等人的研究表明，
"3—9岁儿童自信心结构由自我效能感、成就感和自我表现三个维度构
成"，并且"总体发展显示出极其显著的年龄差异，但每个年龄阶段的发

---

① ［美］奥黛莉·潘恩／文，［英］茹丝·哈波、［美］南西·理克／图：《魔法亲亲》，刘清彦
译，明天出版社，2008年。
② 大卫·香农（文／图）：《大卫，上学去》，余治莹译，河北教育出版社，2008年。
③ ［法］高尔日·布洛克：《幼儿园里我最棒》，本书编辑组编译，北京科学技术出版社，2015年。

展速度不均衡……3—4岁是儿童自信心发展最迅速的时期"[1]。由于自信心和自尊心作为一种重要的中介变量，"有助于幼儿经常保持愉快的情绪，激发幼儿的探索行为，并乐于交往与表现"[2]。因此，在学龄期，推荐可辅助儿童培养自信心的儿童文学读本，已成为许多国家的共识。《我的名字克丽桑丝美美菊花》是帮助小朋友度过入园后第一个自信心受挫之坎的佳作。该书讲述了一只叫做克丽桑丝美美菊花的白鼠小姑娘在刚刚进入幼儿园后的心理困扰。原本凝聚着爸爸妈妈浓浓爱意的名字在群体中却显得另类，被小朋友嘲笑。作品细致地描绘了小白鼠心理变化的全过程，从为此烦恼到在音乐老师的引导下理解并开始珍爱，这是一个重要的蜕变。通过阅读，小读者会逐渐明白差异存在的必然性，因此从尊重差异开始，珍爱自己，善待他人。马克思·维尔修斯创作的《我就是喜欢我》[3]，则通过小青蛙弗洛格的从"盲目自大—自卑—自信"的经历，以简单而意味深远的故事和小读者分享了一种人生智慧："每一样东西都有自己的独特之处，人也是一样。要相信自己，做自己。"[4]《发现最棒的自己》系列共有8本，从不同的角度引导小朋友树立信心，如关于激活勇气（《小熊的哈喽》）、获得力量（《一天天长大》）、永不放弃（《小鱼劳拉历险记》）、学会保持自我（《小松鼠搬家》）、发现自己的潜能（《唱歌跑调的小黄莺》《小兔马丁的烦恼》《与众不同的梅拉》），最终建立自信的过程。应该说这是一套包含全面，可在整个幼儿期反复陪孩子阅读的文本。

在3—4岁时，通过对儿童焦虑情绪的疏导、幼儿自理习惯的培养，帮助儿童完成独立性建设，自信心引导，帮助儿童正确认识自己，了解并认识竞争的意义，从而疏解压力，激发优长的作用，是儿童主动人格建设的第一步。

---

[1] 王娥蕊、杨丽珠：《3—9岁儿童自信心发展特点的研究》，《辽宁师范大学学报》（社会科学版），2006年第3期。

[2] 王娥蕊：《3—9岁儿童自信心结构、发展特点及教育促进研究》，博士学位论文，辽宁师范大学，2006年。

[3] ［荷］马克思·维尔修斯：《我就是喜欢我》，亦青译，湖南少年儿童出版社，2006年。

[4] 朱永新、王林主编：《中国人阅读书目（一）》，中国人民大学出版社，2014年。

二、4—5岁儿童主动人格发展需求与阅读材料选择

4—5岁，是儿童责任心培养的关键期。"责任心是指个体在社会生活中对自身的社会角色以及角色所应承担的责任的认知、情感体验及相应的行为。"[1]作为主动人格的要素之一，培养儿童的责任意识已经成为现代教育的共识。1972年，联合国教科文组织在其年度报告《学会生存》的序言中，对世界因科技发展而使人异化的倾向表示担心，并且认为，社会发生的一切变革——尤其是传播媒介的巨大发展——正在加剧这样的倾向。为此，报告进一步指出："发展的目的在于使人日臻完善；使他的人格丰富多彩，表达方式复杂多样；使他作为一个人，作为一个家庭和社会的成员，作为一个公民和生产者、技术发明者和有创造性的思想家，来承担各种不同的责任。"[2]可见，责任心的发展不仅是个体社会化的初衷，更是社会化的归宿。"责任心"作为个体社会性品质的重要组成部分，在促进人的社会化、个性发展及品德形成过程中，起到了关键的作用。

因此，在责任心培养的关键期进行引导，唤醒、促进并强化该种品质的实现意义重大。本文根据4—5岁学龄前期儿童责任心发展的三个维度选择合适的儿童文学作品进行引导，以促使幼儿该人格健康发展。

首先，是通过阅读培养儿童完成任务的责任心。任务责任心指的是儿童面对任务时勇于承担、善于承担的品质。来自中国本土的优秀儿童文学作品《小马过河》[3]，无疑具有良好的引导作用。该文自1955年发表于《新少年报》至今，已以英、日、法等十四国文字，对外发行26万册，影响了不同国籍一代又一代的儿童成长。在我国自二十世纪五十年代被选入小学语文课本，一直到今天还活跃在人教版、苏教版的语文教材中，并于2013年由贵州人民出版社发行绘本版，以更适合低幼儿童的方式走进孩子

---

[1] 邹玲：《浅谈中班幼儿责任心的培养》，《幼教新视野》，2010年第1期。

[2] 联合国教科文组织国际教育发展委员会编：《学会生存——教育世界的今天和明天》，华东师范大学比较教育研究所译，教育科学出版社，1996年，第6页。

[3] 彭文席／文、陈永镇／图：《小马过河》，贵州人民出版社，2013年。

的童年。作为一部获得1980年"全国少年儿童文艺创作一等奖"的作品，该作品的积极意义表现在以下几个方面：第一，小马勇于承担的态度、谨慎观察的行为具有积极模仿意义。第二，小马遇事的犹豫和退缩符合小朋友执行任务时的心理困境，容易让小朋友产生共鸣。第三，小马妈妈不抱怨、不替代，而是充满鼓励："孩子，光听别人说，自己不动脑筋，不去试试，是不行的，你去试一试，就会明白了。"亲切、和蔼中蕴含着力量，给儿童以慰藉和方法。另外，如《亲亲熊小妹》《小蚂蚁搬米》（儿歌）等不同样式的儿童文学作品，都具有引导儿童树立积极承担、细心辨别并努力完成任务的责任意识的功用。

其次，通过阅读促进儿童自我实现的责任心发展。对于4—5岁的幼儿来说，激发并强化自我实现的责任心是该阶段重要的人格成长任务。自我实现的责任心的培养首先表现在对儿童自理能力的进一步发展上。如果说相较于上一阶段自理主要停留在意识层面，那么到了4—5岁，自理意识应由一种外在的约束，逐渐内化为自我需求，并付诸行动。如《勤劳的小女孩》《勤劳的小蜜蜂》（儿歌）等读本，其引导点在于让儿童意识到责任的价值和意义。《花婆婆》①，以及《制造美梦的小精灵》②，可从正反两个方面对儿童加以引导。彭懿在点评《花婆婆》时说："花婆婆的一生并不是命运多舛的一生，而是安详而美丽，那是一种真正意义上的美丽。"③花婆婆的人生之所以充满意义，是因为她一直坚守自己内心的梦想，"做一件让世界更美丽的事"，这个梦想变成了一种自我责任心，这种责任意识督促她一生未曾虚度，无论时间长短、困难大小都不放弃，也因此"留给我们一个女人永不磨灭的身影，那是一种姿势，一个女人面对命运的永不磨灭的姿势"④。而《制造美梦的小精灵》则通过讲述制造美梦的小精灵

① ［美］芭芭拉·库尼（文／图）：《花婆婆》，方素珍译，河北教育出版社，1982年，第187页。
② ［德］克劳斯·鲍姆加特：《制造美梦的小精灵》，国开童媒编，中央广播电视大学出版社，2016年。
③ 彭懿：《世界图画书阅读与经典》，接力出版社，2011年，第187页。
④ 彭懿：《世界图画书阅读与经典》，接力出版社，2011年，第188页。

明妮，有一天晚上一不小心拿错颜料而发生的可怕事情，让儿童在一个越变越大的可怕噩梦中，自然地知晓负责的重要性。

最后，通过阅读引导儿童养成重诺守信的责任心。重诺守信的责任心在该阶段也进入关键发展期。《史记·季布栾布列传》记载了季布的"一诺千金"的精神价值，而孔子也讲究"人而无信，不知其可也"。重视承诺的背后是一个人对自己和他人的负责精神。它不但关系着一个人的安身立命，更联结着一个民族的精神气象。因此，在儿童承诺责任心培养关键期进行引导意义重大。关于承诺责任心，最为大家所熟知的文学作品是《格林童话》中的《青蛙王子》，虽然，"1928年斯蒂·汤普森在《世界民间故事分类学》中，将该故事编号为440，取名为'蛙王'或'铁亨利'。他认为这主要是'解除魔咒'的故事"①，但这又何尝不是一个关于"诺言责任心"培养的故事呢？金头发的小公主因为一个掉进水井的金色小球而轻易许诺，却在执行的时候反悔。国王父亲给出了明确的教育，而结局的圆满也体现了守诺的价值。另外，如《猫和老鼠》也反映出打破承诺对和谐友谊关系的破坏，甚至会造成代代无法消除的仇恨。而尼古拉·戴维斯的《承诺》②则凄美而充满期待。在一个冷漠的城市里，一条冷漠的小巷中，一个年轻的小偷抢走了老妇人的一袋橡树种子，但是她没有想到，获得这袋种子的代价，是要履行播撒美丽的承诺，这个承诺将会使世界变得更加美好。《承诺》的故事，透过如诗般美丽的语句，梦幻般动人的插画，将"承诺"的意义上升到人性本善，上升到人与自然的和谐相处，是对如何修复承诺的一种尝试。另外如《狼来了》《匹诺曹》《玛利亚的孩子》《我可以撒谎吗?》等相关主题文本，对于引导儿童信守承诺都具有积极效果。

值得注意的是，我们之所以在这个年龄段重点培养儿童的责任心，其实也隐含了另一个原因，就是儿童在此阶段正出现越来越娴熟的撒谎技巧。如果说幼儿3岁便有了说谎的经验，那么4岁（中班）则开始进行策

---

① 乌日古木勒：《蒙古族〈青蛙儿子〉故事与蒙古族史诗传统》，《民族文学研究》，2016年第3期。
② ［英］尼古拉·戴维斯／文，劳拉·卡林／绘：《承诺》，王林译，北京联合出版公司，2016年。

略性说谎，且人数高于小班。也就是说，较之小班不具有隐藏信息或意图的低水平说谎行为，中班儿童已经可以开始用一个谎言去"圆"另一个谎言，只是他们并不了解撒谎的不良后果。因此，介入关于责任心培养的儿童文学阅读，从观念上引导儿童拒绝撒谎行为的发生，会为儿童一生的诚信行为打好心理基础。

该阶段儿童的主动性发展还包含同情心及利他行为。作为一种重要的社会性情感，同情心是"一种受多种因素制约的、包含着认知、体验、动机和行为成分的、多维度的、多层次的复杂系统"[①]，顺应儿童情感规律介入读本，会进一步激发该特征健康发展。王尔德的《快乐王子》是关于同情心品质的传世经典。王子目睹了世界的丑恶、不公，愿意拿出自己的一切奉献给人类。这种深沉的大爱，崇高而悲怆。其善良的行为可以被儿童模仿，但背后深厚的人文底蕴，则需要儿童在成长的岁月中领悟。相比较而言，美国教育博士苏珊娜·巴特斯的《我也想参加运动会》更适合该年龄阶段的儿童阅读。故事讲述了松鼠皮珀、狐狸萨克斯如何在户外运动会中，帮助想参加运动会的乌龟皮特设置专项运动项目，以便让他发现自身优点，快乐成长，在温情友爱中，显示了同情心的高贵。这个故事与《窗边的小豆豆》中小林宗作对待泰民及所有在成人世界或者已有规约中碰壁的儿童的故事有异曲同工之处。儿童通过阅读这样的故事，把同情的真实价值、意义和方式吸收入纯净的心灵。真正的同情不是一种居高临下的施舍，而是站在尊重的基础上的激发。其结果不是感激的泪水，而应当是弱小者发自内心、来自尊严的欢笑。

总之，儿童4—5岁时，是从多维度培养责任心、同情心的关键时期。儿童责任意识及同理行为的获得，是儿童主动人格形成的关键要素。

三、5—6岁儿童主动人格发展需求与阅读材料选择

好奇心和创造性作为主动人格的要素之一，其培养的关键期在5—6

---

① 李幼穗、周坤：《同情心培养对幼儿典型亲社会行为影响的研究》，《心理科学》，2010年第2期。

岁。相较于好奇心强但缺乏持久性和深入度的3—4岁，探究的主动性、好奇体验和对新异事物的反应性有所下降的4—5岁，"5—6岁（大班）幼儿的好奇体验继续下降，但探究的主动性和对新异事物的敏感性再次获得发展，探索的持久性得到明显提高，能够对事物的深层属性进行探索，是幼儿好奇心发展最快、变化最大的时期。"①也即5—6岁是培养儿童探索能力和创造力的关键期。

对幼儿好奇心的呵护一直是我国教育中欠缺的。学校用"驯化教育"规约儿童，绝大多数家长缺乏耐心、足够的专业知识和技巧帮助儿童让萌发的好奇意识生长。图书作为一种最简便、易获得的工具，只要家长略微用心，就极容易取得效果。《幼儿生活绘本乐园·又又是个好奇宝宝》②通过小狗又又对家居环境、自然现象等的探知，帮助儿童开启了"好奇眼，看世界"之旅。由于它更多集中在对生活表面现象的探知上，所以，更适合3—4岁儿童阅读。《小小牛顿幼儿馆》的中心理念是"幼儿生活中的科学"，它通过对生活中小朋友最常见的问题的妙趣回答，回应了儿童心中渴望了解世界的欲念。在书本设计上饱含巧妙心思，正面可阅读文本内容，反面可做游戏本。智力题、手工、生活观察、实验贯穿全书，科普与生活、艺术自然有机地融合在一起。儿童不仅可以听，还可以动手试一试，这对呵护儿童的探索意识极为有效。另外还有一些读本，是针对单项事物的探知，如《翻翻自然书》③是德国青少年科普主力作家，携手德国著名作家和画家共同呈现的一套严谨的、艺术的科普读本。通过96个小翻窗，讲述了"上至蜂巢，下至蚁穴，深入地下，广及雨天、雪后的美丽世界"。"翻翻自然"带孩子去领略、观察我们一般看不到或被我们忽视的自然角落；《森林报故事绘本》，则用优美的语言打开了一扇人类平等、友好地观察自然、探索生命奥秘的窗子。与其他作品最大的不同在于，《森林

---

① 金芳：《3—6岁幼儿责任心培养的实验研究》，辽宁师范大学，2004年。
② ［韩］流星雨／文、［韩］闵正林／图：《幼儿生活绘本乐园》，韩龙浩译，湖北少儿出版社，2013年。
③ ［德］托马斯·穆勒、［德］安妮·默勒（文／图）：《翻翻自然书》，新蕾出版社，2015年。

报》的作者维·比安基似乎并不是为了把知识传授给读者，而是要分享他对自然的爱和探求的乐趣。他本人对《森林报》介绍说："我是第一个把森林年龄作为一种生命之轮描写的作家。这种生命之轮的轨迹是完整的……千百篇故事的要素乃是世上最坚定、最美好的东西，那就是对万物的爱和万物本身生存、成长、繁华的生机。"[①]也正因为如此，相较其他科普类作品，《森林报》的语言显得更鲜活、生动，充满了"蛊惑""诱人"的气息。"5月，是属于森林的快乐月，盛大的森林舞会在大家的期待中终于召开了。鸟儿们有的唱歌，有的跳舞，每一只都盛大出席。这样的狂欢要持续一个月，你想来参加吗？"（《森林里的舞会》）"11月，乌云严严实实地捂住了太阳，天空飘着湿漉漉的雪花。天渐渐地黑了下来，一只兔子趁着夜色，偷偷地钻进了果园……"（《诡计多端的灰兔》）没有比热爱更能激发了解的欲望，无论成人怎样灌输，都不及儿童心心念念的渴望来得更让知识的接受深入而持久。《森林报》在这方面显然已超越了同类作品很多。从5岁关键期开始阅读，儿童获得的不仅是知识，还有整个世界。

随着好奇心的被呵护、发展，儿童的创造力也会愈加旺盛。此时，能够激发儿童发散思维、增强创新能力的儿童文学读本，也应当适时地走入儿童的世界。《罗拉的创造力·认识你自己》[②]是一本奇妙的书，它以我们的双手作为介入点，探索"双手能创造出多少东西？你能发明多少种东西呢？"，在对双手功能的开发中，儿童自然而然地学会了多角度、多渠道思考问题，而这就是创造力的来源。另外，如《小蝙蝠看太阳》《魔法灰姑娘》《不一样的卡梅拉》等，通过极富有表现作用的图画和简洁有趣的文字，带领儿童了解世界的无限可能性。"想办法""不一样"就是一个创新的过程，创新能力与儿童看待世界的角度和方法有关，儿童打开世界的方

---

① ［苏联］维·比安基著，谷雨等主编：《森林报·春》，湖北少年儿童出版社，2015年，第6页。
② ［西班牙］努莉亚·罗卡／文，［西班牙］罗莎·库尔托／图：《罗拉的创造力·认识你自己》，胡文潇译，海燕出版社，2016年。

式越多，创造能力就越强。

　　总之，依据儿童人格成长需求进行的文本推荐，较之家长或老师盲目的给予要合理、有效一些。关键期一旦错过，儿童该项能力就无法达到全值。所以，儿童文学阅读治疗要在贴合关键期需求的基础上进行，以期阅读效果达到最大化。

第
五
章

学龄期：
儿童文学阅读与儿童勤奋人格

第一节　儿童文学阅读与儿童勤奋人格培养

"勤奋"是健康人格的要素之一。古往今来，"勤奋"都被当做一种美德，但是随着生活节奏的加快，社会压力的增大，我们重新思考关于"勤奋"的含义，然后尝试从"勤奋"人格形成最敏感时期——学龄期，进行儿童文学干预。为了便于理解，本节以黑柳彻子的《窗边的小豆豆》系列及黑柳彻子的人生经历为例，结合埃里克森人格发展八阶段理论，剖析"勤奋人格"的真实含义，探究儿童"勤奋人格"形成的原因，并推荐以人格量表和适度读本，以期对儿童健康人格建设产生影响。

一、儿童勤奋人格的特征

《窗边的小豆豆》①原是黑柳彻子为了纪念已逝的小林宗作校长所作。该书讲述了在二战结束前的东京，一个富有"儿童性"的女孩豆豆——后来也有研究者认为小豆豆患有 LD（Learning Disabilities），日语将它译为"学习障碍"——被传统学校劝退后，在小林宗作开创的"巴学园"愉快

---

① ［日］黑柳彻子：《窗边的小豆豆》，赵玉皎译，南海出版公司，2016年。

读书并获得成长的故事。此书于1981年首次出版，第一年就售出450万册。1982年，该书英文译本问世，在日本国内就销售了40万册，创下了日本英语畅销书的纪录。同年该书在美国发行，反响巨大。1983年该书在中国、韩国翻译出版。1984年以后波兰、芬兰及欧洲各国开始争相翻译出版此书。截至目前，该书已经出版6000万册，成为世界各国儿童、家长、教师的阅读宝典。1984年，联合国的官员James P.Grant偶然读到《窗边的小豆豆》（英文版），深为赞赏，便推荐黑柳彻子担任联合国儿童基金会亲善大使。自此之后黑柳彻子访问了非洲和亚洲的许多国家，进行宣介和募捐，为当地医疗、教育、女性权益的改观做了很大贡献。黑柳彻子因此被美国《新闻周刊》赞誉为"日本最伟大的女性"。透过《窗边的小豆豆》系列及她的人生之路，我们可以看到黑柳彻子的人格特质中有一种特质格外明显，那就是"勤奋"。正如她母亲黑柳朝所说：彻子一直遵循着杉村春子先生的教诲，再苦再累，即使哭泣也会忍耐，永远以一颗上进的心去对待所选择的路，奋斗到今天。①

在埃里克森看来，学龄期儿童面临的最重要的冲突是勤奋对自卑的冲突。该冲突的正确解决，会帮助儿童形成能力的美德。所谓能力的美德包含着以下品质：一是能够"体验以稳定的注意和孜孜不倦的勤奋来完成工作的乐趣"；二是"能去努力并且努力做到最好的愿望"；三是"不为儿童期自卑所损害的在完成任务中运用自如的聪明才智"②。这三点与传统意义上"勤奋就是用功"的认知有很大的区别。如果说传统的勤奋美德是以"名誉、财富、成就等获得为目标"，那么埃里克森的"勤奋人格"理论里，则更多包含着"奋斗与自我的关系、稳定持久做事的态度、勤奋的趣味及最终自信的建立"等促进人全面、和谐发展的因素。阿扎尔认为"年幼的灵魂是柔软而缺少固定轮廓线的，美德在他们的身上只是本能，罪恶

---

① ［日］黑柳朝：《小豆豆与我》，张晓玲译，南海出版公司，2006年，第143页。
② ［美］B.R.赫根汉：《人格心理学》，冯增俊、何瑾译，作家出版社、海南人民出版社，1988年，第150页。

也只是缺点，他们需要我们帮助确认。当他们读到一本令他们觉得自己和主人公十分相像的书时，他们是愉快高兴的。他们在镜子中发现了他们的相似体。"①也因此在"勤奋人格"形成关键期，将《窗边的小豆豆》系列（《窗边的小豆豆》《小豆豆频道》《丢三落四的小豆豆》《小豆豆与我》《小豆豆动物剧场》）推荐给儿童，可以帮助儿童"在镜子中发现自己的相似体"，并引导他们正确思辨勤奋人格的内涵。

（一）"稳定的注意和孜孜不倦的勤奋来完成工作的乐趣"

对优越和成功的追求（Striving for superiority and success）是人类本性中的一个心理事实，这几乎从儿童诞生所经历的竞争就能看出来。当儿童的生活范围从"家—社区"走向"学校—社会"的时候，这种矛盾冲突会日益激烈。儿童需要"勤奋"来协助他完成学业及胜任未来的工作。埃里克森将其称为美德，即"稳定的注意和孜孜不倦的勤奋来完成工作的乐趣"。

"稳定的注意"讲的是勤奋的持久性。世界上任何事物都不可以取代坚持。才华不行，有才华却不能成功者很常见；天赋亦不行，没有努力的天赋就像被埋在地底的钻石。持久的注意力是比才华和天赋更值得依靠的成功品质，黑柳彻子的人生奋斗也清晰地表达了这一点。在《窗边的小豆豆·野炊》一章中，作者讲述了小豆豆在学校计划几天后野炊之后，对妈妈做饭产生兴趣，常常去厨房观察的事情。"从这天起，每当妈妈在厨房里忙活的时候，小豆豆总是紧紧跟在妈妈后面，研究妈妈……看妈妈做饭。"②正因为这种持久的注意力，在正式野炊中，小豆豆才表现出甚至比年龄大的同学都要熟稔的做饭技术。这种精神也一直持续到黑柳彻子长大成人。自1953年，黑柳彻子作为第一批电视演员进入NHK工作以来，在长达36年的时间里，即便她还有许多社会工作要打理，但是每周固定时间

---

① ［法］保罗·阿扎尔：《书，儿童与成人》，梅思繁译，湖南少年儿童出版社，2014年，第140页。
② ［日］黑柳彻子：《窗边的小豆豆》，赵玉皎译，南海出版公司，2016年，第176页。

里录制三集《彻子的房间》却从来没有发生过改变，并且围绕着这份工作，她还主动提前准备很多材料。正是这份持久性，使这个节目成为日本历史上最长寿的节目，受访人数多达6000余人，并且对观众的人生产生了积极意义。可见，稳定的注意力，是人的才干得以锻炼为能力的基础。

"孜孜不倦工作的乐趣"则是勤奋人格的核心所在。现代教育体系为了应试的方便将奋斗的目标统一化，单一的评价体系下牺牲的是儿童的个性。长期对自我意愿的忽视，会导致儿童在奋斗的过程中产生迷茫甚至抑郁情绪。黑柳彻子用自己的方式证明了奋斗过程中尊重个人意愿的重要性。她认为，"做自己喜欢做的工作，即使身体感到疲惫，也能通过睡眠自愈。但做不喜欢的工作，就会一直排斥，并累积负面情绪，也就是现在所说的压力"[①]。而唯有在尊重自己意愿基础上的奋斗，才会激发一个人生命的热情和智慧。黑柳彻子因为"想做一个会讲绘本的妈妈"而加入到电视台的学习、工作中，为了更好地表演儿童剧和配音，她接受各种培训、学习，也可以即便额头摔得缝了十三针，下午还坚持表演。兴趣让她不断地创新并发现意义。"我切身体会到，无论科技如何放大，人的心中总会有悲伤之类的东西，这是我们必须重视的。"[②]当然，这种乐趣里，最关键的是爱，"如果不温柔地对待观众，心中没有足够的爱，便无法成为优秀的演员，无论什么样的艺术家都是如此，虽然他们中间有很多性格古怪之人，但欠缺内心深处的人之大爱的话，也是无法成功的"[③]。可见，"孜孜不倦的工作的乐趣"基于个人真实的奋斗愿望，唯有如此，工作才会被上升到宗教般的情怀，而"只有初恋般的热情和宗教般的意志，人才有可能成就某种事业"[④]。黑柳彻子用她的作品和奋斗体现了这样的价值和意义。

---

① ［日］黑柳彻子：《心中需有爱》，师柯译，现代出版社，2016年，第86页。
② ［日］黑柳彻子：《心中需有爱》，师柯译，现代出版社，2016年，第90页。
③ ［日］黑柳彻子：《心中需有爱》，师柯译，现代出版社，2016年，第101页。
④ 路遥：《早晨从中午开始》，北京十月文艺出版社，2013年，第11页。

（二）努力去做并把事情做到最好的愿望

在埃里克森看来，能力美德同时还意味着"努力做事并把事情做好的愿望"。这里包含两个层面：一是努力做事；二是把事情做好。二者统一在"愿望"上，但"愿望"本身就是一种动力，这里既强调做事的态度，也注重做事的效果。这就使得"勤奋"走向了一种实效而不是注重形式的虚夸中。这里要强调的不是儿童一定要把事情做好，但是至少应该朝着"做好"而不是"做完"或者"做给别人看"的方向努力。这有利于改变儿童在该阶段易于形成的看似努力，实为"积极的懒惰"状态。

《窗边的小豆豆·大冒险》一节，清晰地体现出这种"努力做并做到最好的愿望"的重要性。泰明由于小时候患过小儿麻痹症，上树非常不方便，善良的豆豆想帮他完成这个愿望。她"用头顶住泰明的屁股"，"无论如何一定要帮他完成心愿"，"把梯凳拖到了大树跟前"，"她的小手紧紧地握住了泰明的手，用尽全身的力量，把泰明往树上托"[1]。这里写出了一个孩子想要做并用尽全力达成心愿所付出的努力。假如在这个过程中，小豆豆有过一丝一毫想要放弃的心或者仅仅是假模假样的邀请，此事就只能中途作罢。这对身体有缺陷的泰明来说，伤害必然更大，会加深他心中"自己不行"的意念。而小豆豆却通过行动让他明白"我们可以的，你也一定可以"。这种"努力去做并努力做到最好"的精神，其实质是一种对自己、对他人负责的精神诉求。这对于一个人精神的挺拔具有深刻的意义，这种习惯会督促一个人朝着最好的自己发展。黑柳彻子在工作之后，也一直葆有这样的精神。她说"无论多么熟稔的嘉宾，我都会提前做调查，无论和对方多熟，也不能敷衍了事"[2]。在黑柳彻子的职业生涯中，作为"全球亲善大使"，为了更好地和盲人、聋哑人交流，她自学了盲文和手语；在每次出行去非洲前，都要提前一个月打各种疫苗，天天坚持吃药，但是她总是毫无

---

[1] ［日］黑柳彻子：《窗边的小豆豆》，赵玉皎译，南海出版公司，2016年，第79—81页。
[2] ［日］黑柳彻子：《心中需有爱》，师柯译，现代出版社，2016年，第102页。

抱怨。"在彻子看来，事情为别人而做，是一种虚伪的借口。"生命所有的因与果，都在行者自为。只有努力做事，事情才会成为你想的那样。小豆豆（黑柳彻子）人格中这种"努力去做并把事情做到最好的愿望"是对勤奋人格的一种积极建设。事实上，我们通常看到，有的儿童会以一种消极勤奋的方式面对学习。"消极勤奋"实际上是一种自欺欺人的懒惰，这种习性会让他们"像踩钢索的人，钢索下面是一张保护网"①，这保护了他们即便掉下来也不会摔疼，但是同时也阻碍了他们进步。

（三）"不为儿童自卑所损害的在完成任务中运用自如的聪明才智"

能力的美德最终要建设的便是自信。这种自信在埃里克森认为"是不为儿童自卑所损害的在完成任务中运用自如的聪明才智"②。对于7—12岁的儿童来说此阶段最危险的是由于勤奋与自卑冲突处理不当"产生一种对自己和自己任务的疏远——即众所周知的自卑感"③。这种自卑感可能会让儿童在某些方面本来可以挖掘的潜力，得不到及时诱发，导致发展很晚或者根本发挥不出来。"一个人感到无价值的倾向不断增强，可以成为性格发展的致命因素。"④因此，呵护儿童的信心尤为重要。

黑柳彻子由于其母黑柳朝的精心护养，保留着儿童质朴、无瑕的本性。在巴学园第一次和小林校长见面的时候，这种品质便表现出来。在她与校长4个小时的对话里，纵然有小林宗作对孩子的谦和与善于聆听，但也与小豆豆未被自卑所压制的心灵有关。这种未受自卑压制的心灵对于儿童的成长非常有意义。在长大后，她去参加NHK电视节目主持人招募，在6000人

① ［奥地利］阿尔弗雷德·阿德勒：《儿童教育心理学》，杨韶刚译，中国轻工业出版社，2015年，第40页。
② ［美］B.R.赫根汉：《人格心理学》，冯增俊、何瑾译，作家出版社、海南人民出版社，1988年，第150页。
③ ［美］埃里克·H.埃里克森：《同一性：青少年与危机》，孙名之译，中央编译出版社，2015年，第87页。
④ ［美］埃里克·H.埃里克森：《同一性：青少年与危机》，孙名之译，中央编译出版社，2015年，第88页。

中成功成为被选上的13人之一，而且是唯一的"纯外行"。主管老师给出的理由是"无色透明，前途无限"。在黑柳彻子看来，"我真是以一种不慌不忙的从容心态通过了NHK考试。"可见自信的品质的重要性。

自信最重要的意义在于会让儿童产生一种高自尊感。所谓的高自尊感，指的是在完成一件事情的时候，即便受到了外在的否定，他也不会认为这是个人能力的不足，而会客观地去分析，并坚持付出更多的努力将其做好。高自尊感，是一个人在获得能力美德之后，处理事情的一种方式。黑柳彻子在刚刚开始工作的时候，由于表演不熟练，经常会被赶下台，但是她一点也没有退缩。她对自己要走的路有笃定的认知，并会采取适当的方式改进，而不是陷入自卑状态。相反，对低自尊者来说，他人的消极反馈更容易与他们的自我概念相一致，这会导致在接下来的任务中，他们不愿努力去完成，或者干脆放弃。因为"高自尊的人担心不成功，低自尊的人害怕失败"[①]。

总体而言，勤奋感是"超我"对"本我"的约束。自我在调和二者之间，建立起一种和谐、有序、向上、持久、富有责任意识和自信力的人格特质。我们将其称为"勤奋人格"。勤奋不是形式上的付出，而是发自内心的投入。瓦西里·康定斯基谈到精神生活时曾有这样的比喻：文学层次的分布原则是：文学这个巨大的锐角三角形是以人格水平线划分为若干不等份的，底部是底层人格对应的二三流作品，较高层人格对应的优秀作品处于三角形的中间部位，而代表人类思想精华，作为人类追求向往目标、陶冶与检阅自己精神原则的经典著作则处于三角形的顶部，即人类精神的巅峰。而且具有指导人、鼓舞人、使人高尚的作品，只能出自具备这种高贵精神的人。[②]《窗边的小豆豆》在儿童精神层次的建设上，明显属于可以"指导人、鼓舞人"的作品。作为一部自传体小说，这与黑柳彻子自身对"勤奋人格"的理解和阐释分不开。由勤奋而得来的东西，格外让人珍

---

① ［美］兰迪·拉森、戴维·巴斯：《自我与人格》，郭永玉、杨子云译，人民邮电出版社，2012年，第96页。
② ［俄］瓦西里·康定斯基：《康定斯基：文论与作品》，查立译，中国社会科学出版社，2003年，第12—13页。

惜。正如黑柳彻子和同事们聊天给出的答案一样："如果有一个神仙，可以叫人返老还童，你们想可以回到什么时候呢？"黑柳彻子的答案是："现在，我觉得现在就可以。我想象不到，如果再年轻一些，我还可不可以成为现在这样。我从来没有想过要重新再来一遍。"①只有努力过的人，才会有这样的珍惜情怀。

二、儿童勤奋人格的获得

《窗边的小豆豆》续篇《小时候就在想的事》扉页上写道："有两段经历成就了黑柳彻子：一是《窗边的小豆豆》所写她初入巴学园的两年，一是《小豆豆频道》所写她离开学校步入社会所遭遇斥责、嘲笑、磨难的两年。"在这两段经历里，包含着获取勤奋人格的两种驱力。一种是外驱力，包含着学校、老师、家长和工作之后社会上的人给予的环境刺激；另一种则是内驱力，包括环境刺激所带来的心理反应和"儿童内部正在积聚的一种力量"，弗洛伊德将其称为潜伏期，是青春期前的一种暂时平静，到了时间，一切先前的驱力就会以一种新的结合而出现。那么，这两种驱力要怎样作用，才能帮助儿童获得勤奋人格呢？

（一）"没有期待的教育方式"

《窗边的小豆豆》虽是黑柳彻子为纪念小林宗作校长而作，但是读者还是发现，在这背后还有一个伟大的母亲，是这个母亲良好的家庭教育才养育了这样一个孩子。

"不受自卑损害的信心"来源于一个母亲对儿童的理解、尊重和呵护。黑柳彻子的母亲黑柳朝在北海道"教育·家庭·晚年生活"的讲座中说道："父母的确生养了子女，接下来，也只是应该在他们生病、受伤的时候给他们支持，帮助他们成长。我从来没有想过父母可以自由支使孩子，

---

① ［日］黑柳朝：《小豆豆与我》，张晓玲译，南海出版公司，2006年，第181页。

我也没有那种自信，更不要说安排他们的道路了。我一次也没有斥责过、打过孩子们。"①事实上，在黑柳彻子的人生道路上，黑柳朝一直奉行"没有期待的教育方式"。在小豆豆小的时候，由于过于好动被传统学校开除，但是她妈妈并没有气急败坏，甚至没有把事实真相告诉她，而是想办法呵护她的自尊心。在小豆豆长大参加NHK考试的过程中，当她又喜悦又担心地把这个秘密告诉妈妈，并央求她保密的时候，妈妈说："年轻的时候，什么都试一试也不错。"②轻描淡写之间，带着鼓励，使豆豆从紧张不安的情绪中走了出来。当小豆豆经历过最后一轮考试出来，对她说"好像没希望"时，她也只是淡淡地应了一声，消解了孩子对这件事过于看重的压力。不仅对小豆豆如此，在对其他孩子的时候，也是如此。当她的大儿子在选择小提琴之路时，她只是提醒他"如果你是真的喜欢小提琴，那就另当别论；如果是为了爸爸，那就是悲剧了"③。为了让他认清自己的愿望，她甚至将他送到远离家庭的地方生活几年。正是这种与很多功利性很强的父母不同的"不求回报，不求报偿"的抚育方式，让小豆豆们可以在所有的决定中，正视自己心中最真实的想法，并且知道，很多事情努力去试一试比不试好，但也不必为此而有太多压力。阿德勒认为，在很多情况下，保持心理的平衡比认真着手解决问题更为重要。这也恰恰暗合了教育的真谛。好的教育是在制造一种气氛，使孩子可以无惧地生长。但大部分家长并不明白这种爱，他们"永远被焦灼、嫉妒、恐惧所征服，并把这些通过各种方式传递给孩子"。这种用作交易的爱，使儿童渐渐失去了自我。

（二）肯定并鼓励儿童的独特性

黑柳彻子感念人生过往时说，如果不是巴学园校长在第一次见到她时说"你真是一个好孩子呀！"，也没有听到饭泽先生说"我需要的就是你的

---

① ［日］黑柳朝：《小豆豆与我》，张晓玲译，南海出版公司，2006年，第76页。
② ［日］黑柳彻子：《小豆豆频道》，赵玉皎译，南海出版公司，2008年，第33页。
③ ［日］黑柳朝：《小豆豆与我》，张晓玲译，南海出版公司，2006年，第182页。

个性，表现你自己就好了"，那她现在一定是在走一条完全不同的道路。她一定会变成什么都"不被允许"的，也不知道该如何是好的大人。①小林宗作的教育理念，也在引领读者重新思考学校老师在儿童健康人格培养方面应该起到的作用。如果学校的目的在于把儿童培养成"独立、自我控制和勇敢的人"，这就意味着它应当调整目前以自身为目的的办学状态，在理念和行动上实现是在为社会，而不是为自己教育学生。如果有了这样的见地，再去办学，学校就不会沦为培养现代化机器的熔炉，老师才真正会成为发现儿童潜能、引导儿童成长的精神领路人。

巴学园创办于第二次世界大战期间，美国与日本战争进行得如火如荼时，但是当高桥君从美国归来进入巴学园后，小林宗作及时地发现了他英语的优势，让他发挥自己的特长，教其他小朋友英语。这样做一方面可以激发高桥同学自身的潜能，使他尽快融入环境；另一方面也告诉儿童文明和战争的区别。小林宗作智慧地调动每个孩子的天赋、潜能的行为渗透在巴学园教育的点滴中：对于身体或者心理上有残疾的同学给予"不动声色但用心良苦的关照"，尽量地消弭会让儿童信心丧失的事情。如在游泳课上让孩子们尽量用最本真的状态去面对大家，无论男孩女孩，无论健康还是有残疾；"运动会"上尽量设计让身体不够合格者反而能得奖的项目，就是要把快乐、自信种入每个孩子的心中，让每个人都觉得这样的我就是最好的我。所以在《窗边的小豆豆》中看不到在萧红的《手》中，因为长期做染布工作而无法洗净双手的王亚明所遭受的来自学生、老师的侮辱；也不会出现《草房子》中秃鹤因为生理缺陷——秃头，而遭受的来自伙伴们的嘲讽。小林宗作及他所代表的巴学园从一开始就没有把"趋同才是权威"这样错误的理念灌输到儿童心中，而是巧妙地"让每个孩子的优点都发挥出来"，"让所有孩子都接受他人的不一样，也接受自己和他人的不一样"，这就为儿童一生健康人格的发展打下了基础。"教育就是让每个孩子

---

① ［日］黑柳彻子：《心中需有爱》，师柯译，现代出版社，2016年，第63页。

从孩提时代起就永远做你自己……并且真的去了解这一切。"①教育最伟大的责任也在于此。

（三）坚持的理念

儿童的成长，在传统意义上被定义为受到天赋及客观外在环境的影响。这些固然很重要，但是我们也发现，在天赋和客观外在环境不那么好的儿童里也有很多最终成功的。因为，儿童如何解释外部现实，如何去看待自己和现实之间的关系，更为重要。小豆豆所散发的勤奋人格的美质，与她个人的思维理念也有很大的关系。

《小时候就在想的事》一书中披露了很多这样的细节。《三角形》一章讲述了小豆豆在参加入学考试时的坚持。即便她成为班里最后一个完考的考生，她也更多思考的是"为什么我拼不出来呢？""我再试试看"②，体现了一种奋斗的韧劲儿。而《关于读书》作为童年思想的印记，清清楚楚地记载了小豆豆阅读契诃夫作品时的感悟："我们需要的是每时每刻不间断的努力，坚持不懈的读书、研究和意志。每一分钟都是宝贵的。"③根据荣格对弗洛伊德精神学说的发展："人格包含两个部分：第一部分是自觉意识以及它所覆盖的东西；第二部分是无意识心理那幅员辽阔和边界不明的内陆。"④透过小豆豆无意识的精神痕迹，读者可以窥见，她在小学低年级时便已经在心灵里种下了"勤奋"的种子。而这种自我选择，图书所带来的熏陶意义功不可没。小豆豆勤奋的目标"是把事情做好"，而"这个事情"之所以能够被坚持下来，是因为这是基于她自身，而不是外在强加的力量。在《心中需有爱》一书中，她反复强调"只做自己喜欢做的事情，全心全

---

① ［印度］克里希那穆提：《教育就是解放心灵·教育的意义》，张春城、唐超权译，九州出版社，2010年，第67页。
② ［日］黑柳彻子：《小时候就在想的事》，赵玉皎译，南海出版公司，2010年，第16页。
③ ［日］黑柳彻子：《小时候就在想的事》，赵玉皎译，南海出版公司，2010年，第23页。
④ ［瑞士］卡尔·古斯塔夫·荣格：《精神分析与灵魂疗治》，冯川译，译林出版社，2014年，第41页。

意，用请大家拭目以待的心情"，就是她个人意念最集中的表现。

黑柳彻子的人生观包含着：一是不以他人评价为自己行为准则的自信；二是坚持去做并做好的努力；三是热爱自己做的事情，体验到乐趣的欢愉。总体而言，她代表了勤奋人格对正向的一面激发出的"活力和生气"。勤奋人格的获得既来源于环境对儿童心理的影响，也来源于儿童自身对外在事物的反应。这二者相辅相成，互相影响，最终促成了一种和谐、健康、向上的人生状态。

三、儿童文学阅读对儿童勤奋人格形成的多维导引

鲁枢元认为文学的职能在于干预灵魂。"文学作品就是作家的心灵，作家以它沟通并唤起读者和社会的共鸣，文学是对于个体的人和整个社会心理的一种调节因素，是使人类自身不断得到完美、完善起来的一种情感教育的方式，是人与人之间相互连结的一条精神纽带。"[1]儿童文学治疗，就是要用这样的心灵碰撞的方式，让儿童文学作品中的人、事、思想，对正在成长的儿童发挥作用。《窗边的小豆豆》系列及《心中需有爱》通过黑柳彻子的人生经历，展示了"一生只做好一件事"的执着和坚守背后的人格魅力，也让读者对"勤奋人格"的含义有了正确的认知。那么儿童应如何借助于文学干预心灵的作用，通过阅读建立正确的"勤奋人格"观呢？

第一，儿童文学阅读提供了一种"温和但坚定的力量"，督促儿童去完善自我。

勤奋人格最终促进人的同一性形成，但是在形成的过程中，须要注意两个极端。一是传统的极端，即把早期的学校作为严肃的成人期的延伸，强调自我约束和严格的责任感。该做法的好处是儿童可以通过对规定职责的依赖性信任，完成学习任务，学会很多知识，培养出难以动摇的责任感。而其弊端在于儿童自此再也无法摆脱没有必要的和付出很大代价的自

---

① 鲁枢元：《文学的跨界研究：文学与心理学》，学林出版社，2011年，第145页。

我约束，这事实上伤害了儿童热爱学习和工作的天性。一是现代的极端，即把早期的学校生活当做儿童期自然倾向的延伸，利用游戏探寻发现，在喜欢做的事情中学会必须要学习的东西。其好处在于儿童学习乐趣和创造力的保持。缺点在于儿童会由于过于松散而缺乏计划性，最终什么也没学会。所以，"这个年龄阶段的儿童最喜欢的是温和但坚定的、强迫他们冒险去发现一个人可以完成他本人再也没有想到的事情，发现那些之所以最富有吸引力的事情，恰恰不是因为他是游戏和幻想的产物，而是由于他是现实的产物。由于他们的实用性和逻辑性，这些事物成为成人参加现实世界的一种象征意义"①。

《窗边的小豆豆》系列就带着这样一种"温和但坚定"的督促力量。首先，书中展现的小学生活充满了趣味、新鲜和欢乐，这会丰富儿童的心灵，激发他们感受生活的敏锐性和创造力。通读全书，没有一篇关于考试和成绩的短文。唯一关于竞争的事件是"运动会"，不仅项目有趣，而且奖品也意味深长。"用你们的努力得来的蔬菜，做全家晚饭的菜肴，不是很好吗？肯定很好吃！"②儿童在阅读的过程中，自然而然被熏陶，心灵也会变得丰富起来。它唤醒了儿童的敏感，使儿童对万事万物的美感意识从混沌的生活状态中觉醒，儿童就具有了自我教育和成长的能力。肯尼斯·怀特认为："文化以在人类的精神与大地之间的关系为地基，它构成这种关系在知性、感性与表达层面上的发展。"③但是，世界的文明似乎失落了这个地基。儿童的世界也是如此，儿童不应该被封闭在"竞争的栅栏"中，而应当把诞生之日起就与大地紧密相连的好奇和融合保存下来。其次，它也带着温和的劝诫意识。但这种意识是通过"无声但有形"的教育方式默默润化的。巴学园每日的功课，老师只是写在黑板上，顺序、完成时间由学生自己去掌控，但恰恰是这样，孩子们非常投入，时间掌控得也

---

① 唐松林、张燕玲：《驯化与生成：〈窗边的小豆豆〉中两所学校教育理念之比较》，《河北师范大学学报》（教育科学版），2014年第1期。

② ［日］黑柳彻子：《窗边的小豆豆》，赵玉皎译，南海出版公司，2016年，第132页。

③ 此概念界定出现在国际地理诗学学院的题名"群岛"的主页上（http://www.geopoetique.net）。

很好，因为"早点做完，下午就可以散步，而这种散步在巴学园很常见"。这就对阅读的儿童产生一种意义，儿童用儿童的观念去规划学习生活，再将它传递到阅读的儿童那里，比成人的说教要见效得多。就如在巴学园从来没有被教导过诸如"排队""不乱扔果皮""尽量不要妨碍别人"等观念，但这些观念已经深深地植根在学生的心里。这就是潜移默化的作用。

总之，作为一部经典儿童文学作品，《窗边的小豆豆》系列以其自带的、从儿童视角介入，但混合了成人智慧的作品，具有一种引导人向善、向上的力量。

第二，儿童文学阅读改变儿童对"勤奋"的认知，帮助儿童避免成为"手艺白痴（craft-idiocy）"。

观察儿童在追求优越时的不同方向，会发现有一类儿童表现出一种对目的的强烈执着和对其他生活，包括友谊的冷漠。这种过于强烈的获胜心理，同样值得关注和引导。否则，儿童始终处在一种偏执、单一的生活状态，很难获得精神的健康发展。因此，儿童文学作品应当帮助儿童正确认知勤奋的意义，避免儿童成为只知道奋斗的"手艺白痴"。

平衡生活的能力首先应当是教会儿童掌控时间。儿童唯有学会掌控时间，才能在必须要做的事情和渴望去做的事情之间找到路径。《窗边的小豆豆·上课》一章给出的建议是"从你喜欢的那门课开始吧！"①。这样一个微小的建议，包含着帮助学生克服困难，保持兴趣的学习智慧。而《心中需有爱》给出了"时间是可以规划出来的"②的建议，黑柳彻子每周有四天会从事与节目录制有关的工作，之后会安排其他讨论会、访谈、演奏会等，也会去周边闲逛，享受生活。晚上会看书、工作、学习到很晚，也会舒舒服服睡觉。读者在阅读的过程中，一方面惊诧于她生活节奏之快，另一方面通过她悠闲的笔调，也感觉到一种珍惜时间、规划生活后的从容，作品对人的影响自然就产生了。

---

① ［日］黑柳彻子：《窗边的小豆豆》，赵玉皎译，南海出版公司，2016年，第33页。
② ［日］黑柳彻子：《心中需有爱》，师柯译，现代出版社，2016年，第3页。

平衡生活除了包含平衡自己和工作的自然关系，还应当包含平衡自己和周围环境的关系。比如友谊，甚至健康。儿童如果不正确地看待竞争及伙伴的关系，就会因为雄心过度，把所有时间和精力都花在超越别人上。这类孩子要么成天生活在紧张中，要么看到别人稍有成绩就产生嫉妒和不快，不能建立独立、和谐的品格。在《窗边的小豆豆》中，黑柳彻子通过回忆儿时与泰明的交往、集体住礼堂等客车来的野炊活动、一起去庙里比胆量的故事，将校园生活、童年生活的欢愉展现出来，把儿童从仅仅关注成绩和竞争的狭隘中拉出来。而在《小豆豆的动物频道》中，则把视野投向了大自然与小动物。格局的广阔，必然带来平衡生活能力的增强。正如书的封面所言，每个人都会在此书中找到自己想象中童年的样子，也都会通过"小豆豆"的经历感念尊重与被尊重的美好。成长不再是一种竞争压力下的窘迫，而是一种充满愉快的、新鲜的、敢于接受刺激和变化的过程。成人则通过阅读此书，唤醒久远的记忆，在对童年的"理解"中给予儿童温情的抚慰。这种感悟与唤醒，原本就是儿童文学作品发生影响的表现之一。

第三，儿童文学作为人学，肯定人的价值和尊严，引导儿童确认以真实自我为依据的"勤奋"目标。

儿童自进入学校之后，尤其是过分强调应试成绩的学校，学校以"身体规训、权威说教、标签强化"[1]等方式驯化儿童。儿童长期生活在一种被成人主宰、安排、压抑的氛围之内，久而久之，会失去发现自我、表达自己真实愿望的能力，成为学校教育生产线上的产品。这样做的结果是，除了分数的动力，儿童很难真正发挥自己的天性。但事实上这是一种精神的退行，精神的退行必然导致创造力的缺失。而通过阅读《窗边的小豆豆》这样的图书，他们可以习得一种力量，感受到一种可以对成人霸权说"不"的可能，间接体会自我意愿被尊重的快乐。这种快乐通过阅读也会

---

① 唐松林、张燕玲：《驯化与生成：〈窗边的小豆豆〉中两所学校教育理念之比较》，《河北师范大学学报》（教育科学版），2014年第1期。

内化到读者心中，并形成一种寻找自我、肯定自我的主体意识。

"母亲是第一个唤醒孩子兴趣的人，因而她对引导这种兴趣进入健康的渠道负有关键性的责任。"①无论是《窗边的小豆豆》中，面对小豆豆"多次被批评最后被劝退"的结果，还是《小豆豆与我》中对于教育儿童的观念与方法的探讨，都能够清晰地感受到，母亲对儿童尊严和价值的呵护与捍卫。而小林校长所坚持的"每个孩子都是一个好学生"又在不同的故事中反复被书写，整本书围绕着这样的理念展开，也点燃了儿童对自我意愿认识和捍卫的激情。阅读也是一种教育，教育就是一种敞开心灵的接纳。正如雅思贝尔斯所说："所谓教育，不过是人对人的主体间灵肉的交流活动……并通过文化传递功能，将文化遗产教给年轻一代，使他们自由地生成，并启迪其自由天性。"②米歇尔·恩德在幻想小说《永远讲不完的故事》中借儿童文学常见的"宝物"意象"护身符"，告诉了成长的巴斯蒂安这个秘密：每个人最终都应当"行你所愿"。但这并非是任性所为，而是"你应当按照你真正的愿望去行动，你真正的愿望是你心灵最深处的秘密，你还不认识它。你要走上寻找愿望的路，从一个愿望走向另一个愿望，直到你找到最后的那个愿望为止。那个愿望会把你引向真正的愿望。"③所以，儿童在对作品的阅读、吸纳中建立这样的心理图式，并最终付诸行动。儿童只有能确认自己的愿望并养成确认自己愿望的行为习惯时，儿童的奋斗才充满了乐趣。只有在本意的基础上，"努力去做并做到最好"才是一种快乐、有意义的奋斗历程。

勤奋人格作为儿童同一性发展过程中必须要有的人格成分，在对其含义、获得方式及儿童文学阅读可能起到的作用做了如上分析后，我们对于文学如何影响儿童勤奋人格建立，有了一个相对清晰的概念。"愿我就是我所能学会进行工作的我"成为教育的终极目标。

① ［奥地利］阿尔弗雷德·阿德勒：《儿童教育心理学》，杨韶刚译，中国轻工业出版社，2015年，第105页。
② ［德］雅思贝尔斯：《什么是教育》，邹进译，生活·读书·新知三联书店，1991年，第3页。
③ 彭懿：《世界儿童文学阅读与经典》，接力出版社，2011年，第24页。

第二节　儿童文学阅读对儿童自卑情结的阅读治疗
——《呼啸山庄》里的成长启悟

伍尔夫在谈到艾米莉·勃朗特的《呼啸山庄》时说："作者似乎把我们所知道的人们的特征都撕个粉碎，然后再对这些无法辨认的碎片注入一阵强劲的生命之风，于是这些人物就飞越在现实之上。"①约克郡荒原的风呼啸而过，树改变了成长的方向，就如刮过一个人生命的风，也必然改变他的成长景观一样。约克郡荒原上的孩子们在猎猎的命运之风的削剥之下呈现出的人格特征，以极为典型化的方式代表着自卑情结对人性最深刻的影响。

"自卑情结"一词最早由个体心理学的创始人阿尔弗雷德·阿德勒提出。他认为：每个人都有着自卑感，但其程度及解决方式的不同导致人走向不同的心理状态。正常的自卑感，可以转化为内在动力，促使生命个体追求优越以获得补偿；过度的自卑则会转变为"一种病态的心理"，"自卑情结可以使人产生精神疾病，甚至是死神的考验"②。而自卑感产生的缘由，在阿德勒看来，一方面是外在环境的刺激。阿德勒自己由于身体条件、出生顺序和环境影响，终生在与自卑做斗争，所以他认为：一个孩子的身体缺陷、被过度宠溺或者忽视都是产生自卑的缘由。另一方面作为一个具有主观能动性的生命个体，"自卑的最终形成又受到个体因素的调节，如个体的能力、性格、价值取向及生活经历，尤其是童年生命经历的影响"③。《呼啸山庄》里的成长主人公，用不同的方式印证了这一点，也让

---

① ［英］弗吉尼亚·伍尔夫：《伍尔夫随笔全集》，王斌、王保令、胡龙彪等译，中国社会科学出版社，2001年，第149页。
② ［奥地利］阿尔弗雷德·阿德勒：《儿童教育心理学》，杨韶刚译，中国轻工业出版社，2015年，第9页。
③ ［奥地利］阿尔弗雷德·阿德勒：《儿童教育心理学》，杨韶刚译，中国轻工业出版社，2015年，第15页。

读者在对他们令人唏嘘的命运的慨叹中思悟。

一、自卑情结的多维呈现与缘由探析

《呼啸山庄》作为"英国最伟大的小说之一"，荣膺"19世纪西欧文学的扛鼎之作""19世纪最奇特小说"称号，自1847年出版以来，穿越了百余年的时光，被从不同的角度阐释。但无论是毛姆认为的爱情书写，还是伍尔夫提出的"精神之恋"，抑或后来学者笔下的成长景观，都不约而同地用到了"痛苦、迷恋、执着、残酷"①，或者"四分五裂、受苦、受损害"②"错综复杂"③等词，它们从一定程度上显示了这部小说中主人公性格的缺陷及所承受的悲惨命运。

作品中涉及成长中的孩子有八名，分别是：凯瑟琳、希斯克里夫、辛德雷、林顿、伊莎贝拉、小林顿、小凯蒂、哈里顿。成长过程中不同的被对待方式、内化方式形成了他们不同的性格。以家庭为界，我们看到不同的生命之伤对人格造成的影响。

（一）被侮辱下的成长及其自我防御情结

《呼啸山庄》中个性最强烈、最复杂、最值得同情又最让人恐惧的是希斯克里夫。这个9岁的时候被老庄主从外面捡回来的黑孩子，从出现的时候便生活在一种被侮辱、被忽视的境遇中。老庄主发现他的时候，他正流落街头，饥寒交迫，"他像从地狱里跑出来的，黑乎乎的"。当他被好心的庄主带回家的时候，庄主夫人首先就给了他一个毫无人情味的驱逐："她跳起来，质问他（老庄主）为什么要把这样一个婊子养的野小子带回来。"④虽然由于老庄主的宠爱他被留了下来，但是仆人及其他家庭成员的厌弃在他的童年成长中如影相伴。老约瑟夫经常嘲弄他，甚至体罚他，不

---

① ［英］艾米莉·勃朗特：《呼啸山庄·序言》，杨苡译，译林出版社，2016年。
② 同上。
③ 张国龙：《成长小说概论》，北京师范大学出版社，2013年，第154页。
④ ［英］艾米莉·勃朗特：《呼啸山庄》，王芳译，百花洲文艺出版社，2013年，第80页。

让他吃饭，罚他站在黑冷潮湿的外面。主人家的儿子辛德雷经常打他，小女儿凯瑟琳一开始也对他充满厌恶。种族、贫穷、受侮辱和损害的生存境地造就了希斯克里夫强烈的自卑心理，并以一种最激烈的方式表现出来——自我防御情结。圣诞节，老庄主给希斯克里夫和辛德雷一人送了一匹小马，但是希斯克里夫的小马不小心被摔断了腿，他去找辛德雷调换。辛德雷狠狠地打了他一顿，他爬起来，擦掉嘴角的血，继续坚持，并威胁他："'如果你不把小马换给我，我就告诉爸爸你这周打过我，打过三次，我会把我的伤给他看。'说着他撸起了袖子。"[1]在这段交手中，我们看到一个饱受摧残的孩子在生活中习得的防御策略。他懂得"对手"的软肋在哪里，并可以长期潜伏，以伺机报复。长大之后，这样的心理也影响了他所有的行为及选择。他因为凯瑟琳的背叛和侮辱最终决定离开。当他听到凯瑟琳决定嫁给林顿并认为"嫁给他（希斯克里夫）就是自取其辱"时，作者用一段精彩的描写刻画了他内心受伤害的程度："暴风雨像千军万马似的侵袭着山庄，满耳都是狂风怒吼声，雷声轰鸣，然后听到一声巨响，不知道是狂风还是遭了雷劈，宅子旁边的一棵大树倒了。"[2]这段文字传神地表达出希斯克里夫自我价值和尊严彻底崩塌时的震动和难过，这也预示着他的性格必然走向极端。果然，几年后当希斯克里夫回到山庄，他展示出的是暴烈、阴谋、诱骗等令人咋舌的处事方式。他不择手段地霸占了呼啸山庄和画眉山庄的所有财产，他对所有的人都充满憎恨，除了凯瑟琳之外，其他人都是他成功路上的棋子或者绊脚石，甚或是自己的儿子，他也没有半点怜惜之情。他获得了所谓的财富，但是他并不幸福，那颗被自卑扭曲的灵魂里只有复仇。阿德勒曾说："如果一个人找不到合理的办法消除内心的自卑感，他就会到一种让自己看似强大的环境中去。让自己变得强大的方式不是发展自己让自己变得充实，而是让自己在心中变得不可一世。"[3]"任何一种残酷的

---

[1]　[英] 艾米莉·勃朗特：《呼啸山庄》，王芳译，百花洲文艺出版社，2013年，第180页。
[2]　[英] 艾米莉·勃朗特：《呼啸山庄》，王芳译，百花洲文艺出版社，2013年，第325页。
[3]　[奥地利] 阿尔弗雷德·阿德勒：《自卑与超越》，李青霞译，沈阳出版社，2012年，第62页。

行为，无一不是以某种神秘的脆弱为基础的。真正强大的人不会表现出残忍的情感。"[①]希斯克里夫由于过度自卑，在心里筑起了高高的城墙，他将那些伤害过自己的人用以牙还牙的方式——报复，但不原谅原本就是不强大的表现。

（二）成长被忽视而产生自卑情结：自卑令生活无所适从

阿德勒认为，被忽视是造成问题儿童的原因之一，也是诱发儿童自卑情绪的重要因素。凯瑟琳的人生悲剧首先源发于此。凯瑟琳在家中排行老二，也是最小的孩子，并且是个女孩。这使得她生活的氛围极为微妙。一方面她是被当做主人去看待，另一方面她又没有哥哥那么受宠爱和尊敬。在父亲活着的时候，她常常做出一些男性化的举动来表达这种反抗。平时，她消解自己的女性特征，像个男孩一样"野"，父亲外出，她要求带回来的礼物是一根马鞭。"马鞭给人直接联想到的就是权力和控制力"，而需求"马鞭"证明她敏感地发觉了周围的环境更喜欢男性。女童是社会性动物，为了和周围处理好关系，她们更多的时候愿意选择环境希望的样子来适应。"女性会憎恨男性所设想的这种权威和优越感。如果这种憎恨达到非常强烈的程度，在女性的身上就会表现为：拒绝接受其性别角色，并且力求尽可能成为一个像男人那样的人。"[②]当然这种抗争并没有让她的父母或者周遭的人改变对她的态度，反而变本加厉地用男权社会的男性权威来压制她。这种情况在她父母过世之后，尤为明显。她常常被家里的仆人惩罚，接受着差不多和希斯克里夫一样的待遇，这导致了她心里对某些失去的东西的渴望及追求。在她和希斯克里夫不小心落入画眉山庄后，这样的渴念终于清晰起来。表面上来看，她是被画眉山庄温馨的家庭环境所吸引，但透过她和耐莉的交谈，我们看到的是一种由自卑产生的控制欲望。

---

① ［奥地利］阿尔弗雷德·阿德勒：《自卑与超越》，李青霞译，沈阳出版社，2012年，第64页。
② ［奥地利］阿尔弗雷德·阿德勒：《自卑与超越》，李青霞译，沈阳出版社，2012年，第8页。

"我嫁给林顿，我就可以用我的方式帮助他（希斯克里夫）。"这句话透露出的信息是：一、我不能嫁给希斯克里夫，因为他不够强大；二、我要帮助他；三、我需要通过婚姻来提高自己的社会地位。就是在这样一种出生顺序、性别及家庭遭际的多重影响下，看起来非常具有控制力的凯瑟琳其实暴露出她内心从小就开始郁积的自卑情感。这种自卑情感左右她在重大的人生选择上，更多地顾及社会的评价而不是面对真实的内心。由自卑产生的人生悲剧也在婚后展现。凯瑟琳在对希斯克里夫的"精神之爱"和对林顿的"物质之爱"之间左右摇摆、痛苦、挣扎，就是自卑情结下无法安置自己灵魂的表现，而最后她的华年早逝，是无所适从后心力交瘁的表现。与凯瑟琳同样被忽视的是哈里顿。他虽然是辛德雷的嫡子，但由于他父亲的懦弱、贪赌，加之母亲的死亡，这个孩子被有意地剥夺了受教育和被尊重的权利。他的自卑在希斯克里夫的淫威之下增长。在见到小凯蒂时他爱意萌发但表现出的笨拙、无所适从，都是内心卑微的产物。可见来自成人社会的忽视、强权的压制，会让自卑根植于心灵。这样的儿童即便获得高位，也很难真正强大，安放自己。他们越是想证明自己的强大，越暴露自己的自卑。"越是想要追求完美，越会破坏身边的平衡与和谐。"①

（三）宠溺引发自卑：宠溺让儿童失去力量

《呼啸山庄》里最受宠溺的两个儿童，一个是辛德雷，一个是小林顿。辛德雷头顶家族继承人的光环，这本身就是一种男权社会强加的宠溺。更遑论他的母亲和仆人对他格外地疼爱。老于世故的老仆人约瑟夫对谁都敢颐指气使，甚至干涉凯瑟琳的教育，但是对辛德雷却俯首称臣，一切都只为他好。这种宠溺增长了辛德雷的脾气，却没有办法滋长他的能力和心智。在与归来后的希斯克里夫的第一轮交手中，他便败得一塌糊涂。总体而言，

---

① ［奥地利］阿尔弗雷德·阿德勒：《自卑与超越》，李青霞译，沈阳出版社，2012年，第9页。

他是一个还未长大的孩子，他对妻子病态的依恋，更像是一个具有"恋母"情结男子的表现。这也是为什么在妻子死后，他很难恢复起来的缘由。他的人生悲剧，让我们看到了过度的宠溺对人精神生命的戕害。阿德勒将娇宠溺爱称为"儿童时期最大的诅咒"[①]，就是要说明这种以爱的名义不当教育，带给儿童的只能是能力的退行、精神的孱弱。在宠溺中生长的孩子很难应对生活中的变故和挑战。另一个受到过度宠爱的孩子则是小林顿。希斯克里夫与伊莎贝拉无爱的婚姻，导致了饱受冷漠、屈辱之伤的伊莎贝拉把所有的爱都倾注到小林顿的身上。其结果是小林顿懦弱、娇气、没有担当、优柔寡断、毫无自立意识。"怯懦是一种对人际关系造成破坏的人格特质。如果一个儿童总是如此焦虑地关注他自己。以致他再也不会考虑别人，那么，这样的儿童就会以牺牲其他同伴的利益为代价而使自己从中获益。"[②]在与小凯瑟琳前期交往中，小林顿时不时发脾气、耍小性子，或者哭泣却又哀求；在后期则毫无反抗地在希斯克里夫的阴谋下迎娶小凯瑟琳。小林顿在整个生命的过程中，毫无尊严而言。宠溺使他失去力量，他自卑却无能为力，面对爱他的人，他以自我为中心、好斗、抱怨和挑剔。"如果一个人并不是通过自己的成就而是通过贬损别人来超越别人，那么，这就是他心理虚弱的标志。"[③]面对比他强的人，他只好受制于他人。"形成了猜疑、妒忌和自私的性格"，"当一个孩子丧失了对未来的信心时，其结果就是，他会从现实中退缩，就会在无用的生活方面形成一种补偿性的追求。"[④]小林顿以他不健康的身体和不健全的生命揭示出宠溺带来的自卑之伤。

正如伍尔夫所说，艾米莉"放眼身外，但见世界四分五裂，陷入极大

---

① [奥地利]阿尔弗雷德·阿德勒：《儿童教育心理学》，杨韶刚译，中国轻工业出版社，2015年，第12页。
② [奥地利]阿尔弗雷德·阿德勒：《儿童教育心理学》，杨韶刚译，中国轻工业出版社，2015年，第50页。
③ [奥地利]阿尔弗雷德·阿德勒：《儿童教育心理学》，杨韶刚译，中国轻工业出版社，2015年，第51页。
④ 同上。

的混乱，自觉有力量在一部书里将它团在一起"①。她正视了人生别样的生存状态，将它们从现象的表面深入下去。她既写了灵魂之爱的高贵，也写了人性之殇的惨烈。透过这些挣扎在荒原上的生命景象，读者体味了不健康的人格之殇，自然也会去思索如何规避。既然命运的答案在童年，就让我们透过《呼啸山庄》及相关读本去寻找答案。

二、自卑情结的超越

艾米莉·勃朗特（1818—1848），这个成长在英国北部约克郡桑顿村的女子，一生不过30年。有评论者认为这是她敏感的性格所致。也有研究表明"她曾经生活的那个村庄水资源极端匮乏，人们时常不得不饮用大量病菌肆虐的脏水，当时医疗水平低下，当地居民平均寿命不足26岁"②，也因此，她敞开心灵之眼，敏锐地去感知生活的斑斓，将短暂生命中的华光透过这样一部厚重、丰富的作品呈现。在对主人公烈焰灼心般的内心及生活景象的书写中，作者更着重要表现的是一种对生活苦难及人性之伤的超越。

相距呼啸山庄不远，便是画眉山庄。这里生活着林顿一家。古老的大宅从一开始就用"一种家族文化、家族精神"深深地吸引着凯瑟琳。这里成长过林顿、伊莎贝拉，也成长起来呼啸山庄和画眉山庄的结晶——小凯瑟琳。整本书中，自卑情结的超越都与他们息息相关。他们或是引导者，或是践行者，最终提升了作品中人物的精神力量，让光照进了凡俗的生活。

林顿和伊莎贝拉在《呼啸山庄》中是以配角的方式存在的人物，但是正因为他们的存在，这个失衡的世界才有了平稳下来的力量。张国龙曾从"成长视阈"的视角审视，认为伊莎贝拉"这一人物形象具有重大的意义"——她是"唯一按时长大的人"。这样的评论在一定程度上肯定了

① ［英］弗吉尼亚·伍尔夫：《伍尔夫随笔全集（I）》，石云龙、刘炳善等译，中国社会科学出版社，2001年，第148页。
② 张国龙：《成长小说概论》，北京师范大学出版社，2013年，第152页。

伊莎贝拉的价值。但她的价值远非如此。伊莎贝拉真正开始被关注，是在见到希斯克里夫之后，作者用了一段极为精彩的描写，表现了一个情窦初开的女孩面对所爱的人时的慌张和窘迫。伊莎贝拉在该恋爱的年龄遇到了希斯克里夫。她不为名利而去，只是真心喜欢，所以才那么在乎，那么羞涩。这一点与凯瑟琳形成了鲜明的对比。在希斯克里夫适时抓住时机，完成阴谋后，她终于发现嫁给希斯克里夫是一个巨大的错误。于是她勇敢地带着自己的儿子离去，这在那个依附男性成风的社会是一个勇敢者的选择。她没有躲进家园的庇护中，而是远离并独自舔伤，独自带儿子成长。读者希望看到她幸福，看到她的儿子小林顿具有足够的男子气概，以保护饱受伤害的母亲。但作品的伟大就在于，它恰如其分而不是满足读者心理地让故事按照真实的状态去走，符合环境，也符合人物能力范畴。但即便如此，读者还是会惊诧于她的不卑微苟且地求活。她的行为中看不出自卑，爱恨情仇都来得那么纯粹，她为内心真实的愿望奋不顾身，也为它负责，这正是"健康人格"的第一要素，也因此她具有"令许多须眉难以望其项背的人格力量和觉醒意识"[1]。另一个一直被研究者忽视的人物则是林顿。从"救赎"角度出发，他才是本书中最具备力量的男子。虽然他身体没有希斯克里夫和辛德雷强壮，但是很明显，他具有比希斯克里夫博大的胸怀，比辛德雷更坚强的心智。凯瑟琳一直都有着神经质的特征，但是林顿却用满腔的爱去包容她、呵护她。即便在她剧烈的脾气之后，他也不忘关怀，小心翼翼地选择时机让她平静下来。在希斯克里夫到来之后，凯瑟琳陷入了荒唐的情感纠结中，但是林顿却始终保持着对她的尊重、体恤。正是这一点，使得希斯克里夫每次见到他只能落荒而逃。在凯瑟琳过世之后，较之同样失去伴侣的辛德雷，林顿也显示出了一个成熟男子应有的担当。他精心地抚育着失去母亲的小凯蒂成长，但不溺爱。他有严格的规定，但处处透着人性的温暖。他教养她读书，也培育她健康、真诚、善

---

① 　张国龙：《成长小说概论》，北京师范大学出版社，2013年，第160页。

良和敢于应对挑战的性格。林顿的身上体现出了一种生命个体对环境的适应和超脱能力。

而同样，成长起来的凯蒂明面临困难应对有据，不卑不亢。小凯蒂的性格随着小林顿的介入变得鲜明起来。如果说在此之前，她是受到良好教育的世家女子，带着一点来自母亲遗传的自由天性，那么在见到小林顿并发生了一系列骗婚、丧父、被家暴、丧夫的命运之后，我们看到了她柔弱躯体背后灵魂的强大和高贵。对懦弱的小林顿她更多投注的是母性情怀，她几乎要激起小林顿的反抗精神了。而当她和希斯克里夫对决的时候，她能透过他张牙舞爪的行为看到其背后的虚弱："希斯克里夫先生，你没有一个人爱你；无论你把我搞得多惨，我们一想到你的残忍是从你更大的悲哀中产生出来的，我们等于还是报了仇了。你是悲惨的，不是吗？……我可不愿意像你这样！"[1]尖刻但直逼人灵魂的话语，显示出她反抗强权的勇气和智慧，更流露出她对人生的感悟。"身体的强壮不算强大，灵魂的安宁才让人幸福。暴力的背后显示出内心的虚无和狂躁，所以，施暴者更可怜。"正是基于这样成熟的认识，她很快在敌人的阵营里发现了盟友。哈里顿行为愚笨甚至粗鲁，"他们认为对别人的问候给予有礼貌的回应是一件很丢脸的事，因此他们的回应往往粗暴无礼……但实际上这是他们害怕表现出虚弱的一种标志"[2]。小凯蒂体会到了他的用心，开始用自己的力量有意无意地拯救他、鼓励他，最终让哈里顿摆脱了自卑、甘愿受辱的心理，他们灵魂平等，比肩而立。这是从小被健康教养的小凯蒂人格散发出的第一波拯救力量。

而希斯克里夫的被拯救则更有意义。希斯克里夫的生命之殇来自童年的被侮辱、被损害，但他用同样的方式对待哈里顿——这种消极抵抗的方式其实是对社会的丑陋和残酷的一种妥协和默认。他不知道还有一种更高

---

① ［英］艾米莉·勃朗特：《呼啸山庄》，杨苡译，译林出版社，2001年，第204页。
② ［奥地利］阿尔弗雷德·阿德勒：《儿童教育心理学》，杨韶刚译，中国轻工业出版社，2015年，第64页。

贵的反抗叫做"重新创造一个与你相反的天堂"。但是，小凯蒂却做到了。她打破了阶级、地位、金钱对人的粗暴划分，她用爱和耐心去唤醒哈里顿，他们头对着头读书的模样，在瞬间让希斯克里夫想起了自己与凯瑟琳，也终于明白这样的反抗才是对过往的伤害最大的蔑视。这种醍醐灌顶的领悟是小凯蒂人格散发出的第二波拯救力量。

自卑心理和补偿需求贯穿在人的一生中。作为社会性的动物，每个人都难免主动或者被动地发生比较，自卑感由此而生。但是不同教养环境下的儿童会采用不同的补偿方式。希斯克里夫过度补偿，只专注于追求个人的优越和心理发泄而忽视了基本的社会道德，虽然也达到了欲望的满足，但是，这种欲望原本生发于恨，所以并不能给他带来心灵的平静和快乐。凯瑟琳和哈里顿及辛德雷等则都是在忽视或者溺爱环境下成长起来的儿童，他们也无法建立正确的观念去应对生活的风雨。相比较而言，成长在宽松、民主氛围中的林顿、伊莎贝拉和凯蒂则有着超越困难、挑战自我，甚至引领他人超越自卑的力量。从中我们或许可以得到一些启示："民主平等的家庭有助于个体个性健康发展，培养合作精神和社会责任感有助于个体在超越自卑的过程中及时适度补偿。"[①]

三、从接受角度看儿童文学阅读对自卑情结的治疗作用

《呼啸山庄》以"成长叙事的复调"在纵横交错的故事结构中，将成长变化中的人物个性及遭际凸显出来。"主人公的形象不是静态的统一体，而是动态的统一体。主人公本身的性格在这一小说的公式中成了变数，主人公本身的变化具有了情节的意义。"[②]透过主人公跌宕的命运和成长秘密，自卑情结产生的缘由（来自外在的如家庭、学校和内在的如自身条件、心理调适能力等）、带来的伤害，在艺术手法烘托下清晰可见。山庄

---

① 邱晓军、叶雅观:《优越情结的悲剧——〈藻海无边〉中的罗切斯特的自卑补偿》,《鸡西大学学报》, 2013 年第 11 期。

② ［俄］巴赫金:《巴赫金全集》（第三卷）, 白春仁等译, 河北教育出版社, 1998 年, 第 230 页。

就是微缩的社会，山庄里的孩子所遭遇的诸如家暴、冷漠、宠溺、竞争失利、身体缺陷等，都是现实中儿童也会遇到的。据相关数据显示，"目前，我国青少年心理健康问题检出率偏高，并且正在呈现低龄化发展趋势。小学生盗窃、攻击他人、得抑郁症甚至自杀的新闻近些年频频见诸报端"①。中国的低龄儿童人数超过两亿，如何让正在成长中的他们释放压力，缓解焦躁，以正确的心态去化解成长过程中各种对比带来的心理伤害，建立自信，儿童文学当担负起一定的引导责任。

（一）儿童文学对自卑情结的呈现利于儿童情绪的宣泄和表达

相较于儿童在幼年期成长环境单一，竞争压力小，进入小学后，儿童像是被抛上了一个高速通道，各种竞争接踵而至，加之儿童自我意识的增强，学习成绩、同学友谊、家境好坏、是否受宠，甚至女孩日渐产生的比美之心、男孩之间的哥们义气等，都会成为比较的敏感点。有竞争就会有高低之分，成功固然欢喜，落后难免令人不快。这种情绪如何疏导，才不至于让儿童性格萎靡不振？"我们一定要放弃充当道德法官的角色，而要成为孩子们的朋友或者心理医生。"②成长就是将一个个梗在心中的结一一打开的过程，但苦口婆心的说教未必能起到作用。儿童文学作品中同样境遇人物的出现，使小读者在对他人的苦痛的感受中缓解压力，缓释不快。凯瑟琳在画眉山庄的洁净及贵族氛围中的羞赧和局促，伊莎贝拉面对希斯克里夫时的紧张和不安，凯瑟琳和希斯克里夫面对老约瑟夫的惩罚时的厌恶和烦闷及反抗，都是从小学开始儿童会感受或者逐渐深刻感受到的情绪困扰。当然作为治疗性故事解决方案中的一个，自卑情结所带来的不良影响往往需要用一生去印证。所以《呼啸山庄》更适合有一定的人生阅历和理解能力的孩子如高中生阅读。但它与其他用来治疗自卑情结的作品一

---

① 钱宁：《儿童文学对低龄儿童焦虑心理的干预》，《甘肃高师学报》，2016年第4期。
② ［奥地利］阿尔弗雷德·阿德勒：《儿童教育心理学》，杨韶刚译，中国轻工业出版社，2015年，第76页。

样，都旨在"让失衡或者受到破坏的状况或行为恢复和谐，重归平衡"①。另外如《哈利·波特与魔法石》《哈利·波特与死亡圣器》《草房子》等，都可以让儿童在成长过程中，及时调适心理，获得平衡，从而为消除自卑心理打好基础。

（二）儿童文学以成人智慧解读"社会问题"，击退自卑源头

《呼啸山庄》其实还讲述了对生命的一种全新认识。对于儿童而言，总有一种强烈的将一切事物都划分为全好或者全坏、聪明或者愚蠢、优越或者自卑、全有或者全无的倾向。这种对立方式揭示的是儿童对世界及人性静止的、单一的观照方式。拥有这种思维方式的儿童"有深深的自卑感，但又变得非常有野心，以此作为一种补偿"②。因此，利用儿童文学作品，有意识地培养儿童全面、客观观照人性的思维习惯显得格外重要。希斯克里夫虽然残暴，但是他最终想要的不过是没有歧视的生活环境和一个深爱的人；小林顿确实懦弱，但他的懦弱及性格之殇却不能只怪到他一人身上。所以思考如何让儿童变得坚强格外重要。哈里顿少小未被良好对待，所以粗鲁、卑怯，但只要努力，就会有很大的改观。总之，敏感的天才艾米莉将人在环境中的种种变化通过故事的方式展现，儿童可以通过阅读不断地培养自己更理性看待世界的方式，在多次的纠正和思辨中，切断自卑的源头。

对于更小一点的儿童，诸如"彩乌鸦系列"之德国作家乌尔苏娜·韦尔芙尔的《火鞋与风鞋》③是很好的阅读治疗文本。书中那个因为肥胖而被伙伴耻笑产生自卑心理的男孩迪姆，在父亲的带领下经过一个暑假的长途步行所获得的成长，是世界儿童共同的财富。在《合群》一篇中，作者

---

① ［澳大利亚］苏珊·佩罗：《故事知道怎么办》，重本、童乐译，天津教育出版社，2011年，第71页。
② ［奥地利］阿尔弗雷德·阿德勒：《儿童教育心理学》，杨韶刚译，中国轻工业出版社，2015年，第90页。
③ ［德］乌尔苏娜·韦尔芙尔：《火鞋与风鞋》，陈俊译，二十一世纪出版社，2002年。

采用惯用的虚实结合手法，迪姆在陌生村庄被嘲笑，愤怒和忧伤，是生活真实的写照；而父亲所讲的"黑色小绵羊"的故事为虚，小黑羊因为自己和其他白色的羊不一样而饱受嘲弄，它去天堂找上帝帮它换种颜色，却发现大天使长和上帝最喜欢黑色，从此它不再以此为丑，反而是平静地接纳它，并友好地对待攻击者，最终大家习惯了自己的黑兄弟，和乐生活。这个故事讲述了评价的多样性，因为每个人都会有自己的看法，所以儿童完全不必为自己的不同而自卑。迪姆的改变就意味着儿童文学治疗作用发生了功效。由此可见，经典的、符合儿童心理的儿童文学作品会使儿童思维图式发生巨大改变。当儿童对"社会问题"思辨力增强，对个人与社会、个人与他人的关系能有更科学的认知，自卑也就少了。

（三）儿童文学"以善为美"的美学特质，引导儿童超越自卑

即便如《呼啸山庄》这样惊心动魄、涵盖主人公一生的故事，在结尾的时候，作者还是没有让人陷入人性丑恶的旋涡中不能自拔。所有沉沦的人性都一一被打捞、救赎，艾米莉将希斯克里夫心中的恨，用凯瑟琳的表白"希斯克里夫就是我，我就是希斯克里夫"消解，让第二代凯瑟琳沿着母亲未完成的道路继续成长，最终完成了希斯克里夫期望的"消除阶级差异"的爱情。凯瑟琳的背叛得到了应有的惩罚，是对现实的救赎；小凯瑟琳的善良、坚忍是对传统观念的救赎。儿童在阅读这类作品的时候，心灵最终得到了净化，对人生和情感的认识也会加深一层。在儿童文学中几乎所有涉及自卑情结的作品，最后都会有一个相对圆满的结局。如《流动的花朵》讲述了农民工子弟在学校遭遇各种困境的自卑和拼搏，将消除自卑的方式，从依靠社会转向自身的努力。在《独船》中，由于洪水冲走母亲时，没有得到村里人的救助，父亲带着"我"独自生活在独木船上，并拒绝帮助其他人。这使得"我"不受同学欢迎，心里产生了很浓重的自卑情结。结尾作者还是用"我之大爱"改变了父亲的执拗，解除了心结。

总之，儿童文学高举"以善为美"的旗帜，重在"以情取胜"，用乐观

的态度寻找生活中微笑的可能，引领儿童超越自卑，完成健康人格建设。

莱昂纳德·科恩（Leonard Cohen）在《圣歌》中说："敲响仍能敲响的钟，忘记那完美的祭品。那上面有道裂缝，任何东西都有裂缝——光就是这样照进来的。"[①]自卑情结是所有儿童固有的，但在激发它的社会情境下会格外突出。7—12岁是儿童自卑情结固着的关键期，此时，根据产生自卑感的原因对儿童进行文学阅读干预，可以帮助儿童"认知你自己"。《呼啸山庄》透过对成长主人公自卑情结的多维探析和"自救"与"他救"，在情绪宣泄、情感补偿、自我认知、个体平衡方面对儿童能起到引导作用。

第三节　依据儿童勤奋人格发展需求选择阅读材料

勤奋对自卑的冲突作为童年期最重要的危机，将儿童人格的发展引向两个不同的方向。埃里克森说："如果儿童获得的勤奋感胜过自卑感，他们就会以'能力'的美德离开这个阶段；如果儿童没有形成这种勤奋感，他们就会形成一种引起他们对成为社会有用成员的能力丧失信心的自卑感，这种儿童很有可能形成一种'消极的同一性'。"[②]为了避免儿童自卑情结的形成，儿童文学阅读干预就显得迫切而充满意义。

如前文所述，勤奋人格包含着"奋斗的乐趣""努力做到最好的责任感""不为自卑损害的信心"，他们指向了人对自我潜能的最大激发和对自我意愿的最大肯定，而这也是我们阅读干预要达到的目标。由于学龄儿童具备了一定的自主阅读能力，并且自主阅读也是儿童日常阅读的主要方式，所以，我们遴选出适合该年龄段儿童勤奋人格培养的书籍，以协助儿

---

① ［澳大利亚］苏珊·佩罗：《故事的疗愈之光·故事知道怎么办》，重本、童乐译，天津教育出版社，2013年，第4页。
② ［美］B.R.赫根汉：《人格心理学》，冯增俊、何瑾译，作家出版社、海南人民出版社，1988年，第150页。

童人格健康发展。

儿童之所以选择阅读，并非是要从阅读中获得什么，只是因为他们享受这个过程。而所有的获益，首先是因为"从阅读思考中得到了乐趣"[①]。因此，成人要为此阶段的儿童推荐文学作品，首先应该建立在这样的基础上，让目标读者感觉到乐趣。儿童获得乐趣的方式有两种，一种是文本自身带来的，一种是符合了儿童自身需求而感受到的。后者的作用又大于前者。对于进入小学阶段，从家庭生活为中心到学校生活为中心的儿童来说，思考他们此时面对的主要矛盾冲突，并知晓应该推荐何种阅读材料，是本研究力图完成的任务。本文结合人格测试量表（见附录四）进行阅读材料筛选，并形成阅读干预方案。

一、刺激儿童自我意识生成的阅读材料

学龄儿童进入学校后，首要面对的是自我感的培养。如果我们还记得《我的名字克里桑斯美美菊花》中那个可爱的白鼠姑娘，因为自己名字的独特而被班级同学嘲笑的困窘，我们就不难理解儿童在刚刚进入小学后，对自我感的迫切需求。"儿童的自我感和团队归属感在很大程度上取决于社会对种族、性别和社会阶层的态度。"[②]无法和外在环境融合且无法正确看待这些事情，对儿童自我概念的发展会产生严重的负面影响，因此，帮助儿童了解自我、调适个人和环境冲突的书本是儿童渴望阅读到的。潘佩兰在发表于《当代教育理论与实践》期刊上的《小学一年级学生养成教育童话化研究与实践》一文也论证了这一点："以童话干预小学低年级养成教育为切入点，将童话元素渗透在一年级学生养成教育行动研究中，取得了满意的效果，为低年级学生养成教育提供了有益的教育实践范例。"[③]除却老

---

① ［加拿大］佩里·诺德曼、［加拿大］梅维丝·雷曼：《儿童文学的乐趣》，陈中美译，少年儿童出版社，2008年，第33页。

② 季秀珍：《儿童阅读治疗》，江苏教育出版社，2011年，第122页。

③ 潘佩兰：《小学一年级学生养成教育童话化研究与实践》，《当代教育理论与实践》，2015年第8期。

师们亲自编撰童话帮助儿童确认身份外，经典的文学读本可以从更深邃的空间帮助儿童从这种困惑中走出来。

让儿童正确认识自我，肯定自我的独特性是第一步。帕尼菲的《我，是什么？》从最简单的问题入手，带着小朋友进入了关于自我的思考中。"我是动物吗？长大，我高兴吗？我和别人一样吗？我是谁，我能自己选择吗？我该为爸爸妈妈做些什么吗？"①这些问题都直指儿童内心。它教会儿童在对我的"属性""情绪""独特性""超我性"等的思考中，逐渐理解自己，接纳自己，这是儿童勤奋人格建立的首要条件。事实上，帕尼菲写了适合小学生阅读的全套哲学书籍。在这套书里包含着关于"孤独""尊重""权威""工作"等的种种拷问。京东读者评论中，有6岁儿童说："有些不太明白，但是就是喜欢，觉得书里的有些话说得格外对，以前怎么没有想到呢？"小读者在阅读的过程中，伴随着主人公思考的深入，也加深了自我认知。

"自我"同时也意味着在关系中对"自我"的思辨。穆特的《尼古拉的三个问题》"什么人是最重要的人？什么事是最应该做的事情？什么时候是做事情的最佳时机？"②，将儿童认知自我的视角从单一的关系，拉入宏阔的时空轴中。而老爷爷给予的三个答案："记住，最重要的时刻只有一个，那就是当下；而最重要的人通常是你身边的人；最重要的事就是帮助他们。我的孩子，这便是你要寻找的答案。"③则将儿童关于自我的追问引申到时空、境遇及与他人的关系中来，拓展了儿童认识自己的维度和深度。

"自我"的获得来自于对自己意愿的肯定和对理想坚持不懈的努力。《不一样的卡梅拉》通过一只不墨守成规、渴望保持自我的小鸡的精彩经历，让小朋友在享受文本的快乐同时，也感受到"做回自己"的快乐。

---

① ［法］奥斯卡·柏尼菲／文，［法］奥利安·德巴／图：《我，是什么？》，李玮译，接力出版社，2009年。
② ［美］琼·穆特（文／图）：《尼古拉的三个问题》，邢培健译，南海出版社，2009年。
③ 同上。

极具表现力的语言、意境，令儿童时而沉浸在卡梅拉的俏皮和叛逆中，时而又感同身受她的孤单。"绘图作者和文字作者，靠着自发的内在创作驱动，以及理性与自觉的历史文化叙事编码，通过单纯而又明净的小鸡世界，给我们演绎了代际之间往复循环的成长故事，既紧贴儿童成长有点叛逆的心理世界，又轻轻地触及了成人怀旧的心理和对童真的欣赏，从而实现了故事'双隐含读者'，也即孩子们和成人的双重价值肯定。"①该系列中《我想有个弟弟》《我要打败奥利奥》等篇章，从儿童（小小鸡）的视角观察一个孩子的诞生，对解决儿童"我们从哪里来？我们将到哪里去？"的困惑，有一定的帮助作用。整部作品宏大叙事和神奇想象的结合，逻辑秩序井然的因果链条叙事，都增强了这部儿童文学作品的厚度和重量，引导孩童人文情怀的生长。

自我最终要走向对于根性和意义的拷问。曹文轩《羽毛》具有引导儿童追问"我是谁"的价值意义。北京的大街上，遇到的一根御风而行的羽毛，"羽毛在风中飘啊飘，它反复不停地向遇到的鸟儿追问一个问题，'我是你的吗？'"②在看似简单的追寻中诠释着生命在浩瀚的宇宙和无垠时间荒原中的意义。这部绘本使用了双声部，羽毛的自叙是一个声部，与羽毛接触的其他人、动物则是另一个声部。两个声部的运用可以让人在自我和环境之间辩证，并最终确认"我之为我"。国际安徒生奖评委会主席玛利亚·耶稣·基尔女士对《羽毛》的故事和绘图元素赞赏有加。国际儿童读物联盟主席赖泽·卡鲁丁也非常喜欢《羽毛》，他说："每次读到好的故事，尤其读到出色的绘本故事，我总是很兴奋。曹文轩先生撰写的一根羽毛寻找'我从哪里来'的答案的美丽故事，配上罗杰·米罗绚丽动人的画面，让每个读者都身临其境。"③汤素兰《笨狼的故事》，也是一个关于追

---

① 黄彦伟：《"不一样的卡梅拉"家族的成长叙事及创作启示》，《南昌航空大学学报》（社会科学版），2014年第1期。
② 王仁芳、郑杨：《曹文轩〈羽毛〉落地听有声》，《中国阅读周报》，2013年10月15日。
③ 同上。

逐梦想的故事，当然这个所追之梦是笨狼找妈妈。作者很聪明地将传统认识中凶狠的大灰狼变成了一只连自己是谁都容易忘记的笨狼。不过故事的哲理也就在这样的寻找中展现。经历变成经验，而一个人原本就是在很多经验中逐步了解自我，成就自我。

之所以要把确认自我当做勤奋人格养成的第一步，是因为，儿童唯有从认识自己开始，他才可能建立自己与世界真实的关系，他所选择的奋斗目标才是出于自我本能的愿望。这可以保证他在前行的路上，更少放弃和抱怨，更多坚持和努力。当然，我们必须要了解的是，认识自我，并不是一件容易的事情。自我往往是一个人用一生来实现的目标，但是在儿童奋斗伊始就提出，它所提示我们的是，无论是儿童自身，还是成人，所有关于孩子的事情，都应该建立在尊重儿童的基础上，建立在了解自己、尊重儿童真实意愿的基础上。

二、促进儿童习得勤奋策略的阅读材料

"教育者绝对不能忽略，即学校里的儿童往往觉得自己处在一种个人的竞争之中。"①这个观点之所以如此重要，是因为它揭示了儿童此阶段压力和焦虑产生的原因。作为影响儿童勤奋目标实现的核心要素，通过儿童文学阅读，帮助儿童改变观念，习得勤奋策略，对于儿童勤奋人格的形成具有一定的意义。

焦虑问题的存在对儿童精神健康发展产生影响。"焦虑，一般指打破了个体内在的安全感、满足感和自我价值感而导致的不良情绪状态。"②学者姚全兴在上海儿童文学理论研讨会上发言认为，儿童心灵的"雾霾"远比天气雾霾要严重得多，因此，"儿童文学作家应该关注儿童心灵雾霾，

---

① [奥地利]阿尔弗雷德·阿德勒：《儿童教育心理学》，杨韶刚译，中国轻工业出版社，2015年，第107页。
② 姚全兴：《儿童文学应该关注儿童的心灵雾霾——在上海儿童文学理论研讨会上的发言》，《美与时代》（下），2014年第8期。

儿童心灵的天空和草地一片清明，这是儿童文学当今一个新的历史使命。"①通过儿童文学阅读来帮助儿童缓解竞争压力，已成为共识。

从竞争的不可回避性来看，帮助儿童适应校园生活，是缓解压力最直接有效的方法。王淑芬"校园生活系列"《一年级鲜事多》《二年级问题多》《三年级花样多》《四年级烦恼多》《五年级意见多》《六年级怪事多》，描写了儿童从一年级到六年级的学习、生活、情感、友谊，被誉为"最受台湾小学生喜爱的读物""台湾第一套专为小学一到六年级学生写作的校园系列故事"。作品以贴近儿童生活经验的题材，讲述了从儿童入学直至六年级可能会遇到的学习、交友、生活等问题。作者巧妙地将处理问题的角度、理念、解决的办法，倾注到幽默、生动的故事讲述中。儿童在阅读的过程中认同感高，且可以学到很多策略性的应对技巧，而文本结束时的小贴士，则能切实地帮助儿童解决文中所提到的困扰。另外朱自强等的《花田小学属鼠班》，杨红樱的《淘气包马小跳》《男生日记》《女生日记》等文本也直击中国小学教育现场，帮助儿童疏解学业压力、交友困境、考试困难等困扰儿童的情绪，以文学的方式教授一些校园生活的规则和技巧，引导儿童心灵的成长和能力的提高。

"竞争"是否获胜，还与儿童的意志力有关。勤奋人格的培养也意味着对实现儿童发自本真愿望的目标应具有的意志力的培养。儿童文学作品恰恰以树立主人公形象的方式，对处于模仿期的儿童起到引导作用。《弗朗兹的故事》适合一年级的小读者阅读。其中《笑死不偿命》《蒙人需要天才》等文章，都在喜剧般的故事讲述中，呈现出一个幼儿在转变期努力适应、从胆小懦弱到"要勇敢做自己"的真实状态。弗朗兹为了在好友佳碧面前显示自己会读书，"他按开始键，跟着录音嘟囔，然后，再按返回键，等着倒带完，再重新复习。如此循环往复"②。经过了一天的努力，

---

① 姚全兴：《儿童文学应该关注儿童的心灵雾霾——在上海儿童文学理论研讨会上的发言》，《美与时代》（下），2014年第8期。
② ［奥地利］克里斯蒂娜·纽斯特林格尔：《弗朗兹的故事》，陈俊译，二十一世纪出版社，2007年，第35页。

吃过晚饭，弗朗兹成功地对正在洗泡泡浴的佳碧秀了一场。对于不同年龄阶段的儿童来说，意志力的表现方式各不相同，弗朗兹在这个过程中对目标的坚持、想办法解决问题的创新性、专注力，都是"意志"的表现；而弗朗兹学习阅读的方法，经过验证，也成为儿童从亲子阅读到独立阅读的一个好办法。达尔的《了不起的狐狸爸爸》也充满了不畏惧艰难、努力达到目标的坚定性。另外，如《小老鼠皮克历险记》《舒克和贝塔历险记》《黑猫警长》，由于"历险"题材的原因，贯穿始终的都是不克服困难不罢休的精神，完全可以作为培养儿童坚持不懈精神的经典文本。《绿野仙踪》《魔女宅急便》《借东西的小人》等作品所塑造的为了回家而克服重重困难的小姑娘多萝茜和小狗托托，为了成为合格的魔女而踏上修行之路的琪琪，身形矮小却充满活力、敏捷的阿莉埃蒂，他们身上都透着一种单纯的执着，带给读者希望、力量和美好。

自我的实现最终来源于个人的努力。叶安德的《我和我的脚踏车》讲述了自我努力在心愿和现实之间的关系。小男孩非常喜欢他的脚踏车，借着阿公的神灯许了三个与其有关的心愿，但是这次神灯却没有发挥力量。小男孩并没有放弃，而是自己买来了新蜡笔、给旧脚踏车换上了喜欢的颜色。文本精彩而寓意深刻，教会孩子们乐观而自信地对待生活中的不如意。曹文轩的《草房子》中人物群像也讲述着儿童在成长的过程中从环境中昂然站立的重要性。秃头少年陆鹤，对待自己的缺陷从脆弱到坦诚以对，展现了捍卫尊严之执着和蜕变之坚强；柔弱、美丽的纸月，自幼失去父母，却从不以弱小求人怜悯，彰显自爱风骨；红门少年杜小康，从家道辉煌到没落、抗争，显示出与厄运拼搏的悲怆与优雅；倔强的收养儿细马，咽下委屈，在无爱无遗产时，毅然挑起了生活重担，谱写为养父母重建家园的仁义与担当……透过这些在苦难的岁月、生活中站得笔直的儿童，曹文轩将自己对生活的体悟、情感和智慧，倾注笔端。他指出，少年时就有面对苦难的风度，长大后才有可能是强者。儿童也会渐渐明白，成长原本就是一场痛苦的裂变。面对苦难，与其软弱哭泣不断寻求成人的护佑，不如在疼痛的咀嚼中走向成熟，"把苦难和痛苦看成是美丽的东西。正是它们的存在，才锻炼和强化了人的生命。正是它们的存在，才能使人领略到生活的情趣和一种彻头彻尾的幸福感"[①]。

对"竞争结果"多样化的解读，也有利于儿童在实现勤奋目标的路上正确看待得失、调整心态，勤奋在某种意义上是对竞争的回应。竞争从生物性、社会性来看是一种必然的存在，儿童无法规避竞争，但可以通过对竞争意义的正确认识，走向竞争的积极面。儿童之所以会陷入紧张的旋涡，从根源上来看，是由于过于看重竞争的结果，并被成人灌输通过竞争结果可以评定一个人的能力（在班级的位置）。但事实上，这不是竞争最本质的意义。"竞争"一词来源于古希腊，指的是在运动中展现人最好的一面。因此，如何把这样的思想讲述给儿童，并让他们理解。儿童文学以喜闻乐见的方式起到很好的引导作用。如朱自强在《小学语文：儿童文学教学法》一书中，以"故事万花筒"的方式为儿童进行了阅读教学的单元规划。选入了《三只小猪》《三只小猪和大灰狼》《三只小猪真实的故事》，从人们都熟悉的《三只小猪》的故事入手，在互文性的故事阅读中，用"大灰狼吃小猪是由于狼性本能，就如同人吃汉堡、吃鸡鸭鱼肉一样"的理念，全面拓展了关于评价的客观性、多元性的看法。

休谟说："高尚的竞争是一切卓越才能的源泉。"因此，用儿童文学读本，引导儿童明白竞争是生活的常态，抱怨和逃避终不可解决问题；培养儿童对自己所选的目标的坚持精神和责任意识，以及正确看待竞争的意义，都有利于儿童勤奋人格的形成。

三、培养儿童正确勤奋观念的阅读材料

勤奋人格是否能帮助儿童身心健康发展，从根源上来说，取决于儿童的格局与情怀。并非所有的勤奋都有意义，如果一个人仅仅是站在自我的

[①] 曹文轩：《曹文轩儿童文学论集》，二十一世纪出版社，1998年，第182—183页。

角度去关注所谓的成功，勤奋就变成了一种狭隘的个人发达史。因此，勤奋还应当包含着一个人的襟怀和气度。

勤奋有时是一种勇气和担当。《总得有人去》是鼓励儿童敢于梦想，放飞自我的一首诗。"总得有人去擦星星／它们看起来灰蒙蒙／总得有人去擦星星／因为那些八哥、海鸥和老鹰／都抱怨星星又旧又生锈／想要个新的我们没有／所以还是带上水桶和抹布／总得有人去擦星星。"①朱自强认为，"这首诗可能在告诉人们，抱怨是没有用的，抱怨不如行动，也可能是想说，有的时候，愿望、决心和行动力，比能力更重要"②。《快乐王子》《金河王》等作品则在表现对自我理想的追求中，对小我和本性之我的超越。王尔德的快乐王子为了救助贫苦之人甘愿拿去自己一切的精神，小燕子的理解、支持和相伴都让这种实现自我理想的过程充满了悲壮和大爱，培养了儿童走出小我，走向大我的心灵格局。《金河王》延续了一贯的传统叙事方式。三兄弟寻宝，前二人因为性格的缺陷，陷入困境，而只有第三个聪明、善良、仁爱，才能获得珍宝。贝特尔海姆将其归纳为"整合"，"人只有在整合自我的过程中，才能真正找到自我"。

勤奋有时意味着对成功概念的重新定义。《小房子》是关于时间和幸福的诗意描写。作者维吉尼亚·李·伯顿说："创作这本书，最困难的是如何用孩子们能够理解的语言，传递出历史的时间，也就是时间推移的概念。"③基于这样的想法，小读者可以看到开始是一天（太阳升起又落下），接着是一个月（从新月到残月），然后是一年（从春天到冬天）。小房子在这个过程中见证了一个城市的生长，小房子周围景色的变化，形象化地诠释了"时间"这样抽象的概念。儿童只有懂得时间会流逝，才会知道珍惜时间，才会在学习的过程中，提高效率。《小房子》以感性的方式入手，在美的感受中，让儿童自然地去感知时光飞走的速度。而建立起来的城市

---

① 朱自强：《小学语文儿童文学教学法》，二十一世纪出版社，2015年，第322页。
② 朱自强：《小学语文儿童文学教学法》，二十一世纪出版社，2015年，第324页。
③ 彭懿：《世界图画书·阅读与经典》，接力出版社，2011年，第87页。

和"小房子"对于乡村的迷恋，又在提示着儿童去思考勤奋的真实意义。另外如诗人几米通过一只小猪对"钟表"的生活状态拷问，告诉了过于勤奋的孩子，一些真正的人生秘密："你一定要走吗？可不可以休息一下。／像我一样，偶尔睡个懒觉，／偶尔发呆，偶尔出错，偶尔闹情绪，偶尔耍赖……／你一定要如此坚定地、严格地走吗？／弄得大家都精疲力竭地老了！"[1]则是对过于注重目的的奋斗的反驳。如果孩子们仅仅是像机器一样行走，在奋斗的过程中，没有浸入自我的思想，疲倦和压力就会接踵而至。这也是我们这个时代的一个通病。因此，从孩子开始奋斗起，就让他们明白所有的目标必须趋向于内心真实的状态是一件重要的事情。

勤奋取得成功，并不在于过度的用力，有时也和生命个体与规律之间的契合相关。《安的种子》在静谧的气氛中，禅意涌动，让勤奋的意义回归本质。师父给予的三颗莲花种子，大师兄和二师兄要么用漂亮的器皿装扮她，要么迫不及待地种植。只有安静静地做好该做的事，在春天来临、草木复苏的时候，用朴质的容器和清水将其供养。于是安的种子在该发芽的时候发芽，该生长的时候生长，该开花的时候开花。所以，勤奋的本质是什么呢？是让万物遵循规律，成为最好的自己。

吉卜林写给儿子的一首名诗《如果》，恰能总结我们对于勤奋人格培养意义的认知。"如果在众人六神无主时，你能镇定自若而不是人云亦云／如果被众人猜忌怀疑时，你能自信如常不是妄加争辩／如果你有梦想又能不迷失自我……／如果你与任何人为伍都能卓然独立／如果你昏惑的骚动动摇不了你的意志，能等自己平心静气，再作答时／那么你的修养就会如天地般博大／而你，就是个真正的男子汉了，我的儿子。"[2]全诗以多个"如果"设想出人生的种种情境，将人与现实、人与信念、人与他人关系的理想状态呈现出来，其核心所赞誉的"坚持自我、独立思考、保持自

---

① 几米：《听几米唱歌》，海豚出版社，2010年，第62页。
② 萨日娜：《解码人生的"语音密码"——吉卜林的名诗〈如果〉》，《世界文化》，2015年第11期。

尊、勇于担当、永不放弃、和谐共生"等品质，都是勤奋人格的表现。可见，勤奋人格指向内心的自省与强大，指向精神的独立和高贵，指向一种永远在路上、不安于现状、不惧未来的品质。"勤奋"不仅是行为的勤劳，更是思想的勤劳。

基于这样的理念，儿童文学阅读作为勤奋人格培养的一种方法，在阅读书籍的选择上，应以协助儿童找寻自我、确认自我价值为出发点。在对儿童本真愿望尊重的基础上，引导儿童追求理想的品质，并教授策略，最终通过对儿童认知格局的提升，使儿童获取成长的力量。安东尼·玛丽娜认为："读书……有着更为根本的理由，那就是，人类的思维能力是由语言建立起来的。只有通过语言，我们才能发展思维能力，理解世界，创造出伟大的事物；只有通过语言，我们才能共同生存，表明情感，制订计划，解决问题。"①

---

① 朱自强：《小学语文儿童文学教学法》，二十一世纪出版社，2015年，第43页。

第
六
章

青少年期：儿童文学阅读与
青少年自我同一性

第一节　儿童文学阅读与青少年自我同一性培养

　　"我是一个人／一如其他的人，我能看、我能听、我能吃、我能饮／与一切动物并无分别／然而我是我，却仅限于我本人／我属于我／而非别人／我不属于别人／也不属于天使或者上帝——／只有一点那便是我与他并存。"①艾克哈特在《断简》中平静却客观的叙说，表达了人类对于"自我"的认知。这首简短的诗歌，在对"自我特性"与"存在"的挖掘和捍卫中，体现出人对"自我同一性"的追求。

　　"自我同一性"（ego identity）或"同一性"（identity）是由美国心理学家埃里克森提出的一个重要概念。1963 年首见于《童年与社会》，后在《同一性：青少年与危机》中，被更深入、系统地阐释。在埃里克森看来，儿童进入青春期后，随着自我意识的觉醒，面临着"自我同一性与角色混乱的冲突"，此危机如果成功解决，儿童就会形成"忠诚"的美德，也即形成自我同一性。"同一性的本意是证明身份，指个体尝试着把与自己有关的各方面结合起来，形成一个自己决定、协调一致、不同于他人的独具

————————
①　转引自［美］艾·弗洛姆：《自我的追寻》，孙石译，上海译文出版社，2016 年，第 32 页。

'统一风格'的自我，是个体在寻求自我的发展过程中，对自我的确认和对有关自我发展的一些重大问题，诸如理想、职业、价值观、人生观等的思考和选择。"①同一性的探索，贯穿人的一生，但在青少年时期尤为关键。

"自我同一性"的概念被提出后，人们普遍认为自我同一性的获得对于个人的健康人格发展有着极为重要的意义，心理学、社会学、管理学等诸多领域在这方面做出了重要研究。儿童文学作为儿童精神生命成长最重要的精神食粮也应当发挥功用。本节力图从自我同一性的特征、形成原因及儿童文学如何协助儿童形成自我同一性三个方面展开论述。

一、青少年自我同一性的特征

"自我同一性"被视作个人的独特标志，是个体区别于他人的"名片"，每个人都有属于自己的"自我同一性"，不同生命个体的"自我同一性"在宏观上又具有同质化特点。

"这个时期的同一感觉是青年感觉到自己是一个特殊的人，是一种适应于一定意义上的社会角色的人。不论是适应性角色还是创造性角色，这时青年开始意识到个人的遗传特征，能够预期自己将来的奋斗目标，能够预期自己达到目标的力量和自己对这种目标控制的程度……这个时期的自我产生一种认同环境的能力，他们要学会确定什么样的角色对他们来说是最适合、最有效的。所有这些自我选择的特征综合起来构成了一个人的同一性。"②蒙哥马利的《绿山墙的安妮》中的主人公就是这样一个同一性特征鲜明的人物形象。安妮从一出场开始，就表现出强烈的确认自我、驾驭环境的能力。作为一个来自孤儿院的小女孩，她从见到绿山墙农舍的时候，就决定那是她的家了。当她发现他们想要的是一个男孩，她面临着被退回的悲惨境地时，安妮并没有放弃，而是极力争取。安妮在和他人相处的时候，也从不伪饰自己，她并

---

① ［美］史蒂曼·葛瑞汉：《自知力》，王伟平译，商务印书馆，2013年，第29页。
② 陈香：《青少年自我同一性的发展——同一性地位及其相关因素的研究》，硕士学位论文，河北大学，2001年。

不完美，也不温柔，她不是用撒谎或者阿谀奉承的方式改变别人对她的敌意，而是总有办法把对方拉到自己的角度，设身处地为她着想。当然，安妮也替他人着想。书中那些喜爱她的人说她"像彩虹一样有许多种不同的色彩，每一种色彩出现时都非常绚丽"[①]，而收养她的玛丽太太也因为她而改变，变成一个温柔的人。诺德曼在《儿童文学的乐趣》中形容安妮"一个多世纪以来，激励着世界上成千上万的女孩，成为她们成长中的榜样"[②]。这就是具有自我同一性的女孩所散发出的人格魅力和改变命运的能力，真实但有力量。

"同一性具有两个重要的特征：连续性与对照性。"[③]连续性指的是人们能够把今天的你和昨天的你看作同一个人，这标志着社会同一性的稳定特征；对照性则指你的社会同一性会把你和其他人区别开来，这标志着你的独特性。社会同一性与遗传有一定关系，但是更强调人们可以通过选择强调自我的某些方面来发展他们的社会同一性。以风靡全球的魔幻小说《哈利·波特》中的主人公哈利·波特和伏地魔为例，从遗传而言，他们都是麻瓜家族和魔法家族的混血儿，甚至在出生后都经历了无父无母的日子，但是他们不同的选择，却使两人人格完全不同。伏地魔是分裂的象征，哈利则通过对自己内心欲望的调控，最终实现了自我统一。他们彼此互为对照，使人的主体能动力量更鲜明地被呈现，而在文本的整体叙事中，又保持着自己人格特质的连续性。

埃里克森则强调"自我同一性"意味着"忠诚的美德"。所谓"忠诚"指的是"发誓永远忠于目标的能力，尽管不可避免地存在价值体系的各种矛盾"[④]，这里强调的是青少年个人存在感和社会存在感之间的制衡。"忠诚的美德"的终极表现就是责任意识，并且这种责任意识是建立在对自我意识尊

① [加拿大]L.M.蒙哥马利：《绿山墙的安妮》，马爱农译，译林出版社，2010年。
② [加拿大]佩里·诺德曼、[加拿大]梅维丝·雷蒙：《儿童文学的乐趣》，陈中美译，少年儿童出版社，2008年，第219页。
③ [美]兰迪·拉森、[美]戴维·巴斯：《自我与人格》，郭永玉、杨子云译，人民邮电出版社，2012年，第119页。
④ [美]B.R.赫根汉：《人格心理学》，冯增俊、何瑾译，作家出版社、海南人民出版社，1988年，第153页。

重的基础上的。我们可以说，文学作品中，所有具有自我同一性的主人公都有这种鲜明特征。以占据童年最重要记忆的非儿童本位的儿童文学《西游记》为例。这部成书于十六世纪中叶中国明朝晚期的伟大小说，影响着一代又一代人。有研究者从成人视角对其做出的"创作者企图通过荒诞传奇去描述人民反省意识和对体制的颠覆"的解读，我们暂不去深究，我们要思考的是，它究竟对儿童产生了什么样的影响，才被代代相传？具有超凡的想象力的文学作品并不少见，《宝莲灯》《镜花缘》等都具备这样神鬼狐怪的人物设置和情节展开。传播方式也几近相同，它们都先后被传抄，在电媒时代，也都被先后推上了荧屏。研究者将目光投向《西游记》对读者心灵的影响，认为该书揭秘出那隐藏在每个读者心中感悟到却又难以言说的秘密，"作品通过对取经历史的重述，宣扬和鼓吹了人自身不懈的探索，以及对人心、人性的漫长寻觅之路。唐僧师徒西天取经遭遇万千劫难，此中表现和传达了作家所理解的人类精神嬗变与成长的进程。"①这里所提到的"人类精神嬗变与成长"实质上就是唐僧师徒自我同一性构建的过程。而他们身上表现出的人格特质，就是"忠诚的美德"，真正打动读者的就是这些人格特质。唐僧忠诚于自己求取真经、普度众生的理想；徒弟四人忠诚于自己报答师恩、历劫归真的承诺。无论是"法念箍"还是"清规戒律"其实终归都是责任意识下的一种自律。一代又一代的儿童在阅读（包括视频阅读）《西游记》的时候，将这种理念，印刻在自己的心中，在不经意间成为督促自己坚持下去的动力。

当然，尤其要注意的是"忠诚的美德"作为自我同一性的核心要素，它坚持的是自我、社会、家庭、现实、理想之间的不违背生命主体之本意的均衡。比如哈利·波特这个人物形象，小读者之所以格外喜欢，是因为他在完成自我使命的时候，从不放弃对友谊、亲情和理想的均衡。他所忠诚的不是"忠诚"本身，而是透过复杂、凶险的现状看到了事情的终极意义。哈利对伏地魔的抵制，是对民主、和平、公正的社会秩序的维护，其

---

① 李前刚：《论〈根鸟〉对"西游"文脉气韵的承续》，《北京化工大学学报》（社会科学版），2007年第2期。

最终指向的是人的幸福。这也是罗琳在经历了战地记者生活和婚姻的不幸后，一直倡导的理念。所以，在追逐理想的过程中，他从未单向度地为成功而成功，"铁三角""小天狼星"等都从不同的角度印证了这一点。

自我同一性是一个人在探索关于"我是谁？"的问题上的较为完美的答卷，它改变了人匍匐于既定命运的状态。"只要改变心理策略和精力投向，我就能把精力投入我追求的目标，机会就会垂青我。我可以选择自己成为什么样的人，做什么样的事。"①但是，同一性不可能完全到达。随着人的身份的改变，新的同一性又会出现。"同一性是我能清醒意识到的事物，而任何能意识到的事物都有生命力，都会随着时代成长、变化并调整。"②同一性同时也在提醒我们始终不变的奋斗理念："当与别人在一起时，你能提供什么价值和感受。"因此，同一性最终会使人和社会、环境的关系更合理，因为，它通过确认自我，完成愿景，让自己变得圆满，圆满的生命反过来又影响着与之相关的人、事朝着最合适的方向发展。

由此，我们可以看到"自我同一性"作为人格发展的核心概念，包含着"一种熟悉自身的感觉，一种知道个人未来目标的感觉，一种从他信赖的人们中获得所期待的认可的内在的自信"③。自我通过对集体、社会秩序和爱人的"忠诚"捍卫，会朝着理想的方向挺进。

二、青少年自我同一性形成的原因

作为青少年时期最重要的冲突，如何正确解决同一性危机，让人格朝着健康的方向发展，依赖于我们对自我同一性形成的原因的认知。

史蒂曼在《自知力》中将"自我同一性"获得方法称为"认清自我并且悦纳自我"④。这里关涉到人对自我的正确把握和与生存环境、个人目

---

① ［美］史蒂曼·葛瑞汉：《自知力》，王伟平译，商务印书馆，2013年，第203页。
② ［美］史蒂曼·葛瑞汉：《自知力》，王伟平译，商务印书馆，2013年，第205页。
③ 陈香：《青少年自我同一性的发展——同一性地位及其相关因素的研究》，硕士学位论文，河北大学，2001年。
④ ［美］史蒂曼·葛瑞汉：《自知力》，王伟平译，商务印书馆，2013年，第30页。

标的和谐统一。这并不是一个陌生的提法，但是要实现它却非常艰难，我们以孙悟空为例。灵猴诞育于女娲补天所剩的最后一块顽石，以天地为父母。"父母"实际意味着一种根系，"过于广泛"的天地喻指他从根上就是断裂的。为了找到自我，他先踏上了求师之路，名字的赐予是一个重要的标识。但是名字的符号意义不足以涵盖一个人的本质特征，在获得了师父的赐名以后，他获得了初步的自我意识，只是离清晰的认知自我还有一段距离。我们都知道孙悟空是被师父菩提师祖（和如来同师于混鲲祖师）赶走的，并且师父要求他"出去之后，莫说是我徒儿"。这在表象层面切断了刚刚找寻到的自我之根。孙悟空第二次的名字来源于自己，"齐天大圣"是他在与环境（天宫、海洋和陆地）的对抗中对自己的认知。这个认知包含着"自我为中心"的不全面性。如来佛用一只手掌唤醒了他对自我的重新打量，当然这是个漫长的过程。如果将找到目标当做"认识自我"的一个副产品的话，孙悟空此时的认识自我还需要引导者，观音菩萨便充当了这样一个角色。孙悟空真正"认清自我，悦纳自己"是在第五十七回《真行者落伽山诉苦　假猴王水帘洞誊文》之后，在此之前，我们发现他对唐僧的屈服里有迫于无奈的成分。但是在此之后，才真正达到师徒同心的境界。这说明他在历经艰难的过程中，逐渐清晰地看到了所要求取的佛经的意义所在，并产生了真正的信仰。这也促使他重新认识自己奋斗的价值，在"悦纳自己"的同时，朝着理想自我努力。

同样的故事，曹文轩的《根鸟》、罗琳的"哈利·波特"系列中也在讲述。乡土少年"根鸟"的名字原本就充满寓意。曹文轩一直呼吁儿童文学应当具有夯实民族性格之功用，那么，作为他代表作之一的《根鸟》也承担起这样的文化期待。"根"象征着健康坚韧的民族文化之根，"鸟"则是青少年状态的诗意书写。以"根鸟"为名原本就寓意着青少年同一性追求的过程。"开满鲜花的大峡谷和少女紫烟"之梦[1]，是13岁少年朦胧的自

---

[1]　曹文轩：《根鸟》，天天出版社，2011年。

我意识。"想象的虚构对于人生来说犹如一幅图画的草稿，如同一座雕像的深思。"①但成长毕竟意味着儿童对现实的清醒认知，而后他历经的艰难充分证明了"大多数人认为现实是客观存在的，我们对它的心理表征是它的精确复制。这种看法是错误的"②。不同人看同样事物存在差异，同样的人在不同的经验层面下，看同一事物也会发生巨大改变。在经历过重重的磨难之后，根鸟终于意识到这一点，流连米店之后的再次出发，就是他内心真实自我呼唤的结果，而这次的顺利到达，意味着在经历了螺旋式成长后，他对自我的审视、认知到了新的境界，到达就是见证。"人，主要是成长一族被命运所抛，在绝望之际，重新诞生的奇迹。这是哲学上存在论的探险。"③"哈利·波特"系列也体现了这样一个从自我认知模糊，到逐渐发现，激发潜能的过程。其中魔法的首次展现，是哈利对自我认识的第一次知觉。而后在与伏地魔的交手中，一次次地不断揭开自己与伏地魔的秘密，最终在经历过困惑、疑虑、厌弃之后，涅槃一般地完成了对自我同一性的构建。"人的潜力并不是建立在外界如何看待你的基础上，而是建立在你如何看待你的基础上。要获得真正的成功，你必须先找到你的真实同一性。"④同一性先构建于内心，才能后实现于外部。

同一性的获得并不是一蹴而就的。虽然有的儿童从小就表现出自我同一性，但是对于绝大多数儿童来说，则需要不断找寻和调适。儿童文学以不同的题材、不同的手法表达着青少年寻找自我同一性的艰难历程。安徒生的《海的女儿》历来被当做一个爱情故事，但何尝不是对同一性建设过程的形象书写。"十五岁""成人仪式""鲜血（经血）"都标志着小人鱼进入了青春期，是自我同一性萌发的重要时期。与其他人鱼不同的是她并不喜欢现有的

---

① ［美］埃里克·H.埃里克森：《同一性：青少年与危机》，孙名之译，中央编译出版社，2015年，第148页。
② ［美］兰迪·巴森、［美］戴维·巴斯：《自我与人格》，郭永玉、杨子云译，人民邮电出版社，2012年，第17页。
③ 徐妍：《"被抛"之后的神奇转变——解读曹文轩〈孤独之旅〉》，《名作欣赏》，2007年第9期。
④ ［美］史蒂曼·葛瑞汉：《自知力》，王伟平译，商务印书馆，2013年，第29页。

身份。依托爱情，走向王子，是她为了确认自己新身份所做出的努力，其目标指向于"一个不灭的灵魂"，我们也可将其视为建立自我同一性之后的"我"。这个自我同一性的获得包含着三个步骤：第一步是形体的蜕变，这是脱离部分遗传性的标志；第二步是观念的改变，王子是他者，小人鱼一开始把自我同一性的形成寄托在他者的身上，这是青春期少男少女必经的一个心理阶段，但只有从这个阶段走出，才有可能正视真正的自我；第三步则是超越本我，到达理想自我。小人鱼在变成泡沫和回到海底之间有一个艰难的抉择，方法是杀死王子。如果我们把王子比喻成外在的评价，此时就出现了人格成长抉择：杀死王子意味着个体和环境的彻底决裂，回到海底意味着回到我们出发的起点。两种方式都意味着对成长的彻底否定，会使儿童陷入退缩性人格中，都并非形成同一性的正确路径。小人鱼坚持目标，虽然痛苦，但还是选择前行，以自己三百年的努力，最终实现了自我同一性。

同样的故事在幻想小说《猫女咪妮》中也在讲述。"有一天我出去的时候还是只猫，回来就变成了女人。"①这是身份混乱的开始，回归似乎是猫女咪妮唯一的道路，因为毕竟变成人并不是自己所愿，而是误食了研究所垃圾桶里的东西。只是故事在结局处发生了逆转。她拒绝了姐姐教给她的办法"吃一只画眉鸟就能重新变回猫"，而是选择了继续做人。"因为我已经有家了，一个家和一个男人……"这里就有一种自我同一性的辩证问题。事实上，透过这两个富于象征意义的幻想童话，我们可以清晰地看到自我同一性并不意味着对固有自我的黏着。生命个体是在不断剥离原始自我，与社会交融、抵触、再交融的过程中，达到主观和客观的一致，并最终形成自我同一性。

对于有些人来说，获取同一性的方式不是尝试同一性，而是快速地接受一个既定的社会角色。"哈姆雷特"便属于此类少年，他接受父母为他安排好的角色，生而为王，因此，他比其他同龄人显得成熟。但父亲的逝世、对母亲和叔父的猜忌使他变得多疑而敏感。早已设置好的同一性被打乱，他陷入

① ［荷兰］安妮·M.G.施密特：《猫女咪妮》，李剑敏译，上海译文出版社，2009年，第13页。

了选择的混乱中。直至故事的结尾，我们都无法说他已经建立起真实的同一性。由此可见，"这种快速获得同一性的方式是有风险的，因为这样的同一性可能有些刻板和僵化，使个体不再接受新观念和新的生活方式。这些人在社会中表现出固执、缺乏灵活性，特别是面对压力的时候"①。当然，他们也不用面对因为拒绝父母的目标和价值观所带来的同一性危机阵痛。

总体而言，青少年同一性形成的原因得益于对自我准确的认识，这个自我不是静止不变的自我，而是会随着境遇的改变逐渐成长起来的"我"，"前进的道路上难免会有狂风暴雨或者迂回曲折，但如果他们将这些坎坷视为成长和学习的机会，那么他们的未来必将辉煌"②。青少年以真实自我为基点，通过对集体、爱人和社会秩序的忠诚捍卫，从人与群体、人与他人、人与自我三个层面共同佐证了自我同一性的形成。

三、儿童文学阅读与青少年自我同一性培养

"自我同一性"的形成意味着儿童在向内和向外两个维度上达成一致。这是一个艰难的历程，对于青少年来说尤为如此。在青少年时期自我意识奔突于家庭、社会、现实、理想之间。一方面他们本能地渴求着自我的塑造和确认，另一方面又困惑地对一切充满怀疑或者无条件地信赖。儿童文学阅读相应地也面临着挑战和机遇。儿童文学阅读只有在充分把握儿童成长心理和阅读心理的基础上，所推荐的图书才有可能发生意义。本文试图从以下几个方面进行探讨，旨在让儿童文学阅读对青少年同一性的干预效果更有效。

（一）选择主人公或者主要人物具有"自我同一性"特征的文本

青少年时期是"领袖意识"（"偶像意识"）最强的时期。"年轻人常

---

① ［美］兰迪·拉森、［美］戴维·巴斯：《自我与人格》，郭永玉、杨子云译，人民邮电出版社，2012年，第122页。
② ［美］史蒂曼·葛瑞汉：《自知力》，王伟平译，商务印书馆，2013年，第81页。

常以委婉的方式表明只有出现一个'领袖'他们才能得救的感情。"①因此，以具有自我同一性风格特征的主人公或主要人物作为文本选择，容易激发他们模仿的欲望。最具代表性的模仿案例当数北京大学博士研究生林品。作为"哈利·波特"系列"骨粉"，他不仅是痴迷少年，2007年中国青年出版社推出他创作的《我的哈利·波特：哈7大猜想》。2010年，他又书写了5万字的学年论文《作为现代语言的后童话——论〈哈利·波特〉》，获得了当年北大中文系全系最高分。从执着爱好到将其转化为学术产品来看，他显然是被哈利·波特那种不被环境拘囿、执着于使命的精神力量感染，因此也踏上了敢于发现自我、追逐自我主体意识之路，体现出积极同一性特征。其他如孙悟空（《西游记》）、孙少平与孙兰香（《平凡的世界》）、安妮（《绿山墙的安妮》）等都在不同范围内成为青少年心目中的英雄，儿童在翻看此类图书的时候，心中的"理想自我"被打开，在对他们故事的阅读中，潜移默化地修正着自己的精神气质。

（二）以"离家—归来—离家"为主导模式的文本

与幼儿期和童年期不同的是，到了青少年期，儿童对于外面的世界有了更强烈的期待和好奇，因此，常常有离开家园的冲动，但还不够强大的自我又在拘囿着他们。这种懵懂的渴望和现实之间的冲突，就是促使儿童展开阅读的动机，孙悟空、根鸟、哈利都隐含着这样的信息。孙悟空看似由于想学本领离开家园，但实际他回来后，也并不能安心于家，最后他修道成仙，就是彻底远离家园的象征。根鸟看似由于一个梦离开，但实际是萌动在心中的渴望——"他的眼光常常朝着村子路的尽头看去"②。根鸟在第二次回来时，父亲已逝，他用一把火烧了居住的茅草屋，就是与家园的决绝；而哈利·波特在故事的开始，就充满了离家的期望。除却这个寄

---

① ［美］埃里克·H.埃里克森：《同一性：青少年与危机》，孙名之译，中央编译出版社，2015年，第123页。
② 曹文轩：《根鸟》，天天出版社，2011年，第10页。

养家庭不够温暖，"离开"是青春期或者即将青春期的儿童生理、心理共同的冲动。

"离家"意味着探索的开始，这是自我同一性建立的重要步骤。"'自我同一性'的形成首先与'探索'有关。儿童在从童年转向成人的过渡期要寻找到自己的目标、方向和价值观，以便做出更有意义的投入。"[①]当然，离开意味着失去家园的庇护。尚未完全建立自我的他们，又会不时地渴望回归家园，这是一种隐秘而羞涩的心理，经典的文本总能将其处理得充满必然又满是包容与爱。《西游记》中孙悟空总是在受了重大的创伤时，才回到家园。家园对他的欢迎永远是热烈而温暖的。根鸟则是在病、苦、被欺骗且追寻无所得时，便回到家园，家园给了他抚慰和平复创伤的力量。与中国习惯不同的是，在西方文化里，儿童在青春期但又未成年时，是法定要回家的。哈利·波特总是在假期的时候需要回到德思礼住宅，而这个房子因为其母莉莉的血缘关系，可以强大到庇护其不受伏地魔的侵袭。阅读此类文本会缓释青少年在外敏感受挫的情绪，并自然地将"家园庇护"的天然性牢印在心中，这也会成为他们的一种行为方式。在经过螺旋式的成长蜕变后，青少年必然迎来从青年到成年的质变，也即"离家"。好的儿童文学作品会生动地表现这种成长的欢喜和隐忧，它们一方面鼓励着儿童，一方面抚慰着儿童。儿童通过阅读这样的文学作品，度过了最渴望倾诉和被指导的迷茫期。乔治·博得曼（George Bodmer）说，"所有艺术的功能……都是通过给予，然后积极地把他们融入我们的世界和社会价值中来"[②]，表达的就是这样的意思。

（三）以符合当下审美的文本为介入口，走向对经典的阅读

从审美风格而言，引导青少年培养自我同一性的阅读材料一定要切合

---

① ［美］埃里克·H.埃里克森：《同一性：青少年与危机》，孙名之译，中央编译出版社，2015年，第172页。

② ［加拿大］佩里·诺德曼、［加拿大］梅维丝·雷曼：《儿童文学的乐趣》，陈中美译，少年儿童出版社，2008年，第150页。

青少年阅读审美心理。这里也就牵扯到"畅销书"和"经典书籍"之间的辩证。青少年是阅读经典书籍还是阅读畅销书？如何去界定经典书籍和畅销书？这是一个值得思考的问题。寻找答案还是要回到学生、回到阅读的本质上来。同样写学生时代的生活，王蒙的《青春万岁》在二十世纪八十年代的受欢迎程度就远远高于九十年代及二十一世纪。但是受"80后""90后"较为推崇的青春书写，又常常因为"还没有能力为重建民族精神提供一种思路"，"青春叙事迄今停留在个体的心理冲突和平衡的层面，而不是发现或建立一种精神的信仰"被成人不屑，这就造成了中学生阅读的困境。[①]"成人推荐的他们不爱读，他们爱读的老被成人诟病"，双方合力下，再加之中学之后课外阅读时间缺少，就造成了"越往高年级，学生阅读兴趣越低的现状"。本文认为，在内容相对安全的情况下，让青少年从他们喜欢读的"青春小说""网络读物"读起也未必不可。以上两种读物内容贴近青少年生活和审美心理，易于被接受，但是书写模式化情况严重。"操千曲而后晓声，观千剑而后识器。"在经过了一定量的阅读后，儿童自然会因为过于雷同而放弃这类作品，此时已经培养出来的阅读习惯会自然地将他们引向"经典名著"，这样的过渡比生硬的批评和抵制、彻底败坏儿童的阅读口味要好。王泉根在首届青少年阅读教育论坛暨北京市大众读书会阅读公众大讲堂启动仪式上发表演讲，并接受记者王硕专访时，也提出"不要阻止孩子看'无用书'"，北师大教育学硕士、家庭教育专家尹建莉也曾讲到女儿的阅读能力是从小学开始看金庸小说而培养起来的。事实上，家长重点要做的是和孩子平等交流，了解他们的心思，在此基础上给予正确引导，将他们的文本阅读品位引入到更值得阅读的文本上，而不是不屑、批判和压制。

（四）在阅读策略上，采用科学化、序列化的文本推荐方式

从文本推荐的方式上而言，科学化、序列化的文本推荐，更有意义。

---

① 祁春风：《自我认同视野下的"80后"青春叙事》，博士学位论文，山东大学，2016年。

谢尔比·安妮·伍尔夫和雪莉·布赖斯·西斯认为："儿童文学的欣赏和诠释之所以成为可能，不在于事实证明，而在于知识的连贯性，这些知识能够连贯起来依赖于孩子们逐渐发展起来的百科全书式的感觉、情感回应和逻辑推理。"①在青少年同一性形成的过程中，包含着以下几个步骤：第一，我是谁？第二，我要到哪里去？第三，我怎么样到达那里？根据史蒂曼在进行"同一性"研究的时候所划分的步骤，我们可以将其细分为三个部分，并在每个部分配以适合该儿童阅读能力与心理需求的阅读书籍，形成有秩序的、循序渐进的阅读接受过程（见附录五）。

这样细分步骤并形成发展轴上的序列的好处在于：第一，从纵切面而言，儿童可以通过三个主题单元不同但是又存在紧密逻辑联系的步骤，形成解决问题的完整的、科学的思维方式，这比读什么更重要。第二，从横切面而言，在每一个主题上、同一价值观的各个不同方面的阅读，又会以互文的方式，强化儿童对于该价值观的认知。诺德曼认为："每本书都表现了文学批评家所说的互文性：人类语言、语言风格、意象和意义之间的相互关联。强调文本的互文性，其实就是强调文本如何依靠读者了解该文本与其他创作之间的关联。"②第三，在无形中引导青少年学会多角度考虑问题，并了解到现实的多面性。"因为它们代表着人类想象力从自然中分离、强加于自然并改变自然的过程。"③第四，由于儿童不用去关注结局，反而会将更多的注意力集中在情节的发展上，这会帮助他们更好地欣赏作者建构出的宏阔的艺术空间。所以，无论是同一系列文本的序列化，如《纳尼亚传奇》、"哈利·波特系列"、"普莱登系列"，还是同一主题的序列化，如《绿山墙的安妮》《绿野仙踪》等，都在同一主题的反复中，有效

---

① ［加拿大］佩里·诺德曼、［加拿大］梅维丝·雷曼：《儿童文学的乐趣》，陈中美译，少年儿童出版社，2008年，第80页。

② ［加拿大］佩里·诺德曼、［加拿大］梅维丝·雷曼：《儿童文学的乐趣》，陈中美译，少年儿童出版社，2008年，第297页。

③ ［加拿大］佩里·诺德曼、［加拿大］梅维丝·雷曼：《儿童文学的乐趣》，陈中美译，少年儿童出版社，2008年，第57页。

地强化了儿童对书中所宣扬的价值观的理解，起到了共同深化和扩展儿童认知的作用。目前已有研究也证明了这一点，如台南师范学院邓守娟以患有同一性混乱（社会畏缩症）的30名儿童为例，通过16个单元目标，每个单元1本书的方式，进行阅读治疗，取得了良好的效果。①范美珠也采用这种序列化方式，对台北秀郎小学33位五年级父母离异的儿童进行了阅读治疗。阅读分为12个单元，每个单元1本书，每周1次，每次90分钟，在进行了共计12次阅读治疗之后，再次进行"小学人格测验"测量，发现效果显著。②可见，序列化阅读是一种行之有效的阅读治疗方案，可以分步骤地、系统地、细致地切入儿童的内心，起到阅读育人的效果。

埃里克森认为："年轻人为了体验整体性，必须在漫长的儿童期已变成什么人与预期未来将成为什么人之间，必须在他设想自己要成为什么人与他认为别人把自己看成并希望变成什么人之间，感到有一种不断前进的连续性。"③如果青年人不能获得自我的整体感和连续性，将会陷入同一性混乱的状态。文学的意义，从功能上而言，就在于通过唤醒—激活—指导—协助建设，最终促成青少年自我同一性的形成。

总之，自我同一性是一个人的自我疆界之一，是儿童在童年人格发展阶段所经历的社会现实中"环境"的综合功能的结果。同一性是儿童在青春期所获得的关于自我的最重要成就。不可否认的是，自我同一性的获得并非易事，青春期往往处于找寻的状态。也有一些青少年会陷入同一性混乱，需要通过治疗进行调适，儿童文学阅读是治疗青少年同一性混乱的一种重要方式。

---

① 邓守娟：《读书治疗对"国小"社会畏缩儿童辅导效果之研究》，硕士学位论文，台南师范学院，1995年。
② 范美珠：《读书治疗对父母离异儿童个人适应及社会适应辅导效果之研究》，硕士学位论文，台南师范学院，1987年。
③ 转引自祖雅桐、杜健：《青少年自我效能感对现实——理想自我差异与抑郁间关系的调节适应》，《心理与行为研究》，2016年第3期。

第二节　儿童文学对青少年同一性危机的阅读治疗

梅特林克（Maeterliack）的儿童梦幻剧《青鸟》自 1908 年诞生以来，"以童话的形式显示出一种深邃的灵感，同时又以一种神妙的手法打动读者的情感，激发读者的想象"①，表达出一种深刻的哲学思索。故事本身充满意味：圣诞夜，伐木工人的一双儿女蒂蒂儿和米蒂儿由于家境贫寒，没有得到圣诞礼物。深夜他们做了一个梦，当他们正因为艳羡富裕者奢华的圣诞晚宴而伤心时，出现了一个老仙女，仙女指点他们只要找到青鸟，便能获得幸福。兄妹俩踏上寻找之旅，从"思念之乡"到"未来之国"，历经多地，青鸟却终不可得。令人惊奇的是，当他们梦醒，却发现青鸟就在家中。戏剧性的结尾揭示出作者对人生的诸多思考，大多数人从生到死，始终没有享受过近在他们身边的幸福，是由于他们对幸福有一种错觉。

日本名古屋大学教授清水将之在对近年来日本青少年人群中心理问题进行研究的时候，借用了故事中的一部分含义，提出了"青鸟综合征"②的概念，即由于自我迷惑、目标无定，而不停寻找，始终处于困扰当中。此类青少年的共性在于："万事漠然，总有抱怨。""他们不满足于自己所在的场所，在这种情况下不是努力地奋斗，而说什么'应该另找个适宜的地方'，虽然此时，他们并没有明确的目标。让人觉得完全像是暴风雪中迷失方向的青鸟那样飞散各处。"很明显，"青鸟综合征"就是青少年同一性危机的一种喻指。

后来，日本学者大前研一在其著作《再启动》中使用了这一词语，使其广泛传播并得到学界认可。更重要的是，作者使用了大量的案例论证了

---

① 王佳雯：《浅谈梅特林克剧作〈青鸟〉中"青鸟"的象征寓意》，《剑南文学》（经典教苑），2013年第9期。
② ［日］大前研一：《再启动》，田龙姬、金枫译，中华工商联合出版社，2010年，第14页。

同一性混乱对青年职业及人生带来的影响。简而言之，陷入同一性混乱的青少年"因为缺乏明确的自我定位，因此并不能清楚地意识到自己的追求和向往，容易陷入频繁的目标转移，且由于自我不明晰，而显得过于自我，容易陷入悲观情绪，在迷茫中度过人生"①。

事实上，埃里克森早在人格发展八阶段理论中就指出过这一点，他认为人格发展的第五个阶段青少年时期（12—18岁）面临着自我同一性和角色混乱的冲突。如果危机得不到成功解决，儿童就会形成不确定或者说是无归属感，为人冷淡、冷漠，缺乏关爱意识。

本节以埃里克森人格发展理论为基础，分析青少年同一性混乱的几种表现及形成的原因，并试图找寻合适的儿童文学作品，以起到阅读治疗的作用。

一、青少年自我同一性危机的特征

（一）失败的亲密关系

在埃里克森看来，青少年在亲密关系中的表现，往往会暴露同一性的潜在弱点。这种亲密关系包含着伙伴关系与性的亲密企图。

当儿童跨入青少年阶段后，是否具有亲密、稳定的伙伴关系，对儿童人格发展具有重要的预测作用。"与别人真正定约（engagement）是坚定的自我叙述（self-delineation）的结果和检验。"②当年轻人在友谊等方面寻找至少是游戏般亲密关系的时候，他很容易体验到一种特殊的紧张，当青少年还没有解决这种紧张，他可能使自己陷入孤立，要么进入刻板的形式主义的人际关系，要么可能在反复的勤奋企图和沮丧的失败中，寻找到并与最不合适的伙伴发生亲密关系。《麦田里的守望者》中霍尔顿对他人的态

① ［日］大前研一：《再启动》，田龙姬、金枫译，中华工商联合出版社，2010年，第14页。
② ［美］埃里克·H.埃里克森：《同一性：青少年与危机》，孙名之译，中央编译出版社，2015年，第166页。

度，可以视为同一性混乱者对于伙伴关系的最佳案例。作品中有一些细节颇能表现这种人际关系处理的混乱和僵硬。"他到了旅馆头一个念头就是给什么人打个电话，但他在电话亭里待了二十分钟结果一个电话也没打；他在电话里主动约见别人，别人提议第二天见面时他却撒谎说他没空。"[①]很明显，霍尔顿并未解决建立关系引发的紧张，为了掩饰这种情绪，他甚至在长期的自我保护中形成了一种无法宽容地、客观地评价周围人，对他者和世界充满厌弃的性格特征。他体现了那些自我同一性混乱的青年表面倔强、强大、无所畏惧，内心苦闷、彷徨、孤独脆弱的一面。任大霖发表于《巨人》上的小说《喀戎在挣扎》中，主人公梁一星也具有这样的"角色混乱"性。作为工读生的"他是那样的聪明，又是那样的愚蠢，他是那样的勇敢，又是那样的怯懦"[②]。书中借老师之口点明了这种"奇特的组合"的矛盾性。作者以希腊生活中半人半兽的喀戎为意象，揭示了这种人格分裂状态下，主人公自身巨大的痛苦："我的上半身虽然长得英俊强健，可是下半身却永远是兽类的模样。这半人半马的躯体，给我带来了多么难以忍受的痛苦啊！"[③]这种现象在二十世纪八九十年代则以"问题少年"的方式出现。所谓"问题少年"其实是在内心的孤独和人类社会性的撕扯下，走向两个极端（一个是孤僻中自闭，一个是喧嚣中从众）的一群人。他们要么以特殊的着装、发型，不符合大众习惯的作息时间等来包裹内心的脆弱，要么以喧嚣中的热闹，来掩藏内心的孤独。轰动一时的"80后"作者春树笔下出现了很多这种迷乱的青少年。反叛、放纵却常常觉得"无趣"和"虚无"，甚至一些"好孩子"也并不是人们所想的目标清晰、坚定，而是常常陷入"看不清""模糊""迷失""臆想和悲伤"的状态。[④]到了二十一世

① 刘芳：《阿德勒理论观照下的霍尔顿——解析〈麦田里的守望者〉中主人公的"自卑情结"》，《重庆与世界》（学术版），2014年第5期。
② 任大霖：《喀戎在挣扎》，少年儿童出版社，1983年，第65页。
③ 任大霖：《喀戎在挣扎》，少年儿童出版社，1983年，第146页。
④ 春树：《2条命：世界上狂野的少年们》，作家出版社，2005年，第17页。

纪，这种特征则通过部分宅男宅女得以形象表现，在对他们人生状态和命运的书写中，可以看出亲密关系建立失败后巨大的人生悲剧。我们以房伟的《巨灵》作为例证。该小说塑造了宅男楚文杰这一形象。他自小痴肥，母亲又早早离他出国，从此无归。长大后的他不去工作，靠出租父亲留下的两套房子中的一套过活，没朋友，每日的生活就是吃饭、睡觉、打游戏。作者对他的定位是"古怪低调、胆小懦弱"，他代表了大部分宅男宅女真实的人格状态，即严重的同一性混乱。"他们既不能利用他们社会中所提供的职业生涯，也没有为他们自己创造和保持自己完整的合法延缓期。"[1]相反，他们会在不断的环境或者目标转化中饱受痛苦。忧郁、懦弱、怀疑与自我怀疑是他们常见的症状，他们并不是理想的坚守者，而是生活的逃避者。表面看起来他们波澜不惊，但实际上，没有坚定自我的他们时刻都在经历着内心的风暴，甚至会彻底地毁坏生命。此作品中，在"性的亲密企图"作用下，足浴少女欢欢成功侵入他的生活，成为他的女朋友，又因为与他人的暧昧导致了楚文杰的自杀，这就是这种脆弱心理最惊心动魄的结果演示。

（二）时间前景的散乱

当青少年并未按时长大，或者过于苍老，不具备正常年龄状态下应该有的状态时，我们认为，他同样陷入了同一性混乱。埃里克森将其称作"时间前景的混乱"。这意味着此类青少年对于时间的体验出现一种极端的干扰，具体表现在"年轻人一方面觉得自己年轻，实际上像婴儿似的，同时又感到老得无法恢复活力"[2]。"彼得·潘综合征"是关于这种现象的文学描述。那个让自己一生都停留在胡克船长、温迪和克洛特仙女的世界

---

[1] ［美］埃里克·H.埃里克森：《同一性：青少年与危机》，孙名之译，中央编译出版社，2015年，第151页。

[2] ［美］埃里克·H.埃里克森：《同一性：青少年与危机》，孙名之译，中央编译出版社，2015年，第123页。

里，永远长不大的孩子，是许多青少年内心的真实写照。"彼得·潘综合征""其实就是孩子们不愿脱离现象世界的疯狂"①，这种心理二十世纪七八十年代曾被追捧，甚至流毒到二十一世纪，很多人把"长不大"等同于"天真"，认为走向成人意味着走向复杂，甚或庸俗。"青春教主"郭敬明实力演绎了这种"长不大"。他笔下的人物多敏感、任性，以自我为中心，解决问题的方法是哭。而他自己也因为常常"泪流满面"而被热搜。事实上，成人时代意味着人类成长的终点，"成人世界之所以是人类世界最长的阶段"，是因为，"在成人世界成功，当然要比孩子世界更加紧张、更加富足、更加动人，也更加聪明，成人的世界于是留了下来"②。因此，向我们的儿童指出，按时成长，脱离"彼得·潘"天地，是有意义的建议。与之相反的另一种情况，也值得警醒，那就是"少年老成"。这个词一度被中国人热捧，他们与"懂事""听话""稳重"等词语一起，成为少年儿童的教养标准。《班主任》中通过塑造谢慧敏这个典型化人物形象，在现当代文学中率先揭示出这种不合理现象。谢慧敏的异化并非简单的政治因素，而有其更深远的文化遗毒，是错误的儿童观下的必然产物。只是在不同的时代，会因为不同的原因而清晰呈现。在"80后"的写作中，作者以本真之我出现，作品中的主人公多出语老辣、犀利，对现实充满讽喻，似乎唯有这样才能体现出成熟的一面。但透过他们尖锐的言语及幼稚、冲动的行为，我们更多看到的是一个生涩的少年同一性混乱的一面。时间前景混乱者对现实抱有一种恶意，他们"坚决不相信时间可能会带来变化，但又强烈地害怕……变化……陷入一种普遍的减速。"③幼稚是他们的本色，犀利是他们的保护色，"我放弃""我离开"是他们面对自己不想面对的现实时常用的方法。此类少年看待世界的视角也充满否定性，时间前景混乱

---

① ［法］吕克·费里：《论爱》，杜小真译，北京大学出版社，2017年，第159页。
② 同上。
③ ［美］埃里克·H.埃里克森：《同一性：青少年与危机》，孙名之译，中央编译出版社，2015年，第212页。

同样导致青少年对死亡的选择，他们对世界的抱怨并不是简单的意气消沉。爱德华·毕布林（Edward Bibring）将其定义为一种失望的表现[1]，在自我方面是一种"让自己去死"的愿望。

（三）勤奋的散乱

由于自我调适系统的不健全，"严重的同一性混乱照例伴随着一种工作质量感（sense of workmanship）的激烈扰乱，其表现的形式或是不能集中注意力于所需要的或被提出的任务，或是专心致志于一种自我破坏性的片面性活动"[2]。埃里克森将其称为"勤奋的散乱"，他们同样也是同一性混乱的症状之一。

"勤奋的散乱"最主要的表现是，所有的努力并不是发自"本我"的需求，而往往是环境或者他人作用的结果。这使得"奋斗者"无法投入全部的精力，因而也不能体会奋斗的欢乐，常常陷入"幸福在他处的幻想"，或者常常陷入一种报复式的奋斗状态。

多丽丝·莱辛的小说《玛莎·奎斯特》中的主人公玛莎便是这种性格特征的典型代表。玛莎是一个富有思想的女孩，其母却专横、固执、自以为是，与大多数父母一样喜欢用传统和长者权威压制她。为了抵抗母亲对自己的束缚与控制，全书重点描写了从15岁到18岁的玛莎想要摆脱家庭为自己安排的成长经历，所展开的持久而激烈的反抗。"礼服之争"是自我抗争的第一步，"绝对不像母亲那样"是她们的心声。她们所有的潜在意识都集中在与母亲的对抗上，因此，在选择自己命运时陷入茫然与无助。甚至在结婚这样的大事上，她也因为要反抗母亲而仓促决定。玛莎不断地选择反抗和逃离，以此建构自我的身份和人格。这种报复性的选择表明她拼命想夺回某一情境中的某种优势的努力。但要注意的是"他用于自

---

[1] E. 毕布林：《压抑的机制》（"The Mechanism of Depression"），见 P. 格里纳克编：《情感失调》，国际大学出版社，1953年，第13—48页。

[2] ［美］埃里克·H. 埃里克森：《同一性：青少年与危机》，孙名之译，中央编译出版社，2015年，第183页。

居的绝不是他内心努力得不到的那种可接受角色的现实感情"①，由此，她的反抗就显示出了一种不理智。

而"对于自己家庭和社会背景所提供的已有的所谓适当和称心的角色表示轻视和怠慢的敌视"，则是另一种"勤奋的散乱"。儿童由于受到社会文化或者生存环境的影响，对自己的种族、家庭状况等赋予的身份表示拒绝，无法正确认知，从而陷入了一种同一性混乱。杰奎琳的《坏女孩》中的主人公曼蒂出场时呈现的便是这样一种倒错自我的状态。她对自己年老的父母非常嫌弃，"我的愿望非常强烈，有时夜里躺在床上，我就假装自己是被收养的，有一天我的亲生妈妈和爸爸会来把我接走。他们非常年轻、精干、时髦，他们让我穿最时新的衣服……"曼蒂的自我出现了"角色混乱"，这种倒错自我的形成，与吉姆等人的嘲笑紧密相关。在对"成长之根"的颠覆中，曼蒂陷入了"我不知道自己长大想干什么，只要不当我自己就行了"②的困惑中。同样的困境也出现在《芒果街上的小屋》中的主人公埃斯佩浪莎身上。移民女孩由于种族和贫穷，格外自卑，她常常想要离去，"离开"意味着对已有角色的否定。值得注意的是与废弃个人的同一性不同，患有此种类型角色混乱的青少年更多以一种精致的方式来求取表现。曼蒂关于"收养"的幻想，就是对"自我角色"一种积极的设想。虽然呈现方式令人难以接受，但是较之自暴自弃，消极同一性具有一定的积极意义。埃斯佩浪莎则通过不断的努力，改变自己的命运。只是，我们必须要提出，尽管如此，消极同一性并不能带来真正的幸福。因为，努力的出发并不源于内心自我确认后目标的选择，而是在环境的逼迫下迫不得已的选择。埃里克森将其归结为"你做这件事，只是做给别人看，你是一个伪君子"③。

---

① ［美］埃里克·H.埃里克森：《同一性：青少年与危机》，孙名之译，中央编译出版社，2015年，第128页。

② ［英］杰奎琳·威尔逊：《坏女孩》，蔡文译，人民文学出版社，2004年，第9页。

③ ［美］埃里克·H.埃里克森：《同一性：青少年与危机》，孙名之译，中央编译出版社，2015年，第126页。

综上所述，同一性混乱严重影响着儿童人格健康，甚至会造成儿童精神生命的枯萎。同一性混乱者认为"自己是谁"这个问题是由命运或自己不能控制的因素预先决定的。[①]在此类青少年眼中，知识与世界是混乱、复杂的，有大量的选择可能，而合理、确定的东西或理性判断则十分有限。因此，他们陷入对个人偏好、情绪等的放纵。由于正确的自我观念没有建立，他们又习惯于根据社会的评判如"声誉""自己给他人留下的印象"等评判自己，这就使儿童永远生活在一种不确定性的压力中。因此，如何引导青少年走出"角色混乱"状态，建立自我同一性，具有重要的意义。

二、治疗青少年同一性危机的阅读材料

史蒂曼·葛瑞汉在《自知力》一书中，用真实的案例表明读书对于建立自我同一性的意义："这令我很鼓舞，因为我认为书籍代表着教育。我将他的成功、他的自我同一性和他享有的尊严归于他的教育，正是教育使他在家族中鹤立鸡群。"[②]史蒂曼的发现，同样也鼓舞着研究者在更深入的问题剖析和状况分类中，寻找合适的儿童读物，以期让书籍的作用发挥出来。

为儿童选择合适的读物，一直是儿童阅读研究的难点和重点。面对青少年同一性混乱的群体时，问题又有了新的变化。相较于前四个人格发展阶段，第五个阶段也叫做整合阶段。前期所有未成功解决的危机都会在这个阶段以一种集合性状态爆发，并伴随着青少年第二次性意识的全面觉醒和自我意识的加强而表现强烈。在阅读方面亦是如此。相较于前四个阶段，到了青少年时期，原始经验增多，对文本的接受开始有了自己的辨别和思考。因此，究竟怎样的儿童文学读物才能对青少年同一性混乱产生治疗作用，是一个更需要慎重思考的问题。

相较于选取与儿童境遇相同的书作为阅读材料，对于青少年同一性危机

---

① 刘楠、张雅明：《同一性风格：青少年自我同一性研究的新视角》，《心理学进展》，2010年第4期。

② ［美］史蒂曼·葛瑞汉：《自知力》，王伟平译，商务印书馆，2013年，第76页。

患者而言，选取与他们的意识发生吻合的书更有益。因为他们处于人类最敏感的时期，有些故事"会让我们想起那些极力想忘却的往事"①。而如果他们本身很介意或者生活充满了痛苦，就有可能会完全拒绝这样的文本。因此，研究者进一步发现阅读治疗如果想要发生作用，必须保证"文本与个人之间就必须发生微妙的无意识吻合，这样读者才能辨识出那些对个人具有重要意义的东西，同时又不会误解它的准确含义"②。在现代学科发展下这种"吻合"的发生有了更大可能。心理学研究揭示出同一性风格形成的原因与家庭教养和人格特征具有重要的关系；而叙事学家对文本进行细致的梳理，并认为"这些小说（文本）虽然没有明确或完全说出人物的思考和学习，但其展现行动的方式不仅让经验不足的读者兴奋不已，而且能让细心的读者洞察更多的东西"③。在这二者的结合下，文本的功效才有可能最大地发挥。因此，我们针对同一性混乱的三种情况，分别给出书籍选择的建议。

对于陷入亲密问题的青少年而言，促成他们亲密关系建设失败的根源，从外在原因而言，与其父母放任或者冷漠教养有关。家庭是孩子的第一所学校，如果儿童在成长的过程中，并未在家庭成员身上习得与人合作的方式，那么在以后的人生道路上，他也很难学会和人建立深入、亲密的关系。从内在原因而言，亲密关系建设失败的儿童性格偏内向，内心自卑，怀有强烈的不安全感，因此对外界环境充满警惕和抗拒，但是人类群居的本性又让他们渴望与人相处，所以，文学治疗要捕捉这种动机。类同于《麦田里的守望者》《巨灵》这样的文本，并不适合亲密问题患者阅读，太相似的场景，要么让他们难以卒读，要么会促使他们朝着这种叛逆、冷漠的境遇继续滑动。相较之下，马克·李维的《偷影子的人》以纤细、温

---

① ［英］彼得·亨特主编：《理解儿童文学》，郭建玲、周慧玲、代冬梅译，少年儿童出版社，2010年，第332页。

② ［英］彼得·亨特主编：《理解儿童文学》，郭建玲、周慧玲、代冬梅译，少年儿童出版社，2010年，第333页。

③ ［英］彼得·亨特主编：《理解儿童文学》，郭建玲、周慧玲、代冬梅译，少年儿童出版社，2010年，第329页。

情的书写触摸到了儿童由于种种原因（身体瘦小、家庭离异、性格内向）造成的人际交往失利后内心的挣扎与自救，更值得推介。"影子"是一个象征，既象征着影子的主人本身，也象征着一种孤单的生活状态。"偷"则生动地表现了对改变这种境遇、获得友谊的渴望。正如男孩通过"偷别人的影子"了解并理解他人，为每个偷来的影子找到点亮生命的小光芒一样，这本书也具备着触动并点亮读者冷漠、忧伤的内心的力量。书中对于痛苦和孤独的宣泄哀而不伤，"我是一个独特的人"的思想，一直回响在主人公的精神生命里，"我"对他人影子的理解，也成为我们更好地体谅、宽宥他者的一种方式。青少年在阅读此类文本的过程中，不但产生共鸣，更获得了力量和方法。

　　陷入"时间前景混乱"的儿童从外在原因而言，更多成长于宠溺型家庭环境，或者幼儿前期和幼儿后期教养方式有巨大改变的儿童。从内在原因而言，则与儿童自身的疏懒、懦弱、以自我为中心相关。他们内心害怕的并非变化，而是变化之后的不完美、不适应。但是，他们自己也知道变化的必然性，因此，内心充满了挣扎与焦虑。根据埃里克森的理论，虽然童年期也有相对应的同一性发展危机，但相比之下，儿童主要面对的是父母，对于社会角色只是游戏性尝试，可以得到成年人更多的宽容和爱护。因此，青少年应对自我认同危机的另一种倾向是自我的退化，梦想退回到童年状态，这是一种软性的、温和的反叛和逃离。所以，以建设性的，而不是放任这种情绪的文本引导儿童，会起到更好的效果。如，较之部分年轻作家"体现出青春期的自己对社会及成人世界的疏远和拒绝"的"公主系列"类作品[①]，诸如《手提箱孩子》这样的经典之作，对儿童更具意义。作者通过移情物品"萝卜"（玩具小兔）的命运来展示安迪面对环境的变化时自我建设的过程，"萝卜"象征着主人公自身。父母离异，安迪需要在两个家庭A房子和B房子之间辛苦奔波，这使得安迪格外怀念父母离异

---

① 乔春雷：《青春想象：自我认同——张悦然论》，《当代作家评论》，2014年第2期。

前一家人幸福生活过的C房子——桑葚小屋。在不断追寻中她找到了一对充满爱心的老夫妇安放了"萝卜"，同时在老人们的开导下，她建立了和谐的自我，以宽容、接纳的心情面对新的家庭。她说："现在我有A房子、B房子和C房子了。"在三者之间，"我已经安排得很好了"，"就像ABC一样简单"①。马克思说："变化是永恒的，不变是相对的。"史蒂曼·葛瑞汉更是强调"改变的意愿必不可少，因为在前进的路上我们经常会陷入僵局，而世界每天都在变化"②。这种意识的夯实，对于即将告别童年的青少年来说尤为重要。"时间混乱患者"只有接受这种现实，才有可能找到适应的方式。

"勤奋的散乱"患者，就外在原因而言，与父母权威且目标单一的教养方式有关，家长过于根据社会或自身的标准来管制儿童，导致了儿童长期不能找到自我；就内在原因而言，则与儿童内心过于脆弱、敏感有关。此时，关于激励奋斗类的书籍，非但不能纠正儿童的心理偏差，还会导致青少年走向极端。相反，帮助儿童确认内心真实的自我，建立正确的奋斗观的作品具有重要的引导作用。《坏女孩》中的曼蒂，在环境和父母的双重强压下，失去自我。但在并不能被世俗定义为"好女孩"的好朋友坦尼亚的影响下，逐渐找回自我，确认奋斗理想，最终成长为"好女孩"。书中对于友谊的书写，对于自我迷失的痛苦和获得自我后的对比书写，格外生动地表达出青少年在自我意识觉醒期的醒悟与努力。《人类群星闪耀时》也通过13个依照个人强烈意志完成了不可思议事业的名人的故事，启迪"勤奋的散乱"患者对于自我意志发现的重要性。比如书中讲到乔布斯退学后，并没有离开大学，而是在即便没有宿舍、需要到处捡5分钱的可乐瓶子以换取食物的情况下，依然选择去学一些真正打动自己的学科。其中里德学院英文书法课就是这一阶段所学，这一爱好在十年后完美地呈现在苹果电脑中，并从此风靡世界。可见对于"勤奋的散乱"的患者而言，

① ［英］杰奎琳·威尔逊：《手提箱孩子》，周莉译，人民文学出版社，2004年，第76页。
② ［美］史蒂曼·葛瑞汉：《自知力》，王伟平译，商务印书馆，2013年，第80页。

"不要让别人的意见淹没了你内心的声音……拥有跟随内心与直觉的勇气"①的重要性。选择此类的书籍，可以让他们在对具有积极同一性的生命个体的人生故事和精神气质的领悟中获得自我的成长。

当然，情感需求除了心理学上所讲的"本能欲望的满足"以外，对于青少年同一性患者而言，对于具体方法的渴望，也是他们亟须的。同一性混乱的儿童，几乎都有一个共性：观照社会偏执、冷漠，解决问题的方法单一且封闭。不停地更换目标是他们惯常的方式，其背后深层次的原因在于，他们并不知道如何长久地维护一段友谊、一个目标、一份工作。因此，寻找并巧妙提示其对一些细节注意的书籍尤为重要。如在亲密关系建立失败的儿童那里，如何开始友谊，如何维持友谊都是陌生的。这种陌生感同样令儿童充满了不安全感，导致他们退缩回自己的内心世界。所以，除去可以改变认知的书籍，一些带有明显感人细节，冲击少年儿童心灵的书，也要巧妙地被引荐。日记体小说《爱的教育》虽然是以四年级男孩的口吻去书写的，但是年龄的涵盖面却已到了13岁以后，尤其是贯穿其中的关于友谊、忠诚和爱等思想的细节展现，足以让读者受用终身。《欢乐的聚会》中安利柯的驼背朋友奈利来他家做客，父亲悄悄地摘掉墙上驼背小丑的画像；《小石匠》中，安利柯的父亲制止他当着小石匠的面去掸小石匠留在椅子上的灰尘。人性的高贵往往体现在细节中，这些细节描写真诚、细腻，特别能叩动小读者的心弦，从而在孩子心中埋下同情不幸、维护人性尊严的种子。《追风筝的人》则讲述了亲情与友情的背叛与救赎。无论是阿米尔因为父亲偏爱而内心失衡下的背叛，还是哈桑卑微的"为你千千万万遍"的忠诚，都并非友谊最好的方式。此书的意义在于让青少年重新定义爱的含义，并在一个更宽广的人性领域重新打量彼此的关系。《鲁滨孙漂流记》以极致的方式，讲述了友谊的珍贵。在极致的情况下要彼此依靠才能生存下来的故事描述，也在呼吁我们与他人关系的建立。而

---

① ［美］史蒂曼·葛瑞汉：《自知力》，王伟平译，商务印书馆，2013年，第120页。

戈尔丁的《蝇王》则通过流落荒岛的孩子们放纵人性之恶而引发的血战，拷问与批判了人性的黑暗和复杂，再次呼吁和谐的人类关系。而发表于1985年的龙新华的《柳眉儿落了》虽然出现年代较早，但依然对于处理青春期的萌动的爱情有很好的启示意义。"最好是现在就让小船儿在水中自由地漂，忘掉你的问题。也许五年以后，它们会重新相遇，并沿着同一航线前行，也许……"①而后秦文君、肖复兴也在对此类题材的关注和书写中，为青少年提供了新的视角和方法。当然，针对不同的情况，能够被选择的书籍还很多，在这里我们列举一些，只是在提醒成人在对青少年同一性混乱者进行阅读干预的时候，要注意不仅在观念上改变他们，还要能提供一些具有策略性的书籍，以帮助他们真正走出混乱，逐步建立自我同一性。

综上所述，正如曹文轩所说："从根本上讲，文学从一开始，并不是满足人的理智需要的，而是满足人的情感需要的。人们之所以亲近文学，是因为人们在现实世界中出现了感情上的饥荒。文学温暖着我们，抚慰着我们，并在情感方面提升着我们。我们对文学的感激，首先大概在于，它在我们处于孤独之时，给了我们温馨而柔和的细语；在我们处于痛苦之时，给了我们快乐；在我们处于沉重之时，给了我们轻松。"②因此，依据孩子的情感需求来推介图书，仔细梳理文本叙事是否暗示着心理的微妙变化、是否暗示着自我感知和思考的复杂调整、是否指向自我救赎和成长，而不仅仅是选择境遇相同的图书，可以使儿童更容易被文本吸引，起到事半功倍的效果。

三、阅读治疗目标：青少年主体性的确立

主体性的确立，对于建立自我同一性具有关键意义。拉康认为从婴儿"镜像时代"开始，人的"主体"就产生了。婴儿通过镜子确认了一个影像，但这个影像并不是真实的、完全的自我，而认同过程就是主体在认定

---

① 龙新华：《柳眉儿落了》，《文学报》，1985年第28期。
② 曹文轩：《曹文轩论儿童文学》，眉睫编，海豚出版社，2014年，第471页。

一个影像之后，自身所起的变化。在这个模式中，"自我"突进成一种首要的形式。在与他人的认同过程的辩证关系中，"我"才客观化；语言才给"我"重建起在普遍性中的主体功能。①简而言之，人从对镜子中的"意象"认同开始建立"自我"的历程，将认同家庭成员、其他社会关系反射回来的"意象"整合，最终形成自我。透过拉康的论述，我们可以看出主体性的三个特征，而这也是儿童文学阅读对青少年同一性混乱者进行治疗的目标所在。

首先，从空间上，主体性使青少年悦纳环境，而非对抗与逃避。无论是塞林格的《麦田里的守望者》对于现代社会残酷生存法则对青少年心理扭曲的揭示，还是房伟的《巨灵》中成人社会的冷漠、自私及拜金对儿童心灵的影响，抑或李傻傻的书写中，社会成功标准单一化对儿童成长的逼迫，都在通过青少年同一性危机的种种表现，提出一个个社会问题。詹明信曾指出西方进入后现代社会时个体陷入主体性危机。在后现代文化病态的转变中，主体以分裂和瓦解的方式取代了异化。这是一种更值得惊惧的现象，为青少年同一性的建立带来了莫大的挑战。但是，"人和动物在生存上主要的不同是：人在适应周围环境的过程中，缺乏本能的调节"②。其他动物可以根据环境的变化，通过皮毛的增减、睡眠的多少等来适应，而人类在进化的过程中，其本能的适应力几乎在锐减。但神奇的是，"动物本能上的能力，越不健全，越不固定，则头脑越发达，因此有更强的学习能力"③。青少年通过阅读最终要改变的，是在不够理想的环境中拒绝分裂和瓦解，并尽可能地让人的智慧发挥出来。这样的提法，并不是提倡青少年投降于现实，而是提醒青少年一定要熟知"对抗并非解决方式"。在《我亲爱的甜橙树》三部曲中，当泽泽一直采用逃避、对抗的方式去面对成人的时候，他是以弱者，也就是生活的客体角色出现的。此时，父

---

① 陈奇佳：《大众媒介与现代主体的镜像化再生产》，《文艺研究》，2014年第6期。
② ［美］艾·弗洛姆：《自我的追寻》，孙石译，上海译文出版社，2012年，第33页。
③ 同上。

亲、姐姐、继父母等人的殴打、辱骂、冷漠都会强烈地影响他的情绪。而他在老师法约勒的引导下，逐渐地学会用宽容的心去体谅他人，并持续地为自己想要的目标去奋斗时，他成为环境的驾驭者，并最终建立了自己的主体地位。当然在儿童漫长的成长阶段，主体地位的获得不是一蹴而就的，往往呈现螺旋式上升的状态。

其次，从时间的维度而言，主体性使青少年不忧过往、不惧未来。如何看待以往的经验，无论是创伤还是幸福的往事，是衡量一个人是否具有主体性的又一个标准。"同一性混乱"者的创伤往事，已经在前面两个部分进行过论述。无可否认，人类的很多症结来源于童年。"童年所经历的许多创伤与挫折，都成为黑暗角落里的阴霾，被压抑，被隐匿，被改写，童年被渐渐地定格成各种意识形态下符号化的童年。"[①]走出童年创伤者鲜有人在，所以，我们的历史亦如我们的生命一样千疮百孔。"哈利·波特"系列以横跨儿童期的年龄跃度，以两个相互依存又相互斗争的主人公——伏地魔与哈利·波特，向读者清晰地呈现了儿童主体性形成的重要性。伏地魔由于童年所遭受的创伤——母亲是魔法师，被麻瓜父亲抛弃，自己在孤儿院长大，没有朋友——因此，他不懂爱，更不懂得幸福的真谛。经过黑魔法的学习，他成为人人畏惧的魔鬼。"他不知道，一个人不敢被人提起，是一种多么大的悲哀。"他追求永恒的生命，是他受制于经验又惧怕未来的表现。相较之，同样父母双亡、寄人篱下的哈利·波特，却体现了主体性觉醒的一面。即便他饱受表哥的霸凌，在摄魂怪即将摄走其灵魂的时候，哈利还是冒着生命危险救了他。哈利的学校生活亦未避免"马尔福三人组"的霸凌，但是除了努力做得比他们更好，阻止他们的坏行为，他不会对整个世界充满敌意，反而满怀感恩。哈利最常用的咒语是"除你魔咒"，而并非"阿瓦达索命"，说明他的内心深处充满宽宥与仁爱。所以，哈利呈现出一种不被过往伤害、不担心未来的安全意识。主体性强烈的他最终以涅槃

---

① 景银辉：《"文革"后中国小说中的创伤性童年书写》，博士学位论文，上海大学，2010年。

的姿势剥离了伏地魔强加在他身上的印记，走上了自我同一性道路。因此，通过他的经历我们也可以看出，主体性对人生命创伤的救赎和重生作用。

最后，主体是"自我"中的"我"，具有主体性的我，对自我不是鄙视与放弃，而是欣赏与激励。主体面临的最大困境，是对自己的认知是否公允、客观，这几乎是决定着一个人是否具有真正同一性的关键所在。霍尔顿、楚文杰等是自卑者的表现，林雨翔、春无力等都是自负者的表现。二者共同的特征是对自我认知的不清，所以他们呈现出的精神状态，总让人觉得委顿或者剑拔弩张。凡尔纳的《格兰特船长的儿女》所塑造的"玛丽"形象，则体现出"主体性"作用下的主我的重要意义。通过阅读可知，若不是玛丽在一群放弃者中坚守自己的意见，失踪两年后的父亲很难在万里之外的异乡被搭救。玛丽身上体现了一种强烈的主体意识，她不是拘囿于时代和文化束缚中的没有主见的女子，她高昂的自主精神，拯救了整个时代对女性自我的消解。在《夏洛的网》中，我们也能鲜明地感受到主体意识呈现对生命的意义。小女孩在雨夜看到了父亲手中的斧柄，没有依存成人社会的强权意识，而是从死神手中救下了弱小的猪崽威尔伯。这是作品主体意识的第一个层面，主体意识的觉醒会使生命个体具有极大的悲悯情怀，并迸发救赎的力量。这一点在后来蜘蛛夏洛蒂的行为中表现得更加透彻。但更值得一提的是小猪威尔伯。威尔伯在作品中是被拯救的对象，但是丝毫看不出它的羸弱、哀怨，反而，它充满了活力、友爱。他一次次地试图翻越栅栏，是对自由的向往。它注定只是一只"春猪"，因为要在圣诞来临被做成香肠，但是它没有哀怨，积极地与周围的人做朋友，积极配合寻找拯救的方式，并最终成功。这也回到了主体意识建立意义的第二个层面：主体意识的建立会因为激发自己的力量，最终改变环境的不利。"每个人都有选择权，有时人们只是不知道他的存在。"①个人主体意识的建立，就是要唤醒个人对自我存在的认知，激发主体能动性。

---

① ［美］史蒂曼·葛瑞汉：《自知力》，王伟平译，商务印书馆，2013年，第126页。

总体而言，理解"你"的同一性，对于青少年来说意义重大。儿童文学阅读旨在通过对合适文本的选择，缓解青少年同一性混乱的症状，并在持续的阅读治疗的进程中，最终实现主体性的确立。马尔库塞说：艺术存在的价值就是给我们提供了另一个可能的世界、另一种向度，就是诗意的向度[1]，那也是人性最美好的向度。

第三节 基于同一性形成步骤的儿童文学阅读材料的选择

杨绛在《我们仨》中说："读书，正是为了遇见更好的自己。喜欢读书，就等于把生活中的寂寞辰光换成巨大享受的时刻。"对于中学生来说，尤为如此。处于建立自我同一性关键期的他们，有许多难以言说的时刻和隐秘的成长困惑需要通过读书去引导。"我认为最好的投资就是不断丰富和发展你的内心世界，这样外部世界就会完美地投射出你的内心世界。"[2]正因为读书对人的思想空间的提升具有巨大功效，我们更要去研究，在宝贵的青少年成长阶段，读书何以能够将对同一性建设的最大功用发挥出来。

同一性形成的过程，在达尔文进化论出现之前，答案较为明了。东西方的学说里，造物之神依据自己的形体塑造了人，因此人类也被称作同一性的副本，其特征是既充满荣耀又毫无个性。在工业文明的变革中，"人的同一性和他的劳动，他和别人的合作方式以及与技术的和集体的自豪紧密地联系在一起"[3]。史蒂曼·葛瑞汉进一步发展了人们对同一性的认知，他根据自我同一性建立需要解决的三个问题：我是谁？我的目标是什么？我怎样达到目标？形成了关于同一性建设的具体步骤，并验证了其可行性。本文结合同一性测试量表（见附录五），以这三个维度为切入点，在

---

① ［美］赫伯特·马尔库塞：《单向度的人》，刘继译，上海译文出版社，2014年，第207—208页。
② ［美］史蒂曼·葛瑞汉：《自知力·序言》，王伟平译，商务印书馆，2013年。
③ ［美］埃利克·H.埃里克森：《同一性：青少年与危机》，孙名之译，中央编译出版社，2015年，第22页。

每个维度又按照划分出的步骤选择合适的阅读推荐书籍，以协助儿童完成自我同一性建设。

一、引导青少年建立自我意识的阅读材料

苏格拉底的名言"认识你自己"一直是人类孜孜不倦想要完成的认知任务。自我同一性的追求，从根源上来说，首先，是对自我的清醒认知。"人类的潜力，并不建立在外界如何看待你的基础上。要获得真正的成功，你必须先找到你的真实同一性。"[①]

"认识自我"是同一性建立的前提。"成功取决于人们对自我清醒的认识"，对于青少年来说，只有在了解自己真实情况、知道自己渴望什么，并知道驱动你成为你自己的原则是什么的前提下，才会从敏感、多疑的状态中走出，敞开心坦然接受他者对生命的影响。关于引导儿童认识自我的书籍很多，我们从分级化、主题化角度来考虑书籍的推荐，以便于青少年在读书时光中，从自己喜欢读、读得懂的书入手，走向提升自己生命格局的书。

对于刚刚跨入中学的青少年而言，认识自我首先建立在对中学生身份的认同上。秦文君的校园生活系列《男生贾里》《女生贾梅》《少女罗薇》、郁秀的《花季雨季》等作品，无疑具有一种亲切的引导作用。儿童通过阅读此类书籍对自我和新身份之间进行了统合，获得了形成同一性的必要条件。而后，身份的认同，会进一步发展为对"我是谁？""我从哪里来？""我到哪里去？"的哲学追问，这也是随着自我意识的进一步增强，青少年经常会不自觉地思考的一个问题。乔斯坦·贾德的《苏菲的世界》[②]，以一个14岁女孩在"神秘人物"带领下的经历和思悟，通过一封封来信在西方灿烂的哲学思想引导下，让青少年对自我的思辨上升到一个新的高度。《半知一解：世界经典趣味哲学》又将青少年带入从古希腊到弗洛伊德，

---

① ［美］史蒂曼·葛瑞汉：《自知力》，王伟平译，商务印书馆，2013年。
② ［挪威］乔斯坦·贾德：《苏菲的世界》，孙鹄欢绘、萧宝森译，作家出版社，2012年。

从存在主义到精神分析学说，尤其是中国博大灿烂的文化视阈，引领青少年从一个宏阔的角度辩证自我。

对身份的认同最终会走向对成长个体独特性的激发和肯定。我们甚至可以这样认为，当青少年开始以一种健康的、个性化的方式表现自我的时候，其自我同一性的发展就有了方向。我们以离人类灵魂最近的一种文学表达样式——诗歌，来协助青少年思辨自我，挖掘"我之为我"的意义。与惠特曼同称为"美国诗坛的双子星"的狄金森所作的《狄金森诗选》[①]中有大量诗歌，首先应和了此时萌动于青少年内心深处对自我认知的思索。"不是玫瑰／可是觉得自己在盛开——不是小鸟／可是在遨游以太——"等诗句，如同灵魂的风景画一样，在人与自然的对接中，拷问着自我的独特价值，启发青少年不断追寻"我"的意义。而后以中国的优秀诗人及诗歌作品介入，会让青少年深味自我同一性获得之后的魅力。苏轼的豁达、白居易的浅淡、陶渊明的超脱、李白的理想主义等都在诗中长歌吟啸，成为个体强健生命的绝响。读者在吟诵诗歌的同时，也将这种强健的、自我同一的精神力量纳入自己生命的素养中。在阅读诗歌的同时，还可同期阅读相关传记如《苏东坡传》[②]等，不仅可以帮助学生更好地理解诗歌，更可以浸润在他们伟大人格的魅力当中，于潜移默化中促进青少年自我同一性的形成。

其次，认识自我意味着在一些特殊境遇中的参悟。庸常的生活会让人陷入一种毫无知觉的麻木状态，消解对生命意义的追寻，而阅读在特殊境遇下的作品，会让人在另一种人生境况中体味和觉醒。作家史铁生的《我与地坛》就具有这样的力量。在经历了人生莫大痛苦，甚至一度想要放弃生命的时候，他绝地涅槃，"死，是一件不必急于完成的事情，该来的时候总会到来"[③]。他将自己透过苦难看到的存在的欢乐和明朗、生命无常

---

① ［美］艾米莉·狄金森：《狄金森诗选》，蒲隆译，上海译文出版社，2010年。
② 林语堂：《苏东坡传》，百花文艺出版社，2000年。
③ 史铁生：《我与地坛》，人民文学出版社，2011年，第3页。

的慨叹和超越——用文字记录，在个人的思悟中，提升了人类在某些方面的认知程度。对于具有一定人生经验的青少年来说，这些文字具有极大的启悟性。陈村说："他把自己看轻了，才能去爱自己，爱世界。"①也因此，他的文章具有帮助青少年从生命的质量和深度来重新打量生命并积极建设的功用。

另外，我们要注意一些科幻作品。从根源上来说，科幻作为人类站在现在看未来和过往的文学艺术，本身就带着浓郁的拷问情怀。其中对人性的思辨、对人生道路的展望，都在不同的层面上诉说着对"人"的思考。从第一部科幻小说《弗莱肯斯坦》开始，到影响世界的"凡尔纳系列""托尔金系列"都以其超乎想象的故事叙述，对青少年产生了强烈的吸引力。他们对工业文明的批判，对人性的异化、理想自我的救赎的表现，都在以一种触目惊心的方式引发青少年从人类这个角度深耕自我。我们以《时间机器》为例。在人类文明进化到更深处的时候，人性是朝着更好的一面走去，还是会因为文明的发达而沦丧于养尊处优、吃喝玩乐的欲望枯井里？"时间旅行家"在公元802701年的经历回答了这个问题：人类文明如果不朝着每个生命个体的同一性发展，那么所组合出的不过是更被放纵的品质，事实上，也不能称之为进步。这就从更深远的人性疆域为人类同一性发展的重要性提供了依据。

总之，引导青少年阅读可以从另一种视阈认知自我的作品，为青少年思辨自我提供了一种新的视角，对于青少年自我同一性的建立具有深远的意义。

最后，对于青少年来说，在与异性的交往中，认清自己真实的想法尤为重要，与异性建立健康的关系，也是我们认清自己的表征。米切尔的《飘》、简·奥斯汀的《傲慢与偏见》可以作为两个递进的文本，帮助青少年更好地思考。前者讲述了人对于自己所痴迷的事物的辩证思考。通过郝

---

① 陈村：《回想史铁生》，《语文世界》，2014年第9期。

思嘉看似强健、彪悍又主动的爱情故事，探讨了人们对于爱情的迷像。"我爱的是我自己虚构出来的一个人……其实我一直爱的是那身衣服，压根儿不是他这个人。"①当郝思嘉经过层层艰险，失去了人生最可宝贵的女儿和白瑞德的爱时，她才彻底反省起这些年对于艾希礼迷像之爱背后的真实。毋庸置疑，郝思嘉经过漫长的人生历练得到的人生感悟，对于正在成长的青少年也会产生重要的启迪，让他们重新思考此时易于萌动的内心背后的真实。《傲慢与偏见》②则通过十九世纪发生在英国乡郡间的爱情故事，带领读者一起思辨爱的真谛。作品凝聚了作者简·奥斯汀对于婚姻的看法。她认为会有两种情况导致婚姻的不幸：一种是将婚姻建立在情欲的基础上，一种是将婚姻建立在物欲之上。夏绿蒂和柯林斯、丽迪亚和韦翰的不健康、不幸福的夫妻关系证明了这一点。作者在批判物欲、虚荣对爱情的腐蚀的时候，也树立起以生命个体同一性为基础的爱之榜样，伊丽莎白和达西建立在自我意愿和独立本性上的爱，以平等、真实和灵魂的相互欣赏成为爱之典范。爱情是人类情感关系中最富有挑战色彩的一种。作为一部经典小说，它所涉及的问题，在今天依然赫然在目，因此将其推荐给正在青春懵懂期的青少年，也希望在处理此类关系时，他们有更为成熟和理性的办法。另外如肖复兴的《早恋》、张国龙的《拐弯的十字街》中针对此类问题，也具有现实引导性。在此阶段青少年容易迷茫的问题上给予的文学引导，对于他们在关系中认知自我具有效用，这也为后期青少年自我同一性的建立奠定了基础。

总之，对于自我的认知，隐藏在对自我身份的确认，自我目标的客观判定及自我和他人、自我和内心、自我和社会的调适中。通往自由和成功的第一步，就是检查你的同一性或身份……这是一种内心的历程……帮助你彻底改变你的思维方式，让你由弱变强。③

---

① ［英］玛格丽特·简·米切尔：《飘》，黄健人译，中央编译出版社，2015年，第834页。
② ［英］简·奥斯汀：《傲慢与偏见》，王科一译，上海译文出版社，2010年。
③ ［美］史蒂曼·葛瑞汉：《自知力》，王伟平译，商务印书馆，2013年，第44页。

二、引导青少年建立正确目标观的阅读材料

明确的愿景是青少年建立同一性的必要因素。"明确的愿景能为自己的事业及个人生活树立有意义、现实的目标。"[①] 使用关键词分析法,会发现这里包含着两层意思。一是"有意义",即目标的设立基于正确的人生观、价值观;二是"现实",即奋斗的目标具有适用性,既不会因为目标过高而让人陷入难以到达的绝望和分裂,也不会因为过低而不能激起人们的奋斗意识。"明确的愿景"的重要性,决定了在儿童成长过程中,相关引导的不可或缺性。儿童文学阅读在诸多引导模式中,又具有鲜明特色和深远意义。选择合适的阅读材料引导青少年形成"明确的愿景"是本论文力图在此部分完成的任务。具体来说,可从以下几个方面展开。

一是选择可以帮助青少年形成正确的人生观、价值观、世界观的作品。青少年时期是"三观"形成的重要时期,青少年不稳定的认知特性,又促使其发展具有多样可能。以具有恒久价值观的作品来引导青少年,充分体现了黑格尔所说的文学具有"改善人类""最高目的"的价值期待。我们以司汤达的《红与黑》为例。该书讲述了外省青年于连的奋斗历程,勤奋、聪慧、英俊少年的命运沉浮引发了读者对背后原因的深思。与浑浑噩噩的青少年不同,于连奋斗目标清晰。但是,这种目标并不基于对自我和世界正确的认知,而是法国大革命和法国封建社会双向作用下的一种表层性追求。当人无法在环境中确认真实自我时,就往往会游离、徘徊于两种社会观念之间。于连的困境就在于,他朝着这个目标越努力,个人分裂越厉害。最后的醒悟和回归,让我们读出了人在实现同一性过程中,正确价值观确立的重要性和缺乏带来的惨烈代价。《大卫·科波菲尔》《孤星血泪》也是同类型的作品,讲述了人由于环境的骤然变化,带来的价值观的失衡。作者最后通过人物的成长所要告诉读者的是:只有当人们真正能够

---

① [美]史蒂曼·葛瑞汉:《自知力》,王伟平译,商务印书馆,2013年,第45页。

认识并接纳自己的境遇时，改变才是有意义的。否则即便我们虚荣地朝向虚空那方，所获得的也不过是没有根基的欢喜。

米切尔·恩德的《毛毛》则通过毛毛对偷走人们生命的"灰先生"的揭发，实际上指向于人们惯常的价值观中的一些错误。"时间就是金钱"在工业文明之后成为了人们信仰的理念。提高效率，用更多的时间去换取更多的金钱似乎成为整个时代的追求。但是，被裹进了这股旋涡的人们在经历了短暂的财富快乐之后，很快陷入一种精神疲惫，"忙即心亡，心死了，人活着也就再无乐趣。这无疑是现代社会最大的悲剧。人们都被'灰先生'绑架了，认为自己缺少时间，从而陷入了失去自我的困境"①。因此，重新打量生命、成功的意义，才会对自我同一性的形成产生积极效用。儿童通过阅读此类作品，可以有效地拓深思维，树立正确的观念，最终形成正确的目标观。

二是选择能引导青少年学会在现实之我和理想之我之间制衡，并最终指向和谐发展的阅读材料。王尔德的《道连·格雷的画像》讲述了"目标"和"理想"不相匹配后，造成的巨大的人生悲剧。纯真、英俊的少年道连在倾慕他美貌的巴兹尔所画的"画像"带来的契机下结识了贪图享乐的亨利，在这样的"精神导师"带领下，他跌入了欲望深渊。魔幻、荒诞的艺术设置下，他的愿望是让"画像"代替他老去。这是一个违背规律的目标，悲剧也因此而彰显。在"画像"和"生命主体"之间的关联和分裂中，单纯的少年道连走向分崩离析、万劫不复之域。在内心那个被欲望控制的自我不断作祟下，不仅加速杀死了他曾深爱的西比尔，也在加速杀死他自己。在最后道连为了找回自己的灵魂，刺破了画像，但是一切都回不到从前，时光瞬间来临，他纵横沟壑的脸庞和血泊中衰亡的生命，告诉我们所有走过的路都不是虚幻，分裂与背叛只会加速生命的堕落和腐朽。儿童阅读这样的作品，会在巨大的情节冲击中，学会理智地分析、评判现实

---

① 朱永新、王林主编：《中国人阅读书目（三）》，中国人民大学出版社，2014年，第183页。

目标和理想目标之间的距离，并调适或者寻找调适的可能。

理想自我和现实的均衡，有时也意味着对理想目标的重新分割和排列，以通过实现小目标的方式，最终实现大目标。《布鲁克林有棵树》通过讲述诺兰家平凡但充满爱和希望的生活细节，在充满压力的现代社会，一家人朝着可掌控的小目标奋斗的温馨和坚定，展示了这样一种制衡方式的智慧所在。小女孩弗兰西为了成为作家的梦想，在每周辛苦、忙碌之后坚持去图书馆，要把从A—Z的图书全部读完；为了家庭能有一小笔存款，母亲自己动手制作储蓄罐，点滴积累；为了抚平孩子受伤后的惶恐，父亲坚定的歌声响起……这一切都在向读者传递一种思想和力量。作品并无惊心动魄的情节，却在电影般的片段中，带着浓郁的疗愈气息。"每个人都相信一切会变得更好，他们深知自己的快乐无人能夺"①。把大目标分割成可实现的小目标，"始终像那棵长在水泥里的树，奋力成长，坚忍不拔"②。这种奋斗目标下的自我同一性基于对现实的判断和把握，同时又具有可操作性，促使成长主体朝着健康、强大的方向发展。

三是选择引导青少年珍视并挖掘真实自我，尊重并坚守人类永恒价值的阅读材料。"同一性应被视为青春期自我的最重要的成就，因为它同时有助于包括青春后期的本我，随之而新产生的超我，以及抚慰常常是相当高尚的自我理想。"③"当一个人根据自我的中心的心理社会功能讨论自我的综合能力时，他就可以谈到自我同一性。"④可见自我同一性的形成其终极目标指向于真实自我和理想自我的整合，成长主体在对二者的不断追寻中，促成了个体同一性的获得。相关的阅读作品，如《月亮和六便士》以斯特里克巨大的人生转向讲述了人对于真实自我坚守的高贵。从世俗所艳羡的事业成功、家庭幸福到离家出走，远赴巴黎为心中多年的艺术梦想而

---

① 朱永新、王林主编：《中国人阅读书目（三）》，中国人民大学出版社，2014年，第69页。
② 朱永新、王林主编：《中国人阅读书目（三）》，中国人民大学出版社，2014年，第70页。
③ ［美］埃里克·H.埃里克森：《同一性：青少年与危机》，孙名之译，中央编译出版社，2015年，第160页。
④ 同上。

奋斗，斯特里克整个人完全从原来的生活中脱离。这种决绝般的姿态带给读者巨大的震撼。在这首自我觉醒的绝唱中，读者不禁去思考，我们每天为之奋斗的，是否是基于内心真实的意愿？目标是一以贯之的，还是会随着阅历和经验改变？在世俗的成功和真实的自我之间哪一个更重要？而弥留之际他嘱托妻子爱塔将他的未完成壁画付之一炬，又留给读者思考的余味。这是一个人对自己理想极致的捍卫。王尔德对此曾有妙评："我们都在阴沟里，但仍有人仰望星空。"①此类作品，为儿童被世俗禁锢的心灵解绑，并在方法的不断获取中，最终走向自我同一性。

而《复活》作为世界文学史上的重要作品，以"复活"为名，讲述了人超越阶级、人性的暗域，确立真正"自我同一性"的过程。玛丝洛娃和聂赫留多夫从不同的生命境遇出发，在相互吸引的瞬间，他们彰显出人性最纯真的一面。但是阶级地位、社会风气等很快侵蚀了男主人公，他抛弃了已怀有身孕的玛丝洛娃，任她在社会的暗流中沉浮。他们的相见颇有戏剧意味，读者在"谁应该被送上审判席，审判者是否有资格审判"的思考中，也在不断地拷问人类真正的价值和标准所在。托尔斯泰以其深厚的社会穿透力和人文精神，在对二者关系的重新定位中，艰难地回答着这一问题。"复活"在这个层面看似是女主人公的被拯救，但更是对被这个社会浸染、已经失去了判断力和基本人性的人类的救赎，是对社会异化下自我同一性缺失的救赎。

总之，如果人将自己困在囚牢之中，那么人的精神就无法康健。那些与人的本性、本心及真实自我并不相符的目标就是"囚牢"，"如果你不知道你是谁，而又没有一套安身立命的正确价值观，你就根本无法掌控自己的命运"②。而儿童文学阅读就是要引导儿童重新体悟和思辨，帮助儿童树立正确的目标观。

---

① 朱永新、王林主编：《中国人阅读书目（三）》，中国人民大学出版社，2014年，第172页。
② ［美］史蒂曼·葛瑞汉：《自知力》，王伟平译，商务印书馆，2013年，第73页。

三、青少年自我同一性实现策略的阅读材料

青少年自我同一性的实现不仅是基于对自我的正确认知和包蕴着人生观、价值观的正确奋斗目标，同时也包含着切实的行动。史蒂曼将其划分为七个步骤，我们在此基础上进行思辨并选择合适的儿童文学阅读材料，以协助青少年自我同一性之路尽可能朝着理想的方向发展，旨在于保证青少年自我同一性培养任务的完成。

一是选取可以协助青少年增强规划感、提升规划能力的阅读材料。对完成奋斗目标的过程进行合理规划，可以促使奋斗主体的努力始终指向奋斗目标，儿童文学中颇多此方面的书写。《城南旧事》里的英子是一个黠慧、用富有灵性的方式处理生活杂事的成长主体，她的一个特质就是极富有规划感。在兰姨娘事件中，我们清晰地感受到了一个不足九岁的儿童在处理此类事件时的成熟和老到。看到父亲对兰姨娘暧昧的举止，英子的本能反应是"替大着肚子还汗流满面做饭的妈妈感到难过"，所以，她去妈妈那里哭了一场，但是却并没有告诉妈妈到底发生了什么，这是计划开始的前提。而后她巧妙地两边试探、传话、有意撮合，最终解决了困扰她家庭的大麻烦。在整个过程中，任何一次目标的疏离都有可能令计划全盘改变，但是英子以坚定的目标感和周密的计划令一切成功。由此可见，面对生活中出现的一些不如意的事情，分裂和愤怒都不是解决的办法，紧盯目标、科学规划、认真实践，才是实现同一性的正确方法。作为自传体小说，这部作品所表露的也是林海音最真实的性格。林海音后来成为台湾文学界"祖母级"人物，用巨大的能量推动了台湾文学界的发展，究其根源也与此相关。福尔摩斯作品中，主人公在遇到问题时，冷静客观的分析处理方式，也会激发青少年模仿的冲动，阅读此类作品，可把这种规划意识内化到自己的行为中。另外，如《写给中学生的逻辑学》（彭漪涟、余式厚）、《简单逻辑学》（麦克伦尼）在简练、充满趣味的事例描写中，训练了学生的思维能力和逻辑推理能力，也为科学、合理的规划奠定了基础。

二是选择引导青少年认知和实践"人类规则"的阅读材料。由于自我同一性的形成，其实质指向于个体的自我完善和发展。所以引导儿童阅读并掌握诸如"信任、诚实、决心、努力、坚毅的态度等""人类规则"的作品，利于他们掌握实现自我同一性的方法。罗曼·罗兰的《名人传》通过讲述人类历史上伟大灵魂的故事来昭示人的意义，而他们的同一性建设过程中所呈现的人性美质，毫无疑问，也会对儿童产生影响。创作者罗曼·罗兰说："我不说普通的人类都能在高峰上生存，但一年一度，他们应该上去顶礼……在那里，他们将感到更迫近永恒。以后，我们再回到人生的广原，心中充满了日常战斗的勇气。"①傅斯年在翻译时也认为此书具有"克服浪漫底克的幻想的灾难"的作用，可以帮我们拯救自我和一个民族。同类型的书还有《杰出青年的七个习惯》，以更接近青少年生活的故事书写，展现和剖析了全球青少年成长过程中的一些弊病：拖延、缺乏目标、以自我为中心、社交能力差，等等，更重要的是作者在幽默、诙谐的基调中，给出了解决的办法。"书中的'幼童学步'和'训练计划'都能让读者从认知、心理、行为上切实地反思自己、改变自己。"②当青少年掌握了人类社会一些具有普世价值的行为规范以后，本身就意味着他在脱离蛮荒自我、接近理想自我的道路上又前进了一步。

三是选择激发青少年成长勇气的阅读材料。青少年自我同一性的形成必然伴随着与自己舒适区的脱离。接受变化和风险，并尽可能地让自己具有应对力，从而完成个体从群体身份到自我身份认同的转变，是实现自我同一性的重要步骤。路遥的《平凡的世界》透过成长主人公在时代潮流中的摸爬滚打，以孙少安、孙少平、孙兰香的人生奋斗史，彰显了人在卑微、贫穷的命运面前永不屈服、不断变革的勇气和精神。将人的自我同一性建立之后人性的高贵、对平凡生活的超越表现出来，对青少年具有重要的启示意义。评论者认为，本文书写了现当代主题中被关注较多的主题之

① 朱永新、王林主编：《中国人阅读书目（三）》，中国人民大学出版社，2014年，第77页。
② 朱永新、王林主编：《中国人阅读书目（三）》，中国人民大学出版社，2014年，第78页。

一——"身份"。身份从来不是一个单一的界定，它一方面指向于个体的独特性；另一方面指向于同一的特性。"人们在此基础上，以群或组为单位与他人发生关联，产生'认同'。"①孙家三兄妹艰辛的奋斗，其目标就在于能够在社会群体中找到自己合适的位置。而这个位置必须建立在自我同一性的基础上，由此，被群体接纳才显出意义。"因为主体总是存在于与他人的关系之中，主体只能在群体归属中构建自我的身份认知。身份形成的过程是一个时间、空间共同作用的构建过程。"②

四是选择激发青少年理性批判意识的阅读材料。自我同一性的实现离不开成长主体对同一性目标的及时调整、改进，以激发青少年理性批判意识的阅读材料介入，可以让青少年始终保持形成过程中思辨和调整的敏锐性。梅特林克的散文集《谦卑者的财富》在这方面具有启发意义。梅特林克曾说："我们的苦痛极少来自苦难本身，可是从我们对待苦难的态度本身却可能产生摧垮我们的痛苦。"③因此，我们要学会如何化解"痛苦"，他给出的办法是"保持伟大的沉默，静心倾听，寻找心灵的自由"。同时，他也用自己的生活经验和智慧为我们剖析了"日常生命的悲哀"的真实模样，教给读者认清现实的办法和应对困境的勇气。在青少年处于自我同一性寻找时期，梅特林克用诗性的语言传递的智慧与策略，无疑对青少年顺利度过迷茫期具有疏导作用。边生活边思考，成长主体才会避免在对往日的重复中裹步不前。另外如《给莉莉的信——关于世界之道》（艾伦·麦克法兰）、《忏悔录》（卢梭）、《重新发现社会》（熊培云）等也会引领青少年在更深层次上进行思辨，从而为青少年适应变化、积极改进注入了思维方法。

五是选择引导青少年增强团队合作能力的阅读材料。自我同一性的实现，并不是一个封闭的、自我完善的过程。它必然伴随着人与社会、他人

---

① 王晓路：《文化批评关键词研究》，北京大学出版社，2007年，第279页。
② 张慧慧：《空间视阈下乡村知识分子的身份追寻——以〈平凡的世界〉中孙少平为例》，《西部学刊》，2016年第10期。
③ 朱永新、王林主编：《中国人阅读书目（三）》，中国人民大学出版社，2014年，第171页。

关系的和谐与相互促进。因此，通过阅读培养青少年习得两种能力具有重要意义：一是"与能帮助你实现目标的良师益友建立支持性的和睦关系"；二是"会组建实现目标的团体"，二者共同鉴证和体现着成长主体是否可以在与他人的合作中促进自我发展。《月牙儿》《骆驼祥子》以中国现代社会贫弱者的人生遭际为故事脉络，讲述了在苦难环境中个人求取自我同一性的失败。无论是"月牙儿"还是"骆驼祥子"，作为成长主体在梦想和现实的层层纠葛中都体现出一种悲壮。在他们共同的悲剧里，除去无可更改的时代因素，主人公自身的封闭也是造成悲剧的重要原因。祥子被称作"个人主义的末路鬼"，月牙儿总是孤单地自我奋斗，都是这种生命状态的表征。乔塞提斯说："任何值得努力的事业，单凭一己之力是难以完成的。"[1]在自我同一性建设时期，将"合作"的重要性夯入儿童心中，对他们克服"我们都是孤单一人"这样的思想障碍，投身到积极关系建设中，具有重要意义。心理学家塞尔曼研究得出儿童的人际关系发展分为五个阶段，其中与青春期相关的是第四阶段"（9—15岁）爱密的共同关系阶段"和第五阶段"12岁开始，进入友谊发展最高阶段"[2]。在这两个阶段，青少年对友谊的认知从可以互相倾诉秘密、互相帮助的独占性、排他性阶段，发展到明白友谊是一个既有权利又有义务，需要相互尊重和信任的认知阶段。儿童文学阅读要抓住这样的关键期做好引导。除去如上所讲引起警醒的文本，另外如云阅读出品的"小屁孩成长记"之《好人缘靠自己》、乔·辛普森的《生命之线》、卡勒德·胡塞尼的《追风筝的人》等都有积极建设意义。

六是选择能提升青少年决策能力的阅读材料。青少年同一性的形成也意味着成长主体是否能在遇到问题时做出正确决策。"你的成败得失，都是过去决策的结果。"[3]因此，通过阅读引导青少年增强自我决策能力，意义不凡。肖恩·柯维的《青少年最重要的6个决定》具有帮助成长期的青

① [美]史蒂曼·葛瑞汉：《自知力》，王伟平译，商务印书馆，2013年，第212页。
② 佟月华：《儿童友谊发展阶段》，《外国中小学教育》，1989年第2期。
③ [美]史蒂曼·葛瑞汉：《自知力》，王伟平译，商务印书馆，2013年，第46页。

少年理清思路、树立正确生活观念的作用。作者在书中对关于自我和学校、父母、朋友、异性交往、不良嗜好、自我价值六个方面进行思辨，从与青少年联系最紧密的心理、家庭、社会三个维度提出了中肯的建议，对于青少年提高决策能力具有一定的帮助。另外，如《民主的细节》（刘瑜）、《史记选》（王伯祥）等也或通过缜密的思辨，或通过"究天人之际，通古今之变"的历史故事，引导青少年明了决策能力的重要性，并在大量、细致的研读中，获取决策智慧。

七是选择激发并促进青少年意志力的阅读材料。青少年在实现同一性过程中是否能够持续地朝着目标奋进，倾尽所能地实现人生目标，热忱和坚定，是决定同一性是否能形成的关键因素。儿童文学阅读就是要引导儿童具有"忠于愿景"的能力。"哈利·波特"系列、《指环王》等都通过人对欲望的克制来表现人们"忠于愿景"的艰难和高贵，《一个人的村庄》则充分体现了当人的同一性建立之后，对天地万物丰富的、充满情怀的观照。这本书与法布尔的《昆虫记》、梭罗的《瓦尔登湖》等呈现出同样的风貌。在主人公饱满的灵魂里，世界不再是苍白、平凡的，而是呈现出鲜活、生动的一面。蒋子丹将该风格评述为："这是发现的哲学，是悲欢和乐世的哲学，是生命体大彻大悟顶天立地的哲学。"①事实上，所有美好的愿景，最终都指向于人的世界的和谐、完满。

综上所述，在青少年同一性建立时期，我们通过已经被验证的成功方法，按照同一性形成步骤为儿童选择合适的书籍，旨在青少年能在科学化、序列化的阅读过程中，更好地践行同一性之路。老子曰："上士闻道，勤而行之；中士闻道，若存若亡；下士闻道，大笑之，不笑不足以为道。"②虽然，这些文本并不是全部的书籍，但是通过类型化的举例，阅读主体可以在某种程度上了解阅读的方向和角度，以"上士"之心自励，最终完成自我同一性建设。

---

① 朱永新、王林主编：《中国人阅读书目（三）》，中国人民大学出版社，2014年，第135页。
② 老子：《道德经》（珍藏版），吉林大学出版社，2011年，第177页。

結

语

　　关于读书的好处，在浩瀚的人类文明长河中，论述者众多。

　　在人类物质文明越来越辉煌的现代社会，读书的重要性与人格健康更紧密地联系在一起。当代作家毕淑敏在题为《喜欢文学比较不容易犯罪》一文中，结合现实案例，从制造日本地铁奥姆真理教惨案的教派内高级领导干部全是日本名牌大学理工科的高才生，并不包含一个文科学生的现象入手，提出现代分工的细化，导致了某些人精神的短视和孤立，"对整个人类的未来漠不关心，成为精神的残疾儿"。相较而言，"爱好文学的人，比较地多一些情感宣泄的渠道"，"当一种潮流像水一般涌来，他们会在一个更广阔的时空中思索，想得更多更深一些，面对着迷惘的世界，多问几个为什么，可能会少一点盲从"①。虽然这样的论述由于缺乏材料的支撑而或有偏差，但不可否认，热爱阅读的儿童，人格更容易健康。王泉根也认为："爱看童话的孩子不会变坏。"②

　　确实，"没有一艘船能像一本书，没有一匹骏马能像一页跳跃的诗行那样，把人带向远方。"孩子的成长需要图书，成人也意识到应当把最好的儿童文学作品放到儿童面前。成人渴望儿童阅读，就像儿童渴望糖果一

① 毕淑敏：《喜欢文学比较不容易犯罪·虾红色情书》（毕淑敏精品集），中国物资出版社，2009年，第204页。
② 王泉根主编：《儿童文学教程》，北京师范大学出版社，2012年，第323页。

样强烈。但儿童能否像品尝糖果一样品尝到图书的滋味，是由很多种因素决定的。成人首先要避免的是法国著名文学史家保罗·亚哲尔（Paul Hazard）所说的："长久以来成人都在压迫着儿童。"这个压迫表现在："成人们写的书，总是根据自己的属性和感觉去写，也就是一些知识或者伪善的书"①，或者"成人们甚至把一些杂乱的、像是关节不灵活的那种书，胡乱塞给儿童，儿童读起来只有厌恶的感觉……它把自动自发的灵魂压扁了，就像春天的冰雹一般，会打伤幼苗"②。由于成人不仅掌握着为儿童创作书的权利，还掌握着为儿童选择书的权利。所以，如何让儿童做回儿童的主角，在他们的成长过程中，尊重他们的精神需求和心理需要，让他们需要的书、喜欢看的书、对精神生命成长有益的书，来到他们的身边，这是值得所有儿童工作者需要去考虑的问题。

本研究以埃里克森人格发展理论作为经线，以儿童文学作品为纬线，依据儿童关键期所面临的冲突类型，细致、系统地剖析了此时儿童的生理、心理特征，并以此探寻儿童阅读的内部动机。以动机为动力，促使儿童阅读行为的发生。进而深入分析了儿童文学阅读对儿童人格成长产生的重要意义。该方法在克劳德·卡普里埃那里，也得到了异曲同工的回应："我觉得我们今天用以教育孩子的方式中，很多其他东西已经发生改变，这些变化不再依循强加给孩子的限制，而是顺应与他们的潜能和能力积极发展相适应的方向。"③"爱的革命大大丰富了我们与孩子们的关系，并使之多样化，这就让教育面对人的存在的诸多新的领域。"④阅读也面临着同样的机遇。本文依据这样的理念进行了学术探索。具体来说可包含以下三个方面的内容。

---

① ［法］保罗·亚哲尔：《书·儿童·成人》，傅林统译，富春文化事业股份有限公司出版，1999年，第27页。
② 同上。
③ ［法］吕克·费里：《论爱》，杜小真译，北京大学出版社，2017年，第146页。
④ 同上。

一、对人格健康含义的重新理解及培养

"伟大的神话和巨著让我们感动，为我们提供了不可替代的文化标志，促进我们与生存之间建立深刻而强大的关系形式，使我们以更加自由和无形的方式转向生活……围绕着祖母、叔伯、朋友、邻居的故事，还有电影和电视连续剧，孩子和成人的思考通过互相交流的对话交织起来，直至在充满情感和温情的气氛下组成最丰富、最牢固的表象。如果说，伟大的文化的作用不可替代，我则要指明，建立在爱之上的现代家庭里，我们与孩子的关系，沿着比我至此概述还要多样的方向上，被大大地扩展和深化了。"①儿童文学阅读与儿童健康人格发展研究正是这种关系扩展和深化的阶段性成果之一。在本文的论述中，笔者对图书的推介及人格理论的阐释，严格地遵守着本研究的理论依据——埃里克森人格发展八阶段论，并在此基础上，结合人格概念的时代性，以经典儿童文学作品中的主人公为例，通过他们的成长故事，来分析在不同的年龄段儿童特有的人格特征。在对健康人格的重新定位及形成原因的剖析中，寻找合适的阅读书籍。以满足解决儿童人格发展冲突的图书为切入点，旨在让书与儿童发生更为紧密的关系。

在儿童诞生之初，信任人格培养的阅读方案中，笔者强调的是："爱是问题，但它也是解决方法。"②因此，对于母爱主题文本的选择及文本中表现的母爱都远没有现实中母爱的给予更重要。作为儿童诞育之初无可替代的抚育者，作为儿童一生人格健康的基础阶段，此时，亲子共读不仅体现在行动上，更体现在共读过程中母爱的表现和儿童的感受上。母亲对母爱能否正确理解并付诸行动，是确保儿童是否感受到健康母爱的前提。所以，此时的书，更像是一个工具，是母亲用来陪伴婴幼儿的工具，更是母亲用来习得、领悟并修正行为的工具。因此，我们所选择、推荐的图书，

---

① ［法］吕克·费里:《论爱》，杜小真译，北京大学出版社，2017年，第151页。
② ［法］吕克·费里:《论爱》，杜小真译，北京大学出版社，2017年，第140页。

都是从这一点出发。

在自主人格培养阶段，笔者结合目前关于幼儿自主人格研究的结果，在强调自主人格是自我主张和自我抑制的平衡的基础上，结合我国儿童教养环境中干预多于鼓励、儿童自主意识不强、自主能力虚弱、自我意识淡薄等现状，从认知自主、行为自主、情感自主三个维度进行阅读干预，更强调选择那些可以增强儿童自我意愿、肯定儿童独特性的读本，以期激发中国儿童被压抑的个性和被权威压制的自我。"对个性的尊重和坚持，是一个人发展的起点。"

在主动人格培养阶段，笔者重点探讨了埃里克森主动人格所包含的"方向和目的"美德的内涵，通过对创造力、责任意识的培养，使儿童的主动人格走向更为积极、真实的一面。

而勤奋人格的含义则完全颠覆了中国传统观念中对于"勤奋"的定义：分别从"稳定的注意和孜孜不倦地完成工作的乐趣""努力去做，并把事情做到最好的愿望""不为儿童自卑所损害的在完成任务中运用自如的聪明才智"三个部分进行探讨。旨在表明：勤奋是一种发自内心的精力投入，是"自我选择，并经历艰辛危险去完成这个选择"。勤奋的状态不是"被动成长"和"成功压抑"，而是快乐与充实。勤奋不是形式，而是实实在在关于灵魂成长的内容。因此，这部分选择的图书，强调自我如何确认目标，如何正确认识勤奋的意义，如何学会在勤奋状态下协调勤奋与其他生活的关系。总之，勤奋是一种生命意志高昂的状态，勤奋人格的塑造就是让人保持这种状态。

在青少年自我同一性研究方面，笔者将重点放到了关于"我是谁？""我要成为怎样的人？""我怎样成为那样的人？"，自我同一性就是现实自我和理想自我之间的制衡。现实自我不断提升自己，并调整理想，最终成为一个比现在更好的人，但前提必须是对自我的正确认知。因此，笔者在这一部分重点推荐儿童如何在敏感的青春期培养自知力，如何以坚持的品质完成对理想自我的塑造，如何习得实现自我同一性的策略。

总之，本文紧扣埃里克森对人格定义的阐释，结合国内儿童现状，进行了人格特征、形成原因的剖析，重点探讨了儿童文学作品何以对该人格健康发展产生意义。在坚持儿童人格可塑的基础上，力图让文学在不同的心理冲突下对人的建构作用凸显出来。

二、以人格发展需求推动儿童文学阅读

"爱只有在特殊的交谈、在各种单独关系、在日常沟通中日渐衰退，才可能被真正利益关系所代替。"[①]因此，唤醒特殊交谈时、单独相处时、日常沟通中的爱，避免儿童心灵的异化，对儿童健康人格的成长尤为重要。

"唤醒"意味着交流的完成。然而，虽然图书对人的心灵确然存在着唤醒作用，但这种奇妙的"化合反应"并不是时时都会发生。《中国阅读蓝皮书》的调查数据鲜明地反映了这一点。而埃里克森人格发展理论对于阅读的影响在于，它在复杂的人类心理机制中，找到了一个突破点。依据人类成长冲突中的心理诉求，推介图书，吻合了阅读心理内部动机理论，从而使阅读行为的发生更自然、更有意义。

在埃里克森人格发展理论中，人格的成长仿若一条路的两边，成长"适应"指向于正态人格；成长"不适应"则指向于病态人格。本文一方面探讨了与正面人格相关的种种，另一方面也探讨了成长过程中如果"危机"未处理好，生命个体逐渐显现出来的人格之殇，并力图通过文本唤醒自我的治疗功效，对人格发展状态有所助益。在"海明威情结"患者那里，读书要唤醒的是他们对世界、他人的信任，并最终建立安全感。这份唤醒通过疏解郁闷、平衡心理、习得策略、改变观念、建立自我而达到。在"自主人格之殇"患者那里，我们要唤醒的是约束和放纵之间的正确感知。在自主人格建设时期，父母对子女之爱较之宠溺更表现在激发与肯定，而子女对父母行为的思辨与认知也会对未来人格的健康发展产生效

---

① ［法］吕克·费里：《论爱》，杜小真译，北京大学出版社，2017年，第149页。

用。在"俄狄浦斯情结"患者那里，要唤醒的则是我们对于家庭和自我关系的重新定位，并通过一个少年的自救之路，明晰了救赎的可能性。在"自卑情结"患者那里，文学阅读治疗所要唤醒的是一个人对自己的价值、意义的重新定位，并由此获得真正奋斗的目标，以纠正在他者不良作用下的过度防御情结或者自卑心理。而所有的这一切调适，都是为了青少年自我同一性的获得，以便人类在告别儿童阶段后，有足够健康的人格可以应对成人世界的生活。当然，由于自我同一性的获得并不容易，在青少年时期更多是以找寻自我同一性出现，因此，儿童文学的导引之功尤为重要。

"唤醒"是对生命个体独特性的尊重，是对生命自我疗愈功能的肯定。依据埃里克森人格发展理论，在"情结"萌发的关键时期，在儿童急需心理安抚、调适和指导的关键期，将所需文本引介到儿童世界里，唤醒儿童生命的主体意识，唤醒儿童对人和环境温柔的情怀，其意义不仅在于儿童主体人格的健康发展，更在于人和文化的双重塑造。"文化塑造了人，人又发展了文化"①，两者构成良性循环、生生不息、永世不灭的人类文明。

一切都出自这样的一个观念，阅读若不是全部也应尽可能建立在积极的方法论上面。儿童通过"知识的自我构建"，最终形成健康的人格，而不仅仅是知识的搬运工或者思想的跑马场。健康的人格首先就要包含着儿童对自己的最大发现、尊重和各项潜能的激发，包含着儿童对人类真正价值的践行。

三、以"术"注"道"的儿童文学阅读探究

"儿童文学阅读与儿童健康人格研究"注定是一场"道"与"术"相结合的学术探讨，这也是中国儿童文学阅读在经历了热烈又冷寂的分级阅读研究之后，必然要走向的一个方向。

埃里克森人格发展八阶段理论，以科学实验的方式，论证了人的精神

---

① 彭正梅：《解放和教育：德国批判教育学研究》，华东师范大学出版社，2008年，第82页。

生命成长的可塑性，为文学影响人格成长提供了理论基础，而其通向"自我同一性"的人格发展目标，又契合了文学和人关系的终极意义，是从"道"的层面对文学价值的回应和坚守。

在实现方式上，由于埃里克森人格发展理论讲求人格发展的阶段性，而体现出"术"的一面。具体来说，就是在儿童不同的年龄阶段会遇到不同的人格成长需求和危机，这就为阅读行为的介入提供了内在条件。以此为基础理论开展的阅读活动由于结合了现代心理学知识、阅读理论及相关学科研究成果（包含量表及分级阅读相关），是在努力用现代科学的方式，到达文学之"道"，彰显着对儿童的尊重和对儿童生长的负责精神。

阅读从本质上来说，是读者对文本进行理解、解释和建构的过程。从这个意义上来说，在新时代的学科背景下进行的以"术"注"道"的儿童文学阅读与儿童健康人格研究，正如 F. 德·桑科（De Sancto）在其《论作者的解释或者论运用》中所说："事实上就是解释活动……首先找出，这个问题究竟是什么，它涉及的是什么，然后观察该问题得以证明的观点，并把这些论点放回它们原先所取的主题。"①在这个过程中，所有的"术"旨在让文字组合出的神秘魅力，在文学和读者的匹配与阐释中，起到改变儿童观念、提升儿童人格成长的作用。使得许多不甚清楚的观念或者看法逐渐地清楚起来，并最终形成健康人格。

总而言之，儿童文学对儿童的精神建构具有重要的作用。读书对人的好处是什么呢？安妮塔·莫斯对史代格《多米尼克》一书的描述恰好表达了这样一种意义："该书表达的希望就是，某一天人类在获得完整经验的同时，依然能对新鲜事物保持纯真的感觉，这样就能确保人类一直处于新冒险的开端。"②人类智慧的发展过程并不是自动的，它需要创造性的活动使人在情绪和智力上的潜能复活起来，使他产生自我。儿童文学无论是作

---

① 洪汉鼎：《理解与解释：诠释学经典文选》，东方出版社，2001年，第2—3页。
② ［加拿大］佩里·诺德曼、［加拿大］梅维丝·雷默：《儿童文学的乐趣》，陈中美译，少年儿童出版社，2008年，第341页。

为精神的加油站，还是在亲子共读期携带"交流工具"的身份，都是通过作家们创造性的活动，积攒人类经验，激发潜能，最终帮助新一代产生"自我"的过程。但是，"自我"的发展永远没有完结的时候，相对于本书的研究来说，亦是如此。作为一个开放性的研究课题，人格发展随着时代的变化而变化，相关问题也因此需要进行更新和探讨。健康人格的内涵，一方面具有稳定性，一方面又会与时俱进出新成果、新维度。所以，作为一个开放性的研究课题，具体到这个内容来说，还是一个"未完成"的问题，是一个一直"在路上"的研究。

参
考
文
献

一、理论著作

1. ［法］吕克·费里：《论爱》，杜小真译，北京大学出版社，2017年。

2. 李文玲、舒华主编：《儿童阅读的世界》（全四册），北京师范大学出版社，2016年。

3. ［美］伯格：《人格心理学》，陈会昌译，中国轻工业出版社，2016年。

4. ［日］河合隼雄：《童话心理学》，赵仲明译，南海出版公司，2016年。

5. 董存梅：《儿童早期自我调控发展与健康人格培养》，北京师范大学出版社，2016年。

6. ［英］艾登·钱伯斯：《打造儿童阅读环境》，许慧珍译，北京联合出版公司，2016年。

7. ［英］艾登·钱伯斯：《说来听听：儿童、阅读与讨论》，蔡宜容译，北京联合出版公司，2016年。

8. ［美］布鲁诺·贝特尔海姆：《童话的魅力：童话的心理意义与价值》，舒伟等译，社会科学文献出版社，2015年。

9. 刘沪：《健康人格塑造个性：北京师范大学附属中学自主课程建设的创新探索》，北京师范大学出版社，2015年。

10. 吉沅洪：《树木人格投射测试》，重庆出版集团，2015年。

11. ［美］埃里克·H. 埃里克森：《同一性：青少年与危机》，孙名之译，中央编译出版社，2015年。

12. ［奥地利］阿尔弗雷德·阿德勒：《儿童教育心理学》，杨韶刚译，中国轻工业出版社，2015年。

13. ［加拿大］李利安·H.史密斯：《欢欣岁月》，梅思繁译，湖南少年儿童出版社，2014年。

14. ［美］谢尔登·卡什丹：《女巫一定得死》，李淑珺译，机械工业出版社，2014年。

15. 王泉根：《儿童文学的精气神》，湖北少年儿童出版社，2014年。

16. 王波：《阅读疗法》，海洋出版社，2014年。

17. 朱永新、王林主编：《中国人阅读书目》，中国人民大学出版社，2014年。

18. ［法］保罗·阿扎尔：《书，儿童与成人》，梅思繁译，湖南少年儿童出版社，2014年。

19. ［日］木村拓一：《早期教育与天才》，唐欣译，凤凰传媒集团，2014年。

20. ［法］菲利普·阿利艾斯：《儿童的世纪：旧制度下的儿童和家庭生活》，沈坚、朱晓罕译，湖北少年儿童出版社，2013年。

21. ［澳大利亚］苏珊·佩罗：《故事知道怎么办》，重本、童乐译，天津教育出版社，2013年。

22. 张国龙：《成长小说概论》，北京师范大学出版社，2013年。

23. ［瑞士］卡尔·古斯塔夫·荣格：《心理学与文学》，冯川、苏克译，北京联合出版公司，2013年。

24. ［美］霍华德·加德纳：《智能的结构》，沈致隆译，浙江人民出版社，2013年。

25. ［美］内森·塞恩伯格、［美］亨利·马西：《情感依附》，武怡堃等译，世界图书出版公司，2013年。

26. [瑞士] 卡尔·古斯塔夫·荣格：《精神分析与灵魂疗治》，冯川译，译林出版社，2013年。

27. 陈兴明、张建成主编：《育人为本培养健全人格》，国家行政学院出版社，2013年。

28. [意] 玛利亚·蒙台梭利：《有吸收力的心灵》，蒙台梭利丛书编委会编译，中国妇女出版社，2012年。

29. [奥地利]阿尔弗雷德·阿德勒：《自卑与超越》，李青霞译，沈阳出版社，2012年。

30. [古罗马] 卢克莱修：《物性论》（第五卷），蒲隆译，译林出版社，2012年。

31. 代云红：《中国文学人类学基本问题研究》，云南大学出版社，2012年。

32. 朱永新：《我的阅读观》，中国人民大学出版社，2012年。

33. [美] 杰罗德·克雷斯曼、[美] 哈尔·斯特劳斯：《边缘型人格障碍》，徐红译，群言出版社，2012年。

34. [美] 斯蒂芬·克拉生：《阅读的力量》，李玉梅译，王林审译，新疆青少年出版社，2012年。

35. [美] 艾·弗洛姆：《自我的追寻》，孙石译，上海译文出版社，2012年。

36. 史大胜：《美国早期儿童阅读教学研究》，北京师范大学出版社，2011年。

37. 曹文轩：《草房子·曹文轩小说阅读与鉴赏》，北京少年儿童出版社，2011年。

38. 彭懿：《世界儿童文学阅读与经典》，接力出版社，2011年。

39. 季秀珍：《儿童阅读治疗》，江苏教育出版社，2011年。

40. 鲁枢元：《文学与心理学》，学林出版社，2011年。

41. ［美］凯伦·科茨:《镜子与永无岛:拉康、欲望及儿童文学中的主体》,赵萍译,安徽少年儿童出版社,2010年。

42. ［英］彼得·亨特主编:《理解儿童文学》,郭建玲、周慧玲、代冬梅译,少年儿童出版社,2010年。

43. 李学斌:《童年审美与文本趣味》,安徽少年儿童出版社,2010年。

44. ［德］维蕾娜·卡斯特:《童话的心理分析》,林雅敏译,生活·读书·新知三联书店,2010年。

45. ［法］玛利亚·尼古拉耶娃:《儿童文学中的人物修辞》,刘洊波、杨春丽译,安徽少年儿童出版社,2010年。

46. ［印度］克里希那穆提:《教育的意义》,张春城、唐超权译,九州出版社,2010年。

47. 叶舒宪:《文学与人类学教程》,中国社会科学出版社,2010年。

48. 周念丽:《0—3岁儿童多元智能评估与培养》,华东师范大学出版社,2010年。

49. 郝振省、陈威:《全民阅读蓝皮书》,中国古籍出版社、海天出版社,2009年。

50. 方卫平:《儿童·文学·文化》,二十一世纪出版社,2009年。

51. 丁海东:《儿童精神:一种人文的表达》,教育科学出版社,2009年。

52. ［加拿大]佩里·诺德曼、[加拿大]梅维斯·雷默:《儿童文学的乐趣》,陈中美译,少年儿童出版社,2008年。

53. 王泉根、韦苇、方卫平等编著:《世界儿童文学研究丛书》(全十册),湖南少年儿童出版社,2008年。

54. 王泉根:《儿童文学教程》,北京师范大学出版社,2008年。

55. ［美］艾·弗洛姆:《爱的艺术》,李健鸣译,上海译文出版社,2008年。

56. 陈晖:《儿童的文学世界——我的文学课》,北京师范大学出版社,

2007年。

57. 王余光等：《中国阅读文化史论》，北京图书馆出版社，2007年。

58. 刘晓东：《儿童文化与儿童教育》，北京教育科学出版社，2006年。

59. ［意］鲁伊基·肇嘉：《父性：历史、心理与文化的视野》，张敏、王锦霞、米卫文译，中国社会科学出版社，2006年。

60. ［美］凯瑟琳·奥兰丝汀：《百变小红帽：一则童话三百年的演变》，杨淑智译，生活·读书·新知三联书店，2006年。

61. 鲍秀兰：《0—3岁儿童最佳的人生开端》，中国发展出版社，2006年。

62. ［奥地利］阿德勒：《儿童的人格教育》，彭正梅译，上海人民出版社，2006年。

63. 鲁迅：《鲁迅全集》，人民文学出版社，2005年。

64. 李明、杨广学：《叙事心理治疗导论》，山东人民出版社，2005年。

65. 叶舒宪：《人类学想象与新神话主义》（第2辑），北京大学出版社，2005年。

66. 张必隐：《阅读心理学》（修订版），北京师范大学出版社，2004年。

67. 钱谷融、鲁枢元：《文学心理学》，华东师范大学出版社，2003年。

68. ［美］詹姆斯·费伦：《作为修辞的叙事》，陈永国译，北京大学出版社，2012年。

69. 黄希庭：《人格心理学》，浙江教育出版社，2012年。

70. 赵郁秀主编：《当代儿童文学的精神指向·第六届亚洲儿童文学大会文选》，辽宁少年儿童出版社，2012年。

71. 吴其南：《童话的诗学》，中国文联出版社，2001年。

72. ［英］弗吉尼亚·伍尔夫：《伍尔夫随笔全集》，石云龙、刘炳善、李寄等译，中国社会科学出版社，2001年。

73. 高玉祥：《健康人格及其塑造》，北京师范大学出版社，2001年。

74. M.艾森克主编：《心理学——一条整合的途径》，阎巩固译，华东师范大学出版社，2000年。

75. 张承芬主编：《教育心理学》，山东教育出版社，2000年。

76. ［加拿大］李利安·H.史密斯：《欢欣岁月》，傅林统译，富春文化事业股份有限公司，1999年。

77. 刘晓东：《儿童精神哲学》，南京师范大学出版社，1999年。

78. 叶舒宪：《文学与治疗》，社会科学文献出版社，1999年。

79. ［美］卡洛琳·麦茜特：《自然之死》，吴国盛、吴小英、曹南燕等译，吉林人民出版社，1999年。

80. ［俄］巴赫金：《巴赫金全集》（第三卷），白春仁等译，河北教育出版社，1998年。

81. ［加拿大］诺斯洛普·费莱：《文学的疗效》，《诺斯洛普·费莱文论选集》，吴特哲译，中国社会科学出版社，1997年。

82. ［美］鲁道夫·阿恩海姆：《艺术心理学新论》，郭小平译，商务印书馆，1994年。

83. 朱光潜：《我与文学及其他》，安徽教育科学出版社，1996年。

84. 鲁迅：《鲁迅论儿童文学》刘绪源辑笺，海豚出版社，1995年。

85. 方卫平：《儿童文学接受之维》，湖北少年儿童出版社，1995年。

86. 班马：《游戏精神与文化基因》，甘肃少年儿童出版社，1994年。

87. 方克强：《文学人类学批评》，上海社会科学院出版社，1992年。

88. ［德］雅思贝尔斯：《什么是教育》，邹进译，生活·读书·新知三联书店，1991年。

89. ［美］布鲁诺·贝特尔海姆：《童话世界与童心世界》，舒伟、樊高月、丁素萍译，西南师范大学出版社，1991年。

90. ［美］M.H.哈里斯：《西方图书馆史》，吴晞、靳平译，书目文献出版社，1989年。

91. 叶舒宪：《探索非理性的世界：原型批评的理论与方法》，四川人民出版社，1988年。

92. 黄希庭、徐凤姝：《大学生心理学》，上海人民出版社，1988年。

93. ［美］B.R.赫根汉：《人格心理学》，冯增俊、何瑾译，作家出版社、海南人民出版社，1988年。

94. 王米渠：《中医心理学》，重庆出版社，1986年。

二、论文

（一）报刊论文

1. 樊发稼：《启智、染情和建德是儿童文学的主流》，《文艺报》，2017年2月15日。

2. 李利芳：《论中国现代儿童文学价值观念》，《江汉论坛》，2017年第2期。

3. 甘波：《儿童文学对学前儿童心理健康发展的培养与促进》，《语文建设》，2016年第21期。

4. 刘中琼：《论幼儿文学对学前儿童心理健康的发展培养与改进》，《语文建设》，2016年第21期。

5. 王永洪：《做一个温柔的父亲，最美》，《出版广角》，2016年第5期。

6. 王海英、王旭娜、李聃妮：《青少年心理健康的学校生态系统研究》，东北师大学报（哲学社会科学版），2016年第4期。

7. 潘佩兰：《小学一年级学生养成教育童话化研究与实践》，《当代教育理论与实践》，2015年第8期．

8. 周宗奎、刘丽中、田媛、牛更枫：《青少年气质型乐观与心理健康的元分析》，《心理与行为研究》，2015年第5期。

9. 俞国良，王勍：《比较视野中青少年心理健康教育与服务的发展路径》，《中国人民大学教育学刊》，2015年第2期。

10. 姚全兴：《儿童文学应该关注儿童的心灵雾霾》，《美与时代》（下），2014年第8期。

11. 杨丽珠、金芳、孙岩：《终身发展理念下幼儿健全人格的培养目标构建及教育促进实验》，《学前教育研究》，2014年第8期。

12. 朱自强：《论"儿童本位"论的合理性和实践效用》，《中国海洋大学学报》（社会科学版），2014年第3期。

13. 唐松林、张燕玲：《驯化与生成：〈窗边的小豆豆〉中两所学校教育理念之比较》，《河北师范大学学报》，2014年第1期。

14. 张鹏君：《人的自主性与教育的本真诉求》，《教育理论与实践》，2013 年第25期。

15. 白晓容：《心灵的疗治与救赎——从文学治疗看〈追风筝的人〉》，《山花》，2013年第8期。

16. 皮忠玲、莫书亮：《婴儿心理理论的发展:表现和机制》，《心理学进展》，2013年第8期。

17. 丘海雄、李敢：《国外多元视野"幸福"观研析》，《社会学研究》，2012年第2期。

18. 王家军：《埃里克森人格发展理论与儿童健康人格的培养》，《学前教育研究》，2011年第6期。

19. 李丽华：《儿童文学的言说方式及对儿童教育的启示》，《宁夏社会科学》，2011 年第4期。

20. 游旭群：《我国青少年心理健康教育理论的一部佳作——读〈中国青少年心理健康素质调查研究〉有感》，2011年第4期。

21. 胡竹箐：《青少年心理学研究的一项重要成果——评〈中国青少年心理健康素质调查研究〉一书》，《心理学探新》，2011年第2期。

22. 葛明贵：《健全人格的内涵及其教育意义》，《安徽师范大学 （人文社会科学版）》，2003 年第4期。

23. 宫梅玲、王连云：《高校图书馆开展阅读治疗服务的方法研究》，《图书馆杂志》，2002 年第6期。

24. 宫梅玲、丛中等：《阅读疗法解决大学生心理问题的效果评价》，《中国行为医学科学》，2002年第5期。

25. 宫梅玲、丛中、王连云：《有助于解决大学生心理问题的书刊类别调查》，《中国学校卫生》，2002年第5期。

26. 刘慧莹：《埃里克森自我同一性理论的文化解析》，《社会科学辑刊》，2002年第3期。

27. 王懿颖：《婴儿音乐"前能力"的早期表现》，《幼儿教育》，2000年Z1期。

28. 叶舒宪：《文学与治疗——关于文学功能的人类学研究》，《中国比较文学》，1998年第2期。

29. 陈晓兰：《永恒的"俄底浦斯"之梦——论西方文学中的"弑父"主题》，《兰州大学学报》，1993年第3期。

（二）硕博论文

1. 崔荣艳：《文学治疗研究述评》，硕士学位论文，华东师范大学，2015年。

2. 陈汝彬：《阅读治疗对随班就读学生叙事能力与自我效能的影响》，硕士学位论文，上海师范大学，2014年。

3. 丁艳华：《母婴依恋关系的影响因素及其对幼儿期认知和行为发展作用的研究》，博士学位论文，复旦大学，2012年。

4. 张英蕾：《青少年自主性、自尊与父母教养方式的研究》，硕士学位论文，贵州师范大学，2005年。

三、作品

1. ［德］卜劳恩：《父与子》，中国对外翻译出版公司，2016年。

2. ［德］彼特·赫尔特林：《本爱安娜》，陈俊译，二十一世纪出版社，

2015年。

3. 本书编写组编:《Pi kids 童书·我是歌手(有声玩具书·配麦克风)》,江苏教育出版社,2015年。

4. 权慧娟:《小不点触摸书》,[西班牙]珍妮·埃斯比诺萨绘,未来出版社,2014年。

5. [英]J.K.罗琳:《哈利·波特》(全集),马爱农译,人民文学出版社,2014年。

6. [法]克鲁克斯、[法]梅西耶图:《鳄鱼爱上幼儿园》,马雪琨译,晨光出版社,2014年。

7. 龚房芳:《我要上厕所》,湖北少年儿童出版社,2014年。

8. [法]玛丽·莫瑞编绘:《三只小猪盖房子》,宋箫译,现代出版社,2014年。

9. [德]格林兄弟:《格林童话》,杨武能译,四川少年儿童出版社,2014年。

10. [意]亚米契斯:《爱的世界》,夏丏尊译,新世界出版社,2014年。

11. [美]简·斯坦·博丹:《电视迷》,张德启等译,新疆青少年出版社,2013年。

12. 保冬妮:《水墨宝宝色彩启蒙》,北京师范大学出版社,2013年。

13. [美]玛格丽特·怀兹·布朗/文,[美]克雷门·赫德/图:《逃家小兔》,黄廼毓译,明天出版社,2013年。

14. [美]劳拉·瓦卡罗·席格:《"小狗和小熊"两个好朋友》,馨月译,二十一世纪出版社,2013年。

15. [英]乔恩·布莱克/文,[德]阿克塞尔·舍夫勒/图:《我不知道我是谁》,邢培健译,新星出版社,2013年。

16. [德]塔蒂娜马蒂等:《什么是什么(低幼版)·神奇的垃圾回收》,湖北少儿出版社,2013年。

17. ［巴西］若泽·毛罗·德瓦斯康塞洛斯：《我亲爱的甜橙树》（三部曲），蔚玲、李金川译，人民文学出版社，2013年。

18. ［美］海伦·凯勒：《假如给我三天光明》，王家湘译，北京十月文艺出版社，2013年。

19. 老舍：《月牙儿·我这一辈子——老舍短篇小说选》，湖南文艺出版社，2013年。

20. ［日］中川李枝子／文，［日］山胁百合子／图：《古利和古拉》，季颖译，南海出版公司，2012年。

21. ［英］安德鲁·朗格编：《绿色童话·三只小猪》，杨群、兆彬译，天津教育出版社，2012年。

22. 余非鱼编：《三只小猪》，北方妇女儿童出版社，2012年。

23. ［英］罗德·坎贝尔：《亲爱的动物园》，李树译，二十一世纪出版社，2012年。

24. ［英］帕特里克·乔治：《什么地方不一样？——对比游戏》，接力出版社，2012年。

25. ［英］罗德·坎贝尔：《亲爱的动物园》，李树译，二十一世纪出版社，2012年。

26. 赖马：《我变成一只喷火龙了！》，河北少年儿童出版社，2012年。

27. ［挪威］乔斯坦·贾德：《苏菲的世界》，萧宝森译，作家出版社，2012年。

28. ［美］桑德拉·乔丝内罗斯：《芒果街上的小屋》，潘帕译，译林出版社，2012年。

29. ［匈牙利］伊斯特万·巴尼亚伊彭：《变焦》，河北教育出版社，2011年。

30. ［新西兰］曾凡静编：《我的科学故事·回收垃圾》，北京大学出版社，2011年。

31. 冰波／文，谷米／图：《小丑鱼》，教育科学出版社，2011年。

32. 向阳／文，几米／图：《镜里的小孩》，海豚出版社，2011年。

33. ［美］肖恩·柯维：《杰出青少年的7个习惯》，陈允明等译，中国青年出版社，2011年。

34. 史铁生：《我与地坛》，人民文学出版社，2011年。

35. ［比利时］梅特林克：《青鸟》，郑克鲁译，上海译文出版社，2011年。

36. ［奥地利］斯蒂芬·茨威格：《人类群星闪耀时》，高中甫、潘子立译，译林出版社，2011年。

37. ［加拿大］彼得·雷诺兹：《点》，邢培健译，南海出版公司，2010年。

38. ［英］克莱尔·卢埃林／文，［英］麦克·戈登／图：《家里的安全》，于水译，电子工业出版社，2010年。

39. ［日］阿万纪美子／文，［日］上野纪子／图：《做鬼脸》，蒲蒲兰译，连环画出版社，2010年。

40. ［美］玛丽·荷·艾斯：《和我一起玩》，余治莹译，河北教育出版社，2010年。

41. 海峡两岸儿童文学研究会：《打开诗的翅膀》，中国民族摄影艺术出版社，2010年。

42. 台湾牛顿出版公司：《小小牛顿幼儿馆》（第1辑），贵州教育出版社，2010年。

43. ［加拿大］L.M.蒙哥马利：《绿山墙的安妮》，马爱农译，译林出版社，2010年。

44. ［法］儒勒·凡尔纳：《格兰特船长的儿女》，陈筱卿译，人民文学出版社，2010年。

45. ［美］理查德·巴赫：《海鸥乔纳森》，夏杪译，南海出版公司，2009年。

46. ［丹麦］汉娜·哈斯特鲁普：《小圆圆系列·早上好》，任溶溶译，二十一世纪出版社，2009年。

47. [日] 清野幸子：《让我荡一会儿吧》，[日] 猿渡静子译，南海出版公司，2009年。

48. [日] 濑田贞二 / 改编，[日] 山田三郎 / 绘图：《三只小猪》，[日] 猿渡静子译，南海出版公司，2009年。

49. [日] 中江嘉男 / 文，[日] 上野纪子 / 图：《鼠小弟的小背心》，赵静、文纪子译，南海出版公司，2009年。

50. 凌拂 / 文，黄崑谋 / 图：《带不走的小蜗牛》，海燕出版社，2009年。

51. [丹麦] 安徒生：《安徒生童话全集》，叶君健译，中国城市出版社，2009年。

52. [美] 吉姆·崔利斯：《朗读手册》，沙永玲、麦奇美、麦倩宜译，南海出版公司，2009年。

53. 周翔绘制，《一园青菜成了精》明天出版社，2009年。

54. 刘瑜：《民主的细节》，上海三联书店，2009年。

55. 《百年百部中国儿童文学经典》，湖南少年儿童出版社，2009年。

56. [英] 雷蒙·布力格图：《雪人》，明天出版社，2009年。

57. 徐志江：《谁咬了我的大饼》，东方娃娃杂志社，2009年。

58. [英] 毛姆：《月亮和六便士》，傅惟慈译，上海译文出版社，2009年。

59. 张玲玲 / 文，刘宗慧 / 图：《老鼠娶新娘》，二十一世纪出版社，2008年。

60. [日] 柳原康平：《脸，脸，各种各样的脸》，小林、小熊译，少年儿童出版社，2008年。

61. [英] 约翰·伯宁罕：《和甘伯伯去游河》，林良译，河北教育出版社，2008年。

62. [日] 神泽利子 / 文，[日] 西卷茅子 / 图：《阿立会穿裤子了》，米雅译，明天出版社，2008年。

63. ［英］约瑟夫·雅各布斯：《三只小猪与大坏狼》，红马文化编，知识出版社，2008年。

64. ［美］奥黛莉·潘恩/文，［英］茹丝·哈波、［美］南西·里克/图：《魔法亲亲》，刘清彦译，明天出版社，2008年。

65. ［荷兰］李欧·李奥尼：《小蓝和小黄》，彭懿译，明天出版社，2008年。

66. 汤素兰：《笨狼的故事》，浙江少年儿童出版社，2008年。

67. ［新西兰］特蕾西·莫罗尼：《我想要爱》，萧萍译，广州出版社，2007年。

68. ［美］谢斯卡/文，［美］莱恩·史密斯/图：《三只小猪的真实故事》，方素珍译，河北教育出版社，2007年。

69. ［英］安东尼·布朗：《我妈妈》，余治莹译，河北教育出版社，2007年。

70. 秦文君：《男生贾里》，作家出版社，2007年。

71. ［英］约瑟夫·雅各布斯：《英国童话·三只小猪》，周治淮、方慧敏译，人民文学出版社，2006年。

72. ［英］艾米莉·勃朗特：《呼啸山庄》，杨苡译，译林出版社，2006年。

73. ［美］卡勒德·胡塞尼：《追风筝的人》，李继宏译，上海人民出版社，2006年。

74. ［德］米切尔·恩德：《毛毛——时间窃贼和一个小女孩不可思议的故事》，李士勋译，二十一世纪出版社，2006年。

75. ［美］艾伦·麦克法兰：《给莉莉的信——关于世界之道》，管可秾等译，商务印书馆，2006年。

76. 刘亮程：《一个人的村庄》，春风文艺出版社，2006年。

77. ［日］秦好史郎：《这是什么形状》，杨文译，北京少年儿童出版社，2005年。

78. ［英］朱莉亚·唐纳森／文，［德］阿克塞尔·舍夫勒／图：《咕噜牛》，任溶溶译，外语教学与研究出版社，2005年。

79. 路遥：《平凡的世界》，人民文学出版社，2004年。

80. ［爱尔兰］王尔德：《道连·格雷的画像》，黄源深译，人民文学出版社，2004年。

婴儿期：儿童文学阅读与儿童信任人格培养测试量表与阅读方案

指导语： 下面每个月龄段有10个评估项目。请家长决定哪些问题符合你所抚育婴儿的实际情况，哪些问题不符合。请按照实际情况作答，在符合项目后画"√"。

表1　婴儿期（0—18个月）儿童信任人格（情绪）发育量表

月龄	观察与评估项目	是	否
0至3个月	1.躺在妈妈怀中，妈妈轻拍后能很快地安静下来，并且露出安静的神情。		
	2.尿布湿了会哭。		
	3.哭闹的时候，大人抱着他时会很快停止哭闹并安静下来，甚至露出开心的笑容。		
	4.洗澡时能保持安静或表现愉悦的情绪，甚至会用手和脚踢水或拨水玩耍。		
	5.妈妈逗玩时会舞动手脚。		
	6.成人向他说话或者唱歌时，会很幸福地关注成人，表现出愉悦的神情。		

（续表）

月龄	观察与评估项目	是	否
0至3个月	7. 当儿童与成人的脸距离在20—25厘米处时，会看着成人的脸，并且有对视。		
	8. 当成人对他笑时，会用微笑回报。		
	9. 饿的时候会哭泣。		
	10. 独自一个人的时候，会四处打量周围的世界。		
4至6个月	**A. 婴儿情绪表达评估细目**		
	1. 当母亲抱着哼唱柔和的乐曲时，会安静地趴在母亲的怀中或随着音乐手舞足蹈。		
	2. 当父母用玩具一起游戏时会自然地发出声音或者表示高兴。		
	3. 很专注投入地玩玩具时，玩具突然被收走，会伤心哭泣。		
	4. 当身边没有熟悉的照顾者时，陌生人靠近时会表现出紧张的状态并哭起来。		
	5. 被带到新环境时，会好奇地张望周围的新鲜事物。		
	6. 当被挠痒时会大声地笑。		
	7. 见到熟悉的人会微笑。		
	B. 婴儿情绪理解评估细目		
	1. 成人拥抱或抚慰时，能立即止住愤怒、饥饿等引起的哭声。		
	2. 照料者用微笑回应儿童的表情或动作，会重复该表情动作。		
	C. 婴儿情绪管理评估细目		
	1. 同时呈现哭和笑的图片时，注视笑脸的时间更长。		

（续表）

月龄	观察与评估项目	是	否
7至9个月	**A.婴儿情绪表达评估细目**		
	1.双亲在场的情境下，当其他大人逗儿童时，能与别人开心地玩。		
	2.被带到陌生的公共场所，如广场或超市等，会黏着大人，不愿离开父母的怀抱。		
	3.双亲在场的情境下被陌生人抱起时会表现出害羞的表情。		
	4.很高兴地玩玩具时被父母突然打断会显得烦躁，甚至会哭闹起来。		
	5.当妈妈当着儿童的面拥抱别的儿童时，会哭泣以表达伤心、生气的情绪。		
	B.婴儿情绪理解评估细目		
	1.当完成爬行或挥动动作，受到大人肯定赞赏时会重复该动作。		
	2.在儿童面前放上陌生的玩具并鼓励儿童去尝试够取，会大胆地伸手去拿。		
	C.婴儿情绪管理评估细目		
	1.无聊时会主动玩玩具来自娱自乐。		
	2.在陌生人面前会捂住自己的脸来掩饰害羞。		
	3.看到害怕的东西时会紧闭双眼。		
10至12个月	**A.婴儿情绪表达评估细目**		
	1.看到爸爸妈妈的时候，会主动伸出双臂拥抱大人。		
	2.儿童吃饱喝足后，大人讲故事时，儿童会依偎在父母身旁安静地聆听。		
	3.儿童希望得到某物，当父母没有答应他的要求时，儿童会经常发脾气。		
	4.到陌生的地方面对陌生人时很紧张。		
	B.情绪理解评估细目		
	1.儿童完成一件事情，比如自己吃饭或者走了一段路，妈妈给予表扬时，儿童很开心。		

月龄	观察与评估项目	是	否
10 至 12 个 月	2.大人用言语赞美儿童"你真乖""你真棒"时，会很开心。		
	C.婴儿情绪管理评估细目		
	1.儿童烦弃或者无聊时会用技巧吸引大人注意。		
	2.一个人的时候，会自我娱乐。		
	3.感到紧张的时候会用吮吸手指的方法缓解。		
	4.害怕某人或某物时，会把头扭向一边或者爬离。		
13 至 18 个 月	**A.婴儿情绪表达评估细目**		
	1.与共同玩耍的伙伴离别时或者客人离开时，儿童会主动挥手表示再见。		
	2.当家里有陌生的来访者时，能主动打招呼或者向客人微笑示意。		
	3.对自己害怕的物品或者动物表现出惧怕。		
	4.与熟悉的养育者，比如和妈妈分离时，儿童表现出哭闹等强烈的情绪。		
	5.当与熟悉的养育者，比如和妈妈重逢时，儿童会有高兴、停止哭闹的情绪表现。		
	6.不愿做某事时，能摆手、摇头或者用语言"不"来表达自己的不满之情。		
	B.婴儿情绪理解评估细目		
	1.看到其他儿童哭泣、难过时，也会跟着难过、哭泣。		
	2.家里有陌生的来访者向儿童打招呼时，儿童会以招手或微笑回应。		
	C.婴儿情绪管理评估细目		
	1.吃饭时，拒绝成人喂养，愿意自己用手或者勺子吃饭。		
	2.对自己害怕的物品或动物表现出逃跑、躲避的行为。		

注：

1.选择理由

（1）目前研究已经表明婴儿的依恋类型与信任人格具有高关联性，且"安全依恋程度高，即信任人格建立的儿童未来更趋向于高成就。而不安全型儿童会有'持续的焦虑、心理生理症状，以及觉得自己不够强大'"。因此，测定依恋关系可以看出幼儿信任人格发展程度。但是目前关于依恋测试的适用年龄最低从2岁起，重在得出测量结果。而本研究旨在给人格成长期儿童予以合理的、科学的刺激，以帮助儿童形成信任人格。因此，在众多量表中，最终选定了周念丽的"情绪量表"。该量表从年龄上，正好涵盖了儿童信任人格（0—18个月）的发展期；从可信度而言，经测试效度良好。

（2）该量表包含了：0—18个月儿童情绪发展的五个阶段（0—3个月、4—6个月、7—9个月、10—12个月、13—18个月），三个维度：情绪表达能力、情绪理解能力和情绪管理能力。根据影响学研究，我们可以这样理解，婴儿的情绪能力发展越好，意味着其得到的有效刺激越多，也就表示婴儿与养育人之间的关系越和谐，因此信任人格发展得越好。

当然，我们必须要注意的是该量表并不是完全与本研究匹配，但是较之目前已有的其他量表，具有较大契合性。

2.记分方法和解释

该量表规定了"是"或"否"为标准答案。每个测试月龄段共有十个项目，请按月龄来评估。如果全部通过，说明该月龄的儿童情绪发展很好，如有四项未能通过，就要注意好好发展该儿童的情绪发展了。

表2　儿童信任人格培养阅读方案（婴儿期：0—18个月）

月龄	单元名称	阅读干预材料	阅读干预目标
0至3个月	一、天籁之爱	《摇篮曲》《四季摇篮曲》	1.刺激婴儿听觉发育。2.母亲的吟唱会让婴儿感受到爱与安全感。
	二、视觉刺激	《水墨宝宝色彩启蒙》《视觉系列翻翻书》《新生儿黑白卡片0—3岁宝宝视觉激发婴幼儿益智早教卡》	以婴儿诞生头四个月视觉仅可辨识的灰、白、黑三种色彩为依据选择阅读材料，确保视觉发育刺激有效。有效的刺激才会让宝宝感到满足。
	三、抓握能力	《特宝儿布艺3件套》（婴儿布书、铃铛球、手摇棒）	1.刺激儿童抓握能力发展。2.婴儿易于感受到需求被满足的快乐和爱。
4至6个月	四、听见语言	《中国童谣》《Pi kids 童书·我是歌手（有声玩具书）》	1.刺激婴儿听觉、语言能力发育。2.感受爱。
	五、看见更多	《小蓝和小黄》《宝宝的第一本大图认知书》（全6册）	婴儿从第四个月开始可识别颜色增加至：蓝、绿、黄、红。儿童开始感知图形的整体结构，喜欢复杂的图案。因此选择相关图书，满足婴儿发育需求。
	六、精细动作	《福禄贝尔益智玩具书：串珠积木》《小不点触摸书》	刺激幼儿触觉和精细动作能力发展。
	七、焦虑情绪	《树熊宝宝》《小燕子 穿花衣》	母亲产假已满，大部分母亲需要开始上班。婴儿出现分离焦虑，利用相关主题儿童文学作品协助婴儿建立安全感。

（续表）

月龄	单元名称	阅读干预材料	阅读干预目标
7至9个月	八、组合图案	《亲爱的动物园》	儿童已经能够很好地感知图案的组合，以相关图书呼应并巩固。
	九、牙牙学语	《中国童谣一百首》	刺激婴儿语言能力发展。
	十、分离调适	《月亮妈妈》《猴子树》《我妈妈上班去了》	引导婴儿了解分离是怎么回事，帮助婴儿缓释分离焦虑。
	十一、嫉妒情绪	《我不要妒忌》	1.婴儿开始有了嫉妒情绪，引导婴儿正确处理此类情绪。2.该书材质也适合触觉刺激。
10至12个月	十二、触觉辨识	《奇思妙想洞洞书》《我的第一套触摸动物书》	触觉辨识能力辨识加快，开始将触摸印象和视觉影像配对，利用图书刺激和巩固。
	十三、安全感	《妈妈，你爱我吗?》《爸爸，你爱我吗?》	1.通过反复的追问和确认，增强婴儿安全感。2.父母在亲子伴读的过程中，也可将对宝宝的爱表达出来，为宝宝的安全感注入信心。
13至18个月	十四、绘画冲动	《点》	满足了幼儿开始萌发的绘图意识，从点开始，让孩子画起来。
	十五、语言表达	《我要拉尼尼》	儿童语言表达能力培养，简单生活技能培养。
	十六、捉迷藏	《小玻在哪里》	引导宝宝寻找，使他们了解消失的东西只是藏起来，建立安全意识。
	十七、兴高采烈和爱	《我想要爱》	1.婴儿的情绪在十二个月后分化出兴高采烈和爱。2.情绪是由需要是否得到满足而决定的，但是引起情绪的直接因素还是基于对事物的认知。所以，用相关图书引导之。

注：

　　1.阅读干预材料严格按照本章埃里克森人格发展理论进行，以"信任人格"形成的关键原因亲子依恋关系为切入点。在此阶段，本研究始终坚持：爱是问题，也是解决问题的方法。婴儿信任人格培养的关键点在于父母陪伴的质量。陪伴的质量取决于婴儿的特征有没有被顾及，成长需求有没有被满足。因此本文以儿童文学书籍作为亲子信任人格培养的辅助工具，通过推荐符合该年龄段儿童生理发育和心理发育特征的儿童文学作品，使亲子阅读效果最大化，促进亲子关系和谐。

　　2.量表的存在旨在让抚育者了解儿童在该月龄段信任品质发育状况，并及时调整抚养方式，并不对婴儿性格定性。

　　3.读本选择注意时代性、地域性和经典性的结合。

　　4.家长在使用阅读推荐书目时，可按照儿童生理、心理发育时间顺序使用，也可在某一维度上，展开同类型书本的搜寻，集中刺激儿童该维度发展，确保儿童信任人格顺利形成。

附
录
二

幼儿期：儿童文学阅读与儿童自主人格培养测试量表与阅读方案

一、19—24个月

指导语：幼儿自主人格包含三个维度：认知自主、情感自主和行为自主。在该月龄段，每个维度包含十道题。请家长依据你所抚育婴儿的实际情况作答，在符合项目后画"√"。

表1　幼儿期（19—24个月）儿童自主人格发育量表

月龄	观察与评估项目	是	否
19至24个月	**一、幼儿认知自主能力发展评估**		
	A.儿童注意发展评估项目		
	1.能安静地听成人讲5—8分钟简短的故事。		
	2.对三角形、圆形等简单的图片感兴趣。		
	3.逐渐能按照成人提出的要求完成一些简单的任务。		
	B.儿童记忆发展评估细目		
	1.能模仿成人的声音。		
	2.容易记住那些使他们愉快、悲伤以及其他引起他们情绪反应的事物。		

（续表）

月龄	观察与评估项目	是	否
19 至 24 个月	**C. 儿童思维发展评估**		
	1.认识太阳和月亮。		
	2.知道大小。		
	3.认识三种以上的颜色。		
	4.会玩扮家家装扮游戏。		
	5.知道三种以上的常用物品的名称和用途。		
	二、幼儿情感自主能力观察与评估项目		
	A.儿童情绪表达评估项目		
	1. 当大人用夸张的表情表达滑稽时，儿童会开怀大笑。		
	2.当爸爸回家时，儿童会主动迎接。		
	B.儿童情绪理解评估细目		
	1.妈妈与儿童玩躲猫猫游戏时，在看到妈妈的时候，儿童会开心地大笑。		
	2.儿童是否能正确指出吃惊的表情。		
	3.儿童是否能正确指出哭泣的表情。		
	4.儿童是否能正确指出生气的表情。		
	5.儿童是否能正确指出微笑的表情。		
	C. 儿童情绪管理评估细目		
	1.当周围的大人开心地笑时，儿童会跟着开心大笑。		
	2.当有同伴伤心哭泣时，儿童会通过言语或动作来安慰同伴。		
	3.当儿童悲伤的时候，会到父母身边寻求帮助。		
	三、幼儿行为自主观察与评估项目		
	A.19—24个月儿童社会行为发展		
	1.不愿把东西给别人，只知道是"我的"。		
	2.交际性增强，较少表现出不友好和敌意。		
	3.会帮忙做事，如学着把玩具收拾好。		

（续表）

月龄	观察与评估项目	是	否
19至24个月	4.游戏时模仿父母的动作，如假装给娃娃喂饭、穿衣。		
	5.较为听从母亲的指示，会为了让母亲高兴而听话。		
	B. 社会适应性发展		
	1.在陌生环境中能够融入。		
	2.有一定的自理能力，如可以自己脱衣服。		
	C. 自我意识和独立性发展		
	1.别人提到自己的名字时，能意识到是在谈论自己。		
	2.可以从一堆照片中辨认出自己的照片。		
	3.较为偏爱自己所属性别对应的玩具和游戏。		

注：

1.选择理由

（1）关于自主人格量表，需要涉及：观察维度全面、条目细则科学合理且与埃里克森人格发展理论具有较高吻合度三个方面。周念丽的《0—3岁儿童观察与评估》中所涉及的内容具有较高契合性，其测试效度良好。

（2）该量表包含了：19—36个月幼儿自主能力发展的三个阶段（19—24个月、25—30个月、31—36个月），三个维度：认知自主能力、情感自主能力和行为自主能力。三个维度全面发展，才能确保儿童自主人格形成。

2.记分方法和解释

此表共有三个维度，每个维度涉及10个项目，共30分。如全部通过，说明该月龄的儿童自主能力发展很好，如果有12项未通过，该儿童自主发展需要引起关注。可根据量表得出具体是哪一个维度，进而参照以下图书进行阅读治疗。

表2　儿童自主人格培养阅读方案（19—24个月）

单元名称		阅读干预材料	阅读干预目标
认知自主能力	一、形象记忆	《谁咬了我的大饼》	有意注意能力逐渐占主导注意形式，抓住关键期有效刺激。
	二、观察力	《什么地方不一样》	幼儿进入观察能力发展敏感期，利用图书引导能力发展。
	三、记忆力	《鼠小弟的小背心》	有意注意能力引发记忆能力发展，利用童谣锻炼儿童记忆力。
	四、表象分类能力	《这是什么形状》	幼儿开始学会按照事物的具体特性来分类，图书及相关模具可以有效刺激该项能力发展。
	五、扮家家游戏	《芭比公主》	经典的迪士尼童话，配套有各类扮家家玩具，满足儿童游戏需求。
情感自主能力	六、发现父亲	"智慧老爸"系列《爸爸的吻》	1.幼儿对爸爸的喜欢程度增加。图书可作为亲子交流工具，同时也会提醒爸爸如何和孩子相处。2.引导幼儿从对母亲的黏着中过渡到关注父爱。
	七、父爱力量	《父与子》	1.引导幼儿更好地感知父爱。2.启蒙幼儿幽默感。
	八、舒缓秩序压力	"小熊宝宝"系列	儿童进入秩序敏感期。此书通过生活化细节、引导幼儿养好良好的秩序习惯。

（续表）

	单元名称	阅读干预材料	阅读干预目标
情感自主能力	九、察言观色	《做鬼脸》	儿童进入识别情绪能力发展关键期，利用图书增强儿童识别情绪的能力。
	十、同理心	《让我荡一会儿吧》	幼儿同情心在此阶段萌发，利用图书进行有效的刺激。
行为自主能力	十一、人际交往	《和我一起玩》	引导儿童学会怎样发出请求，怎样和人相处。
	十二、学习收纳	《小熊宝宝·收起来》	引导儿童学会在团体中生活。
	十三、基本礼仪	"小熊宝宝"系列	引导儿童基本礼仪行为的养成。
	十四、生活自理	《幼儿性教育启蒙绘本·我要上厕所》	1.儿童性意识开始萌发。 2.引导儿童生活自理。

注：

1.阅读干预材料严格按照本章埃里克森人格发展理论，依据儿童生理、心理发育需求，从三个维度选取。

2.量表的存在旨在让抚育者了解儿童在该月龄段信任品质发育状况，及时调整抚养方式，并不对婴儿性格定性。

3.读本选择注意时代性、地域性和经典性的结合。

4.家长在使用阅读推荐书目时，可按照儿童生理、心理发育时间顺序使用，也可在某一维度上，展开同类型书本的搜寻，集中刺激儿童该维度发展，确保儿童信任人格顺利形成。

注：以下两个关于自主人格测试的量表及阅读方案说明，与此相同，故不赘述。

二、25—30个月

表3　幼儿期（25—30个月）儿童自主人格发育量表

月龄	观察与评估项目	是	否
25至30个月	**一、幼儿认知自主能力发展评估**		
	A.儿童注意发展评估项目		
	1.开始对周围更多的事物发生兴趣。		
	2.逐渐能按照成人提出的要求完成一些简单的任务。		
	B.儿童记忆发展理解评估细目		
	1.能记住简单的儿歌。		
	2.父母离开几个月后再回来时，能够认识。		
	C.儿童思维发展评估细目		
	1.开始能用词对同一类物体的比较稳定的主要特征进行概括。		
	2.以游戏的方式模仿成年人的活动，假想自己是某一社会角色。		
	3.了解昨天、今天和明天的概念。		
	4. 在成人的帮助下，可以将常见两类物品进行分类。		
	5.会简单的平面拼图。		
	6.和其他孩子玩装扮游戏。		
	二、幼儿情感自主能力观察与评估项目		
	A.儿童情绪表达评估项目		
	1.不想做某事的时候会通过语言"不"来表达。		
	2.哭闹或者伤心的时候，能用语言表达自己的情绪，比如说"我不开心""好高兴"等。		
	3.能正确说出照片中小朋友吃惊的情绪。		
	4.能正确说出照片中小朋友哭泣的情绪。		
	5.能正确说出照片中小朋友生气的情绪。		
	6.能正确说出照片中小朋友微笑的情绪。		

（续表）

月龄	观察与评估项目	是	否
25至30个月	7.是否能正确指出生气的表情。		
	B.儿童情绪理解评估细目		
	成功完成某项任务，比如搭好积木的时候，会表现出特别兴奋的表情。		
	C.儿童情绪管理评估细目		
	1.坚持父母不允许他做的事情。		
	2.儿童发脾气，家长采取不理会的态度时，儿童能自己转移注意，不再哭闹。		
	三、幼儿行为自主观察与评估项目		
	A.社会行为发展评估项目		
	1.能够主动帮助同伴。		
	2.模仿家长的行为，看到家长做什么，也要去做。		
	3.与同伴交往中出现一定的合作行为，如将物品递给同伴等。		
	4.与同伴交往增加，交往中会护着自己的东西。		
	5.儿童能正确说出照片中小朋友生气的情绪。		
	6.能主动发起同伴交往。		
	B.社会适应发展		
	1.能自己穿衣服。		
	2.不再怕生，在新环境中能很快适应。		
	C.儿童自我意识评估细目		
	1.有一定的自我控制，能够遵从一定的规则。		
	2.能够从一堆照片中挑出自己的照片。		

表4　儿童自主人格培养阅读方案（25—30个月）

单元名称		阅读干预材料	阅读干预目标
认知自主能力	一、注意力	《带不走的小蜗牛》	有意注意能力逐渐占主导的注意形式，抓住关键期有效刺激。
	二、观察力	《谁藏起来了》	幼儿进入观察能力发展敏感期，利用图书引导能力发展。
	三、记忆力	《中国童谣》（音像版）	有意注意力引发记忆能力发展，利用童谣锻炼儿童记忆力。
	四、分类能力	《这是什么形状》	幼儿开始学会按照事物的具体特性来分类，图书及相关模具可以有效刺激该项能力发展。
	五、主客之分	《镜子里的小孩》	儿童的客体自我开始发展起来，引导儿童通过阅读了解自我。
情感自主能力	六、表达情感	《我好快乐》《我很善良》《猜猜我有多爱你》	1.引导幼儿说出自己和别人的感情，并可以用语言和别人讨论自己的感受。 2.模仿天性关键期，在模仿中学会表达爱。
	七、管理情绪	《野兽国》	1.引导幼儿学会疏导情绪。 2.引导幼儿学习情绪管理能力。
	八、树立快乐原则	《我不愿悲伤》《我不想生气》	引导幼儿从小树立正确解决生活中不愉快事情的能力。

（续表）

单元名称		阅读干预材料	阅读干预目标
情感自主能力	九、察言观色	《做鬼脸》	儿童进入识别情绪能力发展关键期，利用图书增强儿童识别情绪的能力。
	十、同理心	《让我荡一会儿吧》	幼儿同情心在此阶段萌发，利用图书进行有效的刺激。
行为自主能力	十一、叛逆期	《逃家小兔》	1.引导儿童正确疏导叛逆心理。 2.建立儿童安全意识。
	十二、接纳他人	《和甘伯伯去游河》	引导儿童学会在团体中生活。
	十三、规则意识	《大卫，不可以》	引导儿童基本礼仪行为的养成。
	十四、生活自理	《阿立会穿裤子了》	引导儿童生活自理能力进一步发展。

三、31—36个月

表5　幼儿期（31—36个月）儿童自主人格发育量表

月龄	观察与评估项目	是	否
31至36个月	**一、幼儿认知自主能力发展评估**		
	A.儿童注意发展评估项目		
	1.能集中15—20分钟的时间做一件自己喜欢感兴趣的事。		
	2.当成人要求他去做一件事情时，他可以保持几分钟。		
	B.儿童记忆发展特征描述		
	1.能认出一个月前见过的小朋友。		
	2.能认出几天前看过的图片。		
	3.可以简单地哼唱几天前教过的歌曲。		
	C.儿童思维发展评估细目		
	1.对周围事物好动、好问，好奇心、探索欲望强烈。		
	2.知道天冷、天热时应该穿什么衣服。		
	3.会区分三角形、圆形和正方形等图形。		
	4.懂得日用品的用途，能将吃的、穿的、用的区分开。		
	5.对数数感兴趣。		
	二、幼儿情感自主能力观察与评估项目		
	A.儿童情绪表达评估项目		
	1.妈妈当着儿童的面拥抱或者夸奖别的小朋友时，儿童会生气。		
	2.妈妈当着儿童的面给其他小朋友喜欢吃的食物时，儿童会生气。		
	3.儿童能够较快地和新朋友一起玩。		
	4.可以正确说出自己在生气。		

（续表）

月龄	观察与评估项目	是	否
31至36个月	5. 能正确说出照片中小朋友生气的情绪。		
	B.儿童情绪理解特征描述		
	1.当成人夸奖时，儿童很高兴。		
	2.当成人批评时，儿童会很难过。		
	3.给儿童讲兔子吃胡萝卜的故事，问儿童"兔子喜欢胡萝卜，那么给兔子苹果，兔子会怎么样"，儿童会不会回答"兔子不开心"。		
	4.给儿童讲兔子吃胡萝卜的故事，问儿童"兔子喜欢胡萝卜，那么给兔子胡萝卜，兔子会怎么样"，儿童会不会回答"兔子很开心"。		
	C. 儿童情绪管理评估细目		
	儿童哭闹时，用其他的事物可以转移儿童的注意力。		
	三、幼儿行为自主观察与评估项目		
	A.社会行为发展评估项目		
	1.游戏时能理解简单的游戏规则。		
	2.乐于和其他儿童一起游戏，并能够不打扰其他儿童。		
	3.知道如何排队，并耐心等待。		
	4.开始学习和同龄同伴分享玩具。		
	5. 能遵从简单的行为规则，并养成习惯。		
	B.儿童社会适应特征描述		
	1.能自己穿衣，收拾玩具。		
	2.能主动和陌生人打招呼。		
	3.能帮助妈妈做简单的家务。		
	C.儿童自我意识评估细目		
	开始能够正确地表达失望的情绪，有一定的自我控制。		

表6　儿童自主人格培养阅读方案（31—36个月）

单元名称		阅读干预材料	阅读干预目标
认知自主力	一、注意力	《月亮的味道》	进一步引导儿童锻炼注意力。
	二、观察力	《一园青菜成了精》	幼儿记忆能力增强，且有一定的认知能力，利用具有韵律性的文本进行双向刺激。
	三、好奇心	《这样的尾巴可以做什么?》《小小牛顿幼儿馆》	儿童的好奇心、探索欲在这个时段增强，充分利用图书，呵护儿童好奇心、求知欲的发展。
	四、功能分类	《什么是什么·神奇的垃圾回收》《我的科学故事》	儿童以功能为依据的分类能力开始发展，有效利用相关图书，提升儿童抽象思维能力。
	五、数数能力	《好饿好饿的毛毛虫》《数学真有趣——方块兔子过生日》	1.儿童开始对数数感兴趣。2.对时间开始有模糊的认知欲望，充分利用图书激发、引导。
情感自主能力	六、分享意识	《你一半儿，我一半儿》	引导幼儿认识"分"这个问题，"分享、公平、爱和尊重的美德"。
	七、换个角度	《变焦》	1.引导幼儿了解看问题角度可以不同，接受差异。2.引导幼儿学习情绪管理能力。
	八、处理纠纷	《抱抱别生气》	引导幼儿学会用积极的方式处理生活中不愉快的事件。
	九、拒绝任性	《雪人》	引导幼儿了解自己的行为或者某些事情将会对别人情绪的影响。

（续表）

单元名称		阅读干预材料	阅读干预目标
情感自主能力	十、推理能力	《谁咬了我的大饼》	进入推理能力培养敏感期，利用书本，有效刺激儿童该能力发展。
行为自主能力	十一、叛逆期	《逃家小兔》	1.引导儿童正确疏导叛逆心理。 2.建立儿童安全意识。
	十二、接纳他人	《天使的微笑》	引导儿童学会在团体中生活。
	十三、自我发展	《小威，向前冲》	引导儿童发展自我意识。
	十四、生活自理	《阿立会穿裤子了》	1.儿童性意识进一步发展。 2.引导儿童生活自理。

<table>
<tr><td>附
录
三</td><td>学龄前期：儿童文学阅读与儿童主动
人格培养测试量表与阅读方案</td></tr>
</table>

一、37—48个月

指导语：儿童主动人格包含九个维度，20个项目。请家长（老师）依据你所抚育学龄前期儿童的实际情况作答，在符合项目后画"√"。

表1　儿童主动人格测试表（37—48个月）

月龄	观察与评估项目	是	否
37 至 48 个 月	一、儿童自主进取表达评估项目		
	1.喜欢自己的事情自己做，如自己进餐、自己穿脱衣物、自己动手操作。		
	2.能根据自己的兴趣选择游戏。		
	二、儿童探索创造表达评估项目		
	1.对新异事物感兴趣，喜欢摆弄或操作。		
	2.喜欢提问。		
	3.游戏中能进行模仿和想象。		
	三、认真负责表达评估项目		
	1.能对自己的生活、学习和游戏负责，如自己的物品摆放整齐，玩完玩具后收拾放好。		
	2.喜欢承担一些小任务。		

（续表）

月龄	观察与评估项目	是	否
37至48个月	**四、自我控制表达评估项目**		
	1.在外界要求下遵守规则。		
	2.在成人的鼓励下，能持续专注于某事。		
	五、儿童合作交往表达评估项目		
	1.喜欢和伙伴在一起，愿意和伙伴一起游戏。		
	2.与伙伴发生冲突后愿意听从劝解，与伙伴继续游戏。		
	六、儿童自尊自信评估项目		
	1.愿意表现自己的能力，能体验到成功的快乐。		
	七、儿童诚实礼貌表达评估项目		
	1.能在成人的提醒下使用常用的礼貌用语。		
	2.不随便拿别人的东西，知道借完东西要归还。		
	八、儿童同情助人表达评估项目		
	1.在成人的引导下，对他人的不幸与困难有同情体验和行为。		
	2.在要求下，愿意与他人分享。		
	九、儿童情绪适应表达评估项目		
	1.认识几种常见的情绪，在帮助下能逐渐适应变化了的环境，情绪能较快稳定。		
	2.有比较强烈的情绪反应时，会寻求安慰，不会哭闹不止。		
	3.在外界要求下遵守规则。		
	4.在成人的鼓励下，能持续专注于某事。		

注：

1.选择理由

（1）关于主动人格测试量表，目前国内已有相关研究成果。本研究使用的是邹晓燕、黑丽君等人依据2012年9月我国政府颁布的《3—6岁儿童学习与发展指南》研究得出的主动型人格发展的测试要素即测试量表。经已有测验效度良好，所涉及的内容与本研究具有较高契合性。

（2）该量表包含了学龄前期儿童在主动人格发展期九个维度的发展点，所有维度全面发展，才能确保儿童主动人格形成。

2.记分方法和解释

此表涉及20个项目，每个项目1分。如全部通过，说明该月龄的儿童主动人格发展很好，如果有5项未通过，该儿童自主发展需要引起关注。可根据量表得出具体是哪一个维度，进而参照以下图书进行阅读治疗。

3.为了便于家长使用，研究者将其划分为：3—4岁；4—5岁、5—6岁三个部分。

表2　儿童主动人格培养阅读方案（37—48个月）

单元名称		阅读干预材料	阅读干预目标
37至48个月	一、入园准备	《鳄鱼爱上幼儿园》《大卫上学去》	通过阅读让幼儿对即将到来的幼儿园生活产生期待。
	二、分离焦虑	《一口袋的吻》《魔法亲亲》	引导幼儿了解去幼儿园的必然性，并通过读本及读本中所讲述的方法缓解焦虑情绪。
	三、认识自我	《我的名字克丽桑丝美美菊花》《我就是喜欢我》	1.从接受差异性开始，认识自我的独特性。2.引导幼儿树立自信心。
	四、自主意识	《自己的事情自己做》	引导幼儿摒弃凡事依赖大人的习惯，树立"自己的事情自己做的意识"。
	五、努力进取	《发现最棒的自己》	引导幼儿努力适应园区生活，成为更好的自己。
	六、认真负责	《收集东，收集西》	引导幼儿寻找自己喜欢的事物，在对自己喜欢的物品归纳整理中提醒儿童认真、负责。
	七、自我控制	《鳄鱼怕怕牙医怕怕》	1.引导儿童感受规则的必需性，培养儿童规则意识。2.引导儿童养成良好的卫生习惯。
	八、合作交往	《小熊的哈喽》《蹦蹦和跳跳的故事》	1.引导幼儿建立积极合作意识。2.引导幼儿正确处理纠纷。

（续表）

单元名称		阅读干预材料	阅读干预目标
37至48个月	九、自尊自信	《幼儿园里我最棒》	1. 引导幼儿了解看问题角度可以不同，接受差异。2. 引导幼儿学习情绪管理能力。
	十、诚实礼貌	《捧着空花盆的孩子》	引导幼儿树立诚信意识，懂得诚实才会获得真正的快乐和成功。
	十一、同情助人	《送蚂蚁回家》《今天运气怎么这么好》	引导幼儿同情心发展。
	十二、情绪适应	《吃掉黑暗的怪兽》	引导儿童从情绪发生的根源上，学会调控、疏解、应对。

注：

1. 阅读干预材料严格按照埃里克森人格发展理论关于主动人格的论述进行，包含共九个维度的内容。但是九个维度在不同年龄段的发展侧重点不一样，因此阅读也必须存在详略之分。

2. 小班儿童重点在于对"入园不适"状态的干预。力图围绕这样的主题，从"建立期待—缓解焦虑—树立信念—积极作为—调适心态—学会群居—完成适应"七个步骤和十二个方面，完成干预；中班重点在于责任心培养；大班则重点在于创造力、求知欲的深入发展。依据每个年龄段的发育特征，抓住关键期进行深度干预。

3. 读本选择注意时代性、地域性和经典性结合。

4. 在阅读量上尽量控制在每学期十二本，方便在三个月的教学时段使用。同时也建议家园结合阅读。

5. 阅读所选书目可以更换，但是主题尽量控制在九个维度上，保证幼儿该阶段阅读干预全面、有效。

6.家长在使用阅读推荐书目时，可按照儿童生理、心理发育时间顺序使用，也可依据测试结果在某一维度上，展开同类型书本的搜寻，集中刺激儿童该维度发展，确保儿童主动人格顺利形成。

以下主动人格特征的另外两个年龄段，量表选取理由和阅读方案说明同此，故不赘述。

二、49—60个月

表3　儿童主动人格测试表（49—60个月）

月龄	观察与评估项目	是	否
49至60个月	一、儿童自主进取表达评估项目		
	1.能主动承担任务，并能独立完成任务，不依赖。		
	2.能按自己的想法游戏，游戏中表现积极。		
	二、儿童探索创造表达评估项目		
	1.对自己感兴趣的事物和现象进行探究，并乐在其中。		
	2.经常问各种各样的问题以满足自己的需要。		
	3.能探索游戏的不同玩法或进行简单创作。		
	三、儿童认真负责表达评估项目		
	1.知道要对自己承担的任务负责并尽力完成任务。		
	2.初步产生集体责任心，能积极参加集体活动，喜欢自己所在的班级。		
	四、儿童自我控制表达评估项目		
	1.有规则意识，基本上能自觉遵守规则。		
	2.能自觉克服困难坚持完成自己正在做的事。		
	3.对诱惑有一定的抵制力，能克制自己的冲动。		
	五、儿童合作交往表达评估项目		
	1.喜欢和同伴一起游戏，有比较固定的玩伴。		
	2.会运用轮流、交换等简单技巧加入同伴游戏和维持与同伴的关系。		
	3.在他人帮助下，能协调与同伴间的关系，解决冲突。		
	六、儿童自尊自信表达评估项目		
	能初步认识自己的能力，并相信自己的能力。		

（续表）

月龄	观察与评估项目	是	否
49至60个月	**七、儿童诚实礼貌表达评估项目**		
	1.能主动使用礼貌用语对待他人，如言谢、主动问好、表达歉意等。		
	2.知道说谎不好，不故意说谎。		
	八、儿童同情助人表达评估项目		
	1.能自主认识和体验到他人的不幸与困难，并有关心、体贴的表现。		
	2.对大家都喜欢的东西能主动分享。		
	九、儿童情绪适应表达评估项目		
	1.能较快适应变化了的环境，保持情绪平稳。		
	2.有不良情绪时，在提醒下能控制住自己的不良情绪较快平复。		

表4　儿童主动人格培养阅读方案（49—60个月）

单元名称		阅读干预材料	阅读干预目标
49至60个月	一、任务责任心	《小马过河》	任务责任心敏感时期，通过阅读培养幼儿接受任务、承担任务的自主性。
	二、自我责任心	《花婆婆》	引导幼儿自我责任意识的建立，培养幼儿的自我进取精神。
	三、积极实现	《制造梦的小精灵》	引导幼儿自我责任心进一步发展，积极实现目标。
	四、承诺责任心	《承诺》	承诺责任心萌发时期，引导幼儿建立承诺、重诺意识。
	五、深度探索	《小猫钓鱼》	1. 引导儿童探索与思考。 2. 引导儿童了解诱惑对我们生命的作用，学会抗拒不良诱惑。
	六、合作交往	《古利古拉》《石头汤》	引导幼儿养成责任意识，不轻易放弃。
	七、克服困难	《小鱼劳拉历险记》	引导幼儿养成自控能力，遇事知道要努力克服，不轻易放弃。
	八、自尊自信	《凯能行！》《自尊自信》	引导幼儿正确看待自我，建立自尊自信，但是避免因认识不当，造成玻璃心。
	九、拒绝说谎	《狼来了》《诚信故事》	1. 引导幼儿了解看问题的角度可以不同，接受差异。 2. 引导幼儿学习情绪管理能力。
	十、同情助人	《萝卜回来了》	1. 引导幼儿学会替别人着想。 2. 感受同情他人、帮助他人的快乐。
	十一、情绪管理	《生气汤》《我变成一只喷火龙了！》	引导幼儿学会控制和管理情绪。

三、61—72个月

表5　儿童主动人格测试表（61—72个月）

月龄	观察与评估项目	是	否
61至72个月	**一、儿童自主进取表达评估项目**		
	1.能够自己做决定，并坚持自己的正确决定。		
	2.渴望他人的认可，在各种活动中能够积极表现，争取最佳。		
	二、儿童探索创造表达评估项目		
	1.喜欢接触新事物，并大胆地尝试或探索。		
	2.喜欢刨根问底，并愿意动手探索解决疑问。		
	3.在感兴趣的活动中，能进行有意想象和大胆创造，有一定的新颖性。		
	三、儿童认真负责表达评估项目		
	1.能主动承担任务，并认真地完成任务。		
	2.讲信用，能对自己的过失自责，愿意承担自己的过失。		
	3.愿意为集体做事，有较强的集体荣誉感。		
	四、儿童自我控制表达评估项目		
	1.能自我约束，在各种活动中能遵守规则。		
	2.不易受外界诱惑干扰，能主动地控制自己的情感和行动，能长久专注于某项活动。		
	五、儿童合作交往表达评估项目		
	1.有自己的好朋友，愿意结交新朋友。		
	2.能正确运用人际交往技巧发起游戏，喜欢与伙伴合作游戏，游戏中能分工合作。		
	3.能独立解决与同伴的矛盾和纠纷。		
	六、儿童自尊自信表达评估项目		
	敢于尝试有挑战性的活动，获得成功后有满足感。		

（续表）

月龄	观察与评估项目	是	否
61 至 72 个 月	**七、儿童诚实礼貌表达评估项目**		
	1.恰当使用礼貌用语，尊重他人，不故意打扰他人。		
	2.基本不说谎，能主动承认自己的过错。		
	八、儿童同情助人表达评估项目		
	1.能对他人的不幸表达同情，并给予力所能及的帮助。		
	2.能主动分享自己喜欢的东西。		
	九、儿童情绪适应表达评估项目		
	1.能很快适应变化了的环境，经常保持愉快的情绪。		
	2.知道引起某种情绪的原因，能根据需要调整情绪。		

表6 儿童主动人格培养阅读方案（61—72个月）

	单元名称	阅读干预材料	阅读干预目标
61至72个月	一、求知欲	《幼儿生活绘本乐园·又又是个好奇宝宝》	幼儿探索意识从表层好奇进入较深探索阶段，抓住敏感期，引导幼儿探究意识。
	二、探索意识	《翻翻自然系列》《有个老婆婆吞了一只苍蝇》《眼》	在动手又动脑的探索过程中，引导儿童养成遇到问题积极思考的习惯。
	三、奇趣自然	《森林报故事绘本》	1.引导幼儿将探知的目光投入到自然的神奇中去。2.在优美、有趣的描绘中，培养儿童的人文情怀。
	四、创造力	《罗拉的创造力·认识你自己》	幼儿创造力培养关键期，书本拓展儿童创造思维，教授儿童创造技巧。
	五、打开视角	《三只小猪的真实故事》	引导幼儿建立多角度看问题的习惯。
	六、奇思妙用	《阿文的小毯子》《古力古拉》	1.引导幼儿了解生活中同一样物品可以多种妙用，激发儿童想象力。2.引导幼儿感受奇思妙想背后浓郁的亲情和深厚的文化。
	七、勇于尝试	《拜访丁博士》	1.引导幼儿不惧困难，勇敢尝试。2.感受努力后成功的欢喜。
	八、要有梦想	《不一样的卡梅拉》	1.引导幼儿坚定对自我梦想的尊重。2.引导幼儿坚持理想。
	九、挫折与调试	《莎拉想要演马戏》	引导儿童学会如何面对挫折，并保持信心。
	十、独立能力	《第一次上街买东西》	引导幼儿发展独立、自理能力。
	十一、认清自我	《我不知道我是谁》	引导儿童知道评价的多元化，避免儿童陷入自卑或者自负的困境。

学龄期：儿童文学阅读与儿童勤奋人格培养测试量表与阅读方案

指导语： 下面有80个问题，是了解你是怎样看待你自己的。请你决定哪些问题符合你的实际情况，哪些问题不符合你的实际情况。如果你认为某一个问题符合或基本符合你的实际情况，就在答卷纸上相应的题号后的"是"字一栏画圈，如果不符合或基本不符合你的实际情况，就在答卷纸上相应的题号后的"否"字一栏画圈。对于每一个问题你只能作一种回答，并且每个问题都应该回答。请注意，这里要回答的是你实际上认为你怎样，而不是回答你认为你应该怎样。

表1　儿童勤奋人格测试表

测试题目	是	否
1.我的同学嘲弄我*	（　　）	（　　）
2.我是一个幸福的人	（　　）	（　　）
3.我很难交朋友*	（　　）	（　　）
4.我经常悲伤*	（　　）	（　　）
5.我聪明	（　　）	（　　）
6.我害羞*	（　　）	（　　）
7.当老师找我时，我感到紧张*	（　　）	（　　）
8.我的容貌使我烦恼*	（　　）	（　　）
9.我长大后将成为一个重要的人物	（　　）	（　　）
10.当学校要考试时，我就烦恼*	（　　）	（　　）

测试题目	是	否
11. 我和别人合不来*	( )	( )
12. 在学校里我表现好	( )	( )
13. 某件事办砸了常常是我的过错*	( )	( )
14. 我给家里带来麻烦*	( )	( )
15. 我是强壮的	( )	( )
16. 我常常有好主意	( )	( )
17. 我在家里是重要的一员	( )	( )
18. 我常常想按自己的主意办事	( )	( )
19. 我善于做手工劳动	( )	( )
20. 我易于泄气*	( )	( )
21. 我的学校作业做得好	( )	( )
22. 我干许多坏事*	( )	( )
23. 我很会画画	( )	( )
24. 在音乐方面我不错	( )	( )
25. 我在家表现不好*	( )	( )
26. 我完成学校作业很慢*	( )	( )
27. 在班上我是一个重要的人	( )	( )
28. 我容易紧张*	( )	( )
29. 我有一双漂亮的眼睛	( )	( )
30. 在全班同学面前讲话我可以讲得很好	( )	( )
31. 在学校我是一个幻想家	( )	( )
32. 我常常捉弄我的兄弟姐妹*	( )	( )
33. 我的朋友喜欢我的主意	( )	( )
34. 我常常遇到麻烦*	( )	( )
35. 在家里我听话	( )	( )
36. 我运气好	( )	( )
37. 我常常很担忧*	( )	( )
38. 我的父母对我期望过高*	( )	( )
39. 我喜欢按自己的方式做事	( )	( )
40. 我觉得自己做事丢三落四*	( )	( )
41. 我的头发很好	( )	( )
42. 在学校我自愿做一些事	( )	( )
43. 我希望我与众不同*	( )	( )
44. 我晚上睡得好	( )	( )
45. 我讨厌学校*	( )	( )
46. 在游戏活动中我是最后被选入的成员之一*	( )	( )
47. 我常常生病*	( )	( )
48. 我常常对别人小气*	( )	( )
49. 在学校里同学们认为我有好主意	( )	( )
50. 我不高兴*	( )	( )
51. 我有许多朋友	( )	( )

测试题目	是	否
52. 我快乐	( )	( )
53. 对大多数事我不发表意见*	( )	( )
54. 我长得漂亮	( )	( )
55. 我精力充沛	( )	( )
56. 我对自己言行的把握力与约束力不好*	( )	( )
57. 我与男孩子合得来	( )	( )
58. 别人常常捉弄我*	( )	( )
59. 我家里对我失望*	( )	( )
60. 我有一张令人愉快的脸	( )	( )
61. 当我要做什么事时总觉得不顺心*	( )	( )
62. 在家里我常常被捉弄*	( )	( )
63. 在游戏和体育活动中我是一个带头人	( )	( )
64. 我笨拙*	( )	( )
65. 在游戏和体育活动中我只看不参加*	( )	( )
66. 我常常忘记我所学的东西*	( )	( )
67. 我容易与别人相处	( )	( )
68. 我容易发脾气*	( )	( )
69. 我与女孩子合得来	( )	( )
70. 我喜欢阅读	( )	( )
71. 我宁愿独自干事，而不愿与许多人一起做事情	( )	( )
72. 我经常自觉地为自己设定一些目标	( )	( )
73. 我的身材好	( )	( )
74. 我常常害怕*	( )	( )
75. 我总是跌坏东西或打坏东西*	( )	( )
76. 我能得到别人的信任	( )	( )
77. 我与众不同	( )	( )
78. 我常常有一些坏的想法*	( )	( )
79. 我容易哭叫*	( )	( )
80. 我是一个好人	( )	( )

注：

1. 选择理由

（1）该量表被称为"儿童自我意识量表（（Children's self—concept Scale，PHCSS）"，是由美国心理学家 Piers 及 Harris 于 1969 年编制、1974 年修订的儿童自评量表，主要用于评价儿童自我意识的状况。可用于临床问题儿童的自我评价及科研，也可作为筛查工具用于调查。该量表在国外应用较为广泛，信度与效度

333

较好。2001年由中南大学精神卫生研究所苏林雁教授联合国内二十多家单位，将此量表进行了标准化，并制定了全国常模，现已被用于儿童青少年行为、情绪的研究。儿童自我意识反映了儿童对自己在环境和社会中所处的地位的认识，也反映了评价自身的价值观念，是个体实现社会化目标、完善人格特征的重要保证。

（2）该量表包含了：行为、智力与学校情况、躯体外貌与属性、焦虑、合群、幸福与满足。与我们在本节研究中与"勤奋人格"相关的品质有较大的联系。具体来说，行为：12、13、14、21、22、25、34、35、38、45、48、56、59、62、78、80合群。1、3、6、11、40、46、49、51、58、65、69、77与自我意识有关。智力与学校情况：5、7、9、12、16、17、21、26、30、31、33、42、49、53、66、70。躯体外貌与属性：5、8、15、29、33、41、49、54、57、60、63、69、73，与"未被损害的发挥聪明才智完成任务的自信"有关。焦虑：4、6、7、8、10、20、28、37、39、40、43、50、74、79。幸福与满足：2、8、36、39、43、50、52、60、67、80，与"孜孜不倦的完成工作的乐趣有关"。

当然，我们必须要注意的是该量表并不是完全与本研究匹配，但是较之已有其他量表，从年龄、维度上都具有较大契合性。

2.记分方法和解释

该量表规定了"是"或"否"为标准答案，凡规定答"是"，受试者选"是"则记1分，如选了"否"则不记分；同理，如规定答"否"，受试者选"否"便记1分，如选了"是"则不记分。为了便于使用，本研究中，将"否"项目用"＊"标识。凡得分高者表明该分量表评价好，即无此类问题，总分得分高则表明该儿童自我意识水平高。凡得分低者，可以根据得分类型，选择相关书籍进行阅读干预。

表2　儿童勤奋人格培养阅读方案（以一年级儿童为例）

单元名称	阅读干预材料	阅读干预目标
一、为何上学	《小魔怪要上学》《一年级鲜事多》	1.小魔怪为了破译"书"的秘密，开启了求学之旅。引导儿童了解并思考求学的目的。2.在愉悦阅读中增长儿童对一年级校园生活的期待意识。
二、了解身份	《花田小学属鼠班》《沐阳上学记》（一）	了解校园生活，学会尽快适应。
三、认识自我	《我，是什么》《小猪唏哩呼噜》	1.引导儿童从正面认识自我属性。2.引导学生全面认识自己。
四、我很特别	《长花的小男孩》《窗边的小豆豆》	1.引导儿童正确认识差异性，避免自卑或歧视他人。2.引导儿童了解勤奋首先应当基于自我特性，不盲目跟风。
五、我的愿望	《我想去看海》《大脚丫跳芭蕾》	1.从小目标起，引导儿童知道生活是有方向的。2.引导儿童珍视自己的心愿，并坚持去完成。
六、实现方法	《我能分清轻重缓急》《我给事情排排队》	1.引导儿童知道规划的重要性。2.引导儿童学习管理时间。
七、意志力	《精卫填海》《大禹治水》	引导儿童知道愿望实现过程中意志的重要性。
八、积极应对	《环游世界做苹果派》《我和我的脚踏车》	1.引导儿童了解困难的必然性。2.引导儿童积极想办法应对困难。
九、竞争和友谊	《输不起的莎莉》《小弗朗茨的故事》	引导儿童了解竞争的真正价值——让自己和世界更美好。
十、快乐奋斗	《小房子》《安的种子》	引导学生了解勤奋目标的实现和人类永恒价值的同一性。
十一、我的成长	《一年级的小豌豆》（女生版）《一年级的小蜜瓜》（男生版）	引导儿童总结一年级生活，调适困惑，获得成长。

注:

1.阅读干预材料严格按照本章埃里克森人格发展理论进行,从"勤奋人格"特征的三个维度:认知自我、坚定信心、实现策略入手。涉及对自我特征和身份的认知和肯定,基于自我潜能和真实意愿出发的目标确定,切合一年级小朋友能力的实现方法,及意志力培养、积极应对的心态、对友谊和竞争关系正确处理的方法、依据事物发展规律进行的勤奋行为及勤奋意义的思辨等,注重人文性。

2.阅读难度符合一年级儿童阅读水平,并且尽量采用桥梁书和文字文本结合的方式,体现阅读难度梯度变化。

3.读本选择注意时代性、地域性和经典性的结合,但读本不代表不可更换,可根据学生个人喜好,选择相关主题的阅读材料。

4.本论文只以一年级阅读方案为基本案例,原因有二:一是由于在正文部分从宏观上对勤奋人格进行了思辨,二至六年级儿童也可从"我是谁""我要做什么""我要怎么做"三个维度入手选择书目。但要注意不同年龄的儿童身心发展特征和社会化特征在这三个维度的不同表现。二是儿童的时代特征及出版物的变化,也决定了此研究注定是开放的、不断调适的研究。因此,本文先根据理论推测,结合目前对一年级读物的了解,尝试做出第一个阅读方案,在后期根据实践结果不断完善,并尝试完成其余部分。

附
录
五

青少年期：儿童文学阅读与青少年
同一性培养测试量表与阅读方案

指导语：请你看一看这些问题是否适用于你，根据下列标准给自己打
打分：1=完全不适用；2=偶尔适用或基本不适用；3=适用；4=非常适用。

表1 青少年同一性测试量表

测试题目	1	2	3	4
1.我不知道自己是怎样的人*	( )	( )	( )	( )
2.别人总是改变他们对我的看法*	( )	( )	( )	( )
3.我不知道自己应该怎样生活	( )	( )	( )	( )
4.我不能肯定某些东西是否合乎道德或是否正确*	( )	( )	( )	( )
5.大多数人对我是哪类人的看法一致	( )	( )	( )	( )
6.我看到自己的生活方式很适合我	( )	( )	( )	( )
7.我的价值为他人所承认	( )	( )	( )	( )
8.当我离开非常了解我的人时，我感到能更自由地成为真实的自己*	( )	( )	( )	( )
9.我感到我自己生活中所做的事并不真正值得*	( )	( )	( )	( )
10.我感到我对周围的人们很适应	( )	( )	( )	( )
11.我对自己是这样的人感到骄傲	( )	( )	( )	( )
12.人们对我的看法与我对自己的看法差别很大*	( )	( )	( )	( )
13.我感到被别人冷落*	( )	( )	( )	( )
14.人们好像不喜欢我*	( )	( )	( )	( )
15.我改变了自己想要从生活中得到什么的想法*	( )	( )	( )	( )
16.我不太清楚别人怎么看我*	( )	( )	( )	( )
17.我对自己的感觉改变了*	( )	( )	( )	( )
18.我感到自己是为了功利的考虑而行动或做事*	( )	( )	( )	( )
19.我为自己身为社会中的一分子感到骄傲	( )	( )	( )	( )

注：

1.选择理由

（1）该量表被称为"同一性对同一性混乱量表（Identity versus Identity Diffusion Scale）"，来源于 Ochse and Plus（1986），经过测试，效果良好。

（2）目前较为常用的与同一性相关量表还有"同一性状态问卷"，由 Bennion & Adams（1986）制定，用于划分个体所处的自我同一性状态的标准，涉及64个选项，16种状态。根据测试得分可将16种状态归入同一性的不同类型中去。

（3）本文从文化适用性、年龄涵盖度和使用目的三个层面首选第一个量表。但是在大学生入学同一性测试与干预中，建议使用第二个量表。

2.计分方式和解释

计分时，先把标有"＊"号的题目反过来评分，如果选择1打4分；选择2打3分；选择3打2分；选择4打1分。其他题目按指导语计分。然后把19个问题回答的得分相加。

标准分值为57分，标准差=7，也即测试得分在50—64分之间说明较为正常；得分明显高于该分数，表明同一性发展良好；得分明显低于该分数，则说明同一性还处于发展和形成阶段。

表2　青少年同一性培养阅读方案（以初中一年级青少年为例）

单元名称	阅读干预材料	阅读干预目标
一、检查身份	《男生贾里》《苏菲的世界》	从现实和哲学两个层面，引导青少年探查自己的同一性，知道清醒的自我意识的重要性。

（续表）

单元名称	阅读干预材料	阅读干预目标
二、创设愿景	《根鸟》 《假如给我三天光明》	引导青少年明确基于个人真实性的愿景对生活的意义。
三、规划行程	《寻找阿加莎》 《居里夫人自传》	从小目标和人生大目标两个维度，在同龄人和杰出人物身上，了解合理的行动计划能让生活始终指向你的目标。
四、掌握规则	《魔女宅急便》 《哈利·波特与魔法石》	引导青少年注意到规则促进成长，懂得必须恪守一些规则，如诚实、信任、努力、决心、积极态度等，避免迷失人生方向。
五、勇于挑战	《天空在脚下》 《少年的荣耀》	引导青少年离开成长舒适区、勇于承担成长风险。
六、因应变化	《山羊不吃天堂草》 《蓝色的海豚岛》	引导青少年根据环境变化及时调整，拒绝重复和自暴自弃。
七、组建团队	《世界第一少年侦探团》 《格兰特船长的儿女》	1.引导青少年树立正确合作观。 2.引导青少年学会与帮助你实现目标的良师益友建立支持性和睦关系。
八、赢在决策	《中国名人成才故事——中国青少年成长必读》 《历史典故》	引导青少年了解今日的得失成败源于过去的决策正确与否，明了决策能力的重要性。
九、忠于愿景	《狼王梦》 《绿山墙的安妮》	1.引导青少年感受梦想的力量。 2.引导青少年培养坚持品质。
十、适应时代，积极调适	《手斧男孩》 《彼得·潘》	引导青少年了解成长的必然性，调适心态，积极成长。
十一、全力达成你的愿景	沈石溪"动物小说"系列 《西游记》	引导青少年尽你所能实现人生目标，用热忱和坚定孕育卓越。

注:

　　1.阅读干预材料以史蒂曼·葛瑞汉提出的"建立自我同一性"

的步骤进行。建议在阅读的过程中，尊重这样的阅读单元流程，以期达到完整的阅读干预效果。

2.阅读干预材料的选取以初中一年级儿童的阅读心理需求、阅读能力水平为主，内容也多贴近他们的生活或者阅读喜好，以期让儿童阅读行为顺利发生、发展。

3.阅读目标旨在解决埃里克森人格发展第五阶段"同一性对角色混乱冲突"，促进青少年同一性形成，促进儿童健康人格全面发展。

4.读本选择注意时代性、地域性和经典性结合。但读本不代表不可更换，可根据学生个人喜好，选择相关主题的阅读材料。

5.本论文只以初中一年级阅读方案为基本案例。该步骤适用于整个同一性建设时期。在阅读治疗过程中，可从两个方面入手：一是通过测试量表确定影响同一性形成的原因，在确定的基础上，进行单项阅读干预；另一方面则是从培养角度，从初中一年级开始，通过儿童文学阅读引导，让青少年通过这样一种序列化、系统化流程，获得自我同一性。

后 记	寻找儿童文学阅读 与儿童健康人格形成的新路径

　　儿童的世界，是人类家园中清亮澄澈、五光十色的那部分，它天然预示着万种可能。

　　以文学和文学研究的名义了解、探寻、关照、体味儿童世界，是维护人类家园和人类自身尊严最纯粹的行动，它既是对儿童行为和心灵的文化跟踪，也是对我们自身深情回望后的内心重塑。《儿童文学阅读与儿童健康人格研究》正是在这样一种思考下进行的探索。

　　犹记得入学第一年，导师王泉根便引导我进入了这个北京师范大学儿童文学研究团队一直以来以担当情怀和专业素养孜孜不倦进行的研究项目。某种程度上它也契合了我作为师范院校教师和新手妈妈的身份角色。于是，这一个欣然欢喜的相契便促使我踏上了研究征程。

　　初时，我将研究的重点放在了分级阅读上，希冀通过研究西方先进的儿童文学阅读模式，寻找与搭建儿童的阅读能力和书本难度之间的桥梁，力图使儿童因为可以读懂书而热爱阅读。然而，在研究的过程中，拉丁语系和汉语语系之间巨大的鸿沟及中国独特的国情，使得试图借鉴西方阅读模式的探究陷入一种劳而无功的僵局。具体来说就是，西方对图书的难度分级公式，并不适合汉字体系；而推广方法虽然可学习，但更要结合国民实际。更遑论分级阅读也存在着短板，即它不对儿童的阅读兴趣产生影响。这实际上揭示了现代家庭阅读的最大困境：不是孩子见不到书，而是书没有吸引到孩子。儿童连阅读行为都未曾发生，难度匹配与否的意义就难免被消解。

在令人苦恼的瓶颈期，加拿大儿童文学作家玛秋莎·帕基的绘本《我讨厌书》闯入了我的视野。故事的主人公米娜和我们现在的绝大多数儿童一样，生活在一个随处可以获得书本的环境中。然而虽家中以书为壁，父亲嗜书如命，却并没有让米娜按照人们所想的那样同样具有良好的阅读习惯，事实上，她讨厌读书。但这个情况在某一天的神奇经历之后发生了巨大改变。那日，为拯救心爱的猫咪，米娜撞翻书架，书中的人物居然全都跑了出来。一片混乱中，惊慌失措的米娜开始朗读，她发现被颠覆的世界又回归了原位，在亲身感受到"读书可以让混乱的世界变得清晰"后，她爱上了阅读。这个故事给了我们莫大的启示：书籍只有在对儿童的生活切实起到某种作用的时候，才会真正走进儿童的世界。

所以，在寻找书本难度与儿童阅读能力匹配之前，我们更应当做的是——解密让儿童打开书本的原因。"什么东西对我来说是重要的，什么东西吸引我。"这种感觉在阅读中尤为重要，弗洛姆教导青少年读书的理论也再次佐证了这一点。阅读作为心灵与心灵的碰触，只有从其内部动机入手，阅读行为的发生才会流畅自然，阅读效果也才会最大限度地彰显。美国心理学家埃里克森的"人格发展八阶段"理论，此时如一道闪电点亮了我们研究的黑夜迷茫。该理论深刻地剖析了人类一生当中必然会遇到的八个心理冲突期。我们可以这样想象，在遭遇成长"危机"之时，我们的心理世界就如同米娜撞翻书架后的现场。而书籍作为凝聚了人类智慧和经验的载体，具有帮助心灵世界复位的功效，因此阅读研究所要做的就是在深入剖析儿童心理危机的基础上，找到让他们"复位"的合适文本。我们有理由相信，那些从满足儿童心理需求出发而创作的图书，更容易被儿童接受并产生效果。

研究思路的清晰使整个写作过程如建筑房屋一样层层搭建起框架，那是一个欢悦又辛劳的过程。7月的北京酷暑难耐，我却几乎感觉不到，因为之前探路的曲折，时间变得比金子还宝贵。最长的一次，我十天腾不出时间洗澡，等到终于有点空余的时候，发现身上已长满了痱子。而12月以后的北京已进入寒冷期，为了使在凌晨一点后睡觉的自己，第二日早晨五点能从温暖的被窝爬起，我发明了"和衣而睡法"，不舒适的睡感和心中的压力，转化为起床写作的动力。论文，终于在预定的期限内完成。

而在这个过程中，其实又经历了第二次和第三次瓶颈期。这一方面源于埃里克森本人并非学院派出身，他在弗洛伊德及安娜·弗洛伊德等人的影响下，凭借自学和在心理学方面的惊人悟性，开创了自己的理论体系，并成为哈佛大学教授，但是也因此使他在理论表述上存在短板，他的专著读起来佶屈聱牙。且学界对埃里克森"人格发展八阶段"理论的研究性文章，尤其是与儿童阅读和儿童健康人格相关的论述性文章并不多见。而使用其理论对儿童文学阅读和儿童健康人格发展进行系统研究的本文更是第一例，开垦者的艰辛和茫然总是如影随形。另一方面，儿童文学阅读与儿童健康人格研究是一个立足于问题意识的方法论研究。海德格尔说："最有价值的洞见最迟被发现，而最有价值的洞见乃是方法。科学识得获得知识的道路，并冠之以方法的称号。"可谓一语中的，道出了寻找方法性研究之艰难与价值。

在这个过程中，导师给了我极大的指导和鼓励，可以说在某种程度上，是导师推着我完成了这篇论著。因为，由于初创性尝试，我初期拿出的论述文稿总是生涩，甚至难成体系。但是，每次当我勉成一篇，拿去给导师审阅时，被学术界誉为"拼命三郎"的导师总是放下手头繁忙的工作，认真阅读，先肯定，再提出改进性意见。虽然当论文整体完成以后，我们又进行了大幅度修改，二十余万的篇幅，修正的文字超过十五万字，但是，毋庸置疑，如果一开始导师就彻底否定了它，那么这一切都会成为镜花水月。导师呵护了学生的自尊，在某种意义上意味着呵护了学生的学术生命。这于学生身份的我，于教师身份的我，都是一个莫大的收获。

教育是爱的哲学，埃里克森人格发展理论在很大程度上也被誉为儿童成长的心理哲学。因此儿童文学阅读与儿童健康人格研究是基于此意义上的一次阅读与儿童精神生命成长的哲学探讨，它将爱的方法化为理念，也化为切实可行的实践手段，书本、儿童与成人期待因此具有和谐并进的可能。

沐浴着北京师范大学和煦的智慧之风，在这三年的时光里，我仿佛循着自己的路径，重访童年，也在新的意义上，让书本重新养育了一遍自己。"对于书本的热爱，牵涉到随手可得的简单快感和细致优雅的内心愉悦这两者的比较取舍，当我们选择后者的时候，某种特殊的性格、坚定不移的努力，对回归内心的依恋、深刻的反思、对躁动的抵制品德，都将成为我们生活的节奏。"也因此，这一段历程和这一个研究才尤为珍贵且充满意味。

2017年6月1日于北京